dtv

Audra Kinney flieht mit ihren zwei kleinen Kindern vor ihrem gewalttätigen, manipulativen Ehemann. Mit dem Auto will sie zu einer Freundin nach San Diego, ans andere Ende der USA. Mitten in der Wüste von Arizona wird sie von der Polizei angehalten. Im Kofferraum ihres Wagens findet der Sheriff ein Päckchen Marihuana, das Audra noch nie gesehen hat. Alle Beteuerungen ihrer Unschuld sind zwecklos – sie wird verhaftet. Und was dann kommt, hätte sie sich auch in ihren schlimmsten Albträumen nicht vorstellen können. Denn plötzlich sind ihre Kinder verschwunden. Der Sheriff behauptet, Audra sei allein im Wagen gewesen. Die Welt hält sie für eine Mörderin. Und ihr Wort steht gegen das des Sheriffs. Kein Mensch wird ihr glauben. Bis auf einen.

»Es passiert nur selten, dass eine Handlung so tief berührt und einem fast das Herz zerreißt. Ein brillanter, erbarmungslos spannender Thriller.« (Peter James)

»Ungeheuer schnell und packend – ein Buch, das die inneren Ressourcen erforscht, über die ganz normale Menschen in Extremsituationen verfügen können, und das dabei nie an Tempo und Spannung nachlässt.« (John Katzenbach)

Haylen Beck ist ein Pseudonym.

HAYLEN BECK

OHNE SPUR

THRILLER

Deutsch von
Wolfram Ströle

dtv

Ausführliche Informationen über
unsere Autoren und Bücher
www.dtv.de

Für meine Kinder

Deutsche Erstausgabe 2018
dtv Verlagsgesellschaft mbH & Co. KG, München
© 2017 Haylen Beck
Titel der amerikanischen Originalausgabe:
›Here And Gone‹ (Crown, New York)
© 2018 der deutschsprachigen Ausgabe:
dtv Verlagsgesellschaft mbH & Co. KG, München
Umschlaggestaltung: ZERO Werbeagentur GmbH
unter Verwendung eines Fotos von Marco Scataglini
Gesetzt aus der Minion 10/12,5˙
Gesamtherstellung: Druckerei C.H.Beck, Nördlingen
Gedruckt auf säurefreiem, chlorfrei gebleichtem Papier
Printed in Germany · ISBN 978-3-423-21764-4

# 1

Die Straße schwang in monotonem Rhythmus hin und her und Audra Kinneys Augenlider wurden mit jedem vorbeiziehenden Kilometerschild schwerer. Sie hatte das Mitzählen aufgegeben, denn dadurch zog sich die Fahrt noch mehr in die Länge. Ihre Knöchel schmerzten, wenn sie die Finger am Steuer streckte, und ihre Handflächen klebten von Schweiß.

Gott sei Dank hatte sie die Klimaanlage des acht Jahre alten Kombis erst vor kurzem überholen lassen. In New York wurde es im Sommer zwar auch heiß, aber nicht so wie hier, nicht wie in Arizona. Eine trockene Hitze, hieß es immer. Ja, trocken wie die Oberfläche der Sonne, dachte sie. Zwar war es schon halb sechs abends und das Gebläse pustete kalte Luft ins Auto, dass sie eine Gänsehaut an den Unterarmen bekam, aber wenn sie mit den Fingern die Fensterscheibe berührte, zuckte ihre Hand zurück wie von einem kochenden Wasserkessel.

»Mom, ich habe Hunger«, sagte Sean vom Rücksitz. Seiner quengelnden Stimme nach zu schließen war er müde und schlecht gelaunt und wurde allmählich ungeduldig. Neben ihm döste Louise in ihrem Kindersitz mit offenem Mund. Die blonden Haare klebten ihr schweißnass an der Stirn, auf dem Schoß hielt sie Gogo, die verschlissenen Überreste des Plüschkaninchens, das sie schon als Baby bekommen hatte.

Sean war ein braver Junge. Alle, die ihn kannten, sagten

das. Und nie war es so deutlich gewesen wie in den vergangenen Tagen. So viel war von ihm verlangt worden, und er hatte alles ertragen. Sie warf ihm einen Blick im Spiegel zu. Die scharfen Gesichtszüge und blonden Haare hatte er vom Vater, aber die feingliedrige Statur von der Mutter. Er war in den vergangenen Monaten deutlich gewachsen, was Audra daran erinnerte, dass ihr fast elfjähriger Sohn sich der Pubertät näherte. In Anbetracht dessen hatte er sich seit der Abfahrt aus New York nur wenig beschwert und er hatte ihr mit seiner kleinen Schwester sogar geholfen. Ohne ihn wäre Audra hier draußen womöglich verrückt geworden.

Verrückt *geworden*?

Was sie tat, war sowieso vollkommen verrückt.

»In ein paar Kilometern kommt eine Ortschaft«, sagte sie. »Dort können wir etwas zu essen kaufen. Vielleicht finden wir auch eine Übernachtungsmöglichkeit.«

»Hoffentlich«, sagte Sean. »Ich will nicht schon wieder im Auto schlafen.«

»Ich auch nicht.«

Wie auf ein Stichwort kehrten die Schmerzen zwischen ihren Schulterblättern zurück, als rissen die Muskeln wie an einer Nahtstelle entzwei. Als würde sie auseinandergezerrt und die Füllung zwischen den Nähten hervorquellen.

»Habt ihr dahinten noch Wasser?«, fragte sie und sah Sean im Rückspiegel an. Sie sah, wie er den Blick senkte, und hörte Wasser in einer Plastikflasche gluckern.

»Ich habe noch ein bisschen. Louise hat ihrs schon leer getrunken.«

»Okay, beim nächsten Halt kaufen wir welches.«

Sean wandte seine Aufmerksamkeit wieder der Landschaft zu, die an seinem Fenster vorbeizog. Steinige, von Gestrüpp bedeckte Hänge säumten die Straße, Kakteen hielten Wache und streckten die Arme himmelwärts wie kapitulierende Soldaten. Über ihnen wölbte sich eine tiefblaue Fläche mit verwischten weißen Spuren, die im Westen, wo die Sonne sich dem Horizont näherte, gelb wurde. Eine schöne Landschaft auf ihre Weise. Unter anderen Umständen hätte Audra sie in vollen Zügen genossen.

Wenn sie nicht auf der Flucht gewesen wäre.

Dabei hätte sie gar nicht fliehen müssen, nicht unbedingt. Sie hätte abwarten, den Dingen ihren Lauf lassen können, aber das Warten und die Ungewissheit waren zur Qual geworden, jede Sekunde, jede Minute, jede Stunde. Also hatte sie gepackt und war losgefahren. Wie ein Feigling, hätte Patrick gesagt. Er hatte immer gemeint, sie sei schwach. Auch wenn er im nächsten Atemzug hinzugefügt hatte, er liebe sie.

Audra erinnerte sich noch an einen solchen Moment, als sie zusammen im Bett lagen, Patricks Oberköper an ihren Rücken geschmiegt, seine Hand um ihre Brust gelegt. Wie er gesagt hatte, er liebe sie, liebe sie trotz allem. Als hätte sie seine Liebe nicht verdient, nicht eine Frau wie sie. Seine Worte waren immer wie eine sanfte Klinge, mit der er sie verletzte, so sanft, dass sie den Schnitt erst viel später spürte, wenn sie wach lag und seine Worte ihr keine Ruhe ließen. Wie Steine in einem Glasgefäß rollten sie herum und klapperten wie ...

»Mom!«

Sie fuhr hoch, sah den Lastwagen, der mit aufgeblendeten Scheinwerfern auf sie zukam, riss das Steuer herum und kehrte auf ihre Straßenseite zurück. Der Fahrer sah sie böse an, als der Lastwagen an ihnen vorbeifuhr. Audra schüttelte den Kopf, machte die Augen ein paarmal auf und zu, weil sie sich so trocken anfühlten, und zog die Luft durch die Nase.

Nicht ganz knapp, aber immer noch zu knapp. Sie fluchte leise.

»Alles klar?«, fragte sie.

»Ja«, sagte Sean mit gepresster Stimme. So klang er immer, wenn sie nicht wissen sollte, dass er sich erschreckt hatte. »Vielleicht sollten wir bald mal Pause machen.«

Auch Louise meldete sich schlaftrunken: »Was war denn?«

»Nichts«, sagte Sean. »Schlaf wieder.«

»Aber ich bin gar nicht müde«, erwiderte sie und hustete. Ein rasselndes Husten. Sie hatte am Morgen damit angefangen und im Verlauf des Tages war der Husten immer hartnäckiger geworden.

Audra musterte ihre Tochter im Rückspiegel. Eine kranke Louise war das Letzte, das sie gebrauchen konnte. Louise war immer schon schneller krank geworden als ihr Bruder, und sie war klein für ihr Alter und mager. Jetzt schlang sie die Arme um Gogo, dann sank ihr Kopf wieder nach hinten und ihre Augen gingen zu.

Sie fuhren bergauf und befanden sich nun auf einer weiten Ebene. Wüste umgab sie und im Norden lagen Berge. Waren das die San Francisco Peaks? Oder die Superstition Mountains? Audra wusste es nicht, sie musste auf einer Karte nachsehen. Aber egal, wichtig war im Moment nur der kleine Gemischtwarenladen da vorne am Straßenrand.

»Mom, sieh mal.«

»Ja, ich sehe ihn.«

»Können wir anhalten?«

»Klar.«

Vielleicht gab es dort Kaffee. Mit einer Tasse guten, starken Kaffees würde sie die nächsten Kilometer überstehen. Audra setzte den Blinker, um nach rechts abzubiegen, nahm die Ausfahrt und fuhr nach links über ein Viehgitter auf einen sandigen Vorplatz. Auf dem Schild über dem

Laden stand in roten Blockbuchstaben auf weißem Grund LEBENSMITTEL UND SCHILDER. Das hölzerne Gebäude war niedrig, Sitzbänke säumten die Veranda, hinter den dunklen, schmutzigen Fenstern war der Schein künstlichen Lichts lediglich zu erahnen.

Zu spät bemerkte Audra, dass das einzige vor dem Laden parkende Auto ein Streifenwagen war. Ob von der Autobahnpolizei oder dem für die Gegend zuständigen Sheriff, konnte sie aus dieser Entfernung nicht erkennen.

»Scheiße«, sagte sie.

»Das sagt man nicht, Mom.«

»Ich weiß. Entschuldigung.«

Sie bremste und die Reifen knirschten auf dem Schotter. Sollte sie umdrehen und zur Straße zurückfahren? Nein. Der Streifenbeamte oder Sheriff oder wer immer im Wagen saß, musste sie inzwischen längst bemerkt haben. Wenn sie umdrehte, erregte sie nur Verdacht. Dann würde die Person misstrauisch werden.

Audra steuerte auf den Laden zu und parkte so weit wie möglich von dem Streifenwagen entfernt, jedoch ohne den Eindruck zu erwecken, als hielte sie absichtlich Abstand. Der Motor erstarb klappernd und sie drückte den Schlüssel an die Lippen, während sie überlegte. Steig aus und hol, was du brauchst. Dagegen kann niemand etwas haben. Ich bin nur jemand, der einen Kaffee braucht und vielleicht noch Mineralwasser und Kartoffelchips.

In den vergangenen Tagen war Audra jedes Polizeiauto aufgefallen, dem sie begegnet war. Ob sie nach ihr suchten? Der gesunde Menschenverstand sagte ihr, dass das so gut wie ausgeschlossen war. Sie hatte sich doch nichts zuschulden kommen lassen, oder? Trotzdem hatte sich die Angst in ihr eingenistet und sie hatte ständig das Gefühl, dass sie beobachtet, gesucht, ja gejagt wurde.

Doch wenn jemand gesucht wurde, dann die Kinder.
»Warte hier bei Louise«, sagte sie.
»Aber ich will mitkommen«, sagte Sean.
»Das geht nicht, du musst auf deine Schwester aufpassen.«
»Ach Mann.«
»Bitte, sei so lieb.«
Sie nahm ihre Handtasche vom Beifahrersitz und zog die Sonnenbrille aus dem Getränkehalter. Brüllende Hitze schlug ihr entgegen, als sie die Fahrertür öffnete. Sie stieg aus, so schnell sie konnte, und schloss die Tür wieder, damit die kalte Luft im Wagen blieb und die heiße Luft nicht eindrang. Sie spürte, wie die Sonne auf ihren Wangen und Unterarmen brannte. Ihre helle, sommersprossige Haut war so etwas nicht gewöhnt. Die wenige Sonnencreme, die sie noch besaß, hatte sie für die Kinder benutzt. Sie selbst wollte den Sonnenbrand in Kauf nehmen, um Geld zu sparen.

Sie erlaubte sich einen kurzen Blick auf den Streifenwagen, während sie die Sonnenbrille aufsetzte. Eine Person auf dem Fahrersitz, ob männlich oder weiblich, konnte sie nicht erkennen. Die Aufschrift auf dem Fahrzeug lautete SHERIFF ELDER COUNTY. Sie drehte sich einmal um sich selbst, streckte dabei die Glieder und betrachtete die Berge, die hinter dem Laden aufragten, die ruhige Landstraße und das endlos wogende Gestrüpp, das die Wüste überwucherte. Gegen Ende der Drehung nahm sie noch einmal kurz den Wagen des Sheriffs ins Visier. Der Fahrer trank gerade etwas und schien sie nicht zu beachten.

Sie stieg zu der Veranda aus Beton hinauf, ging zur Ladentür und zog sie auf. Kühle Luft wehte ihr entgegen, zugleich drang ein Schwall abgestandener Gerüche nach draußen. Drinnen war es so dunkel, dass sie die Sonnenbrille auf die Stirn schieben musste, obwohl sie sie lieber aufbehalten hätte. Aber besser, sie blieb als Frau in Erinnerung, die Wasser gekauft hatte, und nicht als Frau, die über Kisten gestolpert war.

Hinter dem Tresen am anderen Ende des Raums saß eine ältere Frau mit schwarz gefärbten Haaren, in der einen Hand einen Stift, in der anderen ein Rätselheft. Sie hob nicht den Kopf, um die Kundin zu begrüßen, was Audra aber nur recht war.

An der Wand stand summend ein Kühlgerät mit Wasser und Limonade. Audra nahm sich drei Flaschen Wasser und eine Cola.

»Entschuldigung?«, sagte sie zu der älteren Frau.

»Mhm?« Die Frau blickte nicht auf.

»Haben Sie eine Kaffeemaschine?«

»Nein, Ma'am.« Die Frau zeigte mit ihrem Stift nach Westen. »In Silver Water, acht Kilometer in dieser Richtung, steht ein Diner. Der Kaffee ist recht gut.«

Audra trat an den Tresen. »Gut, dann nur die.«

Sie stellte die vier Plastikflaschen auf die Theke. Dabei fiel ihr Blick auf eine an die Wand montierte Glasvitrine. Ein Dutzend Handfeuerwaffen in verschiedenen Ausführungen und Größen, darunter Revolver und Selbstladepistolen, wenigstens soweit sie es beurteilen konnte. Sie hatte ihr ganzes Leben an der Ostküste verbracht, und obwohl sie wusste, dass solche Waffen in Arizona weit verbreitet waren, erschrak sie trotzdem. Ein Mineralwasser und eine Pistole bitte, dachte sie und hätte fast laut gelacht.

Die Frau tippte die Getränke ein. Audra durchsuchte ihre Handtasche und fürchtete einen Moment lang schon, sie hätte kein Bargeld mehr. Dann fand sie in der Quittung eines Drugstores doch noch einen zusammengefalteten

Zehner. Sie gab ihn der Frau und wartete auf das Wechselgeld.

»Danke«, sagte sie und nahm die Flaschen auf.

»Mhm.«

Die Frau hatte sie die ganze Zeit über kaum angesehen und Audra war froh darüber. Vielleicht würde sie sich, wenn jemand sie fragte, an eine hochgewachsene Frau mit kastanienbraunen Haaren erinnern. Aber vielleicht auch nicht. Audra ging zur Tür und trat in die Hitze hinaus, die ihr wie eine Wand entgegenschlug. Sean blickte ihr vom Rücksitz des Kombis entgegen, Louise neben ihm war wieder eingeschlafen. Audra drehte den Kopf in die Richtung des Streifenwagens.

Er war verschwunden.

Auf dem Boden war ein dunkler Fleck, wo der Cop offenbar sein Getränk ausgeschüttet hatte, im Kies eine undeutliche Reifenspur. Audra hielt sich die Hand über die Augen und sah sich um, doch der Wagen blieb verschwunden. Das Ausmaß ihrer Erleichterung erschreckte sie. Ihr war gar nicht bewusst gewesen, wie nervös der Streifenwagen sie gemacht hatte.

Egal. Zurück zur Straße und zu dem Ort, von dem die Frau gesprochen hatte, um einen Schlafplatz zu finden.

Sie ging zur hinteren Wagentür auf Louises Seite und öffnete sie, beugte sich hinein, reichte eine Wasserflasche zu Sean hinüber und rüttelte ihre Tochter sanft. Louise stöhnte und zappelte mit den Beinen.

»Aufwachen, Schatz.«

Louise rieb sich die Augen und starrte ihre Mutter verständnislos an. »Was?«

Audra schraubte den Deckel ab und hielt Louise die Flasche an die Lippen.

»Will nicht«, quengelte Louise schlaftrunken.

Audra drückte ihr die Flasche an den Mund. »Du willst nicht, aber du musst.«

Sie kippte die Flasche und das Wasser lief Louise zwischen die Lippen. Louise ließ Gogo los, nahm Audra die Flasche aus der Hand und nahm gleich mehrere Schlucke hintereinander.

»Siehst du?«, sagte Audra. Sie sah zu Sean hinüber. »Trink du auch viel.«

Sean tat wie geheißen, und Audra schob sich hinter das Steuer. Sie setzte vom Laden zurück, wendete und fuhr über das Viehgitter Richtung Straße. An der Auffahrt brauchte sie nicht zu warten, es gab keinen Verkehr. Der Motor brummte und der Gemischtwarenladen entfernte sich im Rückspiegel.

Die Kinder blieben still, nur Schluckgeräusche und zufriedenes Ausatmen waren zu hören. Audra klemmte sich die Colaflasche zwischen die Beine, schraubte den Deckel ab und nahm einen langen Schluck. Das kalte Sprudeln verbrannte ihr Zunge und Kehle. Sean und Louise lachten laut, als sie rülpste, und sie drehte sich grinsend zu ihnen um.

»Das war gut, Mom«, sagte Sean.

»Ja, richtig gut«, sagte Louise.

»Freut mich, wenn es euch gefallen hat«, sagte Audra und blickte wieder nach vorn auf die Straße.

Von der Ortschaft war noch nichts zu sehen. Acht Kilometer, hatte die Frau gesagt, und Audra hatte erst zwei Kilometerschilder gezählt, sie mussten also noch ein Weilchen fahren. Aber nicht mehr lange. Sie stellte sich ein Motel vor, ordentlich und sauber, mit Dusche – oh Gott, eine Dusche – oder noch besser einer Badewanne. Das Motel würde ein Zimmer mit Kabelfernsehen haben, die Kinder konnten sich Zeichentrickfilme ansehen, während sie ein heißes Schaumbad nahm, sich in der Wanne aalte und Schmutz, Schweiß und all ihre Sorgen abspülte.

Wieder ein Kilometerschild. »Jetzt ist es nicht mehr weit«, sagte sie. »Vielleicht noch drei Kilometer, okay?«

»Gut«, sagte Sean.

Louise streckte die Hände in die Höhe und rief leise: »Juhu.«

Audra lächelte und meinte schon das Badewasser auf der Haut zu spüren.

Dann streifte ihr Blick den Spiegel und sie sah, dass der Streifenwagen des Sheriffs ihnen folgte.

2

Ihr war, als griffen eisige Hände nach ihren Schultern, und ihr Herz hämmerte.

»Keine Panik«, sagte sie.

Sean beugte sich vor. »Was?«

»Nichts. Lehn dich zurück und sieh nach, ob du den Sicherheitsgurt richtig angelegt hast.«

Keine Panik. Er ist vielleicht gar nicht hinter dir her. Fahr einfach nicht zu schnell. Gib ihm keinen Grund, dich anzuhalten. Audras Blick wanderte zwischen Tacho und Straße hin und her. Die Nadel zeigte 55 Meilen pro Stunde an und es kam wieder eine Reihe von Kurven. Doch, der Wagen folgte ihr ganz eindeutig. Audra schluckte und veränderte den Griff ihrer Hände am Steuer. Schweißtropfen liefen ihr den Rücken hinunter.

Ganz ruhig, sagte sie sich. Keine Panik. Die suchen nicht dich.

Die Straße begradigte sich wieder und führte unter Kabelsträngen hindurch, die zwischen zwei Masten rechts und links der Straße gespannt waren. Der Straßenbelag schien rauer zu werden und der Kombi holperte. Am Horizont wieder die Berge. Audra konzentrierte sich in Gedanken auf sie, um sich abzulenken.

Beachte den Bullen nicht. Sieh einfach geradeaus.

Doch der Wagen des Sheriffs kam näher, bis er den Spiegel ausfüllte. Sie konnte den Fahrer jetzt erkennen. Massiger Kopf, breite Schultern, dicke Finger am Steuer.

Er will mich überholen, dachte sie. Na los, überhol mich. Aber er überholte sie nicht.

Wieder ein Schild. SILVER WATER NÄCHSTE AUSFAHRT.

»Ich werde abbiegen«, sagte Audra. »Ich biege ab und er fährt weiter.«

»Was?«, fragte Sean.

»Nichts. Trink dein Wasser.«

Vor ihr die Abbiegung.

Sie wollte gerade den Blinker setzen, doch noch bevor ihre Finger ihn berühren konnten, hörte sie einen elektronischen Heulton. Zugleich sah sie im Rückspiegel blaue und rote Lichter flackern.

»Das darf nicht wahr sein«, sagte sie.

Sean streckte den Hals und blickte aus dem Rückfenster. »Mom, da ist die Polizei.«

»Richtig«, sagte Audra.

»Wollen die, dass wir anhalten?«

»Ich glaube schon.«

Wieder der Heulton, dann scherte der Streifenwagen aus und beschleunigte, bis er neben dem Kombi fuhr. Das Beifahrerfenster glitt nach unten und der Fahrer zeigte zum Straßenrand.

Audra nickte, blinkte und fuhr inmitten einer Wolke von Staub und Dreck an den Straßenrand. Der Streifenwagen fiel zurück und fuhr ebenfalls zur Seite. Sie blieben stehen, eingehüllt in Staub, sodass Audra von dem anderen Wagen nur die rotierenden und blitzenden Lichter sah.

Louise rührte sich. »Was ist los?«

»Die Polizei hat uns angehalten«, sagte Sean.

»Haben wir was angestellt?«

»Nein«, erwiderte Audra mit so viel Nachdruck, dass es schon nicht mehr überzeugend klang. »Niemand hat was angestellt. Es ist bestimmt nichts. Bleibt still sitzen und lasst Mommy machen.«

Sie beobachtete im Spiegel, wie der Staub sich legte. Die Tür des Streifenwagens ging auf und der Bulle stieg aus. Er blieb kurz stehen, rückte seinen Gürtel gerade, aus dessen Holster der Griff der Pistole ragte, und holte noch seinen Hut aus dem Auto. Ein Mann mittleren Alters, um die fünfzig, fünfundfünfzig. Schwarze Haare, stellenweise grau meliert. Stämmig, aber nicht dick, mächtige Unterarme. Die Sorte Mann, die in ihrer Jugend Football gespielt hat. Die Augen waren hinter einer verspiegelten Sonnenbrille verborgen. Er setzte den Hut mit der breiten Krempe auf, der genauso beige war wie seine Uniform, legte die Hand an den Griff seiner Pistole und näherte sich der Fahrerseite.

»Scheiße«, sagte Audra leise. Den ganzen Weg von New York hatte sie Highways gemieden, möglichst nur Landstraßen benutzt und war kein einziges Mal angehalten worden. So nah an Kalifornien, und jetzt das. Sie packte das Steuer fester, um das Zittern ihrer Hände zu unterdrücken.

Der Polizist blieb an Louises Fenster stehen, bückte sich und spähte zu den Kindern hinein. Dann kam er nach vorn zu Audra, klopfte an die Scheibe und bewegte die Hand im Kreis. Sie sollte das Fenster öffnen. Sie drückte auf den Knopf an der Tür. Surrend und knarrend glitt die Scheibe hinunter.

»Guten Abend, Ma'am«, sagte er. »Machen Sie bitte den Motor aus.«

Tu, als wäre nichts, dachte Audra, und drehte den Zündschlüssel auf Aus. Alles wird gut. Bleib einfach ruhig.

»Guten Abend«, sagte sie. »Was ist, Officer?«

Auf dem Namensschild über seiner Dienstmarke stand SHERIFF R. WHITESIDE.

»Führerschein und Fahrzeugpapiere, bitte.« Seine Augen waren hinter der Sonnenbrille nicht zu sehen.

»Im Handschuhfach«, sagte sie und zeigte darauf.

Er nickte. Sie streckte betont langsam die Hand aus und drückte auf den Schnappverschluss. Ein Bündel Straßenkarten und reichlich Abfall drohten in den Fußraum zu fallen. Nach kurzem Suchen hatte sie die Dokumente gefunden. Der Mann studierte sie mit ausdrucksloser Miene, während sie die Hände wieder ans Steuer legte.

»Audra Kinney?«

»Ja«, sagte sie.

»Mrs, Miss oder Ms?«, fragte er.

»Mrs, vermutlich.«

»Vermutlich?«

»Ich lebe getrennt. Aber ich bin noch nicht geschieden.«

»Ach so.« Er gab ihr die Dokumente zurück. »Sie sind ziemlich weit weg von zu Hause.«

Sie nahm sie und ließ die Hand auf den Schoß sinken. »Wir verreisen«, sagte sie. »Wir wollen Freunde in Kalifornien besuchen.«

»Ah«, sagte er. »Sonst alles in Ordnung, Mrs Kinney?«

»Ja.«

Er legte die Hand auf das Wagendach und beugte sich ein wenig nach unten. »Sie wirken nämlich ein wenig nervös.« Er sprach gedehnt und die Worte kamen tief aus seiner Kehle. »Aus einem bestimmten Anlass?«

»Nein«, erwiderte sie, obwohl sie wusste, dass man ihr die Lüge ansah. »Ich werde nur nervös, wenn die Polizei mich anhält.«

»Und das passiert öfter, ja?«

»Nein. Ich meine nur, *wenn* ich angehalten werde, dann ...«

»Sie wollen vermutlich wissen, warum ich Sie angehalten habe.«

»Ja, also, ich glaube nicht, dass ich ...«

»Ich habe Sie angehalten, weil Ihr Wagen überladen ist.«

»Überladen?«

»Das Gewicht drückt auf die Hinterachse. Steigen Sie doch aus und sehen Sie es sich selbst an.«

Bevor Audra etwas antworten konnte, öffnete der Sheriff schon die Tür und trat zurück. Sie saß bewegungslos da, die Ausweispapiere immer noch im Schoß, und blickte zu ihm auf.

»Ich habe Sie gebeten, auszusteigen, Ma'am.«

Audra legte Führerschein und Fahrzeugpapiere auf den Beifahrersitz und schnallte sich ab.

»Mom?«

Sie drehte sich zu Sean um. »Keine Sorge, ich muss nur mit dem Polizisten sprechen. Ich komme gleich zurück, okay?«

Sean nickte und wandte seine Aufmerksamkeit dem Sheriff zu. Audra stieg aus. Wieder brannte die Sonne heiß auf ihre Haut.

Der Sheriff ging nach hinten und streckte die Hand aus. »Sehen Sie da? Sie haben nicht genügend Platz zwischen Reifen und Radlauf.«

Er legte die Hände auf das Dach und drückte nach unten. Der Wagen wippte. »Sehen Sie? Die Straßen sind hier in der Gegend nicht besonders gut, es fehlt das Geld für Reparaturen. Wenn Sie mit Schwung in ein Schlagloch fahren, bekommen Sie jede Menge Probleme. Ich habe schon erlebt, dass die Leute dabei die Kontrolle über ihr Fahrzeug verlieren. Sie schrotten einen Reifen, kriegen einen Achsenbruch oder weiß Gott was und landen kopfüber im Graben oder prallen gegen einen entgegenkommenden Laster. Das ist nicht schön, sage ich Ihnen. Ich kann Sie so nicht fahren lassen.«

Audra war auf einmal ganz zittrig vor Erleichterung. Der Sheriff wusste nicht, wer sie war, und war nicht auf der

Suche nach ihr. Doch die Erleichterung wurde dadurch gedämpft, dass er sie so unbedingt hatte anhalten wollen. Sie musste weiter, durfte sich deshalb allerdings nicht mit diesem Mann anlegen.

»Ich habe nur noch eine kurze Strecke zu fahren«, sagte sie und zeigte auf die Kurve vor ihnen. »Wir wollen in Silver Water übernachten. Dort kann ich etwas Ballast loswerden.«

»Silver Water?«, fragte der Sheriff. »Sie übernachten im Gästehaus von Mrs Gerber?«

»Ich habe mich noch nicht entschieden.«

Der Sheriff schüttelte den Kopf. »Trotzdem, es ist noch über eine Meile nach Silver Water und die Straße ist eng und voller Serpentinen. Da kann alles Mögliche passieren. Ich sage Ihnen was ... ziehen Sie den Schlüssel ab und gehen Sie dorthin, von der Straße runter.«

»Aber es wäre nur noch ein kleines Stück zu fahren, dann könnte ich ...«

»Ma'am, ich will Ihnen nur helfen. Jetzt holen Sie die schon den Schlüssel, wie ich gesagt habe, und gehen Sie von der Straße runter.«

Audra griff ins Auto und um das Lenkrad herum und zog die Schlüssel aus der Zündung.

»Was ist los, Mom?«, fragte Sean. »Was will der?«

»Es ist alles in Ordnung«, sagte Audra. »Wir haben das gleich geklärt. Bleib einfach sitzen und pass auf deine Schwester auf. Machst du das für mich?«

Sean verknotete die Finger. »Ja, Mom.«

»Das ist lieb.« Sie zwinkerte ihm zu.

Dann ging sie mit den Schlüsseln zum Sheriff – Whiteside, hieß er nicht so? – und gab sie ihm.

»Stellen Sie sich bitte dorthin«, sagte er und zeigte auf den Streifen Erde neben der Straße. »Nicht dass Sie noch von einem Auto überfahren werden.«

Sie tat wie geheißen. Sean und Louise drehten sich auf ihren Sitzen um, um ihnen zusehen zu können.

Mit einem Knopfdruck öffnete Whiteside die Heckklappe des Kombis. »Wir wollen doch mal sehen, was da drin ist.«

Durfte er das überhaupt? Einfach ihren Kofferraum öffnen und hineinsehen? Audra drückte die Hand an den Mund und schwieg, während der Sheriff den Blick über die vollgepackten Kisten, die Taschen mit Kleidern und die beiden Körbe mit Spielsachen wandern ließ.

»Ich sage Ihnen, was ich für Sie tun kann«, meinte er schließlich. Er trat zurück und stützte die Hände in die Hüften. »Ich lade einen Teil von Ihren Sachen in meinen Wagen, damit Ihr Kofferraum leichter wird, und fahre hinter Ihnen her nach Silver Water – Mrs Gerber wird sich über Kundschaft freuen. Dort können Sie sich dann überlegen, was Sie tun wollen. Einen Teil des Gepäcks müssen Sie in Silver Water lassen, das sage ich Ihnen gleich. Es gibt dort einen Secondhandshop, da hilft man Ihnen bestimmt weiter. Wir sind hier in der ärmsten Gegend des ganzen Bundesstaats und es gibt nur noch diesen Shop. Okay, sehen wir uns an, was Sie haben.«

Whiteside beugte sich vor und hob eine Kiste auf den Rand des Kofferraums. Obenauf zusammengefaltete Decken und Leintücher. Darunter nur Bettzeug und Handtücher, soweit Audra sich erinnerte. Sie hatte die Lieblingsbezüge der Kinder für Kopfkissen und Decken eingepackt: *Star Wars* für Sean, *Doc McStuffins* für Louise. Als der Sheriff die Kiste durchwühlte, sah sie die leuchtenden Pastelltöne.

Eigentlich sollte sie ihn fragen, warum er die Kiste durchsuchte. Sie wollte es gerade tun, doch er kam ihr zuvor.

»Was ist das, Ma'am?«

Er richtete sich auf. Seine linke Hand steckte noch in der Kiste und drückte einen Stapel von Laken und Decken zur Seite. Audra sah ihn verwirrt an und es fiel ihr keine logische Antwort auf seine Frage ein.

»Decken und so«, sagte sie schließlich.

Er zeigte mit der rechten Hand in die Kiste. »Und das?«

Da überkam sie Angst, so plötzlich, als hätte man eine Lampe angeknipst. Sie hatte geglaubt, sie hätte bisher schon Angst gehabt, aber nein, sie hatte sich nur Sorgen gemacht. Aber das jetzt, das war Angst. Hier stimmte etwas nicht, ohne dass sie hätte benennen können, was.

»Ich weiß nicht, was Sie meinen«, sagte sie. Gegen ihren Willen zitterte ihre Stimme ein wenig.

»Vielleicht sollten Sie selbst einen Blick hineinwerfen«, sagte er.

Audra ging langsam ein paar Schritte auf ihn zu. Ihre Sneaker knirschten auf dem Sand und Kies. Sie beugte sich vor und blickte in das Innere der Kiste. Sie sah Umrisse von etwas, das sie nicht zuordnen konnte.

»Ich weiß nicht, was das ist«, sagte sie.

Whiteside griff mit der rechten Hand in die Kiste, packte, was immer dort lag, und zog es heraus in das grelle Licht der Sonne.

»Wollen Sie mal raten?«, fragte er.

Doch da gab es nichts zu raten. Ein großer Beutel, zur Hälfte gefüllt mit getrockneten grünen Blättern.

Audra schüttelte den Kopf. »Das gehört mir nicht.«

»Ich würde sagen, das sieht doch sehr nach Marihuana aus, finden Sie nicht auch?«

Die Angst in Audras Brust breitete sich in die Arme und Beine aus wie Eiswasser, das durch ihre Kleider drang. Sie war innerlich wie betäubt. Doch, sie wusste, was das war.

Aber sie nahm schon lange keins mehr. Sie nahm seit zwei Jahren überhaupt nichts mehr. Nicht mal Bier trank sie.

»Das gehört mir nicht«, wiederholte sie.

»Sind Sie sicher?«

»Ja, ganz sicher.« Aber gleichzeitig dachte sie, dass es sehr wohl eine Zeit gegeben hatte, in der sie es genommen hatte. Ob ich es irgendwann mal zwischen den Laken versteckt und dann vergessen habe? Unmöglich. Oder doch?

»Würden Sie mir dann bitte sagen, wie das in den Kofferraum Ihres Wagens kommt?«

»Ich weiß es nicht«, sagte sie und fragte sich wieder: Konnte sie es vergessen haben?

Nein, vollkommen ausgeschlossen. Sie hatte schon vor ihrer Hochzeit nichts mehr geraucht und seitdem war sie dreimal umgezogen. Der Beutel konnte ihr unmöglich bis hierher gefolgt sein, auch wenn sie noch so wenig aufgepasst hatte.

Ihre Augen brannten, sie stand kurz davor, in Tränen auszubrechen, und ihre Hände begannen zu zittern. Aber sie musste sich zusammenreißen. Den Kindern zuliebe, dachte sie. Lass sie nicht sehen, dass du die Beherrschung verlierst. Sie wischte sich mit dem Handteller über die Wange und zog die Nase hoch.

Whiteside hielt den Beutel ins Licht und schüttelte ihn. »Wir werden uns darüber unterhalten müssen, wem der gehört. Ich sage Ihnen aber gleich, dass das von der Menge her etwas mehr ist, als für den persönlichen Gebrauch durchgehen könnte. Es wird also ein langes und ernstes Gespräch werden.«

Audra bekam weiche Knie und musste sich mit der Hand auf den Rand des Kofferraums stützen.

»Sir, ich schwöre bei Gott, dass der Beutel nicht mir gehört und ich nicht weiß, woher er kommt.«

Was ja auch stimmte. Oder?

»Wie gesagt, Ma'am, wir müssen uns darüber unterhalten.« Whiteside legte den Beutel auf die Decken und griff nach den Handschellen an seinem Gürtel. »Aber jetzt muss ich Sie erst einmal verhaften.«

3

»Wie bitte?«

Audras Beine drohten unter ihr nachzugeben. Wenn sie sich nicht schon auf das Auto gestützt hätte, wäre sie zu Boden gesackt.

»Mom?« Sean hatte sich abgeschnallt und lehnte sich über den Rücksitz. Er hatte die Augen weit aufgerissen. »Mom, was ist?«

Auch Louise starrte sie mit ängstlichem Gesicht an. Heiße Tränen liefen Audra über die Wangen. Sie zog wieder die Nase hoch und wischte sie weg.

»Das kann doch nicht wahr sein«, sagte sie.

Whitesides Gesicht blieb vollkommen ausdruckslos. »Ma'am, ich muss Sie bitten, zu meinem Wagen mitzukommen.«

Audra schüttelte den Kopf. »Aber ... aber meine Kinder.«

Der Sheriff trat dicht vor sie und senkte die Stimme. »Dann machen Sie jetzt keinen Aufstand, um ihretwillen. Tun Sie einfach, was ich sage, und Sie machen es sich und Ihren Kindern leichter. Jetzt kommen Sie.«

Er griff nach ihrem Arm und sie ließ sich von ihm zu seinem Streifenwagen führen.

»Mom? Mom!«

»Sagen Sie ihm, dass alles in Ordnung ist«, sagte Whiteside.

Audra blickte zu ihrem Auto zurück. »Alles in Ordnung,

Sean. Pass auf deine Schwester auf. Wir haben das in ein paar Minuten geklärt.«

Beim Streifenwagen angekommen, sagte der Sheriff: »Legen Sie den Inhalt Ihrer Hosentaschen auf die Kühlerhaube.«

Audra steckte die Hände in die Taschen ihrer Jeans und legte Taschentücher und ein paar Münzen auf die Kühlerhaube. Whiteside ließ den Beutel mit Marihuana auf den Stapel fallen.

»Ist das alles? Dann stülpen Sie die Taschen nach außen.«

Sie gehorchte. Anschließend drehte er sie am Arm so, dass sie ihm den Rücken zukehrte.

»Hände auf den Rücken.«

Audra hörte ein metallisches Klicken und spürte seine Finger unsanft an ihren Handgelenken.

»Sie haben das Recht zu schweigen. Alles, was Sie sagen, kann und wird vor Gericht gegen Sie verwendet werden. Sie haben das Recht, zur Vernehmung einen Verteidiger hinzuzuziehen. Wenn Sie sich keinen Verteidiger leisten können, wird Ihnen einer gestellt. Haben Sie das verstanden?«

Sie spürte das kalte Metall an den Handgelenken, da ging die hintere Tür des Kombis auf. Sean kletterte hastig heraus und landete auf Händen und Knien im Dreck.

»Was ist denn, Mom?«, rief er und rappelte sich auf.

Aus dem Auto hörte man die ängstlichen Rufe Louises, die immer lauter wurden.

»Es ist alles gut«, sagte Audra, aber Sean kam trotzdem näher.

»Haben Sie das verstanden?«, wiederholte Whiteside.

Sean begann zu laufen. »He, lassen Sie meine Mom los!«

»Sean, geh wieder zum Auto.«

Whiteside riss an den Handschellen, und Schmerz schoss durch Audras Handgelenke und Schultern. Sie schrie auf und Sean blieb schlidternd stehen.

»Haben Sie verstanden, was Ihre Rechte sind?«, fragte Whiteside noch einmal mit dem Mund an ihrem Ohr.

»Ja«, sagte sie gepresst und mit zusammengebissenen Zähnen. Der Stahl schnitt in ihre Haut.

»Dann sagen Sie es. Sagen Sie, ja, ich habe es verstanden.«

»Ja, ich habe es verstanden.«

»Danke.« Er wandte sich an Sean. »Steig wieder ein, Junge. Wir haben das gleich in Ordnung gebracht.«

Sean richtete sich zu seiner vollen Größe auf. Er war groß für sein Alter, wirkte hier am Straßenrand aber trotzdem sehr klein.

»Lassen Sie meine Mom los.«

»Das geht nicht, Junge. Steig ins Auto ein.« Whiteside zog wieder an den Handschellen und sprach ihr ins Ohr. »Sagen Sie es ihm.«

Audra stöhnte vor Schmerzen.

»Sagen Sie es ihm oder es wird alles noch viel schwieriger.«

»Sean, steig wieder ein«, sagte sie mühsam beherrscht. Sie wollte nicht, dass man ihr die Angst anmerkte. »Hör doch, deine Schwester weint. Du musst zu ihr gehen und dich um sie kümmern. Na los, tu's für mich.«

Sean zeigte auf Whiteside. »Sie dürfen ihr nicht wehtun«, sagte er. Dann wandte er sich ab und ging zum Kombi zurück. Im Gehen blickte er über die Schulter.

»Tapferer Junge«, sagte Whiteside. »Tragen Sie irgendwelche scharfen Gegenstände bei sich? An denen ich mich schneiden könnte, wenn ich gleich eine Leibesvisitation vornehme?«

Audra schüttelte den Kopf. »Nein, nichts. Moment mal, eine Leibesvisitation?«

»Richtig«, sagte Whiteside und ging auch schon hinter ihr in die Hocke. Er griff mit seinen großen Händen um ihren Knöchel, drückte zu und bewegte prüfend den Stoff ihrer Jeans.

»Das dürfen Sie doch gar nicht«, sagte sie. »Oder? Das muss doch eine Polizistin tun.«

»Ich kann Sie durchsuchen, und genau das tue ich im Moment. Sie bekommen keine Sonderbehandlung, nur weil Sie eine Frau sind. Früher, da konnte ich von der Polizei in Silver Water eine Polizistin anfordern, nur aus Höflichkeit, nicht weil ich müsste – ich muss das nämlich nicht –, aber jetzt nicht mehr. Der Bürgermeister hat die Polizeibehörde vor drei Jahren dichtgemacht. Die Stadt konnte sie sich nicht mehr leisten.«

Seine Hände arbeiteten sich drückend und tastend an Wade und Schenkel hoch. Dann schob er den Handrücken zwischen ihren Schenkeln nach oben in den Schritt, nur kurz, aber doch so lang, dass sie die Augen schloss und einen Knoten im Magen spürte. Dann über ihr Gesäß, in die Gesäßtaschen und am anderen Bein wieder hinunter. Mit den Zeigefingern stocherte er in ihren Schuhen herum. Dann stand er auf, strich mit den Händen ihren verschwitzten Rücken hinunter, anschließend nach vorn, über ihren Bauch, um ihre Brüste herum zu den Schultern hinauf und die Arme hinunter.

Erst als er fertig war, merkte Audra, dass sie die ganze Zeit die Luft angehalten hatte. Sie ließ sie in einem langen, zittrigen Atemzug entweichen.

Sie hörte in ihrem Auto jemanden weinen, ein Schluchzen, das immer höher wurde und schon fast hysterisch klang. »Meine Kinder«, sagte sie.

»Denen passiert nichts«, sagte Whiteside und führte sie zur hinteren Tür des Streifenwagens auf der Beifahrerseite. Er öffnete sie. »Ziehen Sie den Kopf ein.«

Er legte ihr die Hand auf den Kopf, drückte sie nach unten und schob sie hinein.

»Füße«, sagte er.

Audra wusste im ersten Moment nicht, was er meinte, dann begriff sie und hob die Füße in den Wagen. Er schlug die Tür zu und die Außenwelt war von einem Moment auf den anderen wie abgeschnitten.

»Mein Gott«, sagte sie und konnte die Tränen nicht mehr zurückhalten. »Mein Gott.«

Ihre Gedanken rasten und Panik stieg in ihr auf. Wenn sie sich nicht zusammenriss, rastete sie gleich vollends aus. Sie zwang sich, tief durch die Nase einzuatmen, die Luft anzuhalten und durch den Mund entweichen zu lassen. Die Zungenspitze drückte sie dabei an die Rückseite der Zähne. Sie hatte diese Entspannungsübung gelernt, als sie aufgehört hatte, Drogen zu nehmen. Konzentriere dich auf das Jetzt, suche mit den Augen einen Punkt und fixiere ihn, bis sich alles wieder beruhigt.

Durch das Gitter, das den Rücksitz des Streifenwagens vom Vordersitz trennte, sah sie einen fünf Zentimeter langen Riss in der Naht der gepolsterten Lederkopfstütze. Sie starrte sie an, atmete ein, hielt die Luft an und atmete aus.

Aus den Augenwinkeln sah sie Whiteside nach hinten marschieren und sie hörte, wie der Kofferraum auf- und zuging. Der Sheriff kam wieder nach vorn, nahm den Beutel mit Marihuana von der Kühlerhaube, steckte ihn in einen braunen Umschlag und tat dasselbe mit den Taschentüchern und Münzen, die sie aus ihren Taschen geholt hatte. Sie richtete den Blick wieder auf den Riss in der Kopfstütze und konzentrierte sich auf ihren Atem. Die Beifahrertür ging auf und Whiteside warf die beiden Umschläge auf den Sitz. Dann bückte er sich und blickte zu ihr nach hinten.

»Haben Sie Familie in der Nähe?«

»Nein«, sagte Audra.

»Jemand, der die Kinder abholen kann?«

»Ich habe eine Freundin«, sagte sie. »In Kalifornien. San Diego.«

»Gut, das hilft uns jetzt nicht weiter. Was ist mit dem Vater? Wo ist er?«

»New York. Wir sind nicht mehr zusammen.«

Whiteside atmete durch die geschürzten Lippen aus, versank einen Moment lang in Gedanken und nickte dann. Er hatte eine Entscheidung getroffen und langte nach dem Funkgerät auf dem Armaturenbrett.

»Collins, bist du da?« Er schwieg einen Moment und lauschte mit schräg gelegtem Kopf. »Collins, wo bist du?«

Ein Knacken, dann die Stimme einer Frau. »Ich bin draußen auf der Gisela Road, Sir. Was brauchen Sie?«

»Ich stehe hier an der County Road, unmittelbar vor der Abzweigung nach Silver Water«, sagte er. »Gerade habe ich eine Frau wegen Drogenbesitz verhaftet. In ihrem Auto sitzen zwei Kinder, deshalb brauche ich Sie, damit Sie sich um die beiden kümmern. Und sehen Sie zu, dass Sie Emmet auftreiben. Er muss ein Auto abschleppen.«

Ein paar Sekunden lang herrschte Schweigen, dann sprach Whiteside wieder.

»Collins?«

»Ja.«

»Meinen Sie, Sie können Emmet für mich ausfindig machen?«

Wieder eine Pause. Whiteside befeuchtete sich die Lippen. »Collins? Ja oder nein?«

»Okay«, sagte die Frau. »Geben Sie mir fünf bis zehn Minuten.«

Whiteside bedankte sich und steckte das Funkgerät wieder in die Halterung. Dann drehte er sich zu Audra um. »Gut. Jetzt müssen wir eine Weile warten.«

Durch die offene Tür hörte Audra Louise. Schrill tönte ihr Jammern durch den Aufruhr in ihrem Kopf.

»Hören Sie«, sagte sie. »Meine Kinder weinen. Ich kann sie nicht einfach allein lassen.«

Whiteside seufzte. »Also gut, ich sehe nach ihnen.«

»Halt, kann ich …«

Die Tür schlug zu, sodass der ganze Wagen schwankte, und der Sheriff ging zu Audras Kombi. Sie sah ihm nach und sprach ein stummes Gebet.

4

Durch die offene Heckklappe sah Sean, wie der massige Mann näher kam. Louise schrie und umklammerte Gogo. Das Bündel aus Füllmaterial und rosafarbenem Stoff, das einmal ein Kaninchen gewesen war, hatte zwar noch zwei Augen, aber eins davon hing nur noch an einem Fädchen.

»Sei still«, sagte Sean. »Mom hat gesagt, es wird alles gut. Also sei einfach still, okay?«

Vergeblich. Louise weinte weiter und wurde sogar noch lauter, als der große Polizist die Heckklappe zuschlug. Der Polizist kam zu Seans Tür, öffnete sie und ging in die Hocke, auf Augenhöhe mit den beiden Kindern.

»Bei euch alles klar?«

»Was ist hier los?«, fragte Sean.

Der Polizist wischte sich mit der Hand über den Mund. »Also, ich will dich nicht anlügen. Deine Mom steckt in Schwierigkeiten.«

»Aber sie hat nichts getan.«

Sheriff Whiteside – wie Sean auf dem Namensschild las – nahm seine verspiegelte Sonnenbrille ab, sodass seine grauen Augen zu sehen waren. Und etwas an diesen Augen ging Sean durch Mark und Bein, machte ihm eine solche Angst, dass seine Blase schmerzte, als müsste er dringend aufs Klo.

»Also, das ist so«, sagte Whiteside. »Sie hatte etwas im Kofferraum, das sie nicht haben sollte. Etwas Verbotenes. Ich muss jetzt mit ihr nach Silver Water fahren, damit wir das besprechen können. Aber ich verspreche dir, es wird alles gut.«

»Was hatte sie denn im Kofferraum?«, fragte Sean.

Der Sheriff lächelte matt. »Etwas, das sie nicht haben sollte, okay? Alles wird gut.«

Er ließ den Blick durch das Auto wandern und über Sean und Louise, und Sean spürte förmlich, wie die Augen seine Haut abtasteten. Der Sheriff streckte sich ein wenig, sodass er Louise besser sehen konnte, und musterte sie ausführlich von Kopf bis Fuß. Er nickte und seine Zunge erschien zwischen seinen Lippen, befeuchtete sie und verschwand wieder.

»Alles wird gut«, wiederholte er. »Wir machen es so. Ich muss, wie gesagt, eure Mom in den Ort mitnehmen und mit ihr sprechen, aber ich kann euch nicht allein hierlassen. Deshalb kommt meine Kollegin, Deputy Collins, und bringt euch an einen sicheren Ort, an dem sie sich um euch kümmern kann.«

Louises Jammern wurde schriller. »Kommen wir ins Gefängnis?«

Whiteside lächelte, aber der Blick, der Sean solche Angst machte, wich nicht aus seinen Augen. »Nein, Kleine, ihr kommt nicht ins Gefängnis. Deputy Collins bringt euch an einen sicheren Ort.«

»Wohin denn?«, fragte Sean.

»Einen sicheren Ort. Macht euch deshalb keine Sorgen. Alles wird gut.«

»Kann ich Gogo mitnehmen?«, fragte Louise.

»Natürlich. Gleich ist Deputy Collins da und dann ist alles gut.«

»Sie sagen das immer wieder.«

Whiteside wandte sich Sean zu, sein Lächeln gefror. »Was?«

Da begriff Sean plötzlich, warum ihm die Augen des Sheriffs solche Furcht einjagten.

»Sie sagen ständig, dass alles gut wird. Aber Sie sehen aus, als hätten Sie Angst.«

Whiteside starrte ihn an und sein Lächeln verschwand. »Ich habe keine Angst, Junge. Ihr sollt nur beide wissen, dass euch nichts passiert. Deputy Collins wird sich gut um euch kümmern. Eure Mom und ich, wir haben das ganz schnell geregelt, und dann könnt ihr alle nach Hause fahren. Ach, ihr habt mir ja noch gar nicht eure Namen gesagt.«

Sean presste die Lippen zusammen.

Whiteside sah Louise an, von der nur noch einzelne Schluchzer zu hören waren. »Wie heißt du denn, Kleine?«

»Louise.«

»Und dein Bruder?«

»Sean.«

»Schöne Namen.« Whiteside lächelte so breit, dass seine Zähne zu sehen waren. »Und wo kommt ihr her?«

»Aus New York«, sagte Louise.

»Aus New York«, wiederholte er. »Tatsächlich? Da seid ihr aber weit von zu Hause weg.«

»Wir ziehen nach Kalifornien«, sagte Louise.

»Sei still«, sagte Sean. »Wir brauchen dem gar nichts zu sagen.«

Whiteside lachte kurz. »Die junge Dame kann sich jederzeit mit mir unterhalten, wenn sie dazu Lust hat.«

Sean sah ihn böse an. »Ich weiß das vom Fernsehen. Wir müssen Ihnen gar nichts sagen.«

Der Sheriff wandte sich wieder an Louise. »Dein großer Bruder ist ein schlauer Kerl. Ich glaube, der wird später mal Anwalt, was meinst du?«

Louise drückte Gogo an sich. »Weiß nicht.«

»Na gut, wir unterhalten uns ja nur zum Zeitvertreib,

nicht wahr? Wie man es eben macht. Ich wollte mich nur überzeugen, dass bei euch beiden alles in Ordnung ist. Habt ihr denn noch Wasser?«

Louise hob ihre Flasche und zeigte sie ihm. Sean starrte geradeaus.

»Dann trinkt es aus. Es ist heiß und ihr müsst genügend trinken.«

Louise nahm einen langen Schluck, Sean nicht.

Von draußen kam ein Rumpeln und der Sheriff blickte die Straße entlang.

»Da kommt sie«, sagte er und stand auf.

Sean blickte an der Kopfstütze des Vordersitzes vorbei durch die Windschutzscheibe. Ein zweiter Streifenwagen näherte sich, bremste und wendete. Dann setzte er auf dem Seitenstreifen zurück, bis er mit dem Heck nur noch einen Meter von der vorderen Stoßstange des Kombis entfernt war. Eine jüngere Frau in einer Uniform, wie Whiteside sie trug, stieg aus. Sie hatte blonde, zurückgesteckte Haare, ein eckiges Kinn wie ein Mann und schmale Hüften.

Deputy Collins ging zwischen den Autos durch und blieb neben Whiteside an der Tür stehen.

»Das sind Sean und Louise«, sagte Whiteside. »Sie sind ein wenig durcheinander, aber ich habe ihnen gesagt, Sie würden gut auf sie aufpassen. Das stimmt doch?«

»Natürlich«, sagte sie und ging in die Hocke. »Hi, Sean, hi, Louise. Ich bin Deputy Collins und werde mich um euch kümmern. Nur für kurze Zeit, bis wir alles geregelt haben. Keine Angst, alles wird gut.«

Als Sean ihre blauen Augen sah, überlief es ihn wieder kalt. Sie wirkte trotz ihres Lächelns und ihrer sanften Stimme sogar noch verängstigter als der Sheriff.

»Ihr zwei kommt jetzt mit mir.«

»Wohin bringen Sie uns?«, fragte Sean.

»An einen sicheren Ort«, sagte Collins.

»Aber wohin?«

»Einen sicheren Ort. Vielleicht kannst du Louise mit dem Sicherheitsgurt helfen.«

Sean wollte etwas antworten, der Frau sagen, dass sie nirgendwohin mitkommen würden, da sagte Louise: »Ich kann mich selber abschnallen. Der Mann hat gesagt, ich darf Gogo mitnehmen.«

Collins nickte. »Klar darfst du das.«

Bevor Sean Louise aufhalten konnte, war sie schon aus ihrem Kindersitz geklettert, stieg über ihn und nahm Collins' Hand. Collins half ihr beim Aussteigen. Sean blieb sitzen.

Collins hielt ihm ihre freie Hand hin. »Na los.«

Sean verschränkte die Arme. »Ich komme nicht mit.«

»Du hast keine Wahl, Sean«, sagte sie. »Du musst mitkommen.«

»Nein, muss ich nicht.«

Whiteside bückte sich. »Junge, Deputy Collins hat doch gesagt, du hast keine Wahl«, sagte er leise. »Wenn ich muss, verhafte ich dich, lege dir Handschellen an und trage dich zu ihrem Auto. Oder du steigst einfach aus und gehst hin. Was willst du?«

»Sie können mich nicht verhaften«, sagte Sean.

Der Sheriff kam noch näher. In die Angst in seinen Augen mischte sich Wut. »Bist du dir da absolut sicher?«

Sean schluckte. »Okay.«

Er stieg aus und Whiteside legte ihm eine schwere Hand auf die Schulter und führte ihn zum Streifenwagen. Collins ging mit Louise an der Hand voraus. Sie öffnete die hintere Tür und half Louise hinein.

»Rutsch rüber, Schatz«, sagte sie und hielt Sean die Hand hin.

Sean blickte zum Wagen des Sheriffs zurück und versuchte, durch die Windschutzscheibe seine Mutter zu erkennen. Doch er sah nur einen undeutlichen Schatten, der seine Mutter sein konnte oder auch nicht. Whiteside packte ihn mit seinen dicken Fingern fester an der Schulter und schob ihn auf Collins zu.

»Rein mit dir«, sagte Collins und bugsierte ihn mit der Hand unter seinem Arm ins Auto. »Sei so nett und hilf deiner Schwester beim Anschnallen, ja?«

Sean stutzte, als er sah, dass der gesamte hintere Bereich mit einer durchsichtigen Plastikplane abgeklebt war, die Sitzbank, Lehne, Fußraum und Kopfstützen bedeckte. Collins drückte ihn mit der Hand auf dem Kreuz vollends hinein.

Die Tür ging hinter ihm zu und er blickte durch die schmutzige Fensterscheibe auf die beiden Polizisten, die nebeneinanderstanden und sich leise unterhielten. Whiteside sagte etwas und Collins nickte, dann kehrte der Sheriff zu seinem eigenen Wagen zurück. Collins stand noch eine Weile da und blickte mit der Hand vor dem Mund abwesend ins Leere. Sean hätte gern gewusst, was sie beschäftigte. Dann ging sie um das Auto herum, öffnete die Fahrertür und schob sich auf den Fahrersitz.

Sie steckte den Schlüssel ins Zündschloss und drehte sich zu Sean um. »Ich habe dich gebeten, deiner Schwester beim Anschnallen zu helfen. Kannst du das bitte für mich tun?«

Ohne den Blick von Collins abzuwenden, zog Sean den Gurt über Louise und steckte ihn ein. Dann schnallte er sich selbst an.

»Danke«, sagte Collins.

Sie legte einen Gang ein, fuhr vom Seitenstreifen herunter und beschleunigte. Der Kombi, in dem er und seine

Schwester fast das ganze Land durchquert hatten, blieb hinter ihnen zurück. Die Abzweigung nach Silver Water kam näher und Sean erwartete, dass Collins bremsen und abbiegen würde.

Doch das tat sie nicht. Stattdessen beschleunigte sie noch, als sie an der Abzweigung waren. Sean blickte zurück und sah Wegweiser und Ausfahrt hinter ihnen kleiner werden. Die Angst, die in ihm lauerte, seit der Sheriff sie angehalten hatte, stieg jetzt in ihm hoch und zu seinem Entsetzen tropften heiße Tränen von seinen Wangen auf sein T-Shirt. Vergeblich versuchte er, sie zurückzuhalten. Außerdem musste er auch noch laut schluchzen.

Collins blickte zu ihm zurück. »Hab keine Angst«, sagte sie. »Alles wird gut.«

Dass sie ihn weinen sah wie ein Baby, machte alles irgendwie nur noch schlimmer. Zur Angst kam die Scham und er schluchzte noch heftiger. Er weinte um seine Mom und um zuhause und ihre gemeinsame Zeit, bevor sie von dort hatten weggehen müssen. Louise streckte ihre kleine Hand aus und nahm seine. »Nicht weinen«, sagte sie. »Die haben doch gesagt, alles wird gut.«

Doch Sean wusste, dass sie logen.

5

Audra sah durch einen Tränenschleier verschwommen, wie der andere Streifenwagen sich entfernte. Sie hatte mitbekommen, wie ihre Kinder aus dem Kombi geholt und zu dem anderen Wagen gebracht worden waren und wie Sean sich zu ihr umgedreht hatte. Sie hatte geweint, als die Kinder verschwanden. Jetzt kehrte Sheriff Whiteside zurück. Er hatte die Sonnenbrille wieder aufgesetzt und die Daumen in den Gürtel gehakt, als wäre alles in bester Ordnung. Als wäre nicht soeben eine Fremde mit ihren Kindern weggefahren.

Eine Fremde vielleicht, aber wenigstens eine Frau. Auch wenn sie selbst in Schwierigkeiten steckte, die Polizistin würde sich um ihre Kinder kümmern. Ihnen würde nichts passieren.

»Ihnen passiert nichts«, sagte Audra laut. Ihre Stimme klang hohl durch das Auto. Sie schloss die Augen und wiederholte den Satz, wie einen Wunsch, der unbedingt in Erfüllung gehen sollte.

Whiteside öffnete die Fahrertür und schob sich herein. Der Wagen schwankte unter seinem Gewicht. Er schloss die Tür, steckte den Schlüssel ins Zündschloss und startete den Motor. Die Lüftung erwachte zum Leben und blies warme Luft ins Wageninnere.

Audra sah die spiegelnden Brillengläser im Rückspiegel und wusste, dass er sie beobachtete wie ein Insekt, das in einem Marmeladenglas gefangen war. Sie zog die Nase hoch, schluckte und zwinkerte die Tränen weg.

»Das Abschleppfahrzeug müsste bald hier sein«, sagte er. »Dann können wir fahren.«

»Diese Polizistin ...«

»Deputy Collins«, sagte er.

»Wohin bringt sie meine Kinder?«

»An einen sicheren Ort.«

Audra beugte sich vor. »Wohin?«

»Einen sicheren Ort«, wiederholte er. »Aber Sie haben im Moment andere Sorgen.«

Sie atmete ein und wieder aus, spürte Panik in sich aufsteigen und unterdrückte sie. »Ich will wissen, wo meine Kinder sind«, sagte sie.

Whiteside schwieg eine Weile und rührte sich nicht, dann sagte er: »Sie sind jetzt am besten still.«

»Bitte, ich will doch nur ...«

Er nahm die Sonnenbrille ab und drehte sich auf seinem Sitz zu ihr um. »Ich sagte, Sie sollen still sein.«

Audra kannte diesen Blick und es überlief sie kalt. Diese Mischung aus Hass und Wut in seinen Augen. Ihr Vater hatte denselben Blick gehabt, wenn er zu viel getrunken hatte und jemandem wehtun musste, in der Regel ihr oder ihrem kleinen Bruder.

»Entschuldigung«, sagte sie so leise, dass es nicht einmal ein Flüstern war.

Als wäre sie wieder ein kleines Mädchen von acht Jahren, das hoffte, ihr Vater würde seinen Gürtel anbehalten, statt sie damit zu schlagen. Der Polizist starrte sie an und sie senkte den Blick auf ihren Schoß.

»Na, geht doch«, sagte er und blickte wieder auf die Wüste jenseits der Windschutzscheibe.

Alles war jetzt still bis auf das Rumpeln des Motors im

Leerlauf und Audra überkam auf einmal ein ganz unwirkliches Gefühl, als wäre alles ein Fiebertraum, als erlebte sie den Albtraum von jemand anderem.

Aber waren nicht die ganzen letzten anderthalb Jahre ein solcher Albtraum gewesen?

Seit sie mit Sean und Louise vor Patrick geflohen war, waren die Tage, Wochen und schließlich Monate voller Sorgen und Ängste gewesen. Überall verfolgte sie der Schatten ihres Mannes. Der Gedanke an ihn und an das, was er ihr nehmen wollte, hatte sich wie ein Schleier auf ihre Seele gelegt.

Sobald Patrick erkannte, dass er sie verloren hatte, dass sie sich ihm nicht mehr unterwerfen würde, hatte er sie belauert und danach getrachtet, sie zu vernichten. Und er wusste genau, was er zu tun hatte. Er liebte die Kinder nicht, genauso wie er Audra nie geliebt hatte. Für ihn waren sie nur etwas, das er besaß, wie ein Auto oder eine teure Uhr. Ein Symbol, mit dem er seinem Umfeld signalisierte: Seht her, ich habe Erfolg und lebe ein erstrebenswertes Leben. Zu spät hatte Audra erkannt, dass sie und die Kinder nur Teil einer Fassade waren, mit der er den anständigen Menschen vortäuschte.

Als sie sich dann endlich von ihm losgerissen hatte, hatte die empfundene Schande ihn wütend gemacht, eine Wut, die seitdem nicht vergangen war. Und es gab so viele schmutzige Tricks, deren er sich bediente. Den Alkohol, die verschreibungspflichtigen Medikamente, das Kokain und anderes mehr. Und dieselben Schwächen, die er in ihr gefördert hatte, um sie zu zähmen – »abhängig« zu machen, wie die Lebensberaterin gesagt hatte –, setzte er jetzt als Waffen gegen sie ein, um ihr die Kinder wegzunehmen. Entsprechende Beweise hatte er den Anwälten und dem Richter vorgelegt. Daraufhin war die Jugendbehörde bei ihr vorstellig geworden und hatte sie mehrmals in ihrer

Wohnung in Brooklyn befragt, wohin sie nach der Trennung gezogen war. Wie gehässig, wie kränkend die Fragen gewesen waren.

Die letzte Befragung war dann der Auslöser gewesen. Der Mann und die Frau von der Behörde hatten sich ganz freundlich und besorgt erkundigt, ob das, was man ihnen zugetragen habe, wahr sei und ob die Kinder in diesem Fall nicht besser beim Vater aufgehoben seien, zumindest für ein paar Wochen, bis sie einen Entzug gemacht habe.

»Ich brauche keinen Entzug«, hatte sie erwidert. »Ich nehme seit fast zwei Jahren keine Drogen mehr.«

Was auch stimmte. Sie hätte gar nicht die Kraft aufgebracht, ihren Mann zu verlassen und die Kinder mitzunehmen, wenn sie weiterhin Drogen genommen hätte. Die anderthalb Jahre seitdem waren ein Kampf gewesen, gewiss, aber sie war kein einziges Mal in die alten Gewohnheiten zurückgefallen, mit denen sie sich damals fast umgebracht hätte. Sie hatte für sich und die Kinder ein neues Leben geschaffen und als Kellnerin in einem Café bedient. Dort verdiente sie zwar nicht viel, aber sie hatte, bevor sie ging, ein wenig Geld von dem Konto, das sie mit Patrick teilte, beiseitegeschafft. Sogar mit dem Malen hatte sie wieder angefangen.

Aber dem besorgten Paar von der Jugendbehörde schien das alles egal gewesen zu sein. Die beiden hatten einander nur mit mitleidiger Miene angesehen und Audra hatte sie schließlich aufgefordert zu gehen.

Daraufhin hatten die beiden versichert, dass sie den Streit nicht vor Gericht sehen wollten, es sei immer besser, wenn die Eltern sich untereinander einigten.

Da hatte Audra geschrien, sie sollten augenblicklich aus ihrer Wohnung verschwinden und nie mehr wiederkommen.

Den Rest des Tages hatte sie in einem Zustand panischer Erregung verbracht und verzweifelt überlegt, was sie gegen ihre Angst tun konnte. Schließlich hatte sie Mel angerufen, ihre einzige Freundin noch aus College-Tagen, und Mel hatte gesagt, komm, komm zu mir nach San Diego, nur für ein paar Tage, wir haben Platz.

Audra hatte aufgelegt und gleich zu packen begonnen. Zuerst nur ein paar Kleider für sich und die Kinder für einige Tage. Dann hatte sie überlegt, Spielsachen mitzunehmen und vielleicht auch die Lieblingsbettwäsche der Kinder. Schließlich waren aus den Taschen Kisten geworden. Fliegen konnte sie mit so viel Gepäck nicht, also musste sie den alten Kombi nehmen, den sie im Vorjahr gekauft hatte. Und zuletzt wollte sie auch nicht mehr nur für ein paar Tage weg, sondern für immer.

Sie nahm sich erst Zeit zum Nachdenken, als sie schon zur Hälfte durch New Jersey gefahren war. Vor vier Tagen hatte sie morgens auf dem Standstreifen des Highways angehalten, weil die Panik irgendwo in ihrem Inneren zu explodieren drohte. Während Sean sie immer und immer wieder fragte, warum sie angehalten habe, saß sie nur da, die Hände am Steuer und heftig atmend, als bekäme sie keine Luft.

Sean hatte sie schließlich beruhigt. Er hatte sich abgeschnallt, war zwischen den Sitzen hindurch nach vorn auf den Beifahrersitz geklettert und hatte ihre Hand gehalten, während er mit seiner hellen Stimme beruhigend auf sie einredete. Schon nach wenigen Minuten hatte sie sich wieder unter Kontrolle, und Sean blieb neben ihr sitzen, während sie gemeinsam überlegten, was sie tun wollten, wohin sie fahren sollten und wie sie dorthin gelangen konnten.

Kleine Straßen, hatte sie beschlossen. Sie wusste nicht, was passieren würde, wenn die Jugendbehörde merkte, dass sie verschwunden war und die Kinder mitgenommen hatte, aber womöglich alarmierte die Behörde die Polizei und dann würde die nach ihr und dem Kombi suchen. Also hatte sie kurvige Landstraßen gewählt, die durch zahllose kleine Orte führten. Probleme mit der Polizei hatte sie keine gehabt. Bis jetzt.

»Na endlich«, sagte Whiteside und riss Audra aus ihren Gedanken.

Vor ihnen näherte sich ein Abschlepplaster aus der Richtung von Silver Water. Ein paar Meter vor ihnen wurde er langsamer. Er wendete, sodass die Ladefläche auf Audras Auto zeigte, und fuhr rückwärts darauf zu, bis ein warnendes Piepen ertönte. Der Fahrer, ein magerer Mann in einem fleckigen blauen Overall, sprang aus dem Führerhaus. Whiteside stieg ebenfalls aus und ging ihm bis zum hinteren Ende des Lasters entgegen.

Audra sah, wie die beiden sich unterhielten. Der Fahrer hielt Whiteside einen Quittungsblock zum Unterschreiben hin, riss dann das oberste Blatt ab und gab es ihm. Anschließend musterte er Audra eingehend. Sie kam sich vor wie ein Affe im Zoo. Eine irrationale Wut stieg angesichts dieser Aufdringlichkeit in ihr auf und sie hätte den Fahrer am liebsten angespuckt.

Während der Fahrer sich an die Arbeit machte und das Seil einer Winde vorne an ihrem Auto befestigte, kehrte Whiteside zum Streifenwagen zurück. Wortlos setzte er sich hinter das Steuer und legte einen Gang ein. Im Vorbeifahren winkte er dem Fahrer des Abschleppwagens zu. Der Fahrer nutzte die Gelegenheit, Audra erneut zu mustern, bis sie ihr Gesicht abwandte.

Whiteside nahm mit hoher Geschwindigkeit die Abzweigung nach Silver Water und Audra musste die Beine breit auf den Boden stellen, um nicht umzukippen. Die

Straße führte in Kurven durch die Berge und ihre Schenkel schmerzten schon bald von der Anstrengung, die Balance zu halten. Die flache Steigung schien kein Ende zu nehmen. Braune Hänge, grün gesprenkelt mit Feigenkakteen und Gestrüpp, säumten zu beiden Seiten die Straße.

Der Sheriff schwieg die ganze Fahrt über und warf ihr nur gelegentlich einen Blick im Rückspiegel zu. Seine Augen waren wieder hinter der Sonnenbrille verborgen. Jedes Mal wenn er sie ansah, wollte sie etwas sagen, ihn nach ihren Kindern fragen, aber jedes Mal sah er weg, bevor sie dazu kam.

Ihnen wird nichts passieren, sagte sie sich immer wieder. Sie sind bei der Polizistin. Egal was mir geschieht, ihnen wird nichts passieren. Das ist nur ein schreckliches Versehen, und sobald es aufgeklärt ist, fahren wir weiter.

Es sei denn natürlich, es kam heraus, dass sie vor der Jugendbehörde weggelaufen war. Dann schickte man sie und die Kinder bestimmt nach New York zurück und sie musste sich verantworten. Aber wenn das das Schlimmste war, okay. Wenigstens waren Sean und Louise jetzt erst mal sicher, bis Mel kommen und sie holen konnte.

Oh Gott, Mel. Audra hatte sie von unterwegs angerufen und gesagt, sie seien losgefahren, und Mel hatte daraufhin geschwiegen. Audra wusste, dass Mel ihr nur aus Höflichkeit angeboten hatte, in San Diego ihr Gast zu sein, aber nicht damit gerechnet hatte, dass sie das Angebot tatsächlich annehmen würde. Na wenn schon. Wenn Mel sie nicht haben wollte, hatte sie noch genug Geld für eine Woche in einem billigen Hotel. Und dann würde ihr schon etwas einfallen.

In einer letzten weit ausholenden Kurve erreichten sie eine Kuppe. Vor ihnen lag ein tiefes Becken mit ebenem Grund ähnlich dem Boden einer Pfanne. In der Mitte des

Beckens eine Ansammlung von Häusern. Die Ausläufer der Berge im Hintergrund waren mit orangefarbenen und roten Narben bedeckt, künstlichen Formen, die man aus der Landschaft gegraben hatte. Whiteside steuerte den Wagen eine Folge von Serpentinen hinunter und Audra lehnte sich gegen die Tür, um nicht umzukippen. Durch das Fenster sah sie die ersten Häuser, aus Fertigteilen errichtete Baracken zwischen knorrigen und dürren Bäumen. Die Grundstücke waren mit Maschendraht eingezäunt, auf den Dächern standen Satellitenschüsseln. Neben einigen Gebäuden parkten Pick-ups, an den Wänden lehnten Reifen und in den Vorgärten stapelten sich Autoteile.

Der sonnengebleichte Asphalt ging über in gestampften Erdboden und die Straße begradigte sich. Der Wagen ruckelte und klapperte. Sie fuhren jetzt an den Häusern vorbei, die Audra zuvor von oben gesehen hatte. Von Nahem sah man den Verfall deutlicher. Einige Besitzer hatten ihre Häuser zwar nach Kräften mit bunter Farbe und Windspielen aufgefrischt, vor allem die Häuser, in deren Vorgärten ein Schild mit der Aufschrift »Zu Verkaufen« stand, aber Audra spürte die Aussichtslosigkeit dieser Bemühungen durch die Fensterscheibe hindurch.

Sie erkannte Armut sofort, denn sie war selbst nur eine Generation davon entfernt. Ihre Großeltern mütterlicherseits hatten zwar nicht in der grellen Wüste gelebt, sondern unter dem grauen Himmel des ländlichen Pennsylvania, aber die Randgebiete ihrer aufgrund des Niedergangs der Stahlindustrie sterbenden Stadt waren ähnlich heruntergekommen. Wenn sie gelegentlich von New York dorthin gefahren waren, hatte Audra auf einer rostigen Schaukel im Garten gespielt, während ihre Mutter die Großeltern besuchte. Ihr Großvater war schon seit Jahren arbeitslos und beide Großeltern blickten dem bevorstehenden Lebensabend düster entgegen.

Audra überlegte, warum der Ort, durch den sie fuhren, wohl Silver Water hieß. Offenbar gab es in der Nähe einen Fluss oder einen See. In der Wüste wurden Siedlungen bestimmt an einer Wasserquelle angelegt. Aber was hielt die Menschen hier? Wer lebte freiwillig in einer so unwirtlichen Gegend, in der die Sonne einem die Haut vom Rücken schälte?

Die Abstände zwischen den Häusern beiderseits der Straße wurden kürzer, doch von einem städtischen Eindruck konnte man trotzdem noch nicht sprechen. Zwischen den Fertighäusern standen einige dauerhaftere Gebäude aus Holz, von deren Wänden die Farbe abblätterte. Ein älterer Mann in Shorts und Unterhemd, der gerade seinen Briefkasten leerte, blickte auf und grüßte den Sheriff mit erhobenem Zeigefinger. Whiteside hob den Zeigefinger kurz vom Lenkrad und erwiderte den Gruß. Der Alte betrachtete Audra mit zusammengekniffenen Augen.

Sie fuhren an einer Autowerkstatt vorbei, die längst dichtgemacht hatte und deren Schilder verblichen waren. Weitere Häuser säumten die Straße, einige davon waren in einem etwas besseren Zustand. Die Straße wurde ebener und breiter und ein Gehweg zog sich an ihr entlang in Richtung Ortsmitte. Dann eine Kirche, so grellweiß, dass es Audra in den Augen wehtat. Sie wandte den Blick ab und sah durch die Windschutzscheibe weitere ein- und zweistöckige Häuser auf einer Länge von etwa einem dreiviertel Kilometer. Die Hauptstraße lag offenbar hinter der Holzbrücke, der sie sich jetzt näherten.

Als sie über die Brücke fuhren, blickte sie über das Geländer, in der Erwartung, einen strömenden Fluss zu sehen. Stattdessen war da ein ausgetrocknetes Flussbett, in dessen Mitte ein trübes Rinnsal dahinkroch. Das Wasser, von dem Silver Water seinen Namen hatte, ob nun silbern oder nicht, war zu einem Nichts geschrumpft, erstorben wie alles andere. Trotz des Aufruhrs in ihrem Kopf spürte sie einen Anflug von Mitgefühl mit dem Ort und seinen Bewohnern.

Entlang der Hauptstraße schwarze Fenster, wo einst Läden gewesen und Geschäfte gemacht worden waren. An vielen Gebäuden hingen beschädigte und verblichene Schilder, die die Immobilien zur Vermietung oder zum Verkauf anpriesen. Nur ein Gemischtwarenladen, ein Secondhandshop und ein Diner hatten noch geöffnet. Sie passierten ein paar Nebenstraßen, die, dem flüchtigen Blick nach zu schließen, den Audra hineinwerfen konnte, genauso verlassen waren. Am anderen Ende fuhr Whiteside schließlich auf einen Parkplatz neben einem niedrigen Gebäude aus Porenbeton. Auf einem weißen Schild stand in schwarzen Buchstaben ELDER COUNTY, SHERIFF'S DEPARTMENT. Der Parkplatz war für etwa ein Dutzend Fahrzeuge ausgelegt, aber kein einziges war zu sehen.

Wo war das Auto von Deputy Collins?

Whiteside stellte den Motor aus und blieb mit den Händen am Steuer einen Augenblick stumm sitzen. Dann befahl er Audra, noch zu warten, und stieg aus. Er ging zu einer flachen Rampe mit Geländer, die zu einer Eisentür an der Seite des Gebäudes führte, griff nach einem Schlüssel, der an einer Kette an seinem Gürtel hing, und schloss sie auf. Anschließend kehrte er zum Auto zurück. Er half Audra beim Aussteigen, hielt sie zugleich am Arm gepackt und führte sie zu dem Gebäude. Sie mussten eine kurze Strecke durch die sengende Hitze zurücklegen, dann tauchten sie in das vergleichsweise kühle Büro ein.

Audras Augen brauchten eine Weile, bis sie sich an das

Dämmerlicht gewöhnt hatten. Über ihr flimmerten einige schwache Neonröhren. Ein offenes Büro mit vier Schreibtischen, auf einem stand ein Computer, der aussah, als wäre er mindestens zehn Jahre alt. Die anderen Schreibtische schienen seit Jahren nicht mehr benutzt worden zu sein. Der Bürotrakt war durch ein hölzernes Geländer mit verschlossener Tür vom vorderen Bereich des Raums abgetrennt. Es roch abgestanden, als wäre das Büro länger nicht benutzt worden, und die Luft war trotz der Hitze draußen feucht.

Whiteside zog mit dem Fuß einen Stuhl unter seinem Schreibtisch hervor und schob Audra rückwärts darauf zu, bis sie keine andere Wahl hatte, als sich zu setzen. Er setzte sich ebenfalls und schaltete den Computer ein. Klackend und brummend fuhr das Gerät hoch. Es klang wie ein Motor, der keine kalten Vormittage mochte.

»Wohin hat die Polizistin meine Kinder gebracht?«, fragte Audra.

Whiteside drückte auf einige Tasten und loggte sich ein. »Darüber sprechen wir nachher.«

»Ich will nicht aufdringlich sein, Sir, wirklich nicht, aber ich muss wissen, ob meine Kinder versorgt sind.«

»Wie gesagt, Ma'am, darüber sprechen wir nachher. Je schneller wir das hier geregelt kriegen, desto schneller kann ich Sie wieder gehen lassen. Also, der volle Name.«

Audra gab bereitwillig Auskunft – Name, Geburtsdatum, Wohnort – und wehrte sich auch nicht, als der Sheriff ihr die Handschellen abnahm und ihre Finger auf ein Stempelkissen drückte.

»Wir machen das hier auf die altmodische Weise«, sagte er und seine Stimme belebte sich ein wenig. »Nicht mit diesem digitalen Quatsch. Wir haben kein Geld, um aufzurüsten. Früher hatte ich ein halbes Dutzend Mitarbeiter und einen Hilfssheriff. Und eine ganze Behörde, wenn auch keine große. Jetzt sorgen hier nur noch ich und Collins für Ordnung und Sally Grames, die an drei Vormittagen die Woche Schreibkram erledigt. Nicht dass wir viel Ärger haben. Sie dürften hier drin die erste Person seit einem Jahr sein, die nicht wegen Trunkenheit oder grobem Unfug belangt wird.«

Whiteside hielt Audra einen Behälter mit Erfrischungstüchern hin und sie nahm sich eins und noch ein zweites und machte sich daran, die schwarze Tinte von ihren Fingerspitzen abzuwischen.

»Hören Sie zu«, sagte er. »Das braucht hier keine große Sache zu werden. Sie machen mir hoffentlich keinen Kummer, wenn ich Ihnen die Handschellen nicht wieder anlege, okay?«

Audra schüttelte den Kopf.

»Gut. Ich muss jetzt noch ein paar Dinge überprüfen und sicherstellen, dass kein Haftbefehl gegen Sie vorliegt, was ich aber auch gar nicht glaube. Wie gesagt, die Menge an Marihuana, die Sie dabeihatten ...«

»Es gehört nicht mir«, sagte Audra.

»Das sagen *Sie,* aber die Menge, die ich bei Ihnen im Auto gefunden habe, könnte für einige Leute den persönlichen Bedarf übersteigen. Aber wenn Sie sich hier gut aufführen, kann ich vielleicht ein Auge zudrücken. Sprechen wir meinetwegen von Bedarf und nicht von der Absicht, zu dealen. Wenn es dabei bleibt, bekommen Sie von der Richterin, Judge Miller, vermutlich eine kleine Geldstrafe und ein paar strenge Worte. Judge Miller arbeitet gewöhnlich am Mittwochvormittag drüben im Rathaus, aber ich werde sie anrufen, dann kommt sie vielleicht schon morgen Vormittag zur Verhandlung. Sie bräuchten dann nur einmal hier zu übernachten.«

Audra wollte protestieren, aber er gebot ihr mit erhobener Hand zu schweigen.

»Lassen Sie mich bitte aussprechen. Ich muss Sie für die Nacht in eine Zelle bringen, das geht nicht anders. Aber wenn Sie kooperieren, rufe ich, gleich wenn ich das erledigt habe, Judge Miller an. Wenn Sie nicht kooperieren, also wenn Sie mir Ärger machen, lasse ich Sie auch gern ein oder zwei Tage länger warten. Wollen Sie also brav sein? Keinen Aufstand machen?«

»Ja, Sir«, sagte Audra.

»Also gut.« Whiteside stand auf, ging zu einer Tür an der rückwärtigen Wand des Büros mit der Aufschrift UNTERSUCHUNGSZELLEN und durchsuchte die Schlüssel an seiner Kette. Dann drehte er sich um. »Kommen Sie?«

Audra stand auf und folgte ihm. Er schloss die Tür auf, streckte die Hand aus und schaltete eine weitere Reihe von Neonröhren ein. Dann hielt er die Tür auf, trat zur Seite und ließ sie hindurchgehen. Drinnen stand ein kleiner Schreibtisch, dessen furnierte Platte fleckig und an den Rändern abgeschlagen war. Auf der Platte stand ein Kaffeebecher mit einem Sammelsurium von Stiften. Dahinter drei Zellen in einer Reihe, vergitterte Vierecke mit Böden aus Beton, jeweils zwei schmalen Pritschen sowie Toilette und Waschbecken, abgeschirmt durch ein niedriges Ziegelmäuerchen.

Audra blieb stehen. Die Angst, die erneut in ihr aufstieg, drohte sie zu überwältigen. Ihre Schultern hoben und senkten sich im Rhythmus ihrer schneller werdenden Atemzüge und Schwindel erfasste sie.

Whiteside ging um sie herum zu der Zelle ganz links und sperrte die Tür auf. Metall quietschte auf Metall, als er sie aufschob. Dann drehte er sich zu ihr um, einen besorgten Ausdruck im feisten Gesicht.

»Wirklich«, sagte er, »es ist nicht so schlimm. Es ist kühl, die Betten sind eigentlich ganz bequem, und Sie haben Ihre Ruhe. Eine Nacht, mehr nicht. Ich muss Sie nur bitten, Schuhe und Gürtel auszuziehen. Legen Sie beides hier auf den Schreibtisch.«

Audra starrte in den leeren Raum zwischen den Zellenwänden. Sie zitterte am ganzen Leib und ihre Füße waren wie festgewurzelt auf dem Betonboden.

Whiteside streckte die Hand aus. »Na, kommen Sie, je schneller Sie es hinter sich bringen, desto schneller sind wir mit allem fertig.«

Sie öffnete ihren Gürtel, zog ihn aus der Jeans, trat ihre Schuhe von den Füßen und legte alles auf den Tisch. Dann ging sie zur Zelle und durch die Tür. Ihre Socken machten auf den Vinylfliesen ein leises wischendes Geräusch. Sie hörte wieder das metallische Quietschen, drehte sich um und sah gerade noch die Tür zugehen. Whiteside schloss ab.

Sie trat an das Gitter, hielt sich mit den Händen daran fest und sah Whiteside an, der nur wenige Zentimeter entfernt auf der anderen Seite stand.

»Bitte«, sagte sie und konnte das Zittern in ihrer Stimme nicht unterdrücken. »Ich habe alles getan, was Sie gesagt haben. Ich habe kooperiert. Bitte sagen Sie mir jetzt, wo meine Kinder sind.«

Whiteside erwiderte ihren Blick unbewegt.

»Was für Kinder?«, fragte er.

6

Deputy Collins bog von der Straße auf einen unbefestigten Weg ab und Sean sah durch das Fenster Staubwolken aufsteigen. Ohne nachzudenken, streckte er den Arm aus und nahm Louises Hand in seine. Ihre Finger waren warm und verschwitzt. Sein Magen befand sich in Aufruhr, denn der Weg wand sich durch bergiges Gelände aufwärts und der Wagen schwankte heftig.

Es kam ihm vor, als wären sie schon eine Ewigkeit unterwegs. Die Ortschaft, in die sie mit Mom hatten fahren wollen, war den Straßenschildern zufolge nur zwei oder drei Kilometer von der Stelle entfernt gewesen, an der sie angehalten hatten. Aber inzwischen waren sie viel weiter gefahren, das wusste er ganz sicher.

Die Angst, die an ihm nagte, seit sie losgefahren waren, war immer noch da, auch wenn er inzwischen nicht mehr weinen musste wie ein Baby. Auf seine Frage, wohin sie fuhren, hatte die Frau nur geantwortet, an einen sicheren Ort. Er hatte es so oft gefragt, dass sie schließlich gesagt hatte, er solle gefälligst den Mund halten und still sein. Louise hatte geschwiegen. Sie hielt nur Gogo umklammert und blickte aus dem Fenster, als würden sie einen Tagesausflug machen.

Der Weg wurde immer schlechter und schmaler, bis Sean das Gefühl hatte, dass sie gar nicht mehr auf einem Weg fuhren. Das Auto holperte und klapperte und schüttelte ihn und seine Schwester auf ihren Sitzen gründlich durch. Nach einiger Zeit ließ die Steigung nach und sie näherten sich einem verfallenen kleinen Schuppen mit eingestürztem Dach. Die Überreste der Wände waren von einem längst vergangenen Feuer geschwärzt und verkohlt. Daneben stand eine Art Carport, wie Sean vermutete, ein einfacher hölzerner Rahmen mit einem Dach aus Wellblech. Im Schatten darunter parkte ein Kastenwagen.

Deputy Collins fuhr neben den Kastenwagen und im Innern ihres Fahrzeugs wurde es plötzlich dunkel. Sie öffnete die Tür, stieg aus und kam zu Louises Tür, öffnete sie und beugte sich herunter. Zusammen mit ihr strömte ein Schwall heißer Luft herein.

»Aussteigen«, sagte sie und streckte die Hände nach Louises Sicherheitsgurt aus.

Bevor Sean es verhindern konnte, hatte Louise schon ihre Hand weggezogen und ließ sich von Collins aus dem Wagen heben. Dann beugte Collins sich wieder herein.

»Du auch«, sagte sie.

»Ich will aber nicht«, erwiderte Sean.

Collins packte Louises Hand fester. »Ich habe deine Schwester«, sagte sie.

Sean spürte, wie ihm der kalte Schweiß ausbrach. Er drückte auf das Schloss seines Sicherheitsgurts und der Gurt zog sich zurück. Nach kurzem Zögern rutschte er über den Sitz und stieg aus.

»Hier«, sagte Collins und gab ihm Louises Hand zum Halten. »Wartet hier.«

Sie warf die Tür des Streifenwagens zu, ging zum Heck des Kastenwagens und suchte in der Hosentasche nach einem Schlüssel. Der Kastenwagen sah nicht viel besser aus als die Hütte. Seine beige Farbe war mit Rostflecken gesprenkelt und die Hecktür knarrte, als Collins sie öffnete. Collins trat zurück, sodass der dunkle Innenraum sichtbar wurde.

»Einsteigen«, befahl sie.

Louise machte einen Schritt, aber Sean zog sie zurück. »Geh nicht«, sagte er.

Collins zeigte auf das schwarze Loch. »Los, rein.«

Sean schüttelte den Kopf. »Nein.«

»Stell dich nicht an.« Collins musterte ihn böse.

»Wir steigen da nicht ein«, beharrte Sean.

Collins machte einen Schritt auf die Kinder zu, ging in die Hocke, bis ihre Knie die Brust berührten, und balancierte auf den Fußballen. »Schätzchen«, sagte sie, an Louise gewandt, »dein Bruder zickt rum. Ihr müsst da rein, raus aus der Hitze. Wenn ihr das nicht macht, bekommt eure Mom noch viel größere Schwierigkeiten, als sie jetzt schon hat. Dann muss sie vielleicht für lange Zeit ins Gefängnis.«

»Das ist gelogen«, rief Sean.

»Louise, du willst doch nicht, dass deine Mommy noch mehr Schwierigkeiten bekommt, oder? Du willst doch nicht, dass sie ins Gefängnis muss.«

Louise schüttelte den Kopf.

»Gut, dann lass uns ...«

Collins streckte den Arm nach Louise aus und verlagerte dabei das Gleichgewicht. Genau diesen Moment wählte Sean. Blitzschnell fuhr seine Hand nach vorn und versetzte ihr einen Stoß gegen die Schulter. Der Stoß war nicht besonders heftig, reichte aber aus. Collins riss verblüfft die Augen auf und ruderte mit den Armen, um zu verhindern, was gleich passieren würde.

Sean wartete nicht ab, bis sie auf dem Rücken lag, sondern drehte sich sofort um und rannte los. Louise zog er hinter sich her. Sie schrie, stolperte und wäre fast gestürzt, doch sein Schwung fing sie auf. Er folgte den Reifenspuren, denn er wollte zur Straße zurück und dort ein Auto anhalten. Egal was passierte, sie mussten rennen, so schnell sie konnten.

»Gogo!«

Er blickte kurz über die Schulter und sah die rosafarbenen Überreste des Kaninchens auf der Erde liegen. Dahinter rappelte Collins sich auf. Ihr Gesicht war wutverzerrt.

»Den holen wir später«, sagte er und riss an Louises Hand. »Wir kommen wieder, versprochen.«

Er rannte weiter, trieb seine Beine noch mehr an, und seine Schwester folgte ihm stolpernd. Irgendwo hinter sich hörte er Collins brüllen, sie sollten verdammt noch mal sofort stehen bleiben. Er rannte hangabwärts und Erde und Schotter gaben unter seinen Schuhen nach. Steilere Abschnitte sprang er hinunter. Sein Rücken schmerzte bei jeder Landung. Louise konnte sich irgendwie hinter ihm auf den Beinen halten.

»Halt!« Das Echo von Collins' Stimme wurde von den steilen Hängen zurückgeworfen. »Stehen bleiben, Herrgott noch mal!«

Sean achtete nicht auf sie. All seine Gedanken galten der Straße, die irgendwo da unten am Ende des Weges durch die Berge führte. Renn einfach weiter, dann kommst du hin.

Vor ihnen machte der Weg eine Biegung. Dahinter konnte Collins sie nicht mehr sehen. Sean senkte den Kopf, beschleunigte noch einmal und riss Louise so heftig mit sich, dass es ihm fast die Schulter ausrenkte.

Dann krachte ein Schuss, er spürte den Druck auf den Ohren. Instinktiv, ohne zu überlegen, warf er sich auf den Boden und zog Louise mit nach unten. Louise schrie und rollte ein Stück von ihm weg. Er blickte zurück und sah

Collins am oberen Ende des Hangs stehen. Ihre Pistole zeigte zum Himmel und ein Rauchfaden stieg von ihr auf, der vom Wind verweht wurde. Sie senkte die Pistole, packte sie mit beiden Händen und richtete sie auf die Kinder. Dann sprang sie den Hang hinunter. Sie keuchte und ihre Stiefel knirschten auf dem Boden.

Sean richtete sich auf die Knie auf. Seine Handballen brannten vom Kies. Collins blieb wenige Meter vor ihm stehen und zielte auf seinen Kopf.

»Keine Bewegung«, sagte sie.

Er erstarrte und sah zu, wie sie Louise am T-Shirt packte und aufrichtete. Dann hielt sie ihr die Pistole an die Schläfe. Louise starrte ihn mit aufgerissenen Augen und offenem Mund an. Die Knie ihrer Jeans waren zerrissen, die Haut blutig aufgeschürft.

»Willst du, dass ich sie erschieße?«, fragte Collins. In ihren Augen glänzten Tränen der Wut. »Willst du das?«

Sean nahm die Hände hoch, zum Zeichen, dass er sich ergab. Er schüttelte den Kopf.

Collins ließ Louise los und richtete die Pistole auf den Boden. Ihr Atem ging stoßweise, ihre Schultern hoben und senkten sich. Sie zog die Nase hoch und wischte sich mit dem Rücken der freien Hand über das Gesicht und hinterließ eine schmutzige Spur auf der Haut. »Also gut«, sagte sie. Ihre Stimme zitterte. »Gehen wir.«

Sean half Louise auf und bemerkte erst jetzt das Stechen in seinen Ellbogen und die Risse in seinen Jeans. Collins zeigte hangaufwärts und er nahm seine Schwester an der Hand und machte sich an den Aufstieg zum Kastenwagen. Collins folgte ihnen. Kurz vor dem Ziel bückte er sich, hob Gogo auf und gab ihn Louise. Sie drückte das Kaninchen an sich und schniefte.

Am Kastenwagen angekommen, half er ihr zum Laderaum hinauf. Sie schwiegen beide. Er folgte ihr und achtete darauf, dass er sich nicht Splitter des Sperrholzes in die Finger rammte, mit dem der Boden ausgelegt war. Drinnen nahm er Louise in die Arme. Sie kuschelte sich in seinen Schoß und er wiegte sie hin und her, wie Mom es mit ihm getan hatte, wenn er Angst gehabt hatte. Als er den Kopf hob, sah er, dass Deputy Collins ihn beobachtete. Er sah auch die Furcht in ihrem Gesicht.

Sie hielt ein Handy in der Hand und Sean hörte das künstliche Surren und Klicken, als sie ein Foto machte.

Dann schlug sie die Tür zu und tiefe Nacht hüllte die beiden Kinder ein.

7

Audra ging zum Ende der Zelle, drehte um und ging zurück. Dann drehte sie wieder um. Und immer wieder. Eine Stunde war vergangen, vielleicht auch mehr, und ihr Hals war vom Schreien wund. Sie hatte gerufen und gebrüllt, bis ihre Lungen brannten und ihre Augen tränten.

Tränen hatte sie keine mehr, aber die Angst und die Wut waren noch da und drohten sie zu überwältigen und um den letzten Verstand zu bringen. Nur mit Mühe konnte sie sich beherrschen. Vor Erschöpfung hätte sie sich am liebsten auf einer der Pritschen zusammengerollt und die Augen zugemacht, damit sie nichts mehr mitbekam. Aber irgendwie konnte sie sich aufrecht halten, zwang sie sich, weiterzugehen.

Als Whiteside die drei Wörter gesagt hatte, hatte sie einen Moment lang wie erstarrt geschwiegen und dann gefragt: »Was meinen Sie damit?«

Whiteside hatte sich nur schweigend abgewendet und war zur Tür des Zellenblocks gegangen, nach draußen. Die Tür hatte er hinter sich abgeschlossen. Gefangen zwischen den Wänden der Zelle, hatte sie geschrien, bis sie nicht mehr konnte. Jetzt konnte sie nur noch gehen, einen Fuß vor den anderen setzen. Sonst wurde sie hier drinnen verrückt. Also lieber gehen.

Sie hörte Schlüssel klirren und blieb wie erstarrt mit dem Rücken zur Tür stehen. Die Tür ging auf und sie hörte die schweren Schritte des Sheriffs auf dem Beton. Dann ging die Tür wieder zu.

»Haben Sie sich ausgetobt?«, fragte er.

Audra drehte sich um und sah ihn durch das Gitter näher kommen. »Was haben Sie damit gemeint?« Ihre Stimme war nur noch ein heiseres Krächzen.

»Womit?« Sein Gesicht zeigte keine Regung, wirkte fast gelangweilt.

»Mit dem, was Sie über meine Kinder gesagt haben. Wo sind sie?«

Er stützte sich mit den Unterarmen gegen das Gitter und erwiderte ihren Blick unverwandt. »Wir beide müssen miteinander reden.«

Sie schlug mit der Handfläche an das Gitter und stechende Schmerzen fuhren ihr durch die Finger. »Wo sind meine Kinder?«

»Aber zuerst müssen Sie sich beruhigen.«

»Verdammt, wo sind meine Kinder?«

»Wenn Sie sich beruhigen, können wir darüber sprechen.«

Sie wollte schreien, aber ihre Stimme brach. »Wo sind meine Kinder?«

Whiteside drückte sich von den Gitterstäben ab. »Na gut, wie Sie wollen. Wir können es auch ein anderes Mal tun.«

Er wandte sich ab und ging zur Tür.

Audra packte die Stäbe. »Nein, bitte, kommen Sie zurück.«

Er blickte über die Schulter. »Sie haben sich beruhigt?«

»Ja.« Sie nickte heftig. »Ich bin ganz ruhig.«

»Also gut.« Er kehrte zu ihrer Zelle zurück, nahm die Schlüssel von seinem Gürtel und zeigte auf die hintere Pritsche. »Setzen Sie sich bitte dorthin.«

Audra zögerte und er fügte hinzu: »Na los, setzen Sie sich, sonst unterhalten wir uns ein anderes Mal.«

Audra ging zu der Pritsche und tat wie geheißen. Whiteside steckte den Schlüssel ins Schloss und befahl ihr, sich auf die Hände zu setzen. Sie gehorchte. Er zog die Schiebetür auf, trat ein und schloss sie wieder. Dann lehnte er sich mit der Schulter an das Gitter und hängte den Schlüsselbund wieder an seinen Gürtel.

»Sie sind ganz ruhig?«, fragte er.

»Ja, Sir.«

»Okay. Ich erkläre Ihnen jetzt alles, so gut ich kann, und Sie bleiben bitte sitzen und regen sich nicht auf. Glauben Sie, dass Sie das können?«

»Ja, Sir.«

»Gut. Dann sprechen wir jetzt zuerst über Ihre Kinder. Was Sie hören werden, wird Ihnen nicht gefallen, aber bleiben Sie bitte trotzdem ruhig. Wollen Sie das versuchen?«

»Ja, Sir.« Ihre Stimme war ein Flüstern, das sie selbst kaum noch hörte.

Whiteside betrachtete einen Moment lang mit gerunzelter Stirn seine Fingernägel. Dann holte er tief Luft und sah Audra an.

»Also, soweit ich mich erinnere, waren keine Kinder in Ihrem Auto.«

Audra schüttelte den Kopf. »Was sagen Sie da? Sean und Louise saßen doch im Auto, als Sie mich angehalten haben. Dann kam die Polizistin, ich weiß nicht mehr, wie sie hieß, und hat sie mitgenommen.«

»Das entspricht nicht meiner Erinnerung«, erwiderte Whiteside. »Ich erinnere mich daran, dass Sie allein waren, als ich Sie angehalten habe. Ich habe dann Deputy Collins per Funk gerufen, um mir bei der Leibesvisitation zu helfen. Außerdem sollte sie Emmet verständigen, damit er Ihren Wagen abschleppt. Wir warteten, er kam und ich brachte Sie hierher und nahm Ihre Personalien auf. Keine Kinder.«

»Warum sagen Sie das? Sie wissen doch, dass es nicht stimmt. Die Kinder waren dabei. Sie haben sie gesehen und mit ihnen gesprochen. Um Himmels willen, bitte, sagen Sie mir doch einfach ...«

Whiteside drückte sich vom Gitter ab und stützte die Hände in die Hüften. »Wenn Sie das sagen, habe ich ein Problem.«

»Bitte ...«

»Ruhe!« Er hob die Hand. »Ich rede hier. Sie sagen, bei der Abfahrt aus New York hätten Kinder in Ihrem Auto gesessen. Jetzt sind Sie ohne Kinder hier in Silver Water. Angenommen, Sie sind wirklich mit diesen Kindern abgefahren, dann muss ich Sie fragen: Wo sind sie jetzt?«

»Ihre Kollegin hat ...«

»Mrs Kinney, was haben Sie mit den Kindern gemacht?«

Audra hörte ein fernes Brausen wie von einer in Panik fliehenden Herde oder einem Hurrikan. Auf einmal war ihr kalt bis ins Innerste, als wäre sie in einen eisigen See gefallen. Sie starrte den Sheriff nur an und ihre eigenen Herzschläge dröhnten immer lauter und übertönten alles, selbst das ferne Brausen.

Whiteside sagte etwas, aber sie wusste nicht, was. Sie konnte ihn nicht hören.

Dann war die Entfernung zwischen ihnen plötzlich verschwunden, und Audra schlug mit den Fäusten auf sein Gesicht ein und er stürzte und sie saß auf seiner Brust, zerkratzte ihm mit den Fingernägeln die Haut, und als Nächstes waren ihre Hände wieder zu Fäusten geballt und damit schlug sie immer wieder auf sein Gesicht ein, das er erst in die eine und dann in die andere Richtung wegdrehte, sodass ihre Schläge von seinen Wangen abglitten.

Sie wusste nicht, wie lange sie rittlings auf ihm saß und auf ihn einschlug, jedenfalls hörte sie erst auf, als sie seine fleischige Hand zwischen den Brüsten spürte. Da wusste sie, dass er zu stark war und dass sie ihm nichts anhaben konnte. Er stieß sie von sich weg und sie flog rückwärts, landete nach einem schwerelosen Moment auf dem Boden und schlug krachend zuerst mit den Ellbogen und dann dem Hinterkopf auf den Beton.

Durch das Flimmern vor ihren Augen sah sie Whiteside über sich aufragen und dann mit seinen Pranken und einem Teleskopschlagstock über sie herfallen. Instinktiv hob sie die Hände und Knie und er zog den Schlagstock über ihre Schienbeine. Die Schmerzen waren so heftig, dass sie alles überlagerten, und Audra hätte geschrien, wenn sie die Stimme dazu gehabt hätte. Die Pranken packten sie an den Schultern und warfen sie auf den Bauch, als wöge sie nichts, und der Sheriff rammte ihr das Knie ins Kreuz.

Audra wollte ihn um Gnade anflehen, aber sie bekam keine Luft. Whiteside packte ihr linkes Handgelenk und drehte es ihr auf den Rücken, dass ihre Schulter knirschte. Immer höher drückte er das Handgelenk hinauf und sie war schon überzeugt, dass er ihr den Arm ausreißen wollte, da spürte sie den stählernen Ring ums Handgelenk. Whiteside hielt ihre linke Hand fest, packte die rechte und tat mit ihr dasselbe. Die Schmerzen waren so groß, dass Audra das Bewusstsein zu verlieren drohte.

Als beide Handgelenke gefesselt waren, hielt er sie weiter fest und beugte sich zu ihr herunter, sodass sie seinen Atem am Ohr spürte.

»Ihre Kinder sind weg«, flüsterte er. »Finden Sie sich damit ab, dann haben Sie eine Chance, das hier zu überleben. Sonst ...«

Sein Gewicht hob sich von ihr, die Zellentür ging auf und wieder zu und Schlüssel klirrten.

Audra blieb allein auf dem Boden zurück. Sie begann zu weinen.

8

Zwei Stufen auf einmal nehmend, lief Danny Lee die Treppe hinauf, bis zum dritten Absatz. Dort blieb er stehen und wartete, bis sein Puls sich beruhigt hatte. Dann ging er den Gang entlang und zählte im Dämmerlicht die Türen bis zur Nummer 406. Der Nummer, die die Eltern des Jungen ihm gegeben hatten.

Ein guter Junge, hatte Mrs Woo gesagt. Aber in letzter Zeit hatte er sich verändert. Er redete kaum, war schlecht gelaunt und verschlossen, respektierte seine Eltern nicht mehr.

Danny kannte die Geschichte. Er hatte sie schon oft gehört.

Die Tür klapperte im Takt der Basstöne der Hip-Hop-Musik, die drinnen dröhnte. Macht die Nachbarn bestimmt wahnsinnig, dachte er. Nicht dass sie sich beschweren würden.

Er ballte die Faust, hämmerte gegen die Tür und wartete. Keine Antwort. Er hämmerte wieder gegen die Tür. Immer noch keine Antwort. Noch einmal mit der Faust, gefolgt von ein paar Fußtritten, um dem Ganzen Nachdruck zu verleihen.

Diesmal ging die Tür ein paar Zentimeter auf und das Gesicht eines jungen, Danny vage bekannten Mannes wurde sichtbar. Einer von Harry Chins Jungs.

»Was fällt dir ein?«, sagte der junge Mann. »Wenn du die Hand verlieren willst, klopf noch mal, du Wichs –«

Danny trat so heftig mit der Schuhsohle gegen die Tür, dass Chins Junge zurücktaumelte. Er konnte gerade noch das Gleichgewicht halten und stützte sich schimpfend mit der Hand an der Wand ab.

Danny trat ein und ließ den Blick durch das Zimmer wandern. Ein halbes Dutzend junger Männer einschließlich des Jungen, der ihm aufgemacht hatte. Alle starrten ihn an. Fünf saßen auf einem Sofa und zwei Sesseln um einen Couchtisch, darauf loses Marihuana und fertig gedrehte Joints, eine Tüte Koks und einige auf der gläsernen Tischplatte gezogene Linien. Und ein Tütchen mit Crystal Meth, obwohl noch niemand etwas davon genommen zu haben schien.

Der Chin-Junge hatte, seinen aufgerissenen Augen, den geweiteten Nasenflügeln und dem Schweißfilm auf seiner Stirn nach zu schließen, schon mindestens ein oder zwei Linien Koks geschnupft. Doch Danny beachtete ihn nicht weiter. Ihn interessierte nur Johnny Woo, der jüngste der Männer, der in der Mitte auf dem Sofa saß. Leichter Flaum auf der Oberlippe, Pickel auf Nase und Stirn. Noch ein Kind im Grunde.

»Komm mit, Johnny«, sagte er.

Johnny schwieg.

Danny hörte von links ein Klicken und drehte den Kopf. Der Chin-Junge hatte eine gespannte, schussbereite 38er in der Hand.

»Verpiss dich«, sagte er, »oder ich blase dir den Kopf weg.«

Danny schwieg.

»Eh, Alter«, sagte ein anderer junger Mann, »das ist Danny Doe Jai.«

Der Chin-Junge sah ihn an. »Danny wer?«

Ein Kind, erinnerte Danny sich, nicht mehr. Kein ernst

zu nehmender Gegner. Er hob nur die Hand, packte den Jungen am Handgelenk, verdrehte es und drückte zu. Der Revolver fiel mit einem dumpfen Schlag auf den Boden, der Junge ging in die Knie. Er schrie und Danny drückte noch fester zu und spürte, wie die Knochen unter dem Fleisch aneinanderrieben.

Danny sah den jungen Mann auf dem Sofa an. »Nenn mich nicht so.«

Der Junge senkte den Blick und murmelte: »Entschuldige, Lee-sook.«

Die anderen Jungs nickten und grüßten ihn mit dem gebührenden Respekt. Danny wandte seine Aufmerksamkeit wieder dem Chin-Jungen zu.

»Gibt es einen Grund, warum ich dir deinen blöden Arm nicht brechen sollte?«, fragte er.

Der Junge begann zu jammern und Danny verdrehte den Arm noch ein wenig mehr und drückte noch ein wenig fester zu.

»Ich hab dich was gefragt«, sagte er.

Der Junge öffnete und schloss den Mund, dann sagte er: »Tut mir leid ... Lee ... sook.«

Danny ließ ihn los und er sackte zu Boden und drückte die Hand an die Brust.

Johnny Woo zupfte an seinen Nägeln und blickte nicht auf.

»Los«, sagte Danny, »deine Eltern warten auf dich.«

Johnny zündete sich einen Joint an, nahm einen tiefen Zug und sagte: »Verpiss dich.«

Die anderen zuckten zusammen. Einer stieß Johnny an und sagte: »Alter, geh doch mit. Tu, was Lee-sook sagt.«

»Scheiße, Mann, ich gehe nirgends hin. Macht ihr das doch, seid nett zu ihm und kriecht ihm in den Arsch. Mir macht er keine Angst.«

»Hör auf deine Freunde«, sagte Danny. »Lass uns gehen.«

Johnny nahm wieder einen Zug, atmete eine langgezogene Rauchwolke aus und sah Danny an. »Verpiss dich.«

Danny bückte sich, packte ein Bein des Couchtisches und warf ihn zur Seite, dass grüne Blättchen und weißes Pulver durch die Luft flogen. Der Tisch knallte an die Wand und die Glasplatte zerbrach. Die anderen Jungs gingen hastig in Deckung. Danny trat zum Sofa und schlug Johnny den Joint aus dem Mund. Dann legte er ihm die Hände um den Hals und zog ihn daran in die Höhe. Johnny gab ein ersticktes Krächzen von sich. Danny schleifte ihn durch das Zimmer und warf ihn gegen die Wand. Dann ohrfeigte er ihn, dass sein Kopf auf den Schultern hin und her flog und ihm Tränen in die Augen traten.

»Na, immer noch so cool?«, fragte Danny.

Er ohrfeigte ihn wieder, während Johnny sich vergeblich mit den Händen zu schützen versuchte.

»Der große Ganove?«

Ohrfeige.

»Bereit, es mit mir aufzunehmen?«

Ohrfeige.

»Na los.«

Ohrfeige.

»Na los, wehr dich, wenn du so ein toller Typ bist.«

Johnny rutschte mit den Händen über dem Kopf an der Wand hinunter. »Halt, aufhören! Tut mir leid! Halt!«

Danny packte ihn am Kragen und zog ihn hoch. »Raus hier, aber pronto.«

Johnny stolperte durch die Tür nach draußen. Danny versetzte ihm einen Tritt in den Hintern, dass er fast gestürzt wäre, und verabschiedete sich mit einem letzten finsteren Blick von den anderen Jungs. Keiner erwiderte ihn, alle interessierten sich plötzlich nur noch für ihre Schuhe oder Fingernägel. Danny folgte Johnny nach draußen und machte die Tür hinter sich zu. Johnny blickte zu ihm zurück, auf einmal ein Kind, das wissen will, was es tun soll.

Danny zeigte auf die Treppe. »Da runter.«

Draußen auf der Jackson Street war es kalt und feucht und der Wind blies geradewegs von der Bucht von San Francisco herein. Danny zog seine Jacke fester um sich, gab Johnny einen Stoß zwischen die Schulterblätter und befahl ihm, weiterzugehen. Der Junge hatte lediglich ein kurzärmeliges T-Shirt mit dem Logo der 49ers an und Danny konnte seine Gänsehaut sehen.

Sie kamen an einem Kosmetiksalon vorbei, der hell durch die Dunkelheit leuchtete. Von drinnen hörte man angeregt plaudernde Frauenstimmen. Dann ein scharf nach Fisch und Salz riechender Fischmarkt. Verglichen mit dem Trubel und Lichtermeer der Grant Avenue und ihren ständig von Chinatown-Touristen verstopften Gehwegen war es hier geradezu ruhig. Der Junge konnte nicht einfach losrennen und in der Menge untertauchen.

Johnny blickte über die Schulter. »Eh, warum nennen die dich Danny Doe Jai?«

»Halt die Klappe und geh weiter«, sagte Danny.

Der Junge drehte sich wieder um. »Doe Jai. Messerjunge. Den Namen kriegt man doch nicht umsonst.«

»Deine Mom meinte, du seist ein aufgeweckter Junge«, sagte Danny. »Zeig mir, dass sie recht hat, und halt die Klappe.«

»Ach, Mann, sag mir einfach ...«

Danny packte Johnny an der Schulter, wirbelte ihn herum und warf ihn gegen das heruntergelassene Gitter eines geschlossenen Catering-Großhandels. Das Gitter schepperte. Danny packte den Jungen mit der rechten Hand am Hals und drückte ihm die Luftröhre zu.

Zwei junge Paare, Chinatown-Touristen, entfernten sich im Laufschritt. Sie begriffen instinktiv, dass sie das hier nichts anging.

Danny trat so dicht vor den Jungen, bis ihre Augen nur noch wenige Zentimeter voneinander entfernt waren.

»Frag mich noch mal«, sagte er. »Frag mich noch ein einziges Mal und ich zeige dir, warum man mich den Messerjungen nennt.«

Der Junge starrte ihn nur an und Danny lockerte den Griff um seinen Hals.

»Na, was ist? Nicht mehr interessiert?«

»Nein, Lee-sook«, krächzte der Junge.

»Gut.« Danny ließ ihn los und gab ihm noch einen Tritt in den Hintern. »Und jetzt setz dich in Bewegung.«

Sie brauchten eine halbe Stunde zu Fuß – wobei Danny den missmutigen und trödelnden Johnny immer wieder mit einem Schubs zum Weitergehen ermuntern musste –, dann standen sie vor dem Haus der Woos in Richmond. Mrs Woo öffnete ihnen, riss die Augen auf, drehte sich um und rief auf Kantonesisch ihren Mann.

»Es ist Lee-gor! Er bringt Johnny nach Hause.«

Mr Woo kam zur Tür, begrüßte Danny mit einem höflichen Nicken und bedachte seinen Sohn mit einem vernichtenden Blick. Der Junge schlüpfte stumm an seinem Vater vorbei in den Flur, wo seine Mutter wartete. Sie wollte ihn umarmen, aber er machte sich von ihr los und verschwand im Haus.

»Danke, Lee-gor«, sagte sie und nickte mit feuchten Augen. »Tausend Dank.«

Sie stieß Mr Woo mit dem Ellbogen in die Seite und er holte seinen Geldbeutel aus der Hosentasche. Zwei Hundert-Dollar-Scheine. Mr Woo fasste Danny mit der linken Hand am Handgelenk und drückte ihm mit der rechten das Geld in die Hand. Danny hätte die zweihundert Dollar aus Stolz zurückweisen können, aber die Vernunft sagte ihm, dass bald die Miete fällig war. Also steckte er das Geld ein und bedankte sich mit einem Nicken.

»Haben Sie ein Auge auf ihn«, sagte er. »Wahrscheinlich ist es ihm zu peinlich, zu den Typen zurückzukehren, aber man weiß nie. Seien Sie nicht zu streng mit ihm. Geben Sie ihm keinen Grund, wieder von zu Hause wegzulaufen.«

»Nein«, sagte Mrs Woo. Sie wandte sich an ihren Mann und sah ihn scharf an. »Nicht wahr?«

Mr Woo blickte zu Boden.

»Wir wollen keinen Ärger«, sagte er. »Werden die Tong ...?«

Er konnte nicht zu Ende sprechen. Das brauchte er auch nicht.

»Ich werde sehen, was ich tun kann«, sagte Danny.

Keine Stunde später hatte er Pork Belly gefunden. Pork Belly saß am Tresen der Bar Golden Sun, einer im Obergeschoss gelegenen Spelunke. Das Gebäude befand sich in einer Gasse gleich um die Ecke von der Stockton Street. Die Touristen mieden solche Gassen und wollten gar nicht wissen, wer dort alles herumlungerte.

Pork Bellys Bauch hing ihm bis auf die Schenkel und spannte sein Hemd so sehr, dass das weiße Unterhemd zwischen den Knöpfen zu sehen war. Seine Stirn glänzte unablässig von Schweiß, weshalb er immer ein Taschentuch dabeihatte, um sie abzuwischen. Gerüchten zufolge hatte Pork Belly seinen Spitznamen »Schweinebauch« als Kind von seiner Großmutter bekommen, die von seinem Appetit und seinem Körperumfang beeindruckt gewesen war, und der Name – Kow Yook, wie er in ihrer Sprache lautete – war haften geblieben. Vor ihm stand ein Glas mit braunem Rum und er nippte an einem Bier, während er im Fernseher über der Bar ein Basketballspiel zweier College-Mannschaften verfolgte. Danny wusste, dass der Rum nur Show war, dass Pork Belly den ganzen Abend an diesem einen Glas trank und sich ansonsten mit Bier und einem leichten Schwips begnügte.

Früher war das anders gewesen. Es hatte eine Zeit gegeben, als Freddie »Pork Belly« Chang eine ganze Flasche Rum getrunken und kaum etwas gespürt hatte. Doch diese Zeit war vorbei, seit drei Jahren. Damals hatte er zwischen den Speichergebäuden und dem Brachland an der Spitze von Hunter's Point mit dem Auto einen jungen obdachlosen Mann überfahren. Er hatte eine halbe Stunde im Auto gesessen, noch benommen vom Rum, und erst dann Danny angerufen. Danny hatte ihm geholfen, die Sache zu regeln, obwohl sie ihn zutiefst angewidert hatte. Aber Pork Belly war ein Bruder der Tong, und zu einem Bruder sagte man nicht nein.

Die einzige Bedingung, die er an seine Hilfe geknüpft hatte, war, dass Pork Belly aufhörte zu trinken. Das hatte Pork Belly mit Dannys Hilfe auch mehr oder weniger getan. Soweit Danny wusste, war Pork Belly seit damals im Wesentlichen nüchtern, was Danny ein wenig damit versöhnte, dass er seinem alten Freund geholfen hatte, unterzutauchen. Und von Zeit zu Zeit konnte er ihn um einen Gefallen bitten.

Wie jetzt.

»He, Danny Doe Jai«, sagte Pork Belly, als Danny durch die fast leere Bar auf ihn zukam. »Was trinkst du?«

»Einen koffeinfreien Kaffee«, sagte Danny. Auch er rührte seit Jahren keinen Alkohol mehr an, nicht einmal Bier, und für richtigen Kaffee war es zu spät am Abend. Er hatte auch ohne Kaffee schon Schwierigkeiten beim Einschlafen. Er setzte sich auf den Hocker neben Pork Belly, bedankte sich mit einem Nicken beim Barkeeper, der eine Tasse vor ihn stellte, und schenkte sich aus einer gläsernen Kanne ein.

»Wie geht's?«, fragte Pork Belly.

»Ganz gut. Und selbst?«

»So lala.« Belly machte eine wegwerfende Handbewegung und zuckte mit den Schultern. »Meine Knie sind Schrott. Tun manchmal weh wie Hölle. Scheißarthritis, meint der Arzt. Meint, ich müsste abnehmen, meine Gelenke entlasten.«

»Wär auch für dein Herz gut«, sagte Danny.

»Es spricht Doktor Danny.«

»Schwimmen.«

Pork Belly sah ihn an. »Was?«

»Schwimmen ist gut bei Arthritis. Du betätigst dich körperlich, ohne deine Gelenke zu strapazieren.«

Pork Belly kicherte und sein ganzer Bauch geriet in Schwingung. »Jetzt hör aber auf, Mann. Schwimmen? Ich am Strand in knapper Badehose und so einer kleinen Badekappe aus Gummi?«

»Warum nicht? Beschaff dir einen Schwimmreifen oder Schwimmflügel.«

»Okay, und wenn ich im Wasser bin, schießt mich so ein Arsch mit einer Harpune ab.«

Danny lächelte und nahm einen Schluck abgestandenen Kaffee. Der Fernseher schaltete auf die Zehn-Uhr-Nachrichten um, unterlegt mit pompöser Musik.

»Du weißt wahrscheinlich, warum ich hier bin«, sagte Danny.

Pork Belly nickte. »Richtig, ich bekam einen Anruf. Hab dich schon erwartet.«

»Die Woos sind brave Leute«, sagte Danny. »Mrs Woo kannte vor Jahren meine Mutter. Johnny, ihr Sohn, ist kein Schläger, sondern ein guter Junge. Oder er war das zumindest. Kam an der Schule gut zurecht. Hätte nächstes Jahr seinen Abschluss gemacht. Das kann er vielleicht immer noch, wenn er den versäumten Stoff nachholt. Könnte vielleicht aufs College.«

Pork Belly wurde ernst und sein Blick kalt. »Du hättest zuerst zu mir kommen sollen.«

»Und was hättest du getan?«

»Vielleicht nichts«, sagte Pork Belly. »Vielleicht irgendwas. Aber das entscheide ich, nicht du. Du hast mich umgangen, mich vor meinen Jungs lächerlich gemacht. Ich habe Dragon Head noch nicht angerufen. Wenn ich das tue, wird er sagen, ich soll dir die Kniescheiben zertrümmern oder ein, zwei Finger abnehmen. Was sage ich dann?«

Danny wollte gerade antworten, da lenkte eine Bewegung im Fernseher ihn ab. Die verschwommenen Bilder einer Überwachungskamera zeigten eine Gefängniszelle. Auf der einen Seite stand ein stämmiger Polizist, auf der anderen saß eine Frau auf einer Pritsche. Dann stürzte sich die Frau auf den Polizisten, schlug ihn zu Boden und bearbeitete ihn mit den Fäusten.

Danny wandte seine Aufmerksamkeit wieder Pork Belly zu. »Du redest ihm das aus«, sagte er. »Sag ihm, Johnny Woo sei zu weich für das Leben, er hätte mehr Ärger gemacht, als er wert war, und dass ich dir einen Gefall–«

Zwei Wörter vom Fernseher ließen ihn abrupt innehalten. Die Nachrichtensprecherin hatte von vermissten Kindern gesprochen. Er blickte wieder auf den Bildschirm.

»Ich versuche es«, sagte Pork Belly. »Ich weiß nicht, ob er mir das abnimmt, aber ich versuche es, nur weil ich dich liebe wie einen Bruder. Aber wenn du noch mal eine solche Scheiße baust ...«

Auf dem Nachrichtenticker am unteren Rand des Bildschirms war zu lesen: »Frau verließ New York vor Tagen mit ihren Kindern – Sheriff fand keine Kinder im Auto, als er es wegen eines Verkehrsdelikts anhielt.«

Dann wieder dasselbe Bild: die Frau, die sich auf den Polizisten warf.

Schnitt zur Nachrichtensprecherin mit ernstem Gesicht. »Staatspolizei und FBI-Agenten sind zu der kleinen Stadt Silver Water in Arizona unterwegs, um eine namentlich noch nicht bekannte Frau zum Verbleib ihrer Kinder zu befragen. Mehr dazu, sobald weitere Informationen vorliegen.«

Pork Belly sagte etwas, aber Danny hörte ihn nicht. Er starrte weiter auf den Bildschirm, obwohl die Sprecherin sich schon einem anderen Thema zugewandt hatte. Eine Frau, die allein mit ihren Kindern unterwegs ist, wird von einem Polizisten angehalten und die Kinder sind verschwunden.

Ein kalter Schauer überlief Danny. Sein Herz klopfte wild und er atmete schneller.

Nein, dachte er und schüttelte den Kopf. Du hast dich schon öfter geirrt, wahrscheinlich auch diesmal.

Pork Belly fasste ihn am Arm. »Was ist los, Mann?«

Danny drehte den Kopf ruckartig zu ihm herum und starrte ihn an, während seine Gedanken rasten.

»Scheiße, Mann, du machst mir Angst.«

Danny stieg von seinem Hocker herunter. »Ich muss gehen. Alles klar?«

Pork Belly zuckte mit den Schultern. »Ja, okay.«

»Danke, Dailo.« Danny legte Pork Belly die Hand auf die Schulter und drückte sie. Dann verließ er die Bar und ging auf die Straße hinaus, ohne sich noch einmal umzusehen. Noch auf dem Weg nach draußen hatte er sein Handy herausgeholt und tippte mit dem Daumen Suchbegriffe ein. Er wollte mehr über diese Frau in Arizona und ihre vermissten Kinder wissen.

Während die Ergebnisliste auf dem Bildschirm erschien, überlegte er, ob die Frau wohl einen Mann hatte. Einen Mann, dessen Welt gerade zusammengebrochen war, genau wie es vor fünf Jahren bei Danny gewesen war.

9

Sean saß mit dem Rücken an der Wand auf dem Boden, die Knie bis zum Kinn angezogen. Um die Schultern hatte er sich eine Decke gewickelt. Louise lag auf der Matratze in der Mitte des Zimmers. Ihre Augenlider hoben und senkten sich schläfrig und in der Hand hielt sie noch das Papier des Schokoriegels. Die Polizistin hatte ihnen eine Tüte mit Schokoriegeln, ein paar Chipspackungen und einen Kasten mit Wasser dagelassen. Sie hatte gesagt, sie würde später mit belegten Broten wiederkommen. Sean glaubte nicht, dass sie überhaupt noch einmal kam.

Es war kalt im Keller und die Luft, die er einatmete, war feucht und roch nach Schimmel und Moos und fauligem Laub. Boden und Wände waren mit Brettern verkleidet, zwischen den Brettern konnte man Erde sehen. Sean wunderte sich, dass der Raum nicht einstürzte und ihn und seine Schwester unter sich begrub.

Die Hütte hatte alt ausgesehen, dem wenigen nach zu schließen, das er bei ihrer Ankunft auf der Lichtung von ihr gesehen hatte. Collins hatte ihn und Louise auf einem Weg tief im Wald aus dem Kastenwagen gelassen. Dann waren sie zu Fuß weitergegangen. Er war nach der langen Zeit im Auto froh über die Bewegung gewesen, aber Louise hatte den ganzen Marsch über gejammert und gehustet. Sie hatte in die Hose gemacht und beklagte sich jetzt, dass ihre Jeans kalt waren und auf der Haut rieben. Sean hatte sich während der langen Fahrt im Dunkeln selbst nur mühsam beherrschen können.

Unterwegs war es kälter geworden. Der Schatten, in dem der Kastenwagen neben dem Schuppen geparkt hatte, hatte verhindert, dass der Innenraum zu einem Backofen wurde, doch unterwegs hatte er sich zunächst erwärmt und es war schwül und drückend geworden. Sean konnte spüren, wie die Straße anstieg und abfiel, mehr anstieg als abfiel, und nach einiger Zeit spürte er einen wachsenden Druck in den Ohren, wie im Flugzeug. Sie fuhren irgendwo hinauf, vielleicht in die Berge, die sie auf der Fahrt durch Arizona zusammen mit Mom am fernen Horizont gesehen hatten. Sean kannte sich in Geografie nicht gut aus, meinte sich aber zu erinnern, dass die Wüste von Arizona im Norden in Wald überging, der viele Hundert Meter über den Meeresspiegel anstieg. Das würde erklären, warum die Temperatur so schnell gesunken war und er und seine Schwester im einen Moment noch geschwitzt und im nächsten schon gefröstelt hatten.

Louise hatte, als sie in die Hose gemacht hatte, bittere Tränen der Scham geweint, durchsetzt von rasselnden Hustenanfällen, obwohl Sean ihr versprochen hatte, es niemandem zu sagen. Jetzt hatte er ein schlechtes Gewissen, weil er von der nassen Stelle auf dem Sperrholzboden des Kastenwagens weggerückt war, obwohl er seine Schwester doch hätte in den Arm nehmen sollen. Wenn Louise sich schämte, weil sie es nicht hatte zurückhalten können, schämte er sich noch viel mehr dafür, dass er sie nicht getröstet hatte.

Er erinnerte sich noch deutlich an das Gefühl, als der Wagen die Straße verlassen und auf dem holprigen Grund geruckelt und geklappert hatte. Wenig später hatten Äste an der Karosserie entlanggescharrt. Was für Bäume gab es in Arizona? Höheres Gelände, kühleres Wetter. Sean tippte auf Kiefern. Als der Kastenwagen hielt und Deputy Collins die Hecktür öffnete, sah er, dass er recht hatte.

Sean und Louise mussten beide die Augen mit den Händen abschirmen, obwohl die Sonne längst hinter den Wipfeln untergegangen war und das Licht unter dem Blätterdach milchig blau getönt war.

»Raus«, sagte Collins.

Sean und Louise blieben, wo sie waren.

Collins streckte die Hand aus. »Los jetzt. Euch passiert nichts. Ihr braucht keine Angst zu haben.«

Sean hätte ihr am liebsten gesagt, dass sie log, aber er schwieg.

»Mir ist was Dummes passiert«, sagte Louise. »Ich bin ganz nass.«

Collins sah sie verwirrt an, dann begriff sie und nickte. »Das macht nichts, Schatz, ich habe frische Kleider für dich dabei. Komm.«

Louise kroch zur Tür und ließ sich von Collins hinaushelfen. Collins nahm sie an der Hand und wandte sich wieder Sean zu.

»Wirklich, Sean, es ist okay. Alles wird gut. Ihr müsst nur mit mir mitkommen.«

Sean überlegte und stellte fest, dass ihm nichts anderes übrig blieb. Er konnte nicht ewig im Wagen bleiben. Und wenn er wegrannte, würde Collins bestimmt ihn und seine Schwester erschießen. Er stand also auf, ging zum hinteren Ende des Wagens und sprang hinunter, ohne Collins' ausgestreckte Hand zu beachten. Der Boden unter seinen Sneakern war weich, bedeckt von einem jahrealten Nadelteppich und vereinzelten ausgefransten Kiefernzapfen. Wie frisch die Luft nach dem stickigen Laderaum roch.

Er drehte sich im Kreis und sah sich um. Ein schmaler Pfad im Wald und in allen Richtungen nur Bäume, auch über ihm, wenn er den Kopf in den Nacken legte.

»Wo sind wir?«, fragte Louise.

Collins wollte antworten, aber Sean kam ihr zuvor. »An einem sicheren Ort?«

Collins starrte ihn an. Ihre Augen funkelten böse und ihre freie Hand lag am Griff ihrer Pistole. »Stimmt genau«, sagte sie. »An einem sicheren Ort. Gehen wir.«

Sie ging mit Louise an der Hand los und Sean musste den beiden wohl oder übel folgen.

Eine Ewigkeit später kamen sie bei der Blockhütte an. Fenster und Tür waren mit Brettern zugenagelt, Teile des verwahrlosten Dachs hingen durch. Collins stieg zur Veranda hinauf, ging um einige morsche Bretter herum und öffnete die Tür, die nicht abgeschlossen war. Drinnen war es dunkel. Louise blieb auf der Schwelle stehen.

»Ich will da nicht rein«, sagte sie.

»Es ist okay, du brauchst keine Angst zu haben.« Collins blickte zu Sean zurück. Der böse Blick war in ihre Augen zurückgekehrt und ihre Hand lag wieder am Griff der Pistole. »Sag ihr, dass sie keine Angst zu haben braucht.«

Sean stieg auf die Veranda und nahm Louises andere Hand. »Stimmt, du brauchst keine Angst zu haben. Da drinnen ist es nur dunkel. Ich gehe hinter dir.«

Collins nickte und wandte sich wieder an Louise. »Hast du das gehört? Dein Bruder hat keine Angst. Komm.«

Nur wenig Licht fiel in die Hütte, doch man konnte immerhin die alten Möbel sehen, die auf der einen Seite aufeinandergestapelt waren, und die Falltür, die in den Boden eingelassen war. Sie war etwa einen Meter lang und breit und hatte einen Riegel, an dem ein neu aussehendes Vorhängeschloss hing. Collins ließ Louises Hand los, ging in die Hocke und öffnete das Schloss. Dann griff sie nach dem Riegel und blickte zu Sean auf.

»Du wirst jetzt ganz brav sein und mir helfen, ja? Denn wenn du das nicht tust, wenn du Ärger machst ...« Sie ließ die Drohung in der Luft hängen.

»Ja, Ma'am«, sagte Sean.

»Gut.« Collins schob den Riegel zurück und zog die Falltür mit einem Ächzen hoch.

Zwei Ketten strafften sich, verhinderten, dass die Tür ganz auf den Boden umklappte, und hielten sie aufrecht über der Öffnung. Louise blieb stehen und stemmte die Füße gegen die Dielen.

»Da unten ist es zu dunkel«, sagte sie.

Collins zog sie einen Schritt näher. »Es gibt eine Lampe. Ich schalte sie ein. Sie wird von einer großen Batterie versorgt. Wenn ihr wollt, könnt ihr sie die ganze Zeit anlassen.«

»Nein, ich will meine Mommy.« Louise wollte ihre Hand losmachen, aber Collins hielt sie fest.

»Sean, sprich mit ihr.«

Wieder sah Sean, wie Collins' Finger sich um den Griff der Pistole schlossen, er sah ihre harten Gesichtszüge und die panische Angst in ihren Augen. Als könnte alles auch furchtbar schiefgehen. Als könnte alles noch viel schlimmer werden, auch wenn es jetzt schon schlimm genug war und auch wenn sie es gar nicht wollte.

»Wir sehen Mom bald«, sagte er und ging mit Louise zu der Klappe. »Versprochen.«

Louise begann wieder zu weinen und Sean kämpfte selbst mit den Tränen. Collins nahm die Taschenlampe vom Gürtel und richtete den Strahl auf die Öffnung der Falltür. Eine steile Holztreppe führte nach unten ins Dunkel. Sean spürte Louises heftiges Zittern. Er legte ihr den

Arm um die Schultern und Collins ließ Louises andere Hand los, damit er seiner Schwester die Treppe hinunterhelfen konnte, ganz langsam, eine Stufe nach der anderen. Collins folgte ihnen mit einigen Stufen Abstand.

Auf dem Kellerboden lagen Holzdielen, die knarrend unter ihren Füßen nachgaben. Collins ging zur hinteren Wand und einem alten Bücherregal, das dort lehnte. Auf ihm stand eine elektrische Lampe, die an eine große Batterie angeschlossen war, wie sie gesagt hatte. Sie knipste einen Schalter an und fahles gelbes Licht erfüllte den Raum. Sean sah, dass man ihn offenbar vorbereitet hatte – auf dem Boden lagen eine Matratze, zwei Eimer und Toilettenpapier, ein Kasten mit Wasser, Schokoriegel und ein paar Bücher und Comics –, und eine neue Angst stieg in ihm auf, bedrohlicher und furchtbarer als die erste.

Das alles war geplant. Die Sachen lagen schon Wochen hier, vielleicht Monate, und warteten auf Kinder wie sie.

»Esst was«, sagte Collins und warf ein paar Schokoriegel aus einer Tüte auf die Matratze. Dann nahm sie zwei Wasserflaschen aus dem Kasten und stellte sie auf den Boden. »Trinkt.«

Sie ging zu einer Tasche und suchte darin herum, zog Kleider heraus, Hosen, Unterwäsche, studierte die Etiketten und stopfte sie wieder hinein. Endlich fand sie ausgewaschene Jeans und eine Unterhose, die in etwa Louises Größe entsprachen. Sie winkte Louise zu sich.

»Ich zieh dir deine nassen Sachen aus.«

»Nein«, sagte Louise. »Mommy sagt, niemand darf mir die Kleider ausziehen außer ihr und meiner Lehrerin in der Schule.«

»Da hat deine Mommy ganz recht, aber ich bin Polizistin, deshalb darf ich das. Du kannst die nassen Sachen nicht anbehalten.«

Wieder sah Collins Sean herausfordernd an und er gab Louise einen Stups. »Ist schon okay.«

Er sah zu, wie Collins seine Schwester auszog, sie mit einem Feuchttuch säuberte und ihr die frischen Kleider anzog. Worauf musste er achten? Er wusste es nicht genau. Er wusste nur, dass es böse Erwachsene gab, die schlimme Dinge mit Kindern anstellen und sie berühren wollten, wo sie es nicht durften. Aber wenn er sah, dass jemand das tat, was sollte er dann tun? Er hatte keine Ahnung, ließ Collins aber trotzdem nicht aus den Augen, bis sie fertig war.

Collins stand auf. »Esst jetzt. Und trinkt Wasser. Ich komme später am Abend mit belegten Broten wieder.«

Dann sagte sie nichts mehr und stieg die Treppe zur Falltür hoch. Die Tür ging mit einem Knall zu. Sean spürte den Druck auf den Ohren und ihm war auf einmal so kalt wie noch nie. Am liebsten hätte er so heftig geweint, dass es hinter den Augen wehtat, aber er wusste, wenn er das tat, wenn er seine Panik zeigte, würde Louise, die sowieso schon so verängstigt war, vollends ausrasten. Also setzten sie sich nebeneinander auf die Matratze und aßen Schokolade und Chips. Dann sagte Louise, sie sei müde. Sie legte sich hin und Sean breitete eine Decke über sie und versuchte sich an eine ihrer Lieblingsgeschichten zu erinnern, die Geschichte von der Maus, dem tiefen, dunklen Wald und dem Monster, das plötzlich leibhaftig vor ihr stand.

Die Stunden vergingen. Sean wünschte, er hätte seine Uhr dabeigehabt, um sie zählen zu können. Sein Vater hatte sie ihm zu seinem letzten Geburtstag geschenkt und gesagt, ein Mann brauche eine gute Uhr, aber Sean hatte sich nicht an das Gefühl der Uhr an seinem Handgelenk gewöhnen können. An das auf der Haut festklebende Leder, die fummelige Schnalle und das kalte Metall. Das Armband hatte entweder zu fest oder zu locker gesessen. Nach ein paar Wochen hatte er sie nicht mehr getragen und Mom hatte nichts gesagt, obwohl es eine teure Uhr war. Sie hatte mehr gekostet als die Uhren der meisten erwachsenen Männer, hatte sein Vater gesagt, dem solche Dinge wichtig waren.

Sean fasste sich mit der rechten Hand an das linke Handgelenk. Er erinnerte sich immer noch an das Gefühl der Uhr auf der Haut. Manchmal träumte er von seinem Vater. Wütende Träume, die ihm Angst machten und aus denen er atemlos und verwirrt aufwachte. Er sollte Patrick Kinney wohl hassen, aber das war ein großes Gefühl für einen Mann, den er kaum kannte. Nur beim Frühstück und manchmal beim Abendessen hatten sie gemeinsam am Tisch gesessen, aber viel unterhalten hatten sie sich nie. Ab und zu fragte sein Vater ihn vielleicht nach seinen Noten, seinen Freunden oder seinen Lehrern. Ein oder zwei Fragen, auf die Sean dann stockend antwortete, mehr nicht.

Wenn er an seinen Vater dachte, spürte er in sich meist eine Leere, als hätte er überhaupt nie einen Vater gehabt. Oder wenigstens keinen wirklichen Vater.

Aber das war jetzt sowieso egal. Die Uhr war in einer der Kisten im Kofferraum von Moms Auto.

Louise stöhnte und bewegte sich im Halbschlaf, ihr Husten klang verschleimt und stockend. Sean widerstand dem Drang, sich neben sie zu legen, die Augen zu schließen und …

Was war das? Ein lauter werdendes Brummen drang durch die Kellermauern.

Irgendwo über ihnen verstummte es und Sean hörte ein metallisches Klirren. Er überlegte, ob das Collins war, die zurückkam, wie sie gesagt hatte.

Er begann unwillkürlich zu hoffen, sie würde ihn und seine Schwester vielleicht abholen und wieder zu ihrer Mom bringen. Aber der Erwachsene in ihm – der Teil, den Mom den »weisen alten Mann« nannte – widersprach dem. Collins würde sie nirgendwohin bringen, zumindest nicht an einen guten Ort.

Schritte überquerten die Dielen über ihnen. Das Schloss klapperte, und Louise fuhr erschrocken hoch und blickte verstört nach oben.

»Alles ist gut«, sagte Sean.

Aber er zuckte unwillkürlich zusammen, als der Riegel über ihnen mit einem Knall wie von einem Schuss zurückgeschoben wurde. Dann knarrte die Falltür. Collins zog sie auf und ächzte dabei wieder. Sie spähte durch die Öffnung, sah die Kinder und stieg die Treppe hinunter, in der rechten Hand eine braune Papiertüte. Ihre Uniform hatte sie abgelegt. Stattdessen trug sie Jeans, eine Jacke und Motorradstiefel. Sean begriff, was das Brummen über ihnen gewesen war.

Collins sah ihn an und zeigte auf den leeren Platz auf der Matratze neben Louise. Er stand auf, ohne die Decke abzulegen, in die er sich gewickelt hatte, ging zur Matratze und setzte sich zu seiner Schwester. Ihre Schultern berührten sich und er spürte, wie warm Louise war. Collins stellte die Papiertüte auf den Boden, kniete sich hin und öffnete sie. Ihr Atem stank nach Zigaretten. Sie griff hinein und holte zwei Sandwiches heraus.

»Erdnussbutter und Marmelade«, sagte sie. »Okay?«

Sean vergaß vor Hunger seine Zurückhaltung, griff nach einem Sandwich und biss hinein. Er schmeckte die Süße und das Salz und sein Magen knurrte. Unwillkürlich stöhnte er.

Er schluckte, dann sagte er: »Sie sehen müde aus. Wie spät ist es?«

»Ich bin müde«, sagte Collins und hielt Louise das andere Brot hin. »Es ist kurz vor Mitternacht, glaube ich.«

Louise schüttelte den Kopf. »Ich mag keine Rinde.«

Collins versuchte ihr das Sandwich in die Hand zu drücken. »Iss es einfach.«

»Mom schneidet sie ab«, sagte Louise.

Collins sah sie böse an, seufzte, breitete die Papiertüte auf dem Boden aus und legte das Sandwich darauf. Aus ihrer Gesäßtasche zog sie einen Gegenstand, der aussah wie ein kurzer Metallstab. Mit der freien Hand klappte sie eine gefährlich aussehende Klinge heraus. Sean hatte noch nie ein Klappmesser gesehen, aber davon gehört. Offenbar war das eins. Collins säbelte an den Rändern des Sandwichs herum, bis sie die Rinde entfernt hatte. Dann nahm sie das Brot und hielt es Louise wieder hin.

»Jetzt iss«, sagte sie.

Louise nahm es und biss einmal hinein. Dann stopfte sie es sich in den Mund, fast ohne zu kauen. Collins Miene besänftigte sich ein wenig und sie steckte das Klappmesser ein.

»Ich weiß, dass ihr Angst habt«, sagte sie. »Aber das müsst ihr nicht. Euch passiert nichts und eurer Mom auch nicht. Alles wird sich klären, vielleicht nicht morgen, aber übermorgen oder spätestens überübermorgen. Aber jetzt geht ihr erst mal auf Reisen.«

»Wie in die Ferien?«, fragte Louise.

Collins lächelte. »Ja, wie in die Ferien.«

»Wohin?«, fragte Sean.

»Ihr werdet bei einem sehr netten Mann wohnen.«

»Unserem Vater?«

Collins zögerte, dann sagte sie: »Einem sehr netten Mann.«

»Wo?«, fragte Sean wieder.

»In seinem Haus. Er hat ein schönes Haus, ein großes Haus.«

»Wo wohnt er? Wo ist sein Haus?«

Collins Lächeln wurde schwächer. »Er ist nett und hat ein schönes Haus. Und er wird sich gut um euch kümmern.« Sie beugte sich vor und sah Louise an. »Und weißt du was?«

Louise erwiderte ihren Blick verwirrt. »Was?«

»Eure Mom wird auch da sein.«

»Sie lügen doch«, sagte Sean.

Collins sah ihn an und er wäre am liebsten zurückgewichen. »Sag das nicht, Sean.«

Sean blickte auf seine Hände.

»Ich komme morgen früh wieder«, sagte Collins und stand auf. »Schlaft jetzt. Und macht euch keine Sorgen.«

Sie stieg die knarrende Treppe hinauf und Sean nahm Louises Hand. Die Falltür ging mit einem dumpfen Schlag zu, der Riegel wurde vorgeschoben und das Vorhängeschloss klapperte. Sean legte sich auf die Matratze, zog Louise an sich, wickelte die Decke um sie beide und versuchte, nicht an den netten Mann und das schöne Haus zu denken.

10

Privates Forum 447356/34
Admin: RR; Mitglieder: DG, AD, FC, MR, JS
Threadüberschrift: Dieses Wochenende, Ersteller: RR

Von: RR, Mittwoch, 20:23
Meine Herren, Sie haben vermutlich alle meine Nachricht bekommen. Ein potenzieller Verkäufer hat sich gemeldet. Die Ware ist den Fotos nach zu schließen ausgezeichnet. Kleinere Beschädigungen, aber nichts Schlimmes. Erste Überprüfungen zufriedenstellend, der Verkäufer scheint echt zu sein. Ich werde natürlich weitere Überprüfungen vornehmen, bin aber im Moment sehr zufrieden.

Da es sich bei der Ware um ein Paar in gutem Zustand handelt, schlage ich vor, wir bieten 3 Mio. Dollar, was 500.000 Dollar für jeden von uns macht. Ich gehe davon aus, dass Ihre Beiträge bis spätestens Freitagmittag per Überweisung bei mir eintreffen. Wir sind doch alle noch liquide? LOL. Ich werde einen Bonus von weiteren 250.000 Dollar anbieten, wenn die Ware nicht weiter beschädigt wird, aber dafür komme ich aus eigener Tasche auf.

Wie Sie sehen, gibt es eine Änderung in der Mitgliederliste. Nach seinem Auftritt beim letzten Mal wird CY künftig nicht mehr an unseren Treffen teilnehmen. Er hat mir seine

Diskretion zugesichert und ich habe ihm die Folgen klargemacht, wenn er sich nicht daran hält. Doch es gibt auch angenehme Nachrichten. Ich darf Ihnen JS vorstellen, für den DG bürgt. Ich habe mir seinen Hintergrund persönlich angesehen und keinen Grund zur Sorge gefunden, heißen Sie ihn also bitte in unserer kleinen Gruppe willkommen. Wenn alles gut geht, werden Sie Samstagabend Gelegenheit haben, ihn persönlich kennenzulernen.

Apropos Samstag: Das nächste Treffen findet am gewohnten Ort statt. Mein Fahrer wird Sie am Flughafen abholen. Bitte bringen Sie wie immer kein eigenes Personal mit. Ich weiß, dass Sie Ihren Leuten vertrauen, aber je weniger Bescheid wissen, desto sicherer ist es für uns alle. Bitte bestätigen Sie Ihre Teilnahme und geben Sie mir Ihre Ankunftszeiten durch, die möglichst zwischen 16 und 18 Uhr liegen sollten.

Bis dahin machen Sie's gut, und wenn Sie Fragen haben, posten Sie hier.

Von: DG, Mittwoch, 20:36
Danke, RR, ich komme auf jeden Fall und gebe meine Ankunftszeit baldmöglichst durch. Eine Bitte an alle: Heißen Sie JS in unserer Gruppe willkommen. Er ist ein alter Freund aus College-Tagen und ein prima Kumpel.

Von: JS, Mittwoch, 20:41
Nachricht vom Administrator gelöscht.

Von: RR, Mittwoch, 20:47
JS – ich weiß ja, dass Sie neu in der Gruppe sind, aber zeigen Sie bitte etwas mehr Feingefühl. Natürlich ist das hier ein privates Forum, aber deshalb ist Diskretion trotzdem notwendig. Wir wollen auf unseren Treffen Spaß haben,

aber wir müssen das Ganze ernst nehmen, weil es ernste Folgen für uns alle haben wird, wenn etwas schiefgeht.

Von: JS, Mittwoch, 20:54
Meine Herren, ich entschuldige mich aufrichtig für mein schlechtes Benehmen – das war kein guter Einstand in der Gruppe! Ich wollte lediglich sagen, dass ich mich für meine Aufnahme bei Ihnen allen bedanke, besonders bei DG, der für mich gebürgt hat. Dann bis Samstag – mein Flug ist schon gebucht, ich komme um 16.55 Uhr an.

Von: AD, Mittwoch, 21:06
Bin dabei. Ankunftszeit gebe ich noch durch.

Von: MR, Mittwoch, 21:15
Ich auch – und Dank an RR, dass er für den Bonus aufkommen will. Das ist sehr großzügig von Ihnen. Lande Samstag 17.40. Uhr. Ist jemand für eine schnelle Partie Golf am Sonntagmorgen zu haben?

Von: FC, Mittwoch, 21:47
Entschuldigung, dass ich Sie so lange auf meine Antwort warten lasse. Ich habe Samstagnachmittag noch einen Termin, werde aber versuchen, rechtzeitig wegzukommen, damit ich es zu unserem Treffen schaffe. Ich hoffe, es klappt, ich gebe Ihnen jedenfalls bis morgen früh Bescheid.

Von: RR, Mittwoch, 22:12
Danke für die raschen Antworten, meine Herren. FC, ich habe mir das Foto noch einmal genauer angesehen – das wollen Sie auf keinen Fall versäumen. Sagen Sie Ihren Termin ab und kommen Sie, mein Freund, Sie werden es nicht bereuen. Die beiden sind wirklich eine Augenweide.

11

Ab und zu dämmerte Audra weg. Sobald sie einschlief, weckte ein Albtraum sie wieder und sie fuhr orientierungslos und in Panik von der dünnen Matratze hoch, die auf der Pritsche lag. Ihre Schultern und Handgelenke schmerzten.

Die Nacht schleppte sich dahin, bis sie jedes Zeitgefühl verloren hatte. Als endlich die Dämmerung durch das Dachfenster im Gang vor ihrer Zelle drang, lastete die Stille so schwer auf ihr, dass sie fürchtete, davon erdrückt zu werden.

Einmal mitten in der Nacht, als sie aus ihrem unruhigen Schlummer aufgetaucht war, hatte sie gesehen, dass Whiteside sie von der anderen Seite des Gitters beobachtete. Sie hatte wie erstarrt dagelegen und nicht gewagt, sich zu rühren, damit er nicht noch einmal über sie herfiel. Der Sheriff war stumm geblieben und nach ein, zwei Minuten wieder gegangen.

Er hatte Audra zuerst an ihren Vater erinnert. Jetzt erinnerte er sie an ihren Mann. Sie musste an die Nächte denken, in denen sie aufgewacht war und festgestellt hatte, dass Patrick auf der anderen Seite des Zimmers saß und sie beobachtete. Sie hatte nur einmal den Fehler begangen, ihn zu fragen, was er da tat. Er war durch das Zimmer zu ihr gekommen und hatte sie, noch bevor sie wusste, wie ihr geschah, an den Haaren gepackt und aus dem Bett gezerrt. Als sie auf dem Boden lag, hatte er sich über sie gebeugt und ihr gesagt, dies sei seine Wohnung, sein Schlafzimmer und er sei ihr keine Erklärung schuldig.

Sie hatten sich vor mehr als zehn Jahren kennengelernt. Audra Ronan arbeitete seit einem halben Jahr in der Galerie in der East 19th Street, die nach dem Ensemble von Reihenhäusern, in dem sie lag, Block Beautiful hieß. Abends malte sie. Sie machte ihre Arbeit gern und spazierte mittags immer zum Union Square und verzehrte dort die bescheidene Mahlzeit, die sie sich eingepackt hatte. Die Stelle war miserabel bezahlt, aber was sie an gelegentlichen Verkaufsprovisionen dazuverdiente, reichte zum Leben. Manchmal reichte es sogar für einen Gang zu Barnes & Noble am Nordende des Platzes oder auf dem Broadway nach Süden zum Strand Book Store, wo sie sich etwas aus der Kunstabteilung leistete. Sie pflegte die ganze Zeit über Kontakte zu den Agenten der Künstler, deren Werke die Galerie zum Verkauf anbot. Einige hatten Audras Bilder gesehen und wollten informiert werden, wenn sie einmal bereit sei, etwas zu verkaufen.

Aber irgendwie war sie das nie. Jedes Bild begann mit der Hoffnung, dass es ihr diesmal gelingen würde, die Vision in ihrem Kopf ohne Abstriche auf der Leinwand umzusetzen, aber es gelang nicht. Ihre Freundin Mel sagte, sie sei eine zu große Perfektionistin, ein klassischer Fall des Dunning-Kruger-Effekts: Die mit dem meisten Talent können nicht erkennen, dass sie welches haben, die mit dem wenigsten merken nicht, dass sie keins haben. Audra hatte stundenlang Artikel über die Studien von Dunning und Kruger und das Hochstapler-Syndrom gelesen und sich davon zu überzeugen versucht, dass ihre Arbeiten etwas taugten. In einem Artikel hatte sie ein Zitat aus Shakespeares *Wie es euch gefällt* gefunden:

Der Narr hält sich für weise, aber der Weise weiß, dass er ein Narr ist.

Sie hatte das Zitat groß ausgedruckt und an die Wand ihrer kleinen Einzimmerwohnung gepinnt.

Sie hatte auch Kokain probiert, weil sie gehört hatte, es würde das Selbstvertrauen stärken. Im College hatte sie wie alle Kommilitonen Gras geraucht, und sie hatte angenommen, dass Kokain ähnlich wirken würde. Doch dann hatte sie festgestellt, dass ihr davon übel wurde und sie den Lärm in ihrem Kopf nicht ertrug. Also hatte sie damit so schnell aufgehört, wie sie angefangen hatte. Sie rauchte zwar immer noch gelegentlich einen Joint, aber nur selten. Manchmal entspannte es sie, bei anderen Gelegenheiten machte es sie zittrig und nervös.

Stattdessen begann sie zu trinken.

Sie hatte damit im College angefangen, auf den vielen Partys, und war irgendwie immer die Letzte gewesen, die noch aufrecht stand. Sie hatte in dem Ruf gestanden, einiges zu vertragen. Nach dem College hatte sie ihren Alkoholkonsum zurückgefahren und nur noch an den Wochenenden getrunken. Doch als sich mit der Zeit immer mehr gescheiterte Bilder in der Ecke ihrer Wohnung stapelten, trank sie wieder mehr. Bald jeden Abend.

Aber sie hatte sich im Griff. Redete sie sich zumindest ein.

»Gib doch einfach einem Agenten ein paar Bilder und warte ab, was passiert«, hatte Mel immer wieder gesagt. »Was kann das schon Schlimmes sein?«

Eine Ablehnung. Der Agent konnte sagen, ihre Arbeiten seien zwar gut, aber nicht gut genug. Und sie wusste, dass ihr schwaches Selbstbewusstsein in diesem Fall vollends über Bord gehen würde. Also strebte sie weiter nach dem perfekten Bild, das nie entstand.

Patrick Kinney war zur Vernissage einer neuen Ausstellung gekommen. Audra befestigte gerade einen roten Aufkleber an einer großen Leinwand, für die ein Käufer fünfundzwanzigtausend Dollar hingeblättert hatte, da hörte sie hinter sich eine geschmeidige Stimme.

»Entschuldigen Sie, Miss, ist das verkauft?«

Sie drehte sich um und sah einen hochgewachsenen, schlanken Mann, vielleicht zehn Jahre älter als sie, in einem derart gut sitzenden Anzug, dass dieser geradezu ein Teil von ihm zu sein schien. Als der Mann lächelte und »Miss?« fragte, merkte sie, dass sie ihn schon eine ganze Weile anstarrte.

»Pardon«, sagte sie und spürte, wie ihre Wangen und ihr Nacken heiß wurden. »Ja, es wurde vor ein paar Minuten verkauft.«

»Schade«, sagte der Mann. »Es gefällt mir.«

Audra räusperte sich. »Vielleicht kann ich Ihnen etwas anderes zeigen?«

»Warum nicht«, sagte er und ihr fiel auf, wie er sie ansah, mit welchem Selbstbewusstsein. Und von da an war sie ihm verfallen, egal ob sie es in dem Moment selbst gemerkt hatte oder nicht. Sie musste sich zwingen, den Blick abzuwenden.

»Denken Sie an eine Geldanlage oder brauchen Sie einfach etwas für Ihre Wand?«

»Beides«, sagte er. »Ich bin vor einem halben Jahr in meine Wohnung gezogen und habe abgesehen vom Fernseher und dem Fenster noch nichts, was ich ansehen könnte.«

Seine Wohnung im East Village habe nur kahle Wände, erklärte der Mann, während sie ihn in der Galerie herumführte. Er hieß Patrick und kaufte an diesem Abend zwei Bilder für insgesamt zweiundvierzigtausend Dollar. Er ging mit einer Quittung und ihrer Telefonnummer.

Vor ihrem ersten Date betrank sie sich. Eine halbe Flasche Sauvignon Blanc, bevor sie die Wohnung verließ. Zur Beruhigung, sagte sie sich. Im Verlauf des Abends hatte sie sich entschuldigen müssen, um sich in der Toilette des Restaurants zu übergeben. Am folgenden Morgen wachte sie mit einem gewaltigen Kater im Bett bei sich zu Hause auf und schämte sich abgrundtief.

Das war's, dachte sie, ich hab's versaut. Zu ihrer Überraschung rief Patrick am Nachmittag an und fragte, ob er sie wiedersehen könne.

Vier Monate später machte er ihr einen Antrag und sie nahm ihn an, obwohl sie, noch während sie sich umarmten, wusste, dass das verrückt war. Eine Woche später bekam sie einen ersten Einblick in seinen wahren Charakter, als er sie seinen Eltern vorstellen wollte, die in der wohlhabenden Upper West Side wohnten.

Er kam an diesem Abend zu ihr nach Brooklyn und öffnete sich selbst mit dem Schlüssel, den sie ihm gegeben hatte, die Wohnungstür. Audra wartete hinter dem Raumteiler, der das Bett von der restlichen Wohnung trennte. Ihre Kleider hingen an einer Stange oder lagen zusammengefaltet in Drahtkörben. Für richtige Möbel hatte sie kein Geld. Sie war in Erwartung des Abendessens schon den ganzen Nachmittag nervös gewesen. Ob sie seinen Eltern gefiel? Schließlich gehörten sie dem alten Geldadel an, während Audras Mutter aus dem unzivilisierten Pennsylvania kam und ihr Vater aus Ohio und beide nicht aufs College gegangen waren. Patricks Eltern würden die Armut an ihr riechen, ihren Sohn beiseitenehmen und ihm zu einer besseren Partie raten.

Sie hatte ihre Kleidung sorgfältig ausgesucht. Da sie insgesamt nur drei gute Kleider besaß, vier anständige Paar Schuhe und ein wenig Modeschmuck, war die Auswahl nicht übermäßig groß gewesen, aber sie hatte sich trotzdem Mühe gegeben.

Innerlich zitternd trat sie hinter dem Wandschirm hervor, mit graziösen Bewegungen, wie sie hoffte, obwohl sie das Gefühl hatte, dass ihr das überhaupt nicht lag.

Patrick stand bewegungslos in der Mitte des Raums und sah sie mit ausdruckslosem Gesicht an.

Schließlich hielt sie es nicht mehr aus. »Und?«, fragte sie. »Habe ich bestanden?«

Wieder eine Pause, dann sagte Patrick: »Nein.«

Audra fühlte etwas in sich zerbrechen.

»Hast du noch etwas anderes?«, fragte er und spreizte die Finger. Sein Gesicht war eine Maske.

»Mir gefällt das Kleid«, sagte sie. »Mir gefällt die Farbe, es hat einen guten Schnitt und ...«

»Audra, du weißt doch, wie wichtig der heutige Abend für mich ist«, sagte er und rieb sich mit den Fingerspitzen die Augen. »Also, was hast du noch?«

Sie wollte ihm schon widersprechen, doch etwas in seiner Stimme hielt sie davon ab. »Sieh es dir an«, sagte sie.

Patrick folgte ihr in den Schlafbereich hinter dem Schirm und zu den beiden Kleidern, die noch an der Stange hingen. Sie hielt sie hoch und dann an ihren Körper.

»Die kenne ich schon«, sagte er. »Du trägst sie ständig.«

»Tut mir leid«, sagte Audra. »Ich habe kein Geld für Kleider. Ich mache das Beste aus dem, was ich habe.«

Patrick blickte auf seine Uhr, an diesem Abend eine klobige Breitling. »Wir haben keine Zeit, noch was anderes zu kaufen. Mein Gott, Audra, du wusstest doch, wie sehr ich meine Eltern mit dir beeindrucken wollte. Und jetzt muss ich dich in diesem Aufzug mitnehmen.«

»Tut mir leid.« Sie war den Tränen nahe. »Wir können ja absagen. Sag ihnen einfach, ich sei krank.«

»Sei nicht dumm«, erwiderte er und sie schloss mit einem hörbaren Zähneklicken den Mund. »Komm jetzt, sonst verspäten wir uns noch.«

Draußen hielt er ein Taxi an und sie sprachen auf der ganzen Fahrt nach Manhattan kein Wort. Während er den Fahrer bezahlte, stand Audra auf dem Gehweg, den Blick auf das Ende des Häuserblocks und die Bäume des Central Park gerichtet, die im abendlichen Wind schwankten. Patrick fasste sie am Arm und führte sie zur Vordertreppe des Gebäudes, in dem seine Eltern wohnten.

Auf der Fahrt mit dem Aufzug zur Penthousewohnung beugte er sich zu ihr und flüsterte: »Trink nicht zu viel. Blamier mich nicht.«

Der Abend wurde dann doch nicht so schlimm. Patrick schaltete wieder seinen Charme ein, wie er es immer tat, und seine Mutter lobte Audra in den höchsten Tönen. Wie hübsch sie doch war und war sie nicht geschmackvoll gekleidet? Und der Ring – einfach wunderschön, woher ist er? Was hat er gekostet? Ach, und Sie haben auch irische Wurzeln? Woher kommt Ihre Familie?

Audra begnügte sich den ganzen Abend mit einem einzigen Glas Wein, benetzte kaum ihre Lippen damit, während Patrick und seine Mutter zu zweit zwei Flaschen leerten.

Patricks Vater – Patrick senior – trank nur Wasser, sagte den ganzen Abend über kaum etwas und gab nur gelegentlich ein paar zusammenhanglose Kommentare von sich. Stattdessen steuerte Patricks Mutter, Margaret, die Unterhaltung, unterbrochen von gelegentlichen Anweisungen an die Haushaltshilfe. Und wie Patrick seine Mutter ansah! Audra wünschte sich einen Moment, er würde sie genauso ansehen, doch die Vorstellung war ihr dann doch unbehaglich und sie verdrängte sie rasch wieder.

Anschließend nahm Patrick Audra zu seiner Wohnung

mit – er hatte nie bei ihr übernachtet – und ging mit ihr geradewegs in sein Schlafzimmer. Er nahm sie so heftig, dass sie sich auf die Knöchel beißen musste, um nicht aufzuschreien. Als er fertig war, rollte er schwitzend und keuchend von ihr herunter und nahm ihre Hand.

»Du hast das heute Abend gut gemacht«, sagte er. »Danke.«

Er schlief ein und Audra beschloss, die Verlobung aufzulösen. Einfach zu gehen. Sie hasste die heftigen Selbstzweifel, die Patrick in ihr entdeckt und so geschickt ausgenutzt hatte. Das ein Leben lang? Nein danke.

Die nächsten zwei Wochen hatte sie überlegt, wie sie die Verlobung am besten beenden konnte, und nach dem richtigen Moment und dem richtigen Ort gesucht. Aber Patrick war in dieser Zeit wieder so charmant und liebenswürdig, dass der Gedanke an eine Trennung in den Hintergrund trat. Und dann blieb ihre Periode aus und sie dachte nicht mehr daran, zu gehen.

Zwischen damals und jetzt lagen fast zwölf Jahre. An die Stelle des Betts ihrer Einzimmerwohnung in Brooklyn war die Pritsche einer Gefängniszelle in Arizona getreten.

Ob Patrick hinter alldem steckte? War das möglich?

Sie vermutete, dass Sheriff Whiteside die Nacht über hiergeblieben war und sie bewacht hatte. Die Kamera in der Ecke war die ganze Zeit auf sie gerichtet gewesen und hatte sie mit ihrem roten Lämpchen angestarrt. Audra hatte sich weggedreht, das Lämpchen aber wie einen Laserstrahl zwischen den Schulterblättern gespürt. Jetzt, wo die Schatten in der Untersuchungszelle allmählich schärfer wurden, lag sie auf dem Rücken und starrte die Kamera an, die wiederum sie anstarrte.

Dann ging das Lämpchen aus.

Audra rührte sich einen Moment lang nicht und wartete

darauf, dass es wieder anging. Als das nicht der Fall war, setzte sie sich auf und stellte die Füße auf den Boden, ohne auf die erneuten Schmerzen zu achten, die ihr durch die Glieder fuhren. In ihr schrillten die Alarmglocken. Etwas stimmte nicht. Die Kamera durfte nicht ausgeschaltet werden. Warum sollte jemand das ...?

Noch bevor sie die Frage zu Ende denken konnte, ging die Tür zum Zellentrakt auf und Whiteside trat ein, gefolgt von Collins. Audra klammerte sich mit den Händen an den Rand der Pritsche und ihr Herz begann zu hämmern. Whiteside marschierte zur Zellentür, schloss sie auf und schob sie zur Seite.

»Was ist?«, fragte Audra mit vor Angst schriller Stimme.

Whiteside trat zur Seite, um Collins durchzulassen, dann folgte er ihr in die Zelle.

»Was wollen Sie?«

Keiner der beiden Polizisten sagte etwas. Stumm kamen sie näher. Audra hob mechanisch die Hände, zum Zeichen, dass sie sich ergab.

»Bitte, was ...«

Collins packte Audra am Arm, zog sie hoch und warf sie auf den Boden, alles in einer Bewegung. Audra landete schmerzhaft auf Handflächen und Ellbogen. Sofort hielt sie sich die Hände über den Kopf, um Schläge abzuwehren.

»Was tun Sie ...«

Collins packte sie am Kragen ihres T-Shirts und riss sie auf die Knie. Audra blickte auf und sah Whitesides leeres Gesicht. Sie öffnete den Mund, um wieder etwas zu sagen, doch da packte Collins sie am Nacken und drückte ihren Kopf nach unten, sodass sie den Sheriff nur noch bis zur Hüfte sehen konnte.

Sie sah gerade noch, wie er einen Revolver hinter seinem Rücken hervorzog.

»Oh Gott, nein.«

Er drückte ihr die Mündung auf den Scheitel.

»Oh Gott, bitte nicht.« Audras Blase schmerzte. »Bitte nicht, bitte nicht, bitte ...«

Er spannte den Revolver, ein metallisches Geräusch, das überlaut von den Wänden zurückkam. Collins packte Audra fester am Nacken.

Audra hob die Hände wie zum Gebet. »Oh mein Gott, bitte nicht, bitte, tun Sie mir ...«

Es klickte laut, als Whiteside abdrückte und der Hahn auf das leere Patronenlager schlug.

Audra schrie auf, ein langer, kehliger Laut. Collins ließ ihren Nacken los.

Whiteside steckte den Revolver wieder in den Hosenbund.

Die beiden gingen und Audra blieb auf dem Boden liegen. Sie zog die Beine an die Brust und legte die Arme um den Kopf. Sie war nicht gläubig, aber jetzt, im ersten Morgengrauen, betete sie.

12

Sheriff Ronald Whiteside folgte Deputy Collins durch die Seitentür nach draußen auf die nicht mehr benutzte Rampe. Die Sonne stand noch tief am Himmel und spiegelte sich auf dem Metall der Streifenwagen. Es versprach ein heißer Tag zu werden. Collins zog Zigarettenschachtel und Feuerzeug aus der Brusttasche, steckte sich eine Zigarette an, nahm einen tiefen Zug und verstaute die Schachtel wieder. Dann atmete sie eine blaue Rauchwolke aus, die von keiner Brise bewegt in der Luft stehen blieb.

»Soll ich noch bleiben?«, fragte sie.

»Nein, sehen Sie nach den beiden Kindern. Sorgen Sie dafür, dass sie alles haben. Ich werde sagen, dass Sie Streife fahren.«

Collins nahm wieder einen Zug. »Der Junge macht vielleicht Schwierigkeiten.«

»Nicht, wenn Sie ihn richtig anfassen. Geben Sie mir auch eine.«

Collins sah seine ausgestreckte Hand an. »Sie rauchen doch gar nicht.«

»Ich überlege, ob ich damit anfange.« Er schnippte mit den Fingern. »Na los, geben Sie mir eine.«

Sie zog die Schachtel aus der Brusttasche und reichte sie ihm zusammen mit dem Feuerzeug. Er nahm eine Zigarette, klemmte sie sich zwischen die Lippen und schnippte das Feuerzeug an. Der Rauch füllte seine Lungen und er musste husten. Mit tränenden Augen gab er ihr die Schachtel zurück. Es war zwanzig Jahre her, dass er die letzte Zigarette geraucht hatte, und er genoss die stimulierende Wirkung des Nikotins auf sein Gehirn. Noch ein tiefer Zug, den er diesmal in der Lunge hielt.

»Es ist noch nicht zu spät«, sagte Collins.

Whiteside schüttelte den Kopf. »Fangen Sie nicht damit an.«

»Wir geben ihr die Kinder zurück, lassen sie versprechen, dass sie niemandem etwas sagt, und vergessen das Ganze ...«

»Halten Sie den Mund, verdammt noch mal«, sagte er, bereute seine heftigen Worte aber, noch während er sprach. »Wir hängen da jetzt drin und ziehen das durch. Als ich Sie gestern angefunkt habe, hätten Sie noch einen Rückzieher machen können. Sie wissen, was wir vereinbart haben.«

Er meinte den Anruf bei Emmets Abschleppdienst. Sie hatten seit Monaten darüber gesprochen. Wenn er die richtigen Kinder fand und die Situation passte, würde er Collins über Funk bitten, Emmets Abschleppdienst anzufordern. Wenn sie dann einen Rückzieher machen wollte, brauchte sie nur zu sagen, sie könne Emmet nicht erreichen.

»Schon, aber ...«

»Aber was?«

Collins schüttelte den Kopf. »Ich habe einfach nicht damit gerechnet, dass wir es wirklich tun. Nur darüber zu sprechen ist etwas anderes. Noch als Sie mich gestern angefunkt haben, hat sich alles unwirklich angefühlt. Aber als ich den beiden gestern Abend Essen gebracht habe, dachte ich plötzlich, oh Gott, das passiert ja wirklich. Und ich weiß nicht, ob ich dafür stark genug bin.«

»Wir haben es getan«, sagte Whiteside. »Wenn wir jetzt aussteigen, können wir uns gleich stellen.«

Collins starrte schweigend auf die Berge und schnippte die Asche von ihrer Zigarette. Als sie wieder sprach, war die Zigarette zur Hälfte heruntergebrannt.

»Sie hätten die Frau töten sollen«, sagte sie.

»*Ich?* Nicht Sie?«

»Also gut, *wir* hätten sie töten sollen. Gleich an Ort und Stelle. Anschließend hätten wir sie irgendwo verscharrt und das Auto beseitigt.«

»Das will der Käufer nicht«, erwiderte Whiteside. »Er will, dass die Spur bei der Mutter endet. Sonst kommt es zu einer Suche nach den Leichen. So hat man jemanden, dem man die Schuld geben kann. Wir müssen ihr nur genug Angst machen, vielleicht klappt es ja und sie bricht zusammen. Mit etwas Glück tut sie uns den Gefallen.«

»Trotzdem«, beharrte Collins. »Wenn sie tot wäre, wäre alles einfacher.«

Whiteside zog den Revolver aus dem Hosenbund und hielt ihn Collins mit dem Griff voraus hin. »Na gut, bitte sehr. In meiner Schreibtischschublade liegt eine Schachtel mit 38er-Patronen. Los, laden Sie das Teil, gehen Sie in die Zelle und erschießen Sie die Frau. Oder noch besser, fahren Sie in die Wüste raus und tun Sie es dort.«

Collins erwiderte seinen Blick wütend.

Er wollte ihr den Revolver in die Hand drücken. »Na los, machen Sie schon.«

Collins ließ ihre Zigarette fallen und trat sie mit dem Absatz aus. Sie sah Whiteside noch einmal böse an, dann ging sie die Rampe hinunter und zu ihrem Wagen. Mit aufheulendem Motor fuhr sie vom Parkplatz. Whiteside steckte den Revolver in den hinteren Hosenbund und zog wieder an seiner Zigarette. Die teergetränkte Hitze wurde mit jedem Zug angenehmer.

Collins hatte natürlich recht. Es wäre am einfachsten gewesen, mit der Frau in die Wüste hinauszufahren, ihr eine Kugel in den Kopf zu jagen und Krähen und Kojoten den Rest erledigen zu lassen. Aber der Käufer wollte es anders. Und etwas hatte der Sheriff Collins gar nicht gesagt. Er hatte nämlich gehört, dass der Käufer – der »Reiche Mann«, wie manche ihn nannten – Gefallen daran fand, wenn in den Nachrichten ausführlich über den Fall berichtet wurde. Dass er sich an der Verzweiflung anderer weidete.

Whiteside überlegte, ob er wohl schon eine Antwort bekommen hatte.

Er rauchte die Zigarette zu Ende, drückte die Kippe mit dem Stiefel aus und ging zur Beifahrertür seines Wagens. Drinnen öffnete er das Handschuhfach, griff hinein und nach oben und bekam ein an der Unterseite des Armaturenbretts befestigtes Etui zu fassen. Er zog ein billiges Handy heraus und schaltete es ein. Sobald es hochgefahren war, lud er den Webbrowser und öffnete ein privates Fenster, damit keine Cookies und kein Verlauf gespeichert wurden. Er ging zu einem Proxyserver und tippte aus dem Gedächtnis die Webadresse des Forums ein, eine wirre Folge von Zahlen und Buchstaben. Die Anmeldemaske erschien und er gab seine Daten ein.

Eine neue direkte Nachricht. Er tippte auf den Link.

Von: RedHelper
Betreff: Re: Verkaufsangebot
Nachricht:

Hallo,
danke für Ihr Angebot. Wir haben Recherchen angestellt und glauben, dass es echt und sicher ist. Wir bieten 3 Mio. Dollar. Wie wir festgestellt haben, weisen beide Posten kleinere Beschädigungen auf. Ein weiterer Betrag von

250.000 Dollar wird gezahlt unter der Voraussetzung, dass es zu keinen weiteren Schäden kommt. Diese Konditionen sind endgültig und nicht verhandelbar. Wir gehen davon aus, dass Sie sie annehmen.

Die Übergabe muss am Samstag zwischen 15.00 und 16.00 Uhr erfolgen. Ein anderes Zeitfenster ist nicht möglich. Bitte bestätigen Sie die Annahme der Bedingungen. Wir werden uns dann innerhalb von 24 Stunden mit Ihnen in Verbindung setzten, um Einzelheiten der Übergabe zu regeln.

Wir brauchen Sie nicht darauf hinzuweisen, dass jeder Versuch, die Transaktion zu stören, eine rasche und harte Vergeltung nach sich ziehen würde.
Mit freundlichen Grüßen,
RedHelper

»Mein Gott«, sagte Whiteside.

Kalter Schweiß brach ihm am ganzen Körper aus. Drei Millionen. Nein, dreieinviertel Millionen. Die Mitglieder des Forums hatten gemeint, für ein Paar würde es mehr geben, aber mit so viel hatte er nicht gerechnet.

Sheriff Ronald Whiteside hatte vor einem Jahr für fünfzehntausend Dollar einen Menschen getötet. Damals war ihm das wie ein Vermögen vorgekommen, das sich allerdings rasch verflüchtigt hatte. Dasselbe Forum hatte ihm diesen Auftrag verschafft. Ein Forum in einer abgelegenen, dunklen Ecke des Internets, wo Perverse, Pädophile und Drogenabhängige, der ganze Abschaum der Menschheit, ihren schmutzigen Geschäften nachgingen. Im sogenannten Darknet, wie sie selbst es nannten. Ein schöner Name für einen Ort, an dem es, egal wie böse jemand sein mochte, immer jemanden gab, der noch böser war.

Und in diesem Darknet gab es, in einer nochmals abgeschirmten Ecke, ein Forum für Polizisten und Soldaten, die bestimmte Dienste anbieten konnten. Wer etwas erledigt haben wollte, für das gewisse Voraussetzungen erforderlich waren, wandte sich an dieses Forum. Whiteside war von einem alten Kameraden aus der Armee dort eingeführt worden. Nach wochenlangen Überprüfungen hatte er Zugang zu den äußeren Bereichen erhalten, nach einem weiteren halben Jahr war er in den inneren Kern vorgedrungen. Dort, wo man das große Geld machen konnte.

Sein Opfer war ein kleiner Dealer aus Phoenix gewesen. Whiteside erfuhr nie, worum es ging, vermutlich Schulden, die der Dealer nicht zurückzahlen konnte, oder die Drohung, als Informant zur Polizei zu gehen. Es war ihm auch egal. Er übernahm den Auftrag einfach und wickelte ihn ab. Er beobachtete sein Opfer ein paar Tage lang und folgte ihm, dann pustete er ihm vor einer zwielichtigen Spelunke in Tolleson den Schädel weg. Er flüchtete auf einem Motorrad, das er vom Schrottplatz geholt hatte, das Gesicht unter einem Helm versteckt. Die Gestalten, die vor der Bar herumlungerten, wollten sowieso nichts mit der Polizei zu tun haben. Das Geld war am nächsten Morgen auf seinem Schwarzgeldkonto eingegangen.

So einfach war das gewesen.

Danach hatte sich ihm eine weitere Ebene des Forums eröffnet, von deren Existenz er bisher noch nichts gewusst hatte. Sozusagen der allerinnerste Kern. Dort ging es um das wirklich große Geld. Nicht um Zehntausende, sondern um Hunderttausende. Und es gab da einen Thread, in dem ein Käufer nach einer ganz speziellen Art von Ware suchte. Der Käufer war bereit, dafür bis zu siebenstellige Summen zu zahlen. Mit dem Auftrag verknüpft waren verschiedene Bedingungen und Anweisungen zur Vorgehensweise. Und eine E-Mail-Adresse, sollte jemand in der Lage sein, diese Bedingungen zu erfüllen.

Mit zitternden Händen las Whiteside die Nachricht noch einmal. Dann drückte er auf Antworten.

Von: AZMan
Betreff: Re: Verkaufsangebot
Nachricht:

Hallo RedHelper,
danke für Ihre schnelle Antwort. Ich bestätige hiermit die Annahme Ihrer Bedingungen und warte auf nähere Anweisungen.
Mit freundlichen Grüßen,
AZMan

Er drückte auf Senden und wartete auf die Bestätigung, dass die Nachricht abgeschickt worden war.

Fertig.

Er schaltete das Handy aus und steckte es wieder in das Etui unter dem Armaturenbrett.

13

Audra saß stumm da. Ihre Handgelenke waren mit Handschellen gefesselt, deren Kette durch einen eisernen Ring am Tisch gezogen war. Die Betonziegel der Wände waren schlachtschiffgrau gestrichen, auf dem Boden lag abgetretenes Linoleum, die Mattglasscheibe des einzigen Fensters war schmutzig und mit Maschendraht verstärkt. Die Vinylplatte des Tisches war an verschiedenen Stellen gesplittert, sodass man den Pressspan darunter sah. Das ganze Revier befand sich in einem ähnlich verwahrlosten Zustand, als hätten die dort arbeitenden Menschen einfach aufgegeben.

Audra fiel ein, dass sie den Ring wahrscheinlich mit einem kräftigen Ruck aus der Tischplatte reißen könnte. Und was dann? Der Polizist an der Tür würde innerhalb von Sekunden dafür sorgen, dass sie mit dem Gesicht nach unten auf dem Boden läge.

Jetzt blickte er starr geradeaus. In der Stunde, die sie schon im Verhörzimmer verbrachte, hatte er sich nicht gerührt, sich nicht einmal geräuspert. Sie hatte versucht, ihn anzusprechen, ihn nach ihren Kindern zu fragen und nach einem Anwalt. Seine Uniform hatte fast dasselbe Beige wie die des Sheriffs. Audra hätte nicht gewusst, dass er zur Staatspolizei von Arizona gehörte, wenn man es ihr nicht gesagt hätte.

An der Tür klopfte es und Audra blickte auf. Der Polizist drehte sich um und öffnete sie einen Spalt. Einige geflüsterte Worte wurden gewechselt, dann trat er zur Seite und ließ einen gut gekleideten jungen Mann eintreten. Konservativer Anzug, einfarbige Krawatte. Der Polizist hatte gesagt, das FBI würde kommen, und der junge Mann gehörte ganz offensichtlich dazu.

In der Hand hielt er ein Stativ mit zusammengeklappten Beinen, auf das eine kleine Kamera montiert war. Er ging in eine Ecke des Zimmers, klappte es auf und richtete das Objektiv der Kamera auf Audra. Anschließend drückte er eine Taste und dann noch eine und drehte das Display so, dass er es sehen konnte. Schließlich nickte er zufrieden und wandte sich zum Gehen.

»Entschuldigung«, sagte Audra.

Der FBI-Mann ignorierte sie und griff nach der Türklinke.

»Sir, bitte.«

Er blieb stehen und drehte sich zu ihr um.

»Bitte, Sir, sagen Sie mir, was hier los ist.«

Er bedachte sie mit einem gequälten Lächeln. »Wir kommen gleich zu Ihnen, Ma'am.«

Er öffnete die Tür und ging. »Hat man meine Kinder gefunden?«, rief Audra ihm nach. »Sucht man sie?«

Die Tür schloss sich. Audra senkte den Kopf, hob die Hände an den Mund und flüsterte hinein: »Arschloch.«

Jetzt sah der Polizist sie an. »Entschuldigen Sie?«

Audra hielt seinem Blick stand. »Sucht man meine Kinder?«

»Da bin ich nicht informiert, Ma'am.« Er wandte seine Aufmerksamkeit wieder der hinteren Wand zu.

»Wann bekomme ich einen Anwalt?«

Der Polizist schwieg.

Audra atmete tief aus, legte die Hände auf den Tisch und zwang sich, ruhig zu bleiben. Sie entdeckte einen Riss im

Vinyl, der aussah wie ein schwarzer Blitz, betrachtete ihn eingehend und folgte seinen sämtlichen Schwüngen und Verzweigungen, bis sie sich einigermaßen gefasst hatte.

Es klopfte wieder, diesmal lauter, und dann ging die Tür auch schon auf und der Polizist musste beiseitetreten. Ein Mann und eine Frau traten ein, beide im Anzug beziehungsweise Kostüm, sie noch ein wenig förmlicher als er. Sie war groß und langgliedrig, hatte dunkle Haut, kurz geschnittene krause Haare und hellwache, intelligente Augen. Der Mann, der hinter ihr hereinkam, hatte einen graublonden Schopf und das faltige Gesicht eines Rauchers. Er hustete verschleimt, zog sich einen Stuhl heran und ließ sich darauf fallen. Die Frau blieb stehen. Unter den Arm hatte sie Notizbuch und Stift und ein iPad geklemmt.

»Mrs Kinney, ich bin Special Agent Jennifer Mitchell vom Interventionsteam Kindsentführung beim FBI Los Angeles. Darf ich mich setzen?«

Audra nickte.

Mitchell bedankte sich lächelnd und setzte sich. Der Mann sah sie gereizt an und hüstelte wieder. Ein Gestank nach abgestandenem Zigarettenrauch wehte über den Tisch und stieg Audra in die Nase.

»Das hier ist Detective Lyle Showalter von der Kripo Phoenix bei der Behörde für öffentliche Sicherheit, Arizona. Detective Showalter ist nur als Beobachter hier. Um es gleich klarzustellen: Die Ermittlungen zum Aufenthaltsort Ihrer Kinder führe *ich*.«

Showalter verdrehte die Augen und wechselte ein Grinsen mit dem Polizisten. Audra wollte etwas sagen, doch Mitchell bedeutete ihr mit erhobener Hand, zu schweigen.

»Bevor wir anfangen, möchte ich Sie noch auf Verschiedenes hinweisen. Erstens wurden Sie zwar wegen des Besitzes von Marihuana verhaftet, aber darum geht es in diesem Verhör nicht. Zweitens sind Sie nicht wegen des Verschwindens Ihrer Kinder in Haft, Sie haben in diesem Verhör also auch keinen Anspruch auf Anwesenheit eines Anwalts. Entsprechend können Sie das Gespräch jederzeit beenden. Ich gebe aber zu bedenken, dass es nicht hilfreich für Sie wäre, wenn Sie nicht kooperieren. Und noch ein Letztes: Sehen Sie diese Kamera?«

Audra nickte.

»Sie zeichnet das Verhör auf und ich werde die Aufnahme allen Ermittlern und Behörden zur Verfügung stellen, deren Hilfe ich für meine Ermittlungen benötige. Haben Sie alles verstanden, was ich Ihnen gesagt habe, Mrs Kinney?«

»Ja, Ma'am.« Audras Stimme klang belegt.

Mitchell zeigte auf ihre Handschellen. »Ich denke nicht, dass wir die brauchen, Officer.«

Der Polizist sah Showalter an und Showalter nickte. Der Polizist verließ seinen Platz an der Tür, zog auf dem Weg zum Tisch einen Schlüssel aus der Hosentasche, schloss die Handschellen auf und legte sie klappernd auf den Tisch.

»Sind das die Kleider, die Sie bei Ihrer Verhaftung gestern getragen haben?«, fragte Mitchell und zeigte mit ihrem Stift darauf.

»Ja«, sagte Audra.

Mitchell schloss die Augen und seufzte. Dann öffnete sie sie wieder. »Die Kleider hätten eigentlich als Beweisstücke sichergestellt werden müssen. Wenn wir hier fertig sind, bekommen Sie etwas anderes zum Anziehen. Können wir jetzt anfangen?«

»Okay«, sagte Audra.

Mitchell lächelte. »Sitzen Sie bequem? Hätten Sie gern etwas Wasser?«

Audra schüttelte den Kopf.

»Mrs Kinney ... Audra ... ich darf Sie doch Audra nennen?«

Audra nickte.

Mitchell holte Luft und lächelte wieder. »Was haben Sie mit Ihren Kindern gemacht, Audra?«

Ein Schwindelgefühl überkam Audra und sie musste sich an der Tischkante festhalten, um nicht das Gleichgewicht zu verlieren. Sie öffnete und schloss den Mund, aber es kamen keine Worte heraus.

»Wo sind sie, Audra?«

Ganz ruhig, sagte sie sich. Sprich mit ihr, erklär ihr alles.

Ohne den Tisch loszulassen, atmete sie tief ein. »Man hat sie mir weggenommen.«

»Wer?«

»Der Sheriff.« Audras Stimme war lauter geworden und sie zeigte auf die Wand, als säße Whiteside dahinter, das Ohr an die Betonziegel gedrückt. »Und die Frau, die Polizistin, ich habe ihren Namen vergessen.«

»Sie meinen Sheriff Whiteside und Deputy Collins?«

»Ja, Collins, so hat sie geheißen.« Audra hörte den schrillen Ton in ihrer Stimme und atmete wieder tief ein, um sich zu beruhigen. »Deputy Collins ist mit Sean und Louise weggefahren, während ich im Wagen des Sheriffs auf den Abschleppdienst warten musste.«

»So war das?«

»Ja. Man hat sie mir weggenommen.«

»Hm.« Mitchell lächelte wieder freundlich. »Die Sache ist nur, dass Sheriff Whiteside das ganz anders darstellt, Audra. Er sagte mir heute Morgen, dass keine Kinder in Ihrem Auto gesessen hätten, als er sie anhielt.«

»Er lügt.« Audra hatte die Fäuste geballt und drückte die Fingernägel in die Handballen.

»Und Deputy Collins sagt, sie sei nicht in der Nähe gewesen, als Sie angehalten wurden. Sie sei dann gekommen, um Sheriff Whiteside zu helfen, Sie zu durchsuchen.«

»Sie lügt auch, verstehen Sie doch.«

»Ich habe vor einer halben Stunde kurz mit einem Mr Emmet Calhoun gesprochen und er meinte, er habe beim Abschleppen Ihres Wagens keine Kinder gesehen. Er fand das seltsam wegen des Kindersitzes und verschiedener Dinge, die er im Auto sah. Er meinte, nur Sie hätten auf dem Rücksitz von Sheriff Whitesides Streifenwagen gesessen.«

»Aber er kam ja erst später«, sagte Audra so laut, dass Showalter zusammenzuckte. »Natürlich hat er sie nicht gesehen, er kam ja erst, als man sie schon weggebracht hatte.«

Mitchell legte die Hände flach auf den Tisch und spreizte die Finger, wie um ein Laken zu glätten. »Bleiben Sie bitte ganz ruhig, Audra. Können Sie mir den Gefallen tun, ja? Sonst kann ich Ihnen nicht helfen.«

»Ich bin ganz ruhig«, sagte Audra leiser. »Ich bin ruhig. Aber ich will meine Kinder zurück. Man hat sie mir weggenommen. Warum suchen Sie sie nicht?«

Showalter meldete sich zum ersten Mal zu Wort. »Wir haben seit dem frühen Morgen einen Hubschrauber in der Luft, der von hier bis nach Scottsdale runter alles absucht. Meine Kollegen haben Kontakt zur Polizei und zu den Sheriff's Departments der Nachbarbezirke aufgenommen und Suchmannschaften zusammengestellt. Keine Sorge, Mrs Kinney, was immer Sie mit den Kindern gemacht haben, wir werden sie finden.«

Audra schlug mit der flachen Hand auf den Tisch. »Ich habe nichts mit ihnen gemacht. Whiteside und Collins haben sie mitgenommen. Herrgott noch mal, warum hören Sie mir nicht zu?«

Mitchell erwiderte ihren Blick einen Moment lang und wandte sich dem iPad zu, das vor ihr auf dem Tisch lag. Sie gab ein Passwort ein und der Bildschirm leuchtete auf.

»Ich möchte Ihnen etwas zeigen, Audra.«

Audra lehnte sich zurück. Angst schnürte ihr die Kehle zu.

»Agenten vom FBI in Phoenix haben Ihren Wagen vorläufig durchsucht, bevor das von unseren Experten noch einmal ganz ausführlich gemacht wird«, sagte Mitchell. »Sie haben auch ein paar Fotos gemacht. Erkennen Sie das hier?«

Sie rief ein Bild auf und drehte das iPad so, dass Audra den Monitor sehen konnte. Ein gestreiftes T-Shirt. Das von Sean. Mit einem rötlich braunen Flecken vorne.

»Moment, nein ...«

Mitchell strich mit dem Finger über den Bildschirm und ein anderes Bild erschien. »Und das?«

Das Innere von Audras Wagen, genauer der Fußraum hinten, die Rückseite des Beifahrersitzes und die hintere Tür auf der Beifahrerseite. Mit der Spitze ihres Stifts zeigte Mitchell auf verschiedene Stellen des Bildes.

»Das sieht nach Blutflecken aus, würde ich sagen. Was meinen Sie?«

Audra schüttelte den Kopf. »Nein, das ist von Sean, er hat manchmal Nasenbluten. Vorgestern hatte er das auch. Ich musste anhalten und ihn säubern. Ich habe auch im Auto geputzt, konnte es aber nicht sorgfältig tun, weil keine Zeit war. Es wurde schon dunkel.«

Mitchell strich wieder über den Monitor. Ein neues Bild.

»Mein Gott«, sagte Audra.

»Audra, sagen Sie mir, was Sie auf diesem Bild sehen.«

»Louises Jeans.« Audra begann zu zittern und Tränen traten ihr in die Augen. »Mein Gott, und ihr Slip.«

»Beides lag im Fußraum hinter dem Beifahrersitz«, sagte Mitchell. »Jemand hat die Kleider unter den Sitz gestopft.«

»Wie ... wie ...?«

»Sehen Sie das, Audra?« Mitchell zeigte mit dem Stift auf das Bild. »Die Jeans scheinen zerrissen und blutig zu sein. Und was man auf dem Bild nicht sieht, sie sind ganz nass, offenbar von Urin. Haben Sie dazu etwas zu sagen?«

Audra betrachtete das Foto, die Jeans, die aufgenähten Taschen in Form von Tulpen.

»Die hat sie angehabt«, sagte sie.

»Ihre Tochter hat diese Jeans angehabt«, wiederholte Mitchell. »Wann war das?«

»Als man sie weggebracht hat.«

»Wer?«

»Deputy Collins. Louise hat diese Jeans getragen, als Collins mit meinen Kindern weggefahren ist. Aber sie waren nicht zerrissen und blutig.«

»Warum steckten sie dann unter dem Beifahrersitz Ihres Autos? Wie sollen sie dorthin gekommen sein, nachdem es abgeschleppt wurde?«

Audra schüttelte den Kopf. Die Tränen strömten ihr jetzt über die Wangen und tropften schwer auf den Tisch. »Ich weiß es nicht, aber der Sheriff und die Polizistin haben meine Kinder weggebracht, sie wissen, wo sie sind. Sie müssen sie unbedingt fragen.«

Plötzlich hatte sie eine Idee, so unvermutet und klar umrissen, dass sie die Luft anhielt und die Hand vor den Mund schlug.

Mitchell beugte sich vor. »Ja?«

»Die Kameras«, sagte Audra aufgeregt und wieder war ihr schwindlig. »Die Polizeiautos haben doch alle eine Kamera, man sieht das doch im Fernsehen. Wenn sie den Verkehr anhalten, zeichnen sie das auf, nicht wahr?«

Mitchell lächelte ein wenig traurig. »Nein, Audra, nicht in Elder County. Der Streifenwagen von Deputy Collins ist fast fünfzehn Jahre alt und hatte nie eine Dashcam, und die Kamera in Sheriff Whitesides Wagen ging vor drei Jahren kaputt. Eine Reparatur kam aufgrund des knappen Budgets nicht infrage.«

»Gibt es vielleicht ein Navi oder so etwas?«

»Auch nicht.«

Ein schweres Gewicht legte sich auf Audras Schultern – eine Mischung aus Angst, Wut und Hilflosigkeit. Sie bedeckte die Augen mit den Händen.

»Okay«, sagte Mitchell, »ich habe gehört, was Sie über Sheriff Whiteside und Deputy Collins sagen, und glauben Sie mir, ich werde mit beiden darüber sprechen. Aber selbst wenn wir die Sachen, die wir im Auto gefunden haben, einmal außer Acht lassen, steht Aussage gegen Aussage. Und ich habe heute mit verschiedenen Leuten gesprochen, auch in dem Diner, in dem Sie gestern Morgen gefrühstückt haben. Die Managerin hat bestätigt, dass Sean und Louise zu diesem Zeitpunkt bei Ihnen waren. Meines Wissens ist sie die letzte Person, die Sie und die Kinder zusammen gesehen hat. Sie meinte, Sie hätten nervös gewirkt.«

»Natürlich war ich nervös«, sagte Audra durch ihre Hände hindurch. »Ich war auf der Flucht vor meinem Mann.«

»Mit ihm habe ich auch gesprochen.«

Audra nahm die Hände vom Gesicht. »Nein, nicht mit ihm. Hören Sie nicht auf ihn. Er lügt.«

»Sie wissen doch noch gar nicht, was er gesagt hat.«

»Er ist ein gottverdammter Lügner.« Audra wurde wieder lauter. »Mir ist egal, was er gesagt hat. Er steckt dahinter. Er hat Whiteside und Collins dafür bezahlt, dass sie mir die Kinder wegnehmen.«

Mitchell schwieg eine Weile, bis Audra sich wieder beruhigt hatte.

»Ich habe heute Morgen mit Patrick Kinney telefoniert, als ich in L. A. auf den Flug nach Phoenix warten musste. Er hat mir von den Problemen erzählt, die Sie in der Vergangenheit mit Alkohol und Drogen hatten.«

»Das mit dem Kokain war lange vor den Kindern, sogar noch vor Patrick.«

»Möglich, aber nicht der Alkohol. Und die verschreibungspflichtigen Medikamente. Er sagte, Sie hätten sich von drei verschiedenen Ärzten Aufputschmittel und Beruhigungsmittel verschreiben lassen, als handelte es sich um harmlose Süßigkeiten. Einmal hätten Sie kaum noch Ihre Kinder erkannt.«

Audra schloss die Augen. »Verdammtes Arschloch«, flüsterte sie. »Er hat das getan. Ich weiß, dass er es getan hat.«

»Mr Kinney sagte, er habe versucht, die Kinder zurückzuholen, seit Sie ihn verlassen und sie mitgenommen hätten.«

»Sehen Sie?«, rief Audra. »Er wollte sie mir schon immer wegnehmen. Er hat den Sheriff bezahlt …«

»Lassen Sie mich ausreden, Audra«, fiel Mitchell ihr verärgert ins Wort. »Die New Yorker Jugendbehörde hat Ihnen gedroht, die Kinder zum Vater zu bringen. Deshalb sind Sie vor vier Tagen ausgerastet und weggefahren, stimmt's?«

»Ich wollte nicht zulassen, dass er sie mir …«

»Was ist passiert, Audra?« Mitchell beugte sich vor. Sie hatte die Unterarme auf den Tisch gelegt, ihre Stimme klang ruhig und gelassen. »Ich habe selbst drei Kinder und bin geschieden. Zum Glück hilft meine Mutter aus, aber es ist auch so noch schwer. Kinder großzuziehen ist anstrengend, höllisch anstrengend. So ein Stress! Und obwohl ich meine Kinder von ganzem Herzen liebe – wenn sie es drauf anlegen, bringen sie mich an meine Grenzen. Ich finde, eine Mutter sollte für jeden Tag, den sie mit ihren Kindern übersteht, einen Orden bekommen.«

Sie beugte sich noch weiter vor, senkte die Stimme, bis sie ganz sanft klang, und sah Audra mit ihren braunen Augen an.

»Erzählen Sie mir doch, was passiert ist. Sie sind vier Tage lang durchgefahren, Sie sind müde, Sie haben Angst und sind mit den Nerven am Ende. Vielleicht zanken sich Sean und Louise auf der Rückbank, wie Kinder es eben tun, Sie wissen schon. Vielleicht wollen sie ständig Dinge haben, die sie nicht kriegen können, obwohl Sie ihnen das schon hundert Mal gesagt haben. Vielleicht schreien sie auch die ganze Zeit, immer lauter, und hören gar nicht mehr damit auf. Wie haben Sie reagiert, Audra? Haben Sie irgendwo draußen in der Wüste angehalten und sind zu ihnen nach hinten gegangen? Vielleicht wollten Sie sie ja nur gründlich ausschimpfen. Ihnen einen Klaps auf das Bein oder den Arm geben. Vielleicht auch ein wenig schütteln, mehr nicht. Ich weiß, dass Sie nicht mehr tun wollten, es ging mir bei meinen Kindern ja oft genauso, aber dann haben Sie für einen Moment die Beherrschung verloren. Nur für einen kurzen Moment, nicht mehr, und da haben Sie es getan. War es so, Audra? Ich weiß, dass es in Ihnen arbeitet. Sie brauchen es mir nur zu sagen, dann holen wir die Kinder und alles ist vorbei. Sagen Sie es mir einfach, Audra. Was haben Sie getan?«

Audra starrte Mitchell an und ihr wurde heiß.

»Sie glauben, ich hätte meinen Kindern etwas getan?«

Mitchell sah sie unverwandt an. »Keine Ahnung. Haben Sie das?«

»Mein Sohn und meine Tochter sind beide irgendwo da

draußen, aber Sie suchen sie nicht. Weil Sie glauben, ich hätte ihnen etwas getan.«

Dasselbe sanfte Lächeln, dieselbe honigsüße Stimme. »Haben Sie das denn?«

Ehe Audra sich versah, flog ihre rechte Hand über den Tisch und schlug klatschend an Mitchells Wange. Mitchell fuhr zurück und sah sie wütend an. Audras Hand brannte.

Sie sprang auf. »Verdammt noch mal, suchen Sie meine Kinder!«

Sie sah den Polizisten nicht kommen, sie spürte nur, wie er sie mit seinem massigen Körper umstieß und wie der Boden auf sie zuraste. Sie traf mit der Brust auf dem Linoleum auf und alle Luft entwich aus ihren Lungen. Der Polizist rammte ihr das Knie in den Rücken und packte mit seinen Pranken ihre Handgelenke und drückte sie hinter ihren Schultern nach oben.

Audra hielt den Blick unverwandt auf Mitchell gerichtet, die schwer atmend an der gegenüberliegenden Wand stand.

»Suchen Sie meine Kinder«, wiederholte sie.

14

»Mein Gott«, sagte Whiteside. Er blickte von dem Laptopmonitor zu dem jungen FBI-Agenten, der das Video abgespielt hatte, und grinste hämisch. »Das ging ja ab.«

Der Mann – Special Agent Abrahms, wenn Whiteside sich richtig erinnerte – schwieg und drückte ein paar Tasten. Auf dem Bildschirm erschienen Fenster und verschwanden wieder.

Der Laptop stand auf dem hintersten Schreibtisch des Großraumbüros und eine Handvoll Polizisten hatten sich das Video angesehen. Zwei weitere machten Telefondienst, nahmen Anrufe entgegen und organisierten die Suche. An einer Wand hing bereits eine Karte von Elder County und den Nachbarbezirken. Eine rote Nadel kennzeichnete die Stelle, an der Whiteside Audra Kinney festgenommen hatte, weitere Nadeln markierten ihre letzten bekannten Aufenthaltsorte, eine Linie, die in etwa den Verlauf ihrer Fahrt in den letzten Tagen abbildete. Am Abend und am nächsten Morgen sollten weitere FBI-Agenten und Polizisten eintreffen, das Motel drüben in Gutteridge war bereits überfüllt. Man sprach schon davon, die Einsatzzentrale ins Rathaus zu verlegen.

Collins ging ruhelos zwischen den Schreibtischen auf und ab. Manchmal erwiderte sie Whitesides Blick, manchmal auch nicht. Als zwei Polizisten mit ihr flirten wollten, warf sie ihnen einen finsteren Blick zu.

Die Tür zum Verhörzimmer ging auf und der Polizist, der Audra überwältigt hatte, erschien. Er hielt Audra mit der Hand am Arm fest, den anderen Arm hielt der Detective. Whiteside stand auf, ging zur Wand und lehnte sich dagegen. Collins trat neben ihn.

Als Audra die beiden sah, bleckte sie die Zähne. Während die Polizisten sie nach hinten zum Zellenblock des Untersuchungsgefängnisses führten, drehte sie sich nach ihnen um.

»Wo sind meine Kinder? Was haben Sie mit ihnen gemacht? Was hat mein Mann Ihnen gezahlt? Sagen Sie gefälligst die Wahrheit! Sie sind Verbrecher! Sagen Sie, wo meine Kinder sind, haben Sie gehört? Sagen Sie es. Ich schwöre Ihnen, ich werde …«

Die Tür ging hinter ihr zu und ihre Stimme war nur noch gedämpft zu hören.

»Behalten Sie die Nerven«, sagte Whiteside so leise, dass nur Collins ihn hören konnte.

»Versuche ich ja.« Collins' Stimme zitterte.

»Versuchen reicht nicht. Sie müssen sich zusammenreißen oder wir sind erledigt.«

»Glauben Sie, ich weiß das nicht?«

»Denken Sie an das, was dann kommt«, sagte er. »Was Sie mit dem Geld alles machen können.«

»Was bringt mir das Geld, wenn …«

»Halten Sie den Mund!«

Mitchell kam auf sie zu, in der einen Hand ihr iPad, in der anderen Notizbuch und Stift. Sie blickte mit unergründlicher Miene von Collins zu Whiteside und wieder zurück, dann lächelte sie. »Sheriff Whiteside, haben Sie einen Moment für mich?«

»Selbstverständlich.«

Er ließ Collins stehen und ging zur Seitentür des Reviers. Mitchell folgte ihm. Der Sheriff entriegelte die Tür und öffnete sie, Hitze schlug ihnen entgegen. Er ließ Mitchell vorausgehen, dann schloss er die Tür hinter sich. Ein schmaler Schattenstreifen entlang der Mauer schützte sie vor der schlimmsten Sonne, doch Whiteside spürte, wie die schwüle Luft ihm den Atem nahm, und er musste gegen die grellen Spiegelungen auf den geparkten Polizeiautos und schwarzen Geländewagen des FBI die Augen zusammenkneifen.

Mitchell streckte die Hand aus. »Was ist das da drüben? Die orangen Streifen an den Bergen, die wie Stufen aussehen.«

»Eine Kupfermine«, sagte Whiteside. »Zumindest war es eine. Der Abbau erfolgte nur an der Oberfläche, im Tagebau. Das Rote ist der Lehm, mit dem man die aufgegrabene Erde abgedeckt hat. Man hat das bei Schließung der Mine gemacht. Sollte verhindern, dass der Regen die Säure und so weiter auswäscht. Dabei wird von dem, was es hier regnet, höchstens mal ein Papiertaschentuch nass. ›Wiedernutzbarmachung‹ nennt man das. Großartig, wie? Man bringt den Boden wieder auf Vordermann, wie einen Dealer, der aus dem Knast kommt und rehabilitiert wird.«

Mitchell schirmte die Augen gegen die grelle Sonne ab. »Warum hat man die Mine zugemacht? Was ist passiert?«

»Hat keinen Gewinn mehr abgeworfen«, sagte Whiteside. »Für die Arbeit, die man hineinstecken musste, kam nicht genug heraus, also zack, weg damit. Der ganze Ort hat früher von der Mine gelebt, oder eigentlich sogar der ganze Bezirk. Früher war das hier eine wohlhabende Gegend, ob Sie es glauben oder nicht. Man konnte als junger Mann eine Familie gründen und auch versorgen. In den Bergen steckt noch Kupfer, aber die Schlipsträger fanden, es sei billiger, es im Boden zu lassen. Ende, fertig, aus. Man braucht immer Kupfer, sogar mehr denn je, für all die Laptops und Handys und was auch immer, aber alles muss billig sein. Warten Sie's ab, früher oder später beschließen die Erbsenzähler, dass es kostengünstiger ist, unser Kupfer aus China zu beziehen, genau wie den Stahl, und dann geht das ganze Land vor die Hunde. Es fängt an Orten wie hier an, aber es hört nicht hier auf. Die Orte leben oder sterben je nachdem, was so ein Schnösel von der Uni mit seiner Tabellenkalkulation ausrechnet. Als diese Mine geschlossen wurde, war das für uns das Todesurteil. Wer arbeiten konnte, ist längst weggezogen. Wer hiergeblieben ist, lebt von einem Sozialhilfescheck zum nächsten und wartet auf den Tod, wie der ganze Ort.«

»Und Sie haben deshalb offenbar kein Geld, Ihre Dashcam zu reparieren«, sagte Mitchell.

Whiteside ließ die Luft in einem langen Atemzug entweichen und sah sie an.

»Was verdienen Sie, Special Agent Mitchell?«

Sie schüttelte den Kopf. »Darüber gebe ich keine Auskunft.«

»Also, mein Gehalt wurde jetzt fünf Jahre hintereinander immer wieder gekürzt. Entweder das oder ich verliere meinen Job, sagte der Bürgermeister. Ich wette mal, Sie zahlen im Jahr mehr Steuern, als ich überhaupt verdiene. Im vergangenen Jahr habe ich sogar drei Monate lang freiwillig auf mein Gehalt verzichtet, damit Deputy Collins bezahlt werden konnte. Denn so beschissen wenig ich verdiene, sie kriegt noch weniger und braucht das Geld noch dringender. Sie stehen im Moment womöglich auf dem ärmsten Fleck der Vereinigten Staaten, und ich soll hier für ein Butterbrot für Ordnung und Sicherheit sorgen.«

Mitchell blickte eine Weile stumm auf die fernen Berge, dann sagte sie: »Sie wissen ja, dass ich Ihnen die Frage stellen muss.«

Whiteside nickte. »Ja, ich habe damit gerechnet. Bitte sehr.«

»Ist an dem, was Audra Kinney gesagt hat, etwas Wahres dran? Waren Sie oder Deputy Collins in irgendeiner Weise an dem Verschwinden ihrer Kinder beteiligt?«

Sie sah ihn scharf an und er erwiderte ihren Blick.

»Sie wissen, dass wir nichts getan haben«, sagte er. »Die Frau fantasiert. Vielleicht glaubt sie ja, was sie sagt. Vielleicht fällt ihr das leichter, als der Wahrheit ins Gesicht zu sehen.«

»Vielleicht«, sagte Mitchell. »Aber ich muss alle Möglichkeiten in Betracht ziehen, ob es Ihnen gefällt oder nicht.«

»Ich habe nichts zu verbergen.«

»Bestimmt nicht. Special Agent Abrahms schickt das Video dem Verhaltensanalytiker der Außenstelle Phoenix. Wir werden bald wissen, ob Audra Kinney lügt oder nicht. Und meine Leute werden Collins' Streifenwagen untersuchen. Wenn Mrs Kinneys Behauptungen falsch sind … dann haben Sie nichts zu befürchten. Oder doch?«

»Nein«, sagte Whiteside. »Nichts.«

Mitchell nickte lächelnd, zog die Tür auf, verschwand drinnen und ließ die Tür hinter sich zufallen.

Whiteside musste sich mit der Hand an die Mauer stützen, damit seine Beine nicht unter ihm einknickten.

15

Audra hätte geschrien, wenn ihr nicht die Stimme weggeblieben wäre. So kam jedes Mal nur ein heiseres Krächzen heraus. Sie ging in ihrer Zelle auf und ab und musste sich beherrschen, nicht den Kopf gegen das Gitter zu schlagen. Alles in ihr war zum Zerreißen gespannt, Panik war allgegenwärtig und drohte sie zu überwältigen. Also konzentrierte sie sich auf ihre Wut. Wut nützte ihr im Moment mehr als Angst.

Niemand hörte ihr zu, niemand. Als hätte das, was sie sagte, keinerlei Bedeutung. Als Mitchell ins Verhörzimmer gekommen war, war sie überzeugt gewesen, dass diese Frau wenigstens in Erwägung ziehen würde, dass sie die Wahrheit sagte. Aber nein, Mitchell war auch nur ein Bulle in einem Kostüm, nicht willens oder nicht fähig, zu durchschauen, was Whiteside ihr vorspielte.

Laut der Uhr an der Wand war eine Dreiviertelstunde vergangen, als Mitchell den Zellentrakt wieder betrat. In der einen Hand hielt sie einen Styroporbehälter, in der anderen einen Plastikbecher, unter den Arm hatte sie eine große Papiertüte geklemmt. Sie näherte sich der Zelle, in der Audra auf und ab ging.

»Haben Sie seit gestern etwas gegessen?«

Audras Magen ließ ein langes, tiefes Knurren hören, als hätte die Frage ihn geweckt. Audra blieb stehen und schlang die Arme um ihren Bauch.

»Vermutlich nicht«, sagte Mitchell. »Ich habe Ihnen

etwas von dem Diner unten an der Straße mitgebracht. Es riecht gar nicht schlecht.«

Sie stellte den Behälter und die Papiertüte auf den Schreibtisch an der Tür und legte eine Serviette und eine Plastikgabel daneben.

»Aber zuerst brauche ich Ihre Kleider. Ich habe Ihnen ein paar Sachen aus dem Secondhandshop besorgt. Zwar musste ich Ihre Größe schätzen, aber sie sollten einigermaßen passen. Unterwäsche hatten sie nicht, also habe ich ein paar Sachen von mir dazugelegt.«

Mitchell sperrte die Zellentür auf, schob sie zur Seite und warf die Tüte mit den Kleidern hinein. Sie landete vor Audras Füßen, aber Audra blieb stehen und griff nicht danach.

»Ich brauche Ihre Kleider«, sagte Mitchell. »Ich will nicht ein paar von diesen Polizisten rufen müssen, damit die sie Ihnen gewaltsam ausziehen. Die Kamera ist ausgeschaltet, und ich drehe mich mit dem Rücken zu Ihnen.«

Sie wandte sich ab und Audra öffnete die Tüte und zog eine Bluse und eine Jeans heraus, außerdem einen Sport-BH, der aussah, als würde er in etwa passen, zwei Slips und ein Paar Socken. So schnell sie konnte, zog sie sich aus und wieder an.

Sie brachte ihre Kleider Mitchell, die sie in die leere Tüte packte und auf den Tisch legte. Dann nahm sie den Styroporbehälter, Gabel und Serviette und brachte alles in die Zelle. Audra stand nur da.

»Na los«, sagte Mitchell. »Sie müssen etwas essen.«

Audra nahm ihr den Behälter ab und öffnete ihn. Der würzige Duft von Rindfleisch, Tomaten und Reis stieg ihr in die Nase. Wieder knurrte ihr Magen und das Wasser lief ihr im Mund zusammen.

»Chili«, sagte Mitchell. »Merkwürdig, was? Je heißer der

Ort, desto schärfer und schweißtreibender das Essen. Man würde denken, die Leute hier wollten eher abkühlen.«

Audra kehrte zu ihrer Pritsche zurück, setzte sich und begann mit der Plastikgabel zu essen. Unwillkürlich entschlüpfte ihr ein Laut des Behagens.

»Ich habe Ihnen auch das mitgebracht«, sagte Mitchell und zog eine Plastikflasche mit Cola aus ihrer Jackentasche. »Darf ich reinkommen?«

Audra nickte und schluckte. Als ob sie bestimmen könnte, wer in dieser Zelle ein und aus ging. Mitchell zeigte auf die Kamera in der Ecke.

»Wir werden nicht überwacht«, sagte sie. »Aber ich weiß, dass Sie keine Dummheiten machen werden.«

»Vergangene Nacht haben sie die Kamera ausgeschaltet«, sagte Audra.

Mitchell ging durch die Zelle, stellte die Cola auf die Pritsche und setzte sich neben Audra.

»Ausgeschaltet?«

»Whiteside und Collins. Sie kamen mitten in der Nacht rein und haben mir eine Pistole an den Kopf gehalten. Dann hat Whiteside abgedrückt. Ich habe geglaubt, ich müsste sterben.«

»Das ist ein schwerer Vorwurf«, sagte Mitchell.

»Ein schwerer Vorwurf«, wiederholte Audra. »Schwerer als der, dass sie mir meine Kinder weggenommen haben, oder nicht so schwer?«

Mitchell beugte sich vor. »Audra, bedenken Sie doch die Lage, in der Sie sich befinden. Sheriff Whiteside und Deputy Collins arbeiten seit Jahren im öffentlichen Dienst und haben sich nie etwas zuschulden kommen lassen. Mein Gott, Sheriff Whiteside ist sogar ein Kriegsheld. Er hat im Ersten Golfkrieg gedient und Orden und alles Mögliche bekommen. Sie dagegen sind ein ehemaliger Junkie und auf der Flucht vor der Jugendbehörde. Was glauben Sie, welches Gewicht Ihr Wort gegen das der beiden hat?«

Fleisch und Reis in Audras Mund verloren jeden Geschmack und lagen wie Asche auf ihrer Zunge. Sie ließ die Gabel in den Behälter fallen und wischte sich mit der Serviette den Mund ab.

»Hier«, sagte sie und schob das Essen zu Mitchell hin.

Die Agentin nahm es. »Ich will Ihnen helfen, Audra. Aber dann müssen Sie sich auch helfen lassen.«

»Kann ich telefonieren?«

»Vielleicht haben Sie das ja im Fernsehen gesehen, aber Sie haben nicht automatisch das Recht …«

»Kann ich telefonieren?«

Mitchell schloss die Augen, öffnete sie wieder und stand auf. »Also gut.«

Sie griff in die Jackentasche, holte ein Handy heraus und entsperrte es.

»Ihnen ist aber schon klar, dass sich hinter dieser Tür ein Dutzend Polizisten befinden, die Sie mit Wonne in Stücke reißen würden?«

Audra nickte.

»Na dann«, sagte Mitchell. »Verhalten Sie sich entsprechend.«

Audra stand auf, ging zum anderen Ende der Zelle und tippte die einzige Nummer ein, die ihr in diesem Moment einfiel. Kurze Stille, dann der schnurrende Klingelton. Dann meldete sich die Stimme einer Frau.

»Hallo?«

Audra öffnete den Mund, doch es kam nichts heraus. Sie lauschte auf das Knistern und Jaulen der Verbindung nach Kalifornien. Eigentlich sollte ich jetzt dort sein, dachte sie, mit Sean und Louise. In Kalifornien am Meer. Nicht hier, eingesperrt in dieser Zelle.

»Hallo? Wer ist da, bitte? Wenn Sie ein Reporter sind, will ich nicht ...«

»Mel?«

Kurzes Schweigen, dann: »Audra? Bist du das?«

»Ja, ich. Es ist schön, deine Stimme zu hören.«

»Audra, was ist da eigentlich los?«

»Ich brauche Hilfe.«

»Weiß die Polizei, dass du mich anrufst? Rufst du aus dem Gefängnis an?«

»Ja.« Sie zwang sich zu einem munteren Ton. »Wirklich, es ist doch verrückt, was? Ich im Gefängnis. Mel, kannst du mir helfen?«

»Mein Gott, seit heute Morgen ruft die Presse mich nonstop an und fragt nach dir. Ich habe eben nur abgenommen, weil ich einen Anruf von Suzies Schule erwarte. Was willst du?«

»Ich brauche Hilfe, Mel, ich bin in Not. Was immer du im Fernsehen gesehen hast, ich habe es nicht getan. Der Sheriff will mich in eine Falle locken. Er und seine Kollegin haben meine Kinder entführt. Wenn ich jemanden hätte, zum Beispiel einen Privatdetektiv, könnte der mir helfen. Ich könnte einen engagieren, wenn ich das Geld hätte, ihn zu bezahlen. Aber ich habe keins. Ich habe niemanden, an den ich mich wenden kann. Kannst du mir helfen, Mel?«

Audra hörte, wie ihre Freundin ein- und ausatmete. Mitchell sah sie mit unbewegtem Gesicht an.

»Du willst Geld«, sagte Mel.

»Ja«, sagte Audra. »Kannst du mir helfen?«

»Ich wünschte, ich hätte dich nie kennengelernt«, sagte Mel. »Ruf mich nie mehr an.«

Ein Klicken, gefolgt von Piepen.

Audra starrte das Handy an. Am liebsten hätte sie es an die Wand geworfen. Oder sich damit auf den Kopf geschlagen. Doch sie schluckte ihre Wut hinunter und ließ nicht zu, dass sie ihre zerstörerische Kraft entfaltete. Sie hatte ihr schon so oft freien Lauf gelassen und nie hatte es geholfen. Sie umklammerte das Handy mit beiden Händen und zwang sich, nachzudenken.

Gab es noch jemanden?

Ihre Eltern waren längst tot. Ihr einziger Bruder lebte mehr schlecht als recht als Musiker irgendwo in Seattle. Selbst wenn sie noch Kontakt zu ihm gehabt hätte, gab er alles Geld, das er verdiente, sofort in der nächsten Bar aus.

Wen noch?

»Fertig?«, fragte Mitchell.

»Moment«, sagte Audra.

Sie kniff die Augen zusammen und überlegte angestrengt. Egal wer. Nur ein Name fiel ihr ein, aber diese Nummer würde sie nicht wählen. Nicht um ihr Leben.

»Wollen Sie nicht Ihren Mann anrufen?«, fragte Mitchell, als hätte sie ihre Gedanken gelesen.

»Was sollte das nützen?«

»Er ist der Vater Ihrer Kinder.«

»Stimmt«, sagte Audra, »er ist mein Mann. Und der Vater meiner Kinder. Und der Typ von Mann, der jemanden dafür bezahlt, dass er mir die Kinder wegnimmt, nur um mich fertigzumachen. Seit anderthalb Jahren versucht er, mich kleinzukriegen, aber das wird ihm auch jetzt nicht gelingen.«

Sie ließ die Hand mit dem Handy fallen, ging zur Pritsche und gab Mitchell das Handy zurück.

»Sie müssen jetzt über einiges nachdenken«, sagte die Agentin und stand auf.

Audra schwieg, setzte sich auf die Pritsche und vergrub das Gesicht in den Händen. Mitchell ging und schloss die Tür hinter sich ab.

Erinnerungen stürzten auf Audra ein wie ein Wasserfall auf einen Felsen und rissen sie mit sich fort.

Die ersten Monate ihrer Ehe mit Patrick waren gut gewesen. Sie hatten im Rathaus geheiratet, nur mit einer Handvoll Gäste. Patricks Mutter war darüber zunächst nicht glücklich gewesen und hatte sogar von »Erpressung« gesprochen, aber die Aussicht auf ein Enkelkind hatte sie schließlich versöhnt. Und wenn Margaret glücklich war, war Patrick es auch. Oder wenigstens so glücklich, wie er sein konnte. Audra hatte sich inzwischen an sein ständiges Nörgeln gewöhnt, wie man sich an einen empfindlichen Zahn oder ein schmerzendes Gelenk gewöhnt. Doch dann kam zu seinem Nörgeln die aufdringliche Sorge für das wachsende Leben in ihrem Bauch hinzu. Auf einmal war die Zweizimmerwohnung mit zwei Bädern im Village nicht mehr gut genug. Patricks Mutter wollte unbedingt, dass sie in die Nähe der elterlichen Wohnung in der Upper West Side zogen.

Aber das können wir uns nicht leisten, hatte Audra protestiert.

Ihr vielleicht nicht, hatte Margaret erwidert, aber ich schon.

Bei dieser Gelegenheit erfuhr Audra, dass Patricks Lebensstil weniger durch seinen Job an der Wall Street als die Geldzuwendungen seiner Mutter finanziert wurde. Nicht dass er selbst zu wenig Geld gehabt hätte, er war zweifellos wohlhabend. Aber nicht reich wie die Menschen an der Upper West Side. Als Audra im fünften Monat schwanger war, zogen sie also in eine Dreizimmerwohnung mit zwei Bädern im Viertel West Eighties. Im Unterschied zur Wohnung ihrer Schwiegermutter hatten sie vom Fenster aus keinen Blick auf den Park, aber der Luxus war trotzdem größer, als Audra ihn sich je erhofft hätte.

Trotz des vielen Platzes hatte sie kein Zimmer, in dem sie malen konnte. Während Patricks Mutter Wandverkleidungen und Bodenbeläge auswählte und die besten Firmen mit deren Lieferung und Montage beauftragte, zog sie mit ihrer Staffelei von einer Ecke zur anderen, stets darauf bedacht, kein Ockergelb oder gebranntes Siena auf den Boden tropfen zu lassen, mit dem Pinsel der Gardine nicht zu nahe zu kommen und kein Einweckglas mit Terpentin oder Leinöl zu verschütten.

An manchen Tagen malte sie überhaupt nicht mehr. Ihr wurde vom Geruch übel und sie konnte wegen des Babys beim Arbeiten nicht mehr bequem sitzen. Aus manchen Tagen wurden viele Tage, und als Sean geboren wurde, hatte sie seit Wochen keinen Pinsel mehr angerührt.

Rückblickend erinnerte sie sich an die erste Woche mit ihrem Baby noch ganz deutlich. Sie hatte es stillen wollen, obwohl Patricks Mutter das für Unsinn hielt. Die Flasche sei für ihren Sohn gut genug gewesen und ganz gewiss auch für ihren Enkel. Aber Audra hatte darauf bestanden, die alte Schachtel ging das sowieso nichts an. Sie hatte tage- und wochenlang Artikel darüber gelesen und auf einer neuen Website namens YouTube Videos dazu gesehen, und die schlichte Schönheit des Vorgangs hatte sie begeistert. Es mochte am Anfang schwierig sein, sagten alle Bücher und Videos, aber keine Sorge, das Baby lernt schnell.

Aber Sean lernte nicht schnell. Und wenn er trank, tat es so weh, dass Audra Tränen in die Augen traten. Wenn er dann vor Hunger schrie, klang er wie eine überdrehte Kettensäge. Kein Fläschchen, hatten alle Bücher und Videos geraten. Denn auch wenn sie sich die Milch abpumpte, sobald sie ihm die Flasche gab, würde sie ihn nicht mehr stillen können. Also hatte sie Sean aufrecht auf dem Knie gehalten und aus einer winzigen Tasse Milch in seinen winzigen Mund gekippt. Die meiste Milch, die sie sich unter so schrecklichen Schmerzen abgepumpt hatte, lief ihm über Kinn und Brust und sie hätte am liebsten geheult. Und er schrie trotzdem, während Patrick und Margaret ihr ohne das geringste Mitleid zusahen.

Fast eine Woche war so vergangen. Der Arzt wog Sean und zeigte sich unbesorgt über die geringe Gewichtszunahme. Das mit dem Stillen werde bald klappen. Doch Patricks Mutter wollte davon nichts hören.

»Du lässt meinen Enkel verhungern«, sagte Margaret am sechsten Abend, als Audra eine Tasse mit abgepumpter Milch aus dem Kühlschrank holte.

»Nein, lasse ich nicht«, erwiderte Audra.

Sie konnte vor Erschöpfung kaum noch denken. Zwischen ihren Beinen brannte und juckte es immer noch, obwohl nicht viel eingerissen war und die Blutung in den vergangenen vierundzwanzig Stunden nachgelassen hatte. Ihr Bauch fühlte sich an, als wäre er als Boxsack missbraucht worden, als hätte man ihn von innen nach außen gekrempelt, ihre Brüste waren hart und schmerzten und ihre Brustwarzen brannten. Jede kleinste Bewegung erschien ihr höllisch anstrengend, aber sie wollte nicht aufgeben.

»Hör ihn dir an, um Gottes willen.« Margaret zeigte auf die Tür, hinter der Sean schrie. »Gib ihm doch einfach eine Flasche und fertig.«

»Nein«, sagte Audra. »Ich will es weiter versuchen. Der Arzt meinte, er …«

»Was der Arzt meint, ist mir egal. Ich weiß, wie ein Kind klingt, das leidet.«

Audra schlug die Kühlschranktür zu. »Glaubst du, ich höre ihn nicht?« Sie versuchte ruhig zu bleiben, aber es gelang ihr nicht. »Glaubst du, dieses Geschrei bei Tag und Nacht nervt mich nicht?«

Margaret fixierte sie wütend, dann sagte sie: »Schrei mich bitte nicht an.«

»Dann sag mir nicht, wie ich mein Kind ernähren soll«, rief Audra.

Margaret starrte sie fassungslos an, dann marschierte sie aus der Küche und ließ die Tür hinter sich zufallen. Audra fluchte und goss ein wenig von der Milch in die kleine Tasse, die sie verwendete, um Sean zu füttern. Sie stellte die Tasse kurz in die Mikrowelle, dann ging sie damit ins Wohnzimmer, wo Patrick mit den Händen in den Hosentaschen wartete. Neben ihm schrie Sean in seinem Körbchen.

»Ich dachte, du hättest ihn herausgenommen«, sagte Audra. »Es muss ihn doch jemand trösten.«

»Was hast du zu meiner Mutter gesagt?«

»Dass sie sich raushalten soll. Mit anderen Worten, aber sinngemäß.«

Audra stellte die Tasse mit der angewärmten Milch auf den Couchtisch und nahm ein Musselintuch von dem Stapel zusammengefalteter Tücher. Sie schüttelte es auseinander und legte es sich über den Arm.

»Sie ist ganz aus dem Häuschen«, sagte Patrick.

»Das ist mir vollkommen …«

Patricks Handrücken traf sie so heftig, dass ihr Kopf zur Seite flog und vor ihren Augen alles verschwamm. Ihre Wange schmerzte heftig. Taumelnd machte sie zwei Schritte nach links und stützte sich mit den Fingerspitzen an der Armlehne des Sofas ab, um nicht zu fallen.

Patrick rührte sich nicht und hatte die Lippen zusammengepresst.

»Entschuldigung.« Er bewegte kaum die Lippen. »Das wollte ich nicht. Ich meine, es war nicht meine Absicht. Sei mir bitte nicht böse.«

Audra wartete, bis der Schwindel in ihrem Kopf sich gelegt hatte, dann sagte sie: »Ich muss das Baby füttern.«

»Natürlich.« Patrick verlagerte sein Gewicht auf das andere Bein und steckte die Hände wieder in die Hosentaschen. Den Blick auf den Teppich gerichtet, verließ er das Zimmer.

Audra zog die Nase hoch und wischte sich mit dem Handballen über die Augen. Dann ging sie zu dem Körbchen und hob Sean heraus. Er war so klein und zart wie eine Rose, deren Blütenblätter abfielen, wenn man zu stark daraufpustete. Er schmiegte sich an ihren Hals und sein Geschrei wurde leiser.

Noch ein Versuch, dachte sie.

Sie ging mit ihm zum Sofa, legte sich auf die Seite, öffnete den Bademantel und führte seinen Mund an ihre Brust. Er wand sich und trat mit seinen winzigen Füßen gegen ihren Bauch. Sie hielt ihre Brustwarze an seine Oberlippe und wie auf ein Stichwort öffnete sich sein Mund.

Bitte, lieber Gott, dachte sie, lass es diesmal klappen.

Sein Mund schloss sich um die Brustwarze und saugte sie ein.

»Oh Gott«, sagte sie. »Bitte.«

Keine Schmerzen. Ein Druckgefühl, ja, aber nicht die brennenden Schmerzen wie bisher. Sie beobachtete, wie Seans Unterkiefer arbeitete, wie er sich auf und ab bewegte und seine Wangen sich füllten. Dann eine Pause. Dann schluckte er.

»Ja«, flüsterte sie. »So geht es, kleiner Mann. So macht man das.«

Tränen liefen ihr über die Wangen und in die Haare.

»Braver Junge«, sagte sie.

In der folgenden Stunde trank Sean, bis er satt war. Auch als Audra sich auf die andere Seite drehte und ihn an die andere Brust legte, begann er gleich wieder zu trinken, und sie lachte leise vor Freude und dachte nicht mehr an die Wange, die von der Hand ihres Mannes brannte.

Endlich war Sean fertig und vom vielen Trinken schon fast eingeschlafen. Audra schüttete die Tasse mit abgepumpter Milch in der Küche in den Ausguss und brachte ihren Sohn ins Schlafzimmer. Sie wickelte ihn in ein sauberes Musselintuch und legte ihn in das Bettchen neben ihrem Bett. Er rührte sich kaum noch. Ihre eigene Bettdecke umfing sie weich und das Kopfkissen zog ihren Kopf in seine kühle Umarmung. Sie schloss die Augen und kam erst wieder zu sich, als die Sonne durch das Schlafzimmerfenster schien und auf ihr Gesicht fiel.

Sie richtete sich auf, machte sich von der Bettdecke los und sah auf den Wecker am Bett: kurz nach sechs Uhr morgens. Wie lange hatte sie geschlafen? Sieben Stunden mindestens. Sie langte nach dem Kinderbett und blickte hinein. Es war leer.

»Sean?«

Sie hatte auch schon früher in ihrem Leben Angst gehabt. Zum Beispiel wenn sie sich vor ihrem Vater versteckt hatte, wenn er sie mit dem Gürtel in der Hand suchte und mit schweren Schritten die Treppe heraufkam. Oder damals, als sie am Klettergerüst festhing und nicht mehr hinunterkam, als niemand da gewesen war, der ihr helfen konnte. Doch diesmal war es anders. Diesmal war die Angst wie ein kaltes Messer tief in ihrer Brust.

Sie schlug die Decke zurück und eilte zur Tür. Ihre nackten Füße machten auf den lackierten Dielen patschende Geräusche. Sie öffnete die Schlafzimmertür, rannte in den Flur und rief den Namen ihres Sohnes.

Sie stürmte ins Wohnzimmer und Margaret und Patrick blickten auf. Sie lächelten. Warum?

Dann sah sie Sean in Margarets Armen, im Mund den Sauger einer Flasche. Er trank mit prall gefüllten Wangen und atmete nach jedem Schluck durch die Nase aus.

»Was ist das?« Audra zeigte auf die Flasche.

»Muttermilchersatz«, sagte Margaret und ihr Lächeln wurde breiter. »Sieh ihn dir an. Was für einen Hunger er hat.«

»Mom hat es uns heute Nacht gebracht«, sagte Patrick, als wäre das von seiner Mutter ungeheuer nett gewesen. »Er trinkt schon zum zweiten Mal. Er verschlingt das Zeug förmlich.«

»Ich konnte es nicht mehr ertragen, ihn so schreien zu hören«, sagte Margaret. »Nicht, wenn ein Drogeriemarkt gleich um die Ecke liegt. Wusstest du, dass man die Milch gebrauchsfertig bekommt? In einem Karton? Genau wie Orangensaft.«

Audra griff nach ihrer Brust. Sie spürte ihren Sohn und seine Wärme dort immer noch.

»Warum hast du das getan?«, fragte sie.

»Es war kein Umstand«, sagte Margaret. »Wie gesagt, der Drogeriemarkt liegt um die Ecke und die Milch ist schnell geholt. Man stellt sie einfach in die Mikrowelle und ...«

»Warum hast du das getan?«

Sean zuckte zusammen, als er Audra schreien hörte. Patrick und Margaret starrten sie an. Sie lächelten nicht mehr.

»Ich will das machen«, sagte Audra.

»Wenn es dir so viel bedeutet.« Margaret zog die Flasche aus Seans Mund und hielt sie ihr hin. »Bitte sehr.«

»Nein!« Audra griff nach ihren Brüsten. »Ich will ihn stillen. Damit.«

Margaret zog unwillig die Mundwinkel nach unten. »Wirklich, ich verstehe nicht, was so schlimm an ...«

»Gib ihn mir«, sagte Audra und kam mit ausgestreckten Händen näher.

Margaret stand auf. »Also gut. Aber denk dran: Die Gesundheit deines Babys ist wichtiger als dein Stolz.«

Audra nahm ihr Sean ab, der schniefte und leise jammerte.

»Es wäre mir recht, wenn ihr beide jetzt rausgeht«, sagte sie.

Patrick fuhr vom Sofa hoch und sah sie mit offenem Mund an, aber Margaret bedeutete ihm mit einer Handbewegung, still zu sein. »Schon gut, mein Lieber, sie ist einfach sehr emotional. Die ersten Wochen sind immer die schwersten.«

Sie ging zur Tür, die zum Flur führte. Da sagte Audra: »Ich muss dir noch was sagen.«

Margaret blieb stehen und drehte sich mit erhobenen Augenbrauen zu ihr um.

»Gestern Abend hat dein Sohn mich geschlagen.«

Margaret sah Patrick an, der auf seine Füße blickte. »Diese Zeit ist auch für den Vater schwer, aber das hätte er nicht tun dürfen. Obwohl du es wahrscheinlich verdient hast.«

Sie ging und Stille kehrte ein.

»Tu das nie wieder«, sagte Patrick schließlich. Seine Stimme klang zittrig und erstickt.

»Oder was?«

»Was zwischen uns passiert, bleibt unter uns.«

»Ich lege Sean jetzt zum Schlafen hin«, sagte Audra. »Dann dusche ich und dann packe ich.«

»Wo willst du denn hin?«

»Ich habe Freunde.«

»Was für Freunde? Wann hast du deine Szenefuzzis denn das letzte Mal gesehen?«

»Sprich nicht so von ihnen.«

Sean regte sich auf ihrem Arm. Ihre wütende Stimme hatte ihn erschreckt.

»Egal, aber wann hast du sie das letzte Mal gesehen?«

Da Audra keine Antwort auf seine Frage einfiel, wandte sie sich ab, ging in ihr Schlafzimmer und machte die Tür hinter sich zu. Sie wickelte Sean und ging in das benachbarte Badezimmer. Sie duschte bei offener Tür. Ihre Tränen vermischten sich mit dem heißen Wasser und verschwanden im Abfluss. Innerlich war ihr kalt. Sie musste zugeben, dass Patrick recht hatte: Sie konnte nirgendwohin gehen. Er hatte schon vor der Hochzeit nie mit ihren Freundinnen zu tun haben wollen und sie hatte sie immer seltener gesehen und ihren Bekanntenkreis durch seinen ersetzt.

Sie trocknete sich ab, wickelte sich in ihren Bademantel, legte sich aufs Bett und beobachtete Sean durch die Stäbe seines Kinderbettchens. Sie lauschte auf seine Atemzüge und schlief darüber selbst ein.

Stunden später wachte Sean auf. Er hatte wieder Hunger. Audra hob ihn aus seinem Bett, nahm ihn zu sich ins Bett und legte ihn wieder an die Brust.

Doch er weigerte sich zu trinken und sie weinte bittere Tränen der Niederlage.

Trotzdem versuchte sie es noch den ganzen Tag lang. Doch immer wand und wehrte er sich und wollte die Brust nicht annehmen. Wieder erfüllte das Geschrei die Wohnung, das ihr durch Mark und Bein ging. Auch die kleinen Tassen mit abgepumpter Milch wollte er nicht trinken und das meiste davon ging daneben. Hin und wieder sah sie Patrick an der Tür stehen und sie beobachten. Er schwieg, aber sie wusste, auf was er wartete.

Um zehn Uhr abends, vierundzwanzig Stunden nachdem Sean das erste und letzte Mal an ihrer Brust getrunken hatte, ging sie zum Regal neben dem Kühlschrank und nahm einen der kleinen Kartons mit Milchersatz herunter. Es war so leicht, wie Margaret gesagt hatte. Einfach in die Flasche geben und in der Mikrowelle erwärmen. Kinderleicht.

Sie setzte sich auf das Sofa. Sean trank gierig, doch sie spürte nur eine trockene Leere in sich. Patrick kam und setzte sich neben sie. Er legte ihr den Arm um die Schultern und küsste sie auf die Haare.

»Es ist am besten so«, sagte er. »Für dich und für ihn.«

Sie hatte nicht die Kraft, ihm zu widersprechen.

16

Danny Lee sah Nachrichten, während er in seinem Wohnzimmer trainierte. Er führte die beiden Zehn-Kilo-Hanteln von den Schenkeln nach oben bis an die Schultern und wieder nach unten, ganz langsam und gleichmäßig, sodass der Bizeps die ganze Arbeit tun musste, und atmete dabei ruhig ein und aus. Jeweils zehn Wiederholungen, dann eine halbe Minute Pause.

In den Nachrichten ständig das Bild der Frau, die sich auf den Sheriff stürzte. Im Verlauf des Nachmittags war nichts Neues dazugekommen, trotzdem konnte er sich nicht davon losreißen.

Er ging zu Seitheben über und wechselte dafür auf Sechs-Kilo-Hanteln. Die Haare fielen ihm schweißnass in die Stirn und er schüttelte sie weg. Im Fernsehen sprach ein Kriminalkommissar der Behörde für öffentliche Sicherheit in Arizona von Suchmannschaften und einer Suche aus der Luft. Die folgenden Bilder zeigten einen Polizeihubschrauber, der über einer Straße in der Wüste kreiste, und Männer in Uniform, die ein steiniges Gelände voller Gestrüpp und Kakteen absuchten, während sich zwei Polizisten über eine Landkarte beugten, die auf der Kühlerhaube eines Streifenwagens ausgebreitet lag.

Dann ein Bild der Frau, ein Polizeifoto. Angst und Fassungslosigkeit standen ihr ins Gesicht geschrieben. Die Frau habe in der Vergangenheit Drogen genommen, erklärte der Sprecher. Alkohol und verschreibungspflichtige

Medikamente, vor zwei Jahren eine Überdosis. Sie habe ihre Ehe zerstört und vor Kurzem sei die Jugendbehörde bei ihr vorstellig geworden, um die Kinder zum Vater zu bringen. Daraufhin habe sie den Sohn und die Tochter ins Auto gesetzt und sei weggefahren. Vier Tage später war sie in Arizona angelangt.

Aber ohne Kinder.

Jetzt ein Foto der Kinder, etwa zwei Jahre jünger, als sie zum gegenwärtigen Zeitpunkt waren. Beide mit strahlenden Gesichtern zwischen Bergen von Weihnachtsgeschenken und aufgerissenen Verpackungen. Als Nächstes der Sprecher selbst, der sagte, die Suche nach Sean und Louise Kinney sei ein Wettlauf gegen die Zeit. Sein Tonfall machte freilich deutlich, dass es bereits zu spät war, dass man die Kinder wohl nicht mehr lebend finden würde.

Danny legte die Hanteln auf dem Boden ab, ließ die Schultern kreisen und knetete die Muskeln mit den Fingerknöcheln. Er schloss einen Moment lang die Augen, genoss das erschöpfte Kribbeln, das durch seine Oberarme lief, und den Sauerstoff, den er durch die Nase ein- und durch den Mund ausatmete.

In Gedanken sah er Myas Gesicht vor sich.

Seit fünf Jahren war sie jetzt tot. Sara war sechs Wochen davor verschwunden. Mya war damit nicht fertiggeworden. Danny hatte versucht, für sie stark zu sein. Er hatte getan, was er konnte. Zuletzt hatte Mya ihn immer und immer wieder gefragt, ob er ihr glaube.

Glaubte er, dass die Polizisten ihr Sara weggenommen hatten?

Natürlich glaubte er ihr. Selbstverständlich.

Aber sie musste einen letzten Rest Zweifel in seinen Augen gesehen haben. Und hatte er sich in manchen Nächten nicht tatsächlich diese Frage gestellt? Was, wenn die Polizei recht hatte? Wenn Mya log? Wenn sie wirklich die schreckliche Tat begangen hatte, die Polizei und FBI ihr unterstellten?

Als Mya sich das Leben genommen hatte, hatte die Polizei aufgehört, nach Sara zu suchen. Aber Danny nicht. Obwohl sein Verstand ihm sagte, dass es höchst unwahrscheinlich war, dass sie noch lebte, hatte er weitergesucht, bis es keine Spur mehr gab, der er folgen konnte. Und so unsinnig es war, selbst jetzt flackerte in ihm noch ein Fünkchen Hoffnung, wie eine Kerze, die sich nicht ausblasen ließ. Vielleicht lebte Sara ja doch noch.

Es war so gut wie ausgeschlossen. Aber nicht ganz.

Und jetzt diese Frau in Arizona. Sie sah ein wenig aus wie Mya. Beide waren natürlich weiß, aber das war nicht alles. Auch die Wangen waren ähnlich, das energische Kinn, der Schwung der Lippen.

»Haben sie dir die Kinder weggenommen?«, fragte Danny das leere Wohnzimmer.

Er schalt sich dafür, dass er jetzt schon Selbstgespräche führte, als wäre er nicht ganz bei Trost, trank die Wasserflasche auf dem Beistelltisch leer und schaltete den Fernseher aus. Zehn Minuten später stieg er in sein kaltes, leeres Bett. Mya hatte nie darin geschlafen – er hatte das gemeinsame Bett nach ihrem Tod durch ein anderes ersetzt, weil er nicht ohne sie darin liegen konnte –, aber trotzdem vermisste er sie, wie sie mit angezogenen Beinen unter der Decke gelegen hatte, die Wange in ihre Hand geschmiegt, das leise Säuseln ihres Atems.

Mya hatte ihn gerettet, keine Frage. Ohne sie würde er irgendwo einsitzen, vielleicht eine große Nummer im Gefängnis, aber eben im Gefängnis. Sie hatte gewusst, dass man ihn Danny Doe Jai nannte, den Messerjungen, aber nie gefragt, warum. Und er hatte es ihr nie gesagt.

Er war mit fünfzehn zu den Tong gekommen. Pork Belly hatte für ihn gebürgt und ihn unter seine Fittiche genommen. Mit sechzehn lebte er zusammen mit fünf anderen jungen Männern, die mehr Wut als Verstand hatten, in einer Wohnung in der Nähe der Stockton Street, hatte hier ein paar Schulden eingetrieben und dort ein wenig Stoff verkauft. Mit neunzehn war er Türsteher eines Bordells über einem Restaurant und sorgte dafür, dass die Betrunkenen draußen blieben und die Freier genügend Bargeld dabeihatten, um für ihr Vergnügen zu bezahlen. Und dass die Frauen nicht von jemand anderem herumgeschubst wurden als den Männern, denen sie gehörten.

Dort war der Dragon Head zum ersten Mal auf ihn aufmerksam geworden. Ein betrunkener Matrose in seinen Marineklamotten war im Bordell aufgekreuzt, als Danny gerade austreten musste, und wer auch immer Danny an der Tür vertreten hatte, hatte sich nicht getraut, ihn abzuweisen. Der Matrose hatte einem Mädchen die Nase gebrochen und sich geweigert, zu gehen. Bei seiner Rückkehr von der Toilette hatte Danny ihn gepackt und die Treppe hinuntergeworfen. Unten hatte er sein Messer gezogen und den Mann so übel zugerichtet, dass Pork Belly ihn abholen und irgendwo an einer Anlegestelle deponieren musste. Danny hatte nie erfahren, ob er überlebt hatte oder gestorben war. Es sollte sowieso nicht das letzte Mal sein, das er jemanden tötete.

Danny stieg nie auf, obwohl er intelligent war. Dazu war er auf der Straße zu nützlich und konnte zu gut mit dem Messer umgehen. Das bekamen viele zu spüren.

Bis er Mya kennenlernte.

Mya hatte am Nachbartisch gesessen, als Danny zusammen mit Pork Belly und dessen Freunden im Restaurant unter dem Bordell gegessen und gezecht hatte. Sie war aufgestanden und an ihren Tisch gekommen. Die Jungs hatten gekichert.

Im wohlklingendsten Kantonesisch, das Danny je gehört hatte, hatte das weiße Mädchen gesagt: »Ihr dürft euch in der Öffentlichkeit nicht so vulgär ausdrücken, Leute. Was würden eure Mütter sagen?«

Die Jungs hatten gebrüllt vor Lachen und Mya hatte sich offenbar geschlagen gegeben und war zu ihrer Freundin zurückgekehrt. Zusammen mit ihr war sie zum Tresen marschiert und hatte dort mit dem Kassierer gesprochen. Dann war sie gegangen.

Als die Rechnung für Dannys Tisch kam, hatte Pork Belly sie auf Armlänge von sich weggehalten.

»Das stimmt doch nicht«, sagte er. »Wer hat das alles gegessen?«

Die Rechnung wurde um den Tisch gereicht und niemand wusste eine Antwort.

Nur Danny. Er platzte fast vor Lachen, als Pork Belly den Kellner zurückrief.

»Die junge Frau«, sagte der Kellner. »Sie meinte, Sie hätten angeboten, für ihr Essen zu zahlen.«

Pork Belly saß einen Augenblick lang wie erstarrt da. Dann warf er den Kopf in den Nacken und lachte so heftig, dass sein Bauch wackelte.

Es dauerte eine Woche, bis Danny das Mädchen gefunden hatte, und eine weitere Woche, bis sie einwilligte, mit ihm auszugehen. Nochmals zwei Wochen später hatte er sich so sehr in sie verliebt, dass er wusste, er würde ohne ihre Zustimmung nicht einmal mehr atmen können.

Sie war Teilzeitlehrkraft an der Fakultät für Asienwissenschaften der Universität San Francisco und schrieb zugleich an ihrer Doktorarbeit. Ihr Vater war Banker gewesen und hatte in Hongkong gearbeitet, wo sie den größten

Teil ihrer Kindheit verbracht hatte. Sie war erst in die Staaten zurückgekehrt, als man bei ihrem Vater den Krebs diagnostizierte, der ihm zuerst sein Vermögen und dann sein Leben nahm. Mya sprach fließend Kantonesisch, konnte sich auf Mandarin verständigen und beherrschte ein paar Brocken Koreanisch und Japanisch. Dannys Freunde hatten ihn anfangs gewarnt. Sie sei nur eine Touristin auf der Suche nach einer exotischen Eroberung, einem wilden Kerl, den sie ihren weißen Freundinnen wie eine Trophäe präsentieren konnte.

Doch sie irrten sich, Danny wusste es ganz sicher. Und am Tag ihrer Hochzeit war Mya die erste Person seit dem Tod seiner Mutter, die ihn bei seinem chinesischen Namen nannte: Lee Kai Lum.

Mya brachte ihn auf den rechten Weg. Sie ermutigte ihn, seine Kontakte dazu zu nutzen, Jugendliche von den Gangs fernzuhalten, mit der Polizei und der Gemeinde zusammenzuarbeiten und das Viertel zu einem besseren statt zu einem schlechteren Ort zu machen.

Danny machte Mya an dem Abend einen Heiratsantrag, an dem sie ihm sagte, sie sei schwanger. Sie hätte fast abgetrieben und war über der Entscheidung schier verzweifelt, bevor sie sich damit anfreunden konnte, Mutter zu sein. Er gelobte ihr, sie nie zu verlassen. Das Leben, das in ihr heranwuchs, sei, obwohl vorerst nur ein Klumpen Zellen, auch ein Teil von ihm. Und damit sei er ein Teil von Mya. Sie seien also auf ewig miteinander verbunden, ob sie es wollten oder nicht. Warum also nicht gleich Tatsachen schaffen?

Als die Bullen Mya auf einer einsamen Straße angehalten und ihr Sara weggenommen hatten, hätten sie sie genauso gut gleich erschießen können. Denn sie war danach so gut wie tot, auch wenn sie die sechs Wochen weiterzuleben schien, die es brauchte, bis sie schließlich aufgab. Doch nicht einmal ihr Tod oder der von Sara konnte ihre gegenseitige Verbindung auflösen. Mya zog ihn seitdem langsam und stetig hinter sich her in Richtung Grab.

Aber noch hatte er ein paar Dinge zu erledigen.

Es kam ihm vor, als verdankte er jeden Atemzug ihr, als hätte er sich die fünf Jahre zwischen damals und jetzt nur geliehen. Gott, er vermisste sie und seine Tochter, als wären sie ihm aus dem Leib gerissen worden. Vor allem an Abenden wie diesem, wenn er nur Gespenster im Kopf hatte.

Irgendwann in der folgenden Stunde überwältigte ihn der Schlaf. Wie immer verfolgten ihn blutige Träume. Doch diesmal befanden sich neue Gesichter unter den vertrauten: zwei Kinder und ihre Mutter. Es gab so vieles, das er im Leben nicht erreichen, das er nicht ändern konnte, und nun tauchten sie auf. Wenn er sich nur weit genug streckte, wenn er alles tat, was in seiner Kraft stand, kam er vielleicht wenigstens an sie heran.

Er fuhr mit einem Ruck hoch. Sein Herz hämmerte, sein Atem ging keuchend und seine Nerven standen unter Strom. Es war dunkel und er blickte auf die Uhr: Kurz nach Mitternacht.

Als sein Puls sich beruhigt hatte und er wieder normal atmete, schlug er die Bettdecke zur Seite und stand auf. Nur in Unterwäsche verließ er das Zimmer und ging die Treppe hinunter. Erst als er unten ankam, überlegte er, warum er überhaupt aufgestanden war.

»Durst«, sagte er laut.

Er fuhr sich mit dem Handrücken über den Mund und dachte, okay, ich habe Durst. Ihm fiel ein, dass im Kühlschrank noch ein fast voller Karton Orangensaft stand, und er tappte durch das Wohnzimmer in die Küche. Dort nahm er ein Glas aus dem Regal und schenkte sich ein. Er leerte das Glas in einem Zug zur Hälfte und wandte sich vom Kühlschrank ab.

Auf dem Tisch stand sein Laptop.

Ohne weiter nachzudenken, setzte er sich davor, stellte das Glas neben sich und klappte den Laptop auf. Der Monitor ging an und er gab sein Passwort ein. Der Browser öffnete die Homepage von Google.

Er tippte »Flug San Francisco – Phoenix« ein.

»Aha«, sagte er, als eine Liste von Reiseanbietern und Preisen den Bildschirm füllte. »Also das werde ich tun.«

17

Die Nacht hatte sich für Sean endlos lange hingezogen. Oder wenigstens glaubte er, dass es Nacht war. Es war immer kälter geworden und die Stille immer tiefer. Louise war im Verlauf des Tages und der Nacht immer wieder eingeschlafen und aufgewacht und ihre Stirn fühlte sich heiß an, obwohl sie zitterte und klagte, ihr sei kalt.

Sean wusste, dass seine Schwester krank wurde, aber er wusste nicht, was er dagegen tun sollte. Vielleicht konnte er Deputy Collins um Medikamente bitten, wenn sie wiederkam.

Falls sie überhaupt noch einmal kam.

Sie war zuletzt am Morgen da gewesen und hatte Sandwichs, Kartoffelchips und Obst gebracht. Sean hatte zwei Bananen verschlungen und eine Handvoll Chips. Louise hatte einmal von einem Apfel abgebissen und seitdem nichts mehr gegessen.

»Wann kommen wir von hier weg?«, hatte Sean Collins gefragt.

»Vielleicht morgen«, hatte Collins gesagt. »Spätestens übermorgen.«

»Die Polizei sucht uns bestimmt schon«, sagte Sean. »Mit Suchmannschaften. Deshalb werden Sie uns erst von hier wegbringen, wenn es sicher ist und Sie nicht geschnappt werden.«

Collins lächelte. »Du bist ein kluger Junge. Ich habe übrigens auch einen Jungen, er ist ungefähr ein Jahr jünger als du.«

»Wie heißt er?«

Collins zögerte. »Michael. Mikey.«

»Wie ist er?«

In ihre Augen trat ein abwesender Blick. »Klug, wie du. Und lustig.«

»Hat er einen Dad?«

Sie schüttelte den Kopf. »Sein Dad ist nicht mehr da. Er war ehrlich gesagt ein ziemliches Arschloch.«

»Meiner ist auch nicht mehr da«, sagte Sean. »Wahrscheinlich ist er auch ein Arschloch.«

»Du solltest solche Wörter nicht gebrauchen.«

Sean überhörte es. »Was hat Mikey für Hobbys? Macht er Sport?«

»Nein«, sagte Collins, »er ist viel krank. Er hat Probleme mit dem Herzen, deshalb kann er keinen Sport machen. Er muss viel im Bett liegen und Medikamente nehmen. Also liest er meistens. Comics und so was.«

»Ich auch«, sagte Sean. »Also ich meine nicht im Bett liegen, sondern Comics lesen. Ich mag Comics. Vielleicht kann ich Mikey ja mal kennenlernen. Vielleicht können wir Freunde sein.«

Collins besann sich plötzlich, sah ihn böse an und presste die Lippen zusammen. Dann packte sie ihn mit der Faust am T-Shirt und zog ihn zu sich heran, bis er ihren Atem auf der Haut spürte.

»Ich weiß, was du vorhast, kleiner Scheißer. Du bist schlau, aber auch nicht so schlau. Jetzt lass mich in Ruhe.«

Sean blickte ihr in die Augen, während sie sprach, und sah dort keine Wut. Collins hielt seinem Blick nicht stand. Ihre Wangen wurden rot und sie sah weg. Sie drehte sich um, stieg die Treppe hinauf, ließ die Falltür hinter sich zufallen, schob den Riegel vor und schloss ab. Dann hörte Sean das Brummen des Motorrads. Der Ton wurde immer höher, während es sich durch den Wald entfernte.

Wie viel Zeit war inzwischen vergangen? Schon ein ganzer Tag? Er konnte es beim besten Willen nicht sagen.

Er streckte die Hand aus und legte sie Louise auf die Stirn. Sie war immer noch heiß und schweißnass. Louise jammerte und schob die Hand weg.

»Keine Angst«, sagte er. »Ich sorge dafür, dass wir hier rauskommen. Dann suchen wir Mom und fahren nach Kalifornien, nach San Diego, und dort gehen wir an den Strand. Wie sie es versprochen hat. Hast du gehört?«

Louise blinzelte ein paarmal. »Ja.«

»Gut. Dann lass uns jetzt schlafen.«

Er sah, wie sie die Augen schloss, und machte die Augen ebenfalls zu. Den Arm hatte er um seine Schwester gelegt und hielt ihren warmen Körper an sich gedrückt. Der Schlaf legte sich wie ein Schatten auf ihn und dann bekam er erst wieder etwas mit, als die Falltür über ihm aufging und ihn weckte.

Blinzelnd blickte er zu dem hellen Rechteck über sich hinauf und sah Collins Silhouette die Treppe herunterkommen, in der Hand eine Tüte mit Essen.

»Ich glaube, Louise ist krank«, sagte er.

Collins stellte die Tüte auf den Boden und trat neben die Matratze. Sie kauerte sich hin und legte Louise die Hand auf die Stirn und dann unter dem T-Shirt auf die Brust. Louise bewegte sich kaum.

»Mist«, sagte Collins.

Sean setzte sich auf. »Sie braucht Medikamente.«

»Ich weiß nicht, ob ich welche beschaffen kann.«

»Und wenn es schlimmer wird?«

»Also gut.« Collins stand auf. »Achte du darauf, dass sie

viel Wasser trinkt. Deck sie auf und zieh ihr vielleicht auch das T-Shirt aus, damit sie abkühlt. Ich komme später wieder.«

Sie wandte sich ab und ging zur Treppe.

»Deputy Collins?«, rief Sean ihr nach.

Sie blieb stehen und blickte über die Schulter.

»Danke.«

Ihre Lider zuckten. Ohne etwas zu antworten, stieg sie die Treppe hinauf und schloss die Falltür ab.

18

Audra tat der Kopf weh. Die Atmosphäre schien zum Zerreißen gespannt, als könnte sie mit der Fingerspitze ein Loch hineinbohren. Alles um sie herum schien sich ruckartig zu bewegen, entweder zu langsam oder zu schnell, und wenn jemand sprach, hörte sie ein Durcheinander von Geräuschen. Einerseits wusste sie, dass es an ihrer Erschöpfung lag, andererseits kam sie sich vor wie in einem Traum, als wäre nichts von alledem wirklich. Als passierte es einer anderen Frau in einer anderen Stadt, als spielte sich alles vor ihren Augen ab wie in einer bizarren Fernsehshow.

Sie hatte die Nacht wach gelegen, das rote Lämpchen der Kamera angestarrt und darauf gewartet, dass es ausging. Dann würden sie wiederkommen, fürchtete sie, und ihr eine Pistole an den Kopf halten. Manchmal fragte sie sich allerdings, ob das überhaupt passiert war. Oder hatte sie es nur geträumt, war das womöglich einer dieser Albträume, die einen auch im Wachzustand noch verfolgten? Irgendwann war sie eingeschlafen, nur um mit einem Gefühl wieder aufzuwachen, als zöge sie sich durch zähen Teer hindurch nach oben. Ihr Herz hämmerte und sie bekam keine Luft.

Als sie die Augen öffnete, stand Whiteside über ihr.

Er ging neben der Pritsche in die Hocke.

»Geben Sie auf«, sagte er. »Die Kinder sind weg, mehr gibt es dazu nicht zu sagen.«

Sie war wie gelähmt, konnte nicht die Hand heben, um ihn zu ohrfeigen.

Wieder fragte sie sich, ob sie träumte. War er wirklich da?

Seine Hand kam in Sicht, die Finger geöffnet, als wollte er nach einem Glas Wasser greifen. Dann schlossen sie sich um ihren Hals. Und drückten zu. Nur ein wenig. Aber so, dass es wehtat.

»Glauben Sie nicht, ich würde es nicht tun«, sagte er. »Wenn ich muss.«

Er ließ sie los und stand auf, wandte sich ab und verließ die Zelle.

Wieder allein, begann ihr Herz zu rasen. Ihre Brust hob und senkte sich und sie schnappte nach Luft

Sie hätte nicht sagen können, wie lange es dauerte, bis ihre Panik sich wieder gelegt hatte, nur dass draußen inzwischen die Sonne aufgegangen war und alles um sie herum in tiefes Blau und Grau tauchte.

Sie war sich immer weniger sicher, ob Whiteside überhaupt da gewesen war. Vielleicht hatte sie sich ihn aus Schlafmangel nur eingebildet. Wieder war sie dem Wahnsinn ein Stück näher gekommen.

Vielleicht ging es dem Sheriff ja genau darum. In ihre Gedanken einzudringen, sie von innen heraus zu brechen. Sie ständig einzuschüchtern, verrückt zu machen. Denn wer Angst hat, lässt sich leichter unterwerfen. Genau wie Patrick es in all den gemeinsamen Jahren gemacht hatte.

Er hatte sie zutiefst an sich selbst zweifeln lassen, hatte sie unaufhörlich verunsichert, bis sie kaum noch oben von unten unterscheiden konnte. Jeden Morgen hatte er sie wegen ihres Katers ausgeschimpft, jeden Abend war er mit einer neuen Flasche nach Hause gekommen. Am einen Tag hatte er ihr Vorwürfe gemacht, weil sie ständig Tabletten brauchte, am andern hatte er ihr das nächste Rezept beschafft.

Es hatte am Abend nach ihrer Niederlage angefangen, als sie Sean zum ersten Mal den Milchersatz aus der Flasche gegeben hatte. Patrick war mit einer Flasche Weißwein von der Arbeit nach Hause gekommen. Er hielt sie ihr hin, als sie ihren Sohn fütterte.

»Wozu ist die?«, fragte sie.

»Wenn du nicht mehr stillst, kannst du doch ein Glas trinken.«

»Ich will aber nicht.«

Sie hatte seit Beginn ihrer Schwangerschaft keinen Alkohol mehr angerührt und sich geschworen, auch nach der Geburt nicht mehr zu trinken. Zu viele Nächte waren im Nebel des Alkohols verloren gegangen, in dieses Elend wollte sie sich nicht mehr hinunterziehen lassen.

Patrick zuckte mit den Schultern und nickte. »Gut. Wenn du es dir anders überlegst, die Flasche steht im Kühlschrank.«

Wenn sie die Geistesgegenwart gehabt hätte, ihn zu fragen, warum er den Wein mitgebracht hatte und warum er wollte, dass sie sich nach Monaten der Abstinenz wieder betrank, wäre vielleicht alles anders gekommen. Aber sie fragte ihn nicht. Sie war zu fertig für einen vernünftigen Gedanken.

Nachts musste Audra Sean mehrmals füttern, und jedes Mal war sie wie betäubt. Schlaf erschien ihr auf einmal als eine merkwürdig fremde Vorstellung, nichts, was mit ihr zu tun hatte. Am Morgen kam Margaret und bot an, Sean zu nehmen, damit sie ausruhen konnte. Sie wollte sich widersetzen, aber Margarets Beharren und Patricks strenger Blick waren stärker. Also übergab sie Sean seiner Großmutter und ging ins Schlafzimmer. Sie träumte, ihre Milch hätte ihn vergiftet, sodass ihm übel war. Sie wachte mit einem tiefen Kummer auf, der auch im Verlauf des Tages nicht weichen wollte.

Am Abend sah sie die Weinflasche im Kühlschrank stehen, aber sie rührte sie nicht an, obwohl sie großen, sehr großen Durst hatte.

Wieder kam eine zerstückelte Nacht mit giftigen Träumen, und als sie Sean im Arm hielt und zuhörte, wie er den Milchersatz schluckte, spürte sie, dass etwas zwischen ihnen zerbrochen war. Sie hatte ihn im Stich gelassen und sie hatte etwas verloren, das sie nicht mehr zurückbekommen konnte, auch wenn sie es sich noch so sehr wünschte.

Am Morgen kam wieder Margaret. Und wieder gab Audra ihr Sean. Wieder legte sie sich ins Bett. Diesmal fühlten die Matratze und die Laken sich an wie Treibsand. Sie wollte davon verschluckt werden und nie mehr aus der Dunkelheit auftauchen.

Am nächsten Abend genehmigte sie sich ein Glas Wein. Aber nur eins.

Am Abend darauf trank sie wieder ein Glas. Und ein zweites.

Am nächsten Tag stand eine neue Weinflasche im Kühlschrank. Audra trank die erste leer und öffnete die zweite. Sie trank, bis sie auf dem Sofa bewusstlos wurde. Patrick weckte sie am Morgen und sagte, sie solle sich schämen.

Am Abend kam er mit einer Flasche Wodka nach Hause.

Wieder hätte sie ihn, rückblickend, fragen sollen, warum. Aber sie konnte der Verlockung des Nebels nicht widerstehen und wollte nur noch alles vergessen.

Wochen vergingen und Nächte und Tage verschwammen in einem trunkenen Nebel, unterbrochen von schrecklichen Katern. Das Kindermädchen war schon seit zwei Tagen in der Wohnung, als Audra sie bemerkte. Sie hieß

Jacinta, eine hübsche junge Frau aus Venezuela, die Audra mitleidig ansah, als sie einander im Flur begegneten.

»Du bist nicht in der Lage, Sean zu versorgen«, erklärte Patrick, »also habe ich dafür jemanden eingestellt.«

Audra verbrachte vier Tage im Bett und stand nur auf, um die nächste Flasche Wein oder Schnaps zu holen, die Patrick im Kühlschrank oder Regal für sie deponiert hatte. Am fünften Tag kam ein Arzt. Audra kannte ihn nicht. Er roch schlecht, nach Schweiß und Schimmel, übertüncht mit Aftershave. Er stellte ihr ein paar Fragen und notierte etwas auf einem Zettel, den er Patrick gab. Patrick kam nach einer Stunde wieder mit einem Röhrchen voller Tabletten und einem Glas Wasser. Sie verweigerte das Wasser, spülte zwei Tabletten mit einem Schluck Wodka hinunter und schlief wieder ein.

Im Rückblick erschien es ihr, als wäre sie gleichsam in ein Erdloch eingesaugt worden, aus dem sie sich nicht mehr befreien konnte. Jedes Mal wenn sie beschloss, auf Alkohol und Tabletten zu verzichten, tauchte Patrick mit einem vollen Glas oder einem vollen Tablettenröhrchen auf.

Manchmal überlegte sie, was wohl ihr Kind machte. Auf dem Weg durch das Wohnzimmer zur Küche sah sie Sean eines Tages zu ihrer Überraschung durch das Zimmer in Jacintas Arme laufen. Er schwankte und lachte und ruderte mit den Armen.

»Seit wann kann er das?«, fragte sie im plötzlichen Bewusstsein versäumter Monate.

»Seit einer Woche«, sagte Jacinta. »Sie haben ihn gestern auch laufen sehen und dasselbe gefragt.«

Audra sah sie überrascht an. »Ach ja?«

»Wollen Sie ihn auf den Arm nehmen?«

Audra gab keine Antwort. Sie ging in die Küche und holte sich eine Weinflasche.

Sie erinnerte sich noch an Seans dritten Geburtstag. In der Wohnung von Patricks Eltern sollte eine kleine Feier stattfinden. Patrick hatte den Alkohol und die Tabletten versteckt und gesagt, sie solle nüchtern bleiben.

»Blamier mich nicht«, hatte er gesagt. »Mach mir keine Schande.«

An diesem Morgen war der Nebel von ihren Gedanken gewichen und sie hatte sich nach dem Duschen im Spiegel betrachtet. Dunkle Ringe unter den Augen, fleckige Wangen, die Haut schlaff. Aber sie gab sich mit dem Make-up und den neuen Kleidern, die Patrick ihr besorgt hatte, Mühe. Bevor sie aufbrachen und die wenigen Blocks nach Süden gingen, zeigte sie sich ihm.

»Geht schon«, sagte er mit einem Seufzer.

Sie ging neben ihm am Central Park entlang, während Jacinta den noch unsicher laufenden Sean an der Hand hielt. Das Brausen des Verkehrs belebte sie, die kalte Luft brachte ihre Haut zum Kribbeln und sie spürte die Kleider an ihrem Körper und wie ihre Füße auf dem Gehweg aufkamen. Trotz der bohrenden Schmerzen hinter ihren Augen empfand sie etwas, das sie schon lange nicht mehr gespürt hatte: Sie fühlte sich lebendig.

»Patrick«, sagte sie.

»Mhm?« Er blickte weiter geradeaus, sah sie nicht an.

»Vielleicht sollte ich mir Hilfe holen.«

Er blieb stehen, doch ohne etwas zu sagen. Audra hielt auch an. Sie standen da wie zwei Inseln, um die die anderen Passanten wie Wasser herumströmten.

»Vielleicht sollte ich mit jemandem sprechen«, sagte sie. »Über den Alkohol und die Tabletten. Versuchen, mich zu ändern.«

Patrick schwieg immer noch, aber sein Kiefer arbeitete und er knirschte mit den Zähnen.

»Ich wusste nicht einmal, dass mein Sohn Geburtstag hat, bis du es mir gesagt hast.«

Heiße Tränen liefen ihr über die Wangen.

Patrick nahm ihre Hand und drückte sie fest, bis sie wehtat. »Lass uns darüber sprechen, wenn wir wieder zu Hause sind«, sagte er. »Jetzt reiß dich zusammen. Blamier mich nicht vor den Freundinnen meiner Mutter.«

»Warum gibst du dich überhaupt mit mir ab? Warum behältst du mich bei dir? Ich bin dir keine Ehefrau und meinem Sohn keine Mutter. Warum schickst du mich nicht einfach fort?«

Er drückte wieder ihre Hand, diesmal noch fester, und sie musste sich auf die Lippen beißen, um nicht aufzuschreien.

»Willst du mich bloßstellen?«, fragte er, zu ihr vorgebeugt. »Willst du das? Wenn ja, schlage ich dich hier auf der Straße zusammen. Willst du, dass ich das tue?«

Audra schüttelte den Kopf.

»Dann halt gefälligst den Mund und geh weiter.«

Audra wischte sich über die Wangen, atmete tief durch und setzte sich in Bewegung, die schmerzende Hand weiter in seiner.

In der Wohnung seiner Eltern gingen die Gäste zwischen Tischen mit Fingerfood und Sektgläsern auf und ab. Audra betrachtete die aufsteigenden Bläschen des Sekts und stellte sich das Prickeln auf der Zunge vor und die Süße beim Schlucken. Sie und Patrick saßen an einem Tisch in der Mitte des Zimmers. Sean saß in einem Hochstuhl und Jacinta fütterte ihn gerade mit einem Stück Kuchen.

Patrick senior saß stumm in einer Ecke, die zitternden Hände im Schoß. Seine Demenz war jetzt für alle sichtbar. Die Gäste und auch sein Sohn und seine Frau beachteten ihn nicht weiter. Sein abwesender Blick traf vom anderen

Ende des Zimmers auf den von Audra, nur für einen Moment, aber doch so lange, dass sie sich fragte, ob er sie sah. Erkannte er sie wie sie ihn, zwei einsame, verlorene Seelen in einem Zimmer voller Menschen?

Margaret setzte sich zu Audra und Patrick junior, gefolgt von dem lächelnden Father Malloy, dem Priester, der Sean getauft hatte. Margaret nahm Patricks Hand.

»Na, ihr beiden«, sagte sie, »ist es nicht Zeit, mir einen zweiten Enkel zu schenken? Sean soll doch nicht als Einzelkind aufwachsen müssen wie Patrick.«

Sie drückte Patrick das Knie und er wurde rot und lächelte. Und Audra bekam einen kurzen Einblick in die Funktion, die ihr in dieser Ehe zugedacht war. Sie fröstelte und zählte die Minuten, bis sie wieder nach Hause gehen und sich in ihren Nebel zurückziehen konnte.

19

Danny verließ den Parkplatz am Flughafen von Phoenix mit einem Mietwagen und folgte den Anweisungen des Navis zum Ak-Chin-Pavillon im Westen der Stadt. Ein mexikanisches Esslokal dort in der Nähe, hatte man ihm gesagt, mit einer bei den Einheimischen beliebten Bar.

Diese gottverdammte Hitze. Er war das kühlere San Francisco gewöhnt, wo es nie zu heiß und nie zu kalt war. Nicht wie hier. Die verdammte Luft war so heiß, dass sie ihm die Kehle verbrannte. Beim Abholen des Chevrolets hatte er den Fehler gemacht, die Hand auf die Kühlerhaube zu legen. Er war zurückgezuckt wie vor einer Herdplatte.

Die Fahrt auf dem Highway dauerte zwanzig Minuten. Dann noch ein paar Abzweigungen, und das ausgedehnte Gelände des Amphitheaters kam in Sicht. Er fuhr zwei Blocks nach Westen und sah das Restaurant. Ein handgemaltes Schild über dem Eingang, große rote Buchstaben und grüne Kakteen, die Sombreros trugen. Um diese Zeit gab es am Straßenrand noch jede Menge Platz. Er parkte.

Die Hand am Türgriff, hielt er kurz inne und machte sich auf das gefasst, was ihn draußen erwartete. Die Klimaanlage hatte das Auto noch kaum abkühlen können und der Schweiß sammelte sich in seinem Nacken und der Spalte seines Hinterns. Dann drückte er die Tür auf. Brüllende Hitze schlug ihm entgegen.

Es waren nur wenige Schritte zum Restaurant. Aus dem

Kasten der Klimaanlage über der Tür blies eiskalte Luft auf ihn nieder. Er blieb einen Moment stehen und genoss den Luftstrom auf seiner Haut. Eine junge Hispana näherte sich ihm und nahm eine Speisekarte von dem Tisch, der neben dem Schild mit der Aufschrift BITTE WARTEN, SIE WERDEN PLATZIERT stand.

»Eine Person?«, fragte sie mit einem breiten Lächeln.

Danny erwiderte das Lächeln. »Hey, wie geht's? Ich bin hier, um George zu sprechen. Ich glaube, er erwartet mich.«

Ihr Lächeln verschwand. »Warten Sie hier«, sagte sie. Sie eilte zur Bar und sprach mit einem stämmigen Mann. Seine ölig glänzenden schwarzen Haare waren zurückgekämmt, die Arme von oben bis unten mit Tattoos bedeckt. Während die Frau sprach, warf er Danny einen Blick zu. Dann nahm er einen Telefonhörer, sagte ein paar Worte, lauschte, legte auf und sagte etwas zu der Frau.

Sie kehrte zu Danny zurück, jetzt sichtlich nervös, und sagte: »Hier entlang, bitte.«

Er folgte ihr durch den dämmrigen Gästeraum, zwischen Tischen und vereinzelten Nachmittagsgästen hindurch. Dann ein Durchgang mit Perlenvorhang, darüber ein Schild mit der Aufschrift PRIVATES GÄSTEZIMMER. Die junge Frau steckte die Hand zwischen die Perlenschnüre und schob sie zur Seite, damit Danny hindurchgehen konnte. Hinter ihm ließ sie sie los und die Schnüre schlugen klackend und zischelnd zusammen.

In dem Zimmer vor ihm stand ein großer runder Tisch, der bequem Platz für ein Dutzend Personen bot, auch mehr, wenn die Gäste bereit waren, enger zusammenzurücken. Der Tisch war mit einem sauberen weißen Tischtuch, blitzendem Besteck und Gläsern für eine Gesellschaft gedeckt. Auf einem Stuhl saß George Lin.

»Lang ist's her, Danny Doe Jai«, sagte George.

»Zehn Jahre«, antwortete Danny.

»Tat mir leid, das mit deiner Frau und deinem Mädchen zu hören. Niemand sollte so eine Scheiße erleben müssen. Komm, setz dich.«

Danny ging um den Tisch und setzte sich zwei Stühle von George entfernt neben ihn. Etwas mehr als Armeslänge. Er hatte keine Angst vor George Lin, was aber nicht hieß, dass er ihm traute.

Er ließ den Blick durch das Zimmer wandern. »Mexikanisch?«

»Wir sind schließlich in Arizona«, sagte George.

»Wie erträgst du diese Hitze?«

»Wie, du magst sie nicht? In San Francisco ist es immer so nass und kalt. Hier ist das ganze Jahr über Sommer. Warum, glaubst du, bin ich hierhergezogen? Ich habe in meinem Garten einen Pool und alles.«

Danny schüttelte den Kopf. »Ich glaube, ich könnte es nicht aushalten. Würde mich nach einer Weile verrückt machen.«

George lächelte. »Aber nein, du chillst einfach, isst Eis und trinkst Wasser, dann geht das. Aber du bist nicht hier, um über das Wetter zu sprechen.«

Er langte unter das Tischtuch und griff nach etwas, das auf dem Stuhl zur anderen Seite lag. Ein großer, zerknitterter und eingerissener gepolsterter Umschlag. Er legte ihn auf den Tisch. In dem Umschlag klapperte etwas Schweres.

»Bitte sehr.« Er lehnte sich zurück und zeigte auf den Umschlag. »Sieh nach, ob es passt.«

Danny zog den Umschlag zu sich her, hielt die Öffnung mit den Fingern auf und spähte hinein. Dann kippte er ihn und eine Smith & Wesson Modell 60 fiel heraus, gefolgt von drei Schachteln Munition und einem Schnelllader.

George klopfte nacheinander auf die Schachteln. »Hohlspitz-Munition Kaliber .357 und Vollmantelgeschosse Kaliber .357 sowie .38 Spezial. Das müsste reichen, wenn du nicht einen ganzen Krieg planst.«

Danny hob den Revolver, richtete den kurzen Lauf auf die Wand und öffnete die Trommel, um sich zu vergewissern, dass die fünf Patronenkammern leer waren. Er schnippte an die Trommel, dass sie sich drehte, schloss sie wieder, spannte den Revolver und gab drei Trockenschüsse ab.

»Okay«, sagte er. Er schob Revolver und Munition wieder in den Umschlag.

George streckte die Hand aus. Danny holte eine Rolle Geldscheine aus der Tasche und zählte mehrere Hundert Dollar in Georges Hand.

George nickte zufrieden. »Du bist also nur zu ein paar Schießübungen hier?«

»So was in der Art«, sagte Danny. Er nahm den Umschlag und stand auf. »War echt nett, dich wiederzusehen, George.«

Er ging zu der Tür mit dem Perlenvorhang.

»Was immer du vorhast, Danny Doe Jai«, rief George ihm nach, »sei vorsichtig, okay?«

Danny blickte über die Schulter. »Ich versuch's.«

Er schlüpfte durch die Perlen und kehrte mit dem Päckchen unter dem Arm ins Restaurant zurück. Die junge Frau, die ihn begrüßt hatte, lächelte ihn nervös an, als er auf dem Weg zur Tür an ihr vorbeiging. Unter dem kalten Luftstrom der Klimaanlage angekommen, fiel ihm noch etwas ein und er drehte sich zu der Frau um.

»Hey, gibt's hier so was wie einen Baumarkt?«

20

Der Mann im Anzug streckte die Hand über den Tisch und sagte: »Ich heiße Todd Hendry und bin Strafverteidiger.«

Die Kette der Handschellen rasselte, als Audra ihm die Hand gab. »Sie sind was?«

»Ihr Anwalt«, sagte er.

Das Neonlicht des Verhörzimmers spiegelte sich auf seiner sommersprossigen Kopfhaut. Er legte eine dünne Akte, einen Block und einen Stift vor sich auf den Tisch und setzte sich.

»Warum sind Sie hier?«, fragte Audra.

»Ohne Anwalt können Sie nicht dem Haftrichter vorgeführt werden«, sagte der Anwalt. »Das heißt, möglich wäre es, aber ich würde es Ihnen nicht empfehlen.«

»Anklage?«

»Wegen Drogenbesitzes mit Handelsabsicht«, sagte Hendry. »Die Anhörung beginnt in einer Stunde. Hat man Ihnen das nicht gesagt?«

»Nein. Man hat mich nur zu meinen Kindern vernommen.«

Weitere Sitzungen mit Mitchell am Vorabend und dann gleich wieder am Morgen. Immer wieder dieselben Fragen und dieselben Antworten. Egal wie oft sie der FBI-Agentin schon gesagt hatte, dass Whiteside und Collins ihr Sean und Louise weggenommen hatten und dass bestimmt ihr Mann dahintersteckte, Mitchell drehte alles um und stellte ihr entsprechende Fragen. Und immer derselbe freundliche Blick und dieselbe freundliche Stimme.

Als sie am Morgen während einer kurzen Verhörpause mit dem Polizisten allein im Zimmer gewesen war, hatte sie in ihrer Verwirrung plötzlich gedacht: Was, wenn sie ihren Kindern tatsächlich etwas angetan hatte? Wenn die anderen recht hatten? Vielleicht hatte sie eine andere Wirklichkeit erfunden, weil sie mit der Wahrheit nicht fertigwurde. Es fühlte sich doch alles irgendwie unwirklich an.

In diesem Augenblick war sie einem Zusammenbruch am nächsten gewesen. Sie hatte gespürt, wie sie auseinanderzufallen drohte wie eine Mauer ohne Fundament.

Hendry öffnete die Akte, dem Aussehen nach eine Art Polizeibericht, klickte auf seinen Kugelschreiber und senkte ihn über den Block. »Dann erzählen Sie mir doch bitte, was genau am Nachmittag des Fünften geschah.«

Sie erzählte ihm von dem Gemischtwarenladen an der Straße, von Whitesides Wagen, der davor parkte, als sie weitergefahren war, vom Blaulicht im Rückspiegel und wie der Sheriff sie angehalten und ihren Wagen durchsucht hatte.

»Augenblick«, sagte Hendry. »Hat Sheriff Whiteside Sie um Erlaubnis gefragt, bevor er den Kofferraum Ihres Wagens öffnete?«

»Nein.«

»War der Beutel mit Marihuana von außen sichtbar?«

»Sie war überhaupt nie in meinem Kofferraum. Er hat sie dort hineingeschmuggelt, um ...«

Hendry hob die Hand. »Moment, das mit dem Hineinschmuggeln sagen wir lieber nicht. Also angenommen – nur einmal angenommen –, das Marihuana wäre tatsächlich in Ihrem Wagen gewesen, wo er es gefunden hat, hätte man es von außerhalb des Fahrzeugs sehen können?«

»Nein. Er musste unter einige Decken greifen, um an es heranzukommen, aber es war nicht ...«

»Mehr brauche ich nicht zu wissen.« Hendry lächelte.

Judge Miller, die Richterin, spähte über den oberen Rand ihrer Brille auf einen Punkt irgendwo über Audras Schulter.

»Stimmt das, Sheriff Whiteside?«, fragte sie und spitzte die Lippen, sodass lauter Falten auf ihren Mund zuliefen. »Haben Sie das Auto ohne Einwilligung der Angeklagten durchsucht?«

Audra drehte den Kopf und sah Whiteside an, der unter den Zuschauern saß. Er war aufgestanden, hielt seinen Hut in den Händen und räusperte sich.

»Das stimmt nicht, Euer Ehren«, sagte er. »Sie war einverstanden.«

»Die Angeklagte sagt etwas anderes«, entgegnete die Richterin. »Ihr Wort allein genügt mir nicht, Sheriff.«

Whiteside erwiderte ihren Blick, straffte sich und hob den Kopf. »Ich habe nur mein Wort, und wenn das nicht gut genug ist für ...«

»Nein, es ist für mich nicht gut genug, Sheriff. Gehen wir doch einmal systematisch vor.«

Whiteside schien ein wenig zu schrumpfen. Das Lid unter seinem linken Auge zuckte.

Unter den Presseleuten, die im hinteren Teil des Rathaussaals saßen, kehrte Stille ein. Man hatte Tische aufgestellt wie in einem Gerichtssaal, einen für die Verteidigung und einen für die Anklage, beide einander gegenüber, und Judge Miller mit einem müden Gesicht dazwischen. Jetzt nahm sie ihre Brille ab und legte sie auf den Block vor sich.

Hendry war beim Betreten des Saals gleich zu dem Mann mittleren Alters am anderen Tisch gegangen, dessen

Anzug nicht mehr neu war und zu eng saß, und die beiden hatten leise miteinander gesprochen. Der Staatsanwalt, hatte Audra vermutet. Hendry hatte ihr erklärt, dass Joel Redmond nur mit einer kurzen Verhandlung wegen eines Bagatellvergehens rechnete. Was Hendry ihm jetzt sagte, schien ihn vollkommen zu überraschen. Er lehnte sich zurück und schüttelte den Kopf, dann stand er auf und ging zum Tisch der Richterin. Judge Miller hatte nicht weniger überrascht den Kopf geschüttelt und er war zu seinem Tisch zurückgekehrt und hatte begonnen, seine Sachen einzupacken.

Jetzt sprach Judge Miller wieder.

»Sie sehen also das Auto, das Ihrer Meinung nach überladen ist. Sie halten es an und drinnen sitzt eine Frau.«

Audra wollte etwas sagen, aber Hendry fasste sie am Handgelenk und bedeutete ihr, zu schweigen.

»Was veranlasste Sie in dieser Situation, das Auto zu durchsuchen?« Judge Miller hob die Hand, bevor Whiteside antworten konnte. »Ich will die Frage für Sie beantworten: nichts. Sie hatten keinerlei Grund, den Wagen zu durchsuchen, deshalb haben Sie die Angeklagte auch nicht um Erlaubnis gefragt. Ich bin deshalb geneigt, der Darstellung der Angeklagten zu glauben.«

Whiteside verlagerte das Gewicht von einem auf das andere Bein und knetete die Hutkrempe mit den Fingern.

»Aber ich hatte den Kofferraum ja schon geöffnet, Euer Ehren, um einen Teil des Gepäcks zu meinem Wagen hinüberzubringen und dadurch das Gewicht auf der Hinterachse des Autos der Angeklagten zu verringern. Deshalb ging ich davon aus, dass die Erlaubnis zur Durchsuchung gegeben war.«

»Sind Sie eben erst Polizist geworden, Sheriff Whiteside?«

»Nein, Euer Ehren.«

»Oder vor fünf Tagen? Fünf Wochen? Fünf Monaten?«

Whiteside seufzte. »Nein, Euer Ehren. Ich bin nach meinem Abschied von der Armee 1993 ins Sheriff's Department eingetreten.«

»Sie sind also seit fast einem Vierteljahrhundert Polizist.« Auf dem kleinen Mund von Judge Miller erschien die Andeutung eines Lächelns.

»Jawohl, Euer Ehren.«

Das Lächeln erlosch und die Richterin durchbohrte Whiteside mit ihren Augen wie mit grünen Lasern. »Dann wissen Sie doch verdammt noch mal ganz genau, dass der Kofferraum Privateigentum war und Sie kein Recht hatten, ihn zu öffnen und zu durchwühlen. Nichts, was Sie dort gefunden haben, ist vor Gericht zulässig, auch nicht vor einem Provisorium wie diesem.«

»Euer Ehren.«

Whiteside begegnete dem Blick Audras. Sein Lid zuckte erneut.

Judge Miller setzte ihre Brille auf und schrieb etwas auf den Block. »Mr Redmond hat mir mitgeteilt, dass er unsere Zeit nicht länger verschwenden will und dieses unsinnige Verfahren fallen lässt wie eine heiße Kartoffel. Sheriff Whiteside, ich schätze es nicht, wenn man mich hierher nach Elder County bemüht und ich dann feststellen muss, dass ich besser zu Hause geblieben wäre. Habe ich mein Missfallen deutlich gemacht, Sheriff?«

»Ja, Euer Ehren.«

Judge Miller wandte sich Audra zu.

»Mrs Kinney, wenn ich es richtig verstehe, hat Ihre Verhaftung nichts mit dem Verbleib Ihrer Kinder zu tun und Sie sind auch nicht wegen eines anderen Delikts angeklagt. Von daher steht es Ihnen frei, zu gehen.«

Audra musste einen Schrei unterdrücken. Unter den Reportern begann geschäftiges Treiben, als wäre ein Motor angegangen. Der Staatsanwalt schloss seine Aktentasche, stand auf und ging zum Ausgang.

»Aber da ist noch was«, sagte Judge Miller und schlug mit ihrer knochigen Hand auf den Tisch. »Ruhe dahinten, verdammt noch mal. Gehen Sie raus, wenn Sie nicht leise sein können. Geschwätziges Volk!« Sie wartete kurz, bis wieder Ruhe eingekehrt war. »Ich glaube, Detective Showalter hat noch etwas für mich.«

»Jawohl, Euer Ehren«, sagte Showalter und stand auf. »Darf ich nach vorn kommen?«

»Bitte sehr.«

Showalter ging an dem Tisch vorbei, an dem Audra mit ihrem Anwalt saß. Er sah Audra nicht an, sondern ging geradewegs zu der Richterin und gab ihr einen braunen Umschlag.

»Euer Ehren«, sagte er, »wie Sie wissen, steht Audra Kinney im Mittelpunkt der aktuellen Ermittlungen zum Verschwinden ihrer Kinder. Ich bin heute Vormittag nach Phoenix gefahren und habe beim Familiengericht eine Verfügung gegen Mrs Kinney beantragt. Sie darf das Territorium von Silver Water bis zum Ende unserer Untersuchung nicht verlassen.«

Judge Miller zog einen Brief und ein Formular aus dem Umschlag und überflog beides.

»Hat Mrs Kinney eine Unterkunft?«

»Ich habe mit Mrs Anne Gerber gesprochen, Euer Ehren, der Betreiberin der Pension River View. Sie vermietet schon seit einiger Zeit keine Zimmer mehr, hat sich aber bereit erklärt, Mrs Kinney für die nächsten Tage ein Zimmer zu geben.«

»Gut«, sagte Judge Miller. »Mrs Kinney, haben Sie das

verstanden? Es steht Ihnen frei, das Gericht zu verlassen, nicht aber den Ort. Sobald Sie den Fuß über die Ortsgrenze setzen, kommen Sie geradewegs wieder in eine Zelle. Ist das klar?«

Audra hörte ihr nicht mehr zu.

Frei.

Schwindel erfasste sie und sie musste sich am Tisch festhalten.

Sie brauchte nicht in die Zelle zurück.

Dass sie Silver Water nicht verlassen durfte, war ihr egal, das wollte sie gar nicht. Aber jetzt konnte sie sich auf die Suche nach ihren Kindern machen. Sie hatte zwar keine Ahnung, wie sie das anstellen sollte, aber wenigstens konnte sie in Ruhe überlegen.

»Ja, Euer Ehren«, sagte sie.

Judge Miller sammelte ihre Sachen ein. »Die Verhandlung ist geschlossen«, sagte sie. »Ihnen allen noch einen schönen Tag.«

Audra stand auf. »Darf ich Sie noch kurz sprechen, Ma'am?«

Judge Miller nahm die Brille wieder ab und seufzte, dann winkte sie Audra zu sich.

Audra ging nach vorn, unsicher, ob ihre Beine sie die wenigen Schritte bis zum Tisch der Richterin tragen würden. Doch sie kam dort an und beugte sich hinunter, bis ihre Augen mit denen der Richterin auf gleicher Höhe waren.

»Ma'am, ich ...«

»Reden Sie mich bitte mit Euer Ehren an.«

»Euer Ehren, ich brauche Hilfe.«

»Herzchen, das wissen wir alle.«

Audra zeigte über die Schulter auf Sheriff Whiteside. »Dieser Mann und seine Kollegin haben mir meine Kinder weggenommen. Sean und Louise. Ich glaube, dass mein Mann sie dafür bezahlt hat. Ich muss meine Kinder aber unbedingt finden. Sie sind alles, was ich auf der Welt habe, ohne sie kann ich nicht leben. Bitte helfen Sie mir. Bitte tun Sie etwas.«

Judge Miller lächelte mitfühlend, streckte die Hand über den Tisch und nahm Audras Hand.

»Meine Liebe, ich kann Ihnen nur mit einem Rat helfen. Sagen Sie die Wahrheit. Egal was passiert, egal was andere Ihnen raten, sagen Sie die Wahrheit. Nur das hilft in solchen Fällen. Haben Sie mich gehört?«

Sie schloss die Hand fest um Audras Handgelenk.

»Sagen Sie, was Sie mit Ihren Kindern gemacht haben«, fuhr sie fort. »Sagen Sie, wo die Leichen sind, und alles ist vorbei. Das verspreche ich Ihnen.«

21

Der Weg vom Rathaus zur Pension dauerte nicht einmal fünf Minuten, aber er kam Audra so lang vor wie ein ganzes Leben. Hendry hatte sie nicht begleiten wollen. Seine Zuständigkeit, hatte er im Weggehen gesagt, sei hiermit beendet. Daraufhin hatte Sheriff Whiteside, der zusammen mit den anderen noch am Tisch des provisorischen Gerichtssaals stand, sich angeboten, aber Audra hatte abgelehnt. Lieber wollte sie mit den Reportern allein fertigwerden.

»Dann mache ich das eben«, sagte Special Agent Mitchell. »Detective Showalter und Special Agent Abrahms, Sie kommen mit. Gehen wir.«

Showalter trat einen Schritt vom Tisch zurück. »Nein, nicht ich. Nein danke.«

»Das war keine Bitte, Detective«, sagte Mitchell. »Abrahms, ziehen Sie die Jacke aus.«

Audra wehrte sich kurz, als Mitchell sie am Oberarm packte und vom Sitz hochzog, doch dann ließ sie sich zur Tür führen. Die meisten Reporter hatten den Saal bereits verlassen, aber Audra hörte sie vor dem Haupteingang des Rathauses. Sie warteten dort, um sie zu fotografieren und vielleicht auch Fragen zu stellen. Bei ihrer Ankunft hatten sie sich im Saal gedrängt und aufgeregt getuschelt, als sie in Handschellen und zwischen zwei Polizisten zu ihrem Platz gegangen war. Jetzt lauerten sie draußen, in freier Wildbahn, bereit, sich auf sie zu stürzen.

Mitchell wandte sich an Whiteside. »Gibt es noch einen anderen Ausgang?«

»Den Notausgang an der Seite«, sagte der Sheriff und wies mit dem Daumen in die Richtung. »Durch das Foyer und dann rechts. Vermutlich alarmgesichert, aber ...«

Mitchell hörte ihn nicht zu Ende an. Sie zog Audra durch die große Tür des Foyers und ließ sie hinter sich zuschwingen. Die Kante traf Showalter am Knie und er fluchte.

Ein rundes Dutzend Polizisten hob die Köpfe. Man hatte das Foyer in eine Art Einsatzzentrale verwandelt. Auf einer Staffelei stand eine große Karte von Arizona, rote Nadeln markierten einen Weg, der quer durch den Staat führte. Die Polizisten sahen zu, wie Mitchell mit Audra zwischen ihnen hindurch und zu der Doppeltür mit Druckstange auf der rechten Seite ging. Dem grünen Schild über der Tür zufolge handelte es sich um den Notausgang. Mitchell ging darauf zu, ohne langsamer zu werden. Erst davor blieb sie stehen und nickte ihrem Kollegen zu.

Abrahms legte seine Jacke über Audras Kopf und Schultern und ließ nur einen schmalen Spalt zum Durchsehen offen. Audra hörte, wie Mitchell die Stange drückte und dadurch den Alarm auslöste. Dann, beim Hinaustreten, spürte sie die Nachmittagshitze. Nicht weit entfernt hörte sie die Reporter rufen: »Da, da drüben, da ist sie.«

»Schnell«, sagte Mitchell.

Abrahms hielt sie am einen Arm, Mitchell am anderen. Audras Füße flogen förmlich durch die Gasse und über einen Parkplatz. Sie betraten einen Gehweg. Hinter ihnen hörte man Menschen im Laufschritt näher kommen. Und Stimmen, die ihren Namen riefen.

»Audra, wo sind Ihre Kinder?«

»Haben Sie sie misshandelt, Audra?«

»Was haben Sie mit Sean und Louise gemacht, Audra?«
Mitchell packte sie fester. »Schnell bitte, und halten Sie den Kopf gesenkt.«

Audra sah nur ihre Füße, die über den rissigen Gehweg eilten. Die Schritte hinter ihr holten auf und rannten an ihr vorbei.

»Zurück bitte, aus dem Weg.« Showalters Stimme, streng und wütend.

»Audra, wo sind die Leichen Ihrer Kinder?«

Wenn Abrahms und Mitchell sie nicht gehalten hätten, wäre sie gestürzt. Die Erkenntnis traf sie wie ein Schlag: Die glauben, ich hätte meine Kinder getötet. Die Behörden glaubten das natürlich, aber jetzt wusste sie, dass alle anderen es ebenfalls glaubten. Grauen überkam sie.

»Hier lang«, sagte Mitchell und zog Audra in eine zweite Gasse und zur Hauptstraße. Immer noch hörte sie aus allen Richtungen Schritte, Fragen, Rufe und Anklagen. Sie konzentrierte sich darauf, einen Fuß vor den anderen zu setzen und nicht zu stolpern. Sie wollte nur noch von hier verschwinden, den Reportern entkommen.

Hunde, Hilfe, sie wollen mich fressen.

Schlagartig die Erinnerung an ein kleines Mädchen vor dem Garten des Großvaters und an die Terrier eines Nachbarn, die bellend und mit gefletschten Zähnen hinter ihr herrannten.

Hilfe, sie wollen mich fressen.

Die Angst verlieh ihr zusätzliche Kräfte und sie lief noch schneller.

»Gleich haben wir es geschafft«, sagte Mitchell. »Gleich.«

Sie gelangten zu einer kurzen Holztreppe und diesmal stolperte Audra wirklich. Ihre Begleiter fingen sie zwar auf, aber zuerst schlug sie sich noch an einer Stufe Schienbein und Knie an. Die Stimmen und Fragen um sie wurden noch lauter und sie hörte immer wieder dieselben Wörter. Misshandelt, Leichen, Kinder. Und ihre Namen. Ständig riefen die Reporter die Namen ihrer Kinder und sie hätte am liebsten gebrüllt, sie sollten den Mund halten, sie in Ruhe lassen und nie wieder ein Wort über Sean und Louise sagen.

Abrahms und Mitchell richteten sie auf, eine Tür öffnete sich und Audra tauchte in einen kühlen Raum ein. Sie hörte die Tür hinter sich ins Schloss fallen und Showalters Stimme, die den Reportern draußen sagte, sie sollten jetzt bitte schön gehen, es sei genug.

Mit ihren Händen, die niemand mehr festhielt, zog Audra sich die Jacke vom Kopf und ließ sie auf den Boden fallen. Ihr Herz klopfte so heftig, dass sie es im Kopf und im Nacken spürte. Vor lauter Aufregung war ihr ganz schlecht. Keuchend lehnte sie sich an eine Wand und hielt sich den Unterarm an die Stirn.

»Alles in Ordnung?«, fragte Mitchell, die selbst außer Atem war. »Bleiben Sie ganz ruhig.«

»Was war das eben?«, brachte Audra zwischen zwei Atemzügen hervor.

»Sie sind das Tagesgespräch«, sagte Mitchell. Sie bückte sich, hob Abrahms' Jacke auf und gab sie ihm zurück. »Wussten Sie das nicht?«

Audra blickte zur Tür und durch die Scheibe und sah eine Wand von Männern und Frauen und Mikrofonen und Kameras. Und Showalter, der die Hände auf und ab bewegte, um sie zu beruhigen.

»Mein Gott«, sagte Audra.

»Darüber können Sie sich später noch Sorgen machen«, sagte Mitchell. »Jetzt brauchen Sie erst mal einen Platz zum Schlafen.«

Audra sah sich um. Sie standen in der Eingangshalle eines ehemals herrschaftlichen Hauses mit einer breiten Treppe und hohen Decken. Am Fuß der Treppe eine kleine Rezeption, dahinter an einem Brett ein Dutzend leere Haken, an denen einmal Schlüssel gehangen hatten. Es roch muffig nach unbenutzten Zimmern und geschlossenen Türen.

Am Tisch der Rezeption stand eine ältere Dame, den Blick ihrer grauen Augen streng auf Audra gerichtet.

Mitchell legte Audra die Hand aufs Kreuz und schob sie in die Halle hinein und auf den Tisch zu.

»Audra, das ist Mrs Gerber. Sie war so freundlich, Ihnen für ein paar Nächte ein Zimmer zu vermieten.«

Audra wollte sich schon bedanken, aber Mrs Gerber sprach zuerst.

»Als Mutter würde ich Sie am liebsten wieder fortjagen«, sagte sie. »Aber als Christin weise ich Sie nicht ab. Es ist inzwischen fast ein Jahr her, dass ich Zimmer vermietet habe, also erwarten Sie sich nicht zu viel. Ich habe nach Kräften gelüftet und die Laken gewechselt und so weiter. Mahlzeiten bekommen Sie allerdings keine. Ich bin nicht bereit, den Tisch mit Ihnen zu teilen, da müssen Sie sich selbst etwas überlegen.«

Mrs Gerber griff in die Tasche ihrer Strickjacke und zog einen langen Messingschlüssel mit einem ledernen Anhänger heraus, auf dem kaum noch lesbar die Nummer drei stand. Audra wollte ihn mit ihrer immer noch zitternden Hand entgegennehmen, aber Mrs Gerber schenkte ihr keine Beachtung und drückte ihn Mitchell in die Hand.

»Danke, Ma'am«, sagte Mitchell. »Wir finden den Weg schon.«

Sie wies Abrahms an, zu warten, und ging mit Audra zur Treppe und in den ersten Stock hinauf. Dort musste Audra kurz warten, während Mitchell aufschloss und dann zur

Seite trat, um sie einzulassen. Es war ein einfaches Zimmer mit Doppelbett und Bad. Das einzige Fenster ging auf den Garten, den hinteren Teil des Nachbargrundstücks und die Gasse dazwischen hinaus.

Mitchell legte den Schlüssel auf eine Kommode. »Schließen Sie die Tür ab, wenn ich gehe. Ich komme heute Abend wieder und bringe Ihnen etwas zu essen und noch ein paar Kleider und Waschsachen, okay?«

»Danke«, sagte Audra. »Für alles.«

Mitchell presste die Lippen zusammen, als kränkte Audras Dankbarkeit sie, und kam einen Schritt näher. »Und solange ich weg bin, denken Sie bitte noch einmal ganz genau darüber nach, was Sie mir sagen wollen. Ihre Kinder sind jetzt seit mindestens achtundvierzig Stunden vermisst. Ich hoffe zwar, dass sie noch leben, aber meine Erfahrung sagt mir, dass dem nicht so ist. Und meine Erfahrung sagt mir auch, dass Sie wissen, wo sie sind. Wenn ich zurückkomme, sagen Sie es mir bitte. Ich verliere nämlich allmählich die Geduld, Audra. Es gibt jetzt nur noch eine Alternative. Sie wissen, was Sie tun müssen.«

Sie ging zu der Ecke, in der auf einer Kommode ein alter Röhrenfernseher stand, und drückte einen Knopf. Flimmernd erwachte der Bildschirm zum Leben. Das Bild war verzerrt und ruckelte. Sie zappte durch die Programme zu einem Nachrichtensender.

Als Audra ihr eigenes Gesicht sah, stieg kalte Panik in ihr auf.

»Sehen Sie sich das ruhig an«, sagte Mitchell und warf die Fernbedienung auf dem Weg zur Tür aufs Bett. »Vielleicht hilft es Ihnen beim Nachdenken.«

22

»Es folgen gleich besorgniserregende Neuigkeiten zum Fall der vermissten Kinder Sean und Louise Kinney in Silver Water, Arizona«, sagte die Nachrichtensprecherin.

Der männliche Sprecher blickte in die Kamera. »Und glauben Sie mir, Sie wollen die neueste Entwicklung dieser Geschichte, die bereits die ganze Nation in Atem hält, nicht verpassen.«

»Mein Gott«, sagte Audra und legte die Hände an den Rand des Bildschirms, als drohten die Bilder ihn zu sprengen. Eine Fanfare, das durchs All wirbelnde Logo des Senders und dann eine Werbepause. Die Werbung eines Pharmaunternehmens für ein verschreibungspflichtiges Medikament gegen Depressionen. Eine Frau in Grautönen erblühte plötzlich zu leuchtender Farbe, als sie sagte, wie froh sie sei, mit ihrem Arzt darüber gesprochen zu haben. Dann eine männliche Stimme mit einer langen Liste möglicher Nebenwirkungen, darunter Selbstmordgedanken. Audra hätte vielleicht darüber gelacht, hätte sie nicht mit angehaltenem Atem auf die Fortsetzung der Nachrichten gewartet.

Wieder die Fanfare und das wirbelnde Logo, dann die beiden Nachrichtensprecher.

»Willkommen zurück«, sagte die Frau. »Wie bereits vor der Werbepause angekündigt, gibt es Neuigkeiten im Fall der vermissten Kinney-Kinder, dem zehnjährigen Sean und der sechsjährigen Louise. Die Mutter der Kinder wurde am Mittwochabend kurz vor der Ortschaft Silver Water in Arizona wegen illegalen Drogenbesitzes verhaftet. Die Fünfunddreißigjährige war vier Tage zuvor mit ihren Kindern auf dem Rücksitz aus Brooklyn, New York, losgefahren. Als der Sheriff von Elder County ihr Auto wegen eines harmlosen Verkehrsdelikts anhielt, waren die Kinder verschwunden. Heute wurde der Vorwurf wegen Drogenbesitzes überraschend fallen gelassen. Laut Judge Henrietta Miller war die Durchsuchung des Autos nicht rechtmäßig. Dazu ein Bericht unserer Reporterin vor Ort, Rhonda Carlisle.«

Ins Bild kam eine attraktive Afroamerikanerin, die an der Hauptstraße von Silver Water stand. Im Hintergrund sah man Presseleute geschäftig hin und her laufen.

»Ja, Susan, hier in Silver Water kam es heute zu dramatischen Szenen. Judge Miller stellte fest, dass Sheriff Ronald Whiteside keine Einwilligung zur Durchsuchung des Wagens von Audra Kinney eingeholt hat, seine Beweisstücke sind deshalb vor Gericht nicht zulässig. Die Richterin hatte keine andere Wahl, als die Anklage wegen Drogenbesitzes abzuweisen und Mrs Kinney freizulassen. Allerdings nicht ganz.«

Audra kam ins Bild, wie sie sich zu der Richterin hinunterbeugte und die Richterin ihre Hand hielt. Dann war zu sehen, wie Audra mit der Jacke über dem Kopf und flankiert von Mitchell und Showalter die Straße entlanghetzte. Dazu der Kommentar der Reporterin.

»Ein Kriminalbeamter der Behörde für öffentliche Sicherheit in Arizona erschien mit einer Anordnung des Familiengerichts Phoenix. Audra Kinney darf das Territorium von Silver Water für die Dauer der Ermittlungen zum Verschwinden ihrer Kinder nicht verlassen.«

Auf der Treppe der Pension stolperte Audra, Mitchell half ihr beim Aufstehen.

»Kinney ist in einer Pension vor Ort untergebracht, sie steht faktisch unter Hausarrest. FBI und Staatspolizei konzentrieren sich bei der Suche nach den vermissten Kindern auf die Route, auf der Kinney in ostwestlicher Richtung durch Arizona gefahren ist. Sie werten dazu die GPS-Daten ihres Handys aus. So weiß man, dass Kinney etwa vierundzwanzig Stunden bevor sie vom Sheriff von Elder County angehalten wurde aus dem nördlichen New Mexico nach Arizona kam. Zeugen in einem Diner an der Straße haben ausgesagt, sie hätten die Kinder am folgenden Morgen noch gesehen. Demzufolge ist was immer mit den beiden Kinder geschehen ist, in Arizona passiert.«

Schnitt zurück ins Studio. Der Moderator sprach jetzt mit der ins Bild eingeblendeten Reporterin.

»Rhonda, wie wir gehört haben, sind beunruhigende Neuigkeiten über Audra Kinney bekannt geworden, die Mutter der vermissten Kinder.«

Zurück nach Silver Water.

»Das stimmt, Derek. Wie schon anderswo berichtet, hat Audra Kinney sich vor anderthalb Jahren von ihrem wohlhabenden Mann getrennt und ist mit ihren beiden Kindern aus der Wohnung in der Upper West Side in eine Zweizimmerwohnung in Brooklyn gezogen. Die Großmutter der Kinder hat heute Vormittag vor ihrer Wohnung am Central Park mit Reportern gesprochen. Sie hat ein besorgniserregendes Bild von Audra Kinney gezeichnet, einer Frau mit einer langen Geschichte von psychischen und Drogenproblemen.«

Rhonda Carlisle wandte sich von der Kamera ab. Ihr Gesicht war ernst und besorgt.

»Oh nein«, sagte Audra.

Auf dem Bildschirm war Margaret Kinney mit ihren rot gefärbten Haaren zu sehen. Ihr Gesicht war bleich und maskenhaft starr. Sie stand auf dem Gehweg vor dem Gebäude, in dem sie wohnte, und ein Pförtner wartete darauf, sie einzulassen. Neben ihr stand Father Malloy, das Gesicht in einfühlsame Falten gelegt.

»Ich verfluche den Tag, an dem mein Sohn diese Frau kennengelernt hat«, sagte Margaret. »Sie hat meinem Sohn das Leben in den vergangenen Jahren zur Hölle gemacht. Mit Alkohol und Tabletten. Wein und Wodka vor allem und alle möglichen Antidepressiva und Beruhigungsmittel, wenn sie einen Arzt dazu bringen konnte, sie ihr zu verschreiben. Sie kannte ihre Kinder kaum, aufgezogen habe vor allem ich sie, zusammen mit dem Kindermädchen.«

»Lügnerin«, sagte Audra. »Du elende Lügnerin.«

»Bevor sie und mein Sohn sich getrennt haben, wurde die Situation immer schlimmer. Sie kam kaum noch aus dem Bett. Dann nahm sie eine Überdosis und landete im Krankenhaus. Mein Sohn hat aus Liebe alles getan, um sie wieder auf die Beine zu bringen, aber dann zog sie mit den Kindern aus. Er versucht seit anderthalb Jahren, die Kinder zurückzubekommen, weil sie bei dieser Frau einfach nicht sicher sind. Die Jugendbehörde sah das auch so und wollte die Mutter durch eine Verfügung zwingen, die Kinder dem Vater zu übergeben, doch da verschwand sie. Und jetzt das. Was soll man dazu sagen?«

Margaret runzelte die Stirn und legte lauschend den Kopf schräg.

»Ja«, sagte sie, »doch, ich mache mir große Sorgen.«

Ihre Augen glänzten. Father Malloy legte ihr die Hand auf die Schulter.

»Wir versuchen, die Hoffnung nicht aufzugeben, und

ich bete Tag und Nacht für die Kinder, aber ich befürchte das Schlimmste.«

Margaret legte wieder den Kopf schräg und wischte eine Träne weg.

»Was ich ihr mitteilen möchte? Sie soll uns einfach sagen, was sie mit ihnen gemacht hat.«

Margaret blickte in die Kamera und ihre Entschlossenheit geriet wieder ins Wanken. Father Malloy schien sie in ihrem Kummer aufrecht halten zu können.

»Audra, egal was du mit meinen Enkeln gemacht hast und wo sie sind, bitte sag es uns. Quäle uns nicht so. Ich halte das nicht aus. Patrick ist vollkommen verzweifelt. Wir sind alle am Ende unserer Kräfte. Tu bitte, was der Anstand gebietet. Sag die Wahrheit.«

Sie verschwand und Rhonda stand wieder an der Hauptstraße von Silver Water.

»Bewegende Worte von Margaret Kinney, der Großmutter der vermissten Kinder. Und damit zurück ins Studio.«

Die beiden Moderatoren kamen ins Bild und dankten der Reporterin.

»Und was ist mit Whiteside?«, fragte Audra den Fernseher. »Und mit Collins?«

Sie schlug mit der flachen Hand auf den Bildschirm. Das Bild rollte weg und kam wieder.

Die Miene der Sprecherin verdüsterte sich. »Natürlich halten wir Sie über die weiteren Entwicklungen auf dem Laufenden, aber die Kinder sind jetzt seit rund achtundvierzig Stunden verschwunden.« Sie wandte sich an ihren Kollegen. »Derek, die Behörden befürchten inzwischen doch bestimmt das Schlimmste.«

Derek nickte ernst. »Ich denke, das tun wir alle.«

Audra schlug erneut auf den Bildschirm. »Sie leben, du Arschloch.«

Derek blickte in die Kamera. »Leisten Sie uns in der nächsten Stunde Gesellschaft, wenn wir fragen: Wer ist Audra Kinney? Eine attraktive junge Frau, die in die New Yorker Elite eingeheiratet hat, eine mutmaßlich drogenabhängige Mutter, die das schlimmste vorstellbare Verbrechen begangen haben soll. Erfahren Sie mehr darüber nach der Pause.«

Audra schlug mit der Faust auf den Aus-Knopf und schürfte sich dabei die Knöchel auf.

»Elendes Pack!«

Blinde Wut überkam sie. Alle behaupteten mehr oder weniger, sie hätte ihre Kinder getötet und irgendwo in der Wüste entsorgt. Darüber, was sie Mitchell gesagt hatte, wurde nirgendwo berichtet. Niemand zog Whitesides Darstellung in Zweifel. Die Wut schlug in Panik um, als ihr klar wurde, wofür das ganze Land sie inzwischen hielt: für ein Monster. Die sozialen Medien wie Facebook, Twitter und so weiter hatten ihr nie viel bedeutet, und sie konnte nur ahnen, was dort über sie geschrieben wurde. Bestimmt riss man sie in Stücke.

Sie ging in die Ecke des Zimmers, drückte sich hinein, legte die Hände um den Kopf und presste die Finger darauf, als müsste sie ihn halten, sein erdrückendes Gewicht, das sie zu ersticken drohte.

»Reiß dich zusammen«, wies sie sich zurecht. »Die wollen doch, dass du zusammenklappst.«

Von ihrem Platz aus konnte sie den Garten unterhalb des Fensters sehen mit dem verwitterten Zaun am Ende. Und dahinter einen jungen Mann mit einer Videokamera, der auf etwas gestiegen war, um besser sehen zu können. Die Kamera war auf sie gerichtet.

»Mein Gott.« Audra eilte zum Fenster und ließ das Rollo herunter.

Sie ließ sich auf das Bett fallen, zog die Beine an die Brust und schlang die Arme darum.

Wie sie da im Halbdunkel lag, kam ihr eine Erinnerung an ein Krankenhauszimmer an einem ganz anderen Ort. Ein Zimmer, in dem sie mit quälenden Kopfschmerzen aufgewacht war, verwirrt und ängstlich. Ein Arzt hatte ihr erklärt, sie habe eine Überdosis genommen. Das Kindermädchen habe sie im Schlafzimmer auf dem Boden gefunden, sagte er, halb nackt und kaum noch bei Bewusstsein. Ohne sie wäre Audra vermutlich gestorben. Die Sanitäter hatten ihr den Magen ausgepumpt und Adrenalin gespritzt.

Später am Abend hatte Patrick sie besucht. Er war nur ein paar Minuten geblieben. »Wie konntest du so dumm sein?«, hatte er gefragt.

Am nächsten Tag erhielt sie Besuch von einer Frau in einem schlichten grauen Kleid und mit einem Kruzifix um den Hals. Sie hieß Schwester Hannah Cicero und fragte Audra, warum sie so viele Tabletten genommen habe und warum mit Wodka pur. Audra konnte sich nicht daran erinnern.

»Haben Sie absichtlich eine Überdosis genommen?«, fragte Schwester Hannah. »Wollten Sie sich töten?«

»Ich weiß es nicht mehr«, sagte Audra.

Und sie überlegte: Hatte sie das gewollt? War sie tatsächlich an einem Punkt angelangt, an dem der Tod als die bessere Alternative zum Leben erschien? Sie wusste, dass die vergangenen Monate schlimm gewesen waren, dass sie zu der Überzeugung gelangt war, die Welt wäre ohne sie nicht ärmer dran.

»Möchten Sie beten?«, fragte die Nonne.

»Ich bin nicht religiös«, sagte Audra.

»Das macht nichts«, sagte Schwester Hannah. »Ich bin

nicht nur Nonne, sondern auch ausgebildete Lebensberaterin. Beides fällt nicht immer zusammen.«

»Lebensberaterin«, wiederholte Audra und ihr fiel das Gespräch ein, das sie an Seans zweitem Geburtstag mit Patrick gehabt hatte.

Jetzt war Sean achteinhalb und Louise knapp vier. Auf Patricks Drängen hatte Audra mit Trinken aufgehört, sobald der Schwangerschaftstest positiv ausfiel und feststand, dass ein zweites Baby unterwegs war. Die Medikamente durfte sie weiter nehmen, aber in geringerer Dosis. Nach Louises Geburt hatte wieder Margaret das Heft übernommen. Audra versuchte diesmal gar nicht erst, das Baby zu stillen. Sie konnte sich auch gar nicht erinnern, Louise je die Flasche gegeben zu haben. Drei Tage nach der Geburt brachte Patrick Audra eine Flasche Wein und sie stieg wieder in den Abgrund hinunter.

»Ist Ihnen nach Reden zumute?«, fragte Schwester Hannah.

Audra schwieg und drehte sich auf die Seite, sodass sie von der Nonne wegblickte.

»Oder soll ich lieber gehen?«

Audra öffnete den Mund, um die Frage zu bejahen, aber es kam nichts heraus. Das Schweigen im Zimmer wurde so übermächtig, dass sie in Panik geriet und etwas sagen musste.

»Ich kenne meine Kinder nicht.«

»Sie wissen, wie sie heißen?«

»Sean und Louise.«

»Das ist doch schon etwas. Wie alt sind sie?«

»Acht und drei. Oder eigentlich fast vier, ich bin nicht sicher.«

»Das wissen Sie also auch. Überlegen Sie sich noch etwas Drittes.«

Audra dachte nach. »Louise hat ein rosa Kaninchen. Es heißt Gogo.«

»Was empfinden Sie, wenn Sie an Ihre Kinder denken?«

Audra schloss die Augen und konzentrierte sich auf den Schmerz in ihrer Brust. »Dass ich sie vermisse. Dass ich sie im Stich gelassen habe. Dass ich sie nicht verdiene.«

»Niemand verdient Kinder«, sagte Schwester Hannah. »Sie sind kein Preis, den man dafür bekommt, dass man brav ist. Ich habe gehört, das Kindermädchen hätte Sie bewusstlos aufgefunden. Wer hat sie eingestellt?«

»Mein Mann«, sagte Audra. »Er meinte, ich sei nicht in der Lage, für meinen Sohn zu sorgen. Seitdem ist sie bei uns. Ich sehe meine Kinder beim Abendessen und dann geben sie mir einen Gutenachtkuss. Ich sehe sie auch beim Frühstück und dann geben sie mir einen Gutenmorgenkuss. Sie sagen Mutter zu mir. Zu Patrick sagen sie Vater. Nicht Mommy oder Daddy. Das ist falsch, nicht wahr? Ich müsste eigentlich ihre Mommy sein.«

»Auf jeden Fall. Also ist die Frage doch, warum sind Sie es nicht?«

»Wie gesagt, weil ich sie nicht verdiene.«

»Unsinn«, erwiderte Schwester Hannah. »Wenn Sie das noch mal sagen, gebe ich Ihnen einen Tritt in den Hintern. Trinkt Patrick?«

»Nein. Nicht wie ich.«

»Und die vielen Medikamente, die Antidepressiva? Nimmt er die auch?«

»Nein, nie.«

»Was sagt er dazu, dass Sie trinken?«

Audras Mund war auf einmal wie ausgetrocknet. Sie stellte sich die kühle Süße des Weins auf der Zunge vor, spürte ihn in der Kehle.

»Er geht mir aus dem Weg, wenn ich betrunken bin«,

sagte sie. »Wenn ich am Morgen mit einem Kater aufwache, sagt er, ich sei ein Stück Scheiße. Wenn er dann von der Arbeit kommt, bringt er mir mehr Alkohol. Meist Wein, manchmal auch Wodka.«

Schwester Hannah schwieg einen Moment, dann fragte sie: »Beschafft er Ihnen auch die Tabletten?«

»Ja«, sagte Audra. »Ich verstehe nur eins nicht: Warum behält er mich bei sich? Was hat er denn von mir? Wenn ich weder Mutter noch Frau bin, wozu bin ich da?«

Wieder Stille. Audra spürte Schwester Hannahs Blick im Rücken.

»Sagen Sie, haben Sie Freundinnen und Freunde?«

»Nein«, erwiderte Audra. »Nicht mehr.«

»Aber früher schon.«

»Vor unserer Heirat ja. Aber Patrick mochte sie nicht.«

»Deshalb gingen Ihre Freundschaften auseinander«, sagte Schwester Hannah.

»Ja.«

»Gehen Sie je ohne Patrick aus? Einkaufen, Spazieren, was auch immer?«

»Nein.«

»Schlägt er Sie?«

Audra drückte den Kopf ins Kopfkissen und wäre am liebsten ganz unter der Bettdecke verschwunden. »Manchmal. Nicht oft.«

Sie spürte Schwester Hannahs Hand auf der Schulter. »Jetzt hören Sie mir mal gut zu, Audra. Sie sind nicht die erste Frau, die das durchmacht, und werden weiß Gott auch nicht die letzte sein. Ich habe schon alle Arten von Missbrauch erlebt. Glauben Sie mir, da gibt es nicht nur Schläge. Ihr Mann hat Sie von sich abhängig gemacht. Er macht Sie betrunken und setzt Sie unter Medikamente, damit Sie ruhig und gefügig sind. Er liebt Sie nicht, kann Sie aus irgendeinem Grund aber auch nicht loslassen. Sie müssen verstehen, dass er Sie gefangen hält. Ihre Fesseln sind der Alkohol und die Medikamente.«

»Was kann ich tun?«, fragte Audra. »Wie komme ich da raus?«

»Indem Sie einfach gehen. Wenn Sie aus dem Krankenhaus entlassen werden, gehen Sie nicht nach Hause. Ich kann Ihnen einen Platz in einem Haus beschaffen, in dem Sie sicher sind. Dort kommt Patrick nicht an Sie ran.«

»Aber meine Kinder ...«

»Denen können Sie erst helfen, wenn Sie sich selbst geholfen haben. Sie müssen zuerst gesund werden, dann können Sie an Ihre Kinder denken.«

»Ich will jetzt schlafen«, sagte Audra und vergrub sich in ihrem Bett. Sie war eingeschlafen, noch bevor die Nonne gegangen war.

23

Danny biss von dem Club-Sandwich ab. Es schmeckte gar nicht übel. Der Speck war gut, der Truthahn nicht zu trocken. Die Tomatenscheiben zwischen den getoasteten Brothälften hatte er herausgezogen und auf den Teller gelegt. Er mochte keine Tomaten.

Die Kellnerin blieb bei seiner Fensternische stehen und schenkte ihm Kaffee nach. Auch der schmeckte ziemlich gut. Nur die Bedienung war langsam. Vermutlich weil der Diner so voll war wie schon seit Jahren nicht mehr.

»Danke«, sagte er und tupfte sich den Mund mit einer Serviette ab. »Sagen Sie, was ist hier eigentlich los?«

Der Kellnerin – laut ihrem Namensschild SHELLEY – lachte und wurde wieder ernst. »Sie wissen es nicht?«

Danny sah zur Straße hinaus, zu den Reportern, die wie Zombies auf der Suche nach lebendem Fleisch durch die Straße geisterten. »Was denn?«

»Entschuldigung, ich dachte nur ...« Sie fuchtelte mit der Hand vor seinem Gesicht herum. »Ich meine, Sie sind nicht von hier, deshalb habe ich Sie für einen Reporter gehalten. Wie die da draußen.«

Danny lächelte. »Nein, ich bin nur auf der Durchreise. Die Frau in einem Laden außerhalb meinte, hier sei der Kaffee gut. Sie hatte recht. Also was geht hier ab?«

»Oh mein Gott.« Shelley schob sich mit der Kaffeekanne in der Hand auf den Platz ihm gegenüber. »Es ist schrecklich. Ich habe so was in meinem ganzen Leben noch nicht erlebt. Ich meine, der Ort hier, oder was davon übrig ist, ist klein, das Aufregendste, das hier passiert, ist ein öffentlicher Furz.«

Danny schnaubte.

Shelley senkte die Stimme und zeigte mit dem Daumen rückwärts zum Tresen. »Sheriff Whiteside hat vor zwei Tagen auf der Straße eine Frau angehalten.«

Danny blickte hinüber und sah den Sheriff. Ein großer, massiger Mann mit breiten Schultern. Saß auf einem Barhocker, als wäre es ein Thron und er der König der ganzen Gegend.

»Er hat in ihrem Auto Drogen gefunden«, fuhr Shelley mit einem lauten Flüstern fort. »In den Nachrichten war von Pot die Rede, genug für einen Dealer, aber ich habe gehört, dass da noch mehr war. Kokain, Crystal Meth und was weiß ich. Also verhaftet er sie. Und dann stellt sich heraus, dass sie vor drei oder vier Tagen mit ihren beiden Kindern aus New York losgefahren ist. Aber die Kinder waren nicht mehr im Auto, als Ronnie, also der Sheriff, sie anhielt. Sie hat eine Vorgeschichte, psychische Probleme und so was, man geht davon aus, dass sie den Kindern etwas angetan hat, womöglich irgendwo draußen in der Wüste.«

»Du meine Güte«, sagte Danny. »Was ist denn Ihrer Meinung nach passiert?«

»Keine Ahnung.« Shelley schüttelte den Kopf. »Aber Staatspolizei und FBI sind hier und ermitteln. Ich mag mir gar nicht vorstellen, was sie den armen Kindern angetan hat. Hoffentlich leben sie noch irgendwo, aber so richtig glauben kann ich es nicht. Nicht wirklich.«

»Sie glauben, die Frau hat ihnen was getan?«

»Sie hat sie umgebracht«, sagte Shelley. »Sie hat die Kinder getötet, das ist so sicher wie das Amen in der Kirche. Wenn sie nur sagen würde, was sie mit den Leichen gemacht hat, dann wüssten wir es endlich. Wie schmeckt das Sandwich?«

»Gut«, sagte Danny.

»Sie haben Glück, dass Sie überhaupt was bekommen. Harvey, mein Chef, musste gestern Abend noch nach Phoenix fahren, um Nachschub zu holen. Wir hatten hier seit Schließung der Kupfermine nicht mehr so viel Betrieb. Gestern Abend war ich so fertig, dass ich nicht einmal mehr Kaffee einschenken konnte.«

Sie streckte den Arm aus und tätschelte Danny die Hand.

»Na, dann lassen Sie sich's weiter schmecken. War nett, mit Ihnen zu plaudern.«

»Ganz meinerseits, Shelley.« Danny schenkte ihr ein strahlendes Lächeln.

Sie erwiderte es mit einigem Interesse und schlüpfte aus der Nische.

Noch bevor Danny wieder von seinem Sandwich abbeißen konnte, fiel ein Schatten über den Tisch. Er hob den Kopf. Sheriff Whiteside blickte auf ihn herunter.

»Wie geht's?«, fragte Whiteside.

»Danke gut«, sagte Danny. »Und selbst?«

»Oh, insgesamt auch gut. Ich habe ganz zufällig Ihr Gespräch mit Shelley mitgehört.«

»Nette Frau, diese Shelley«, sagte Danny.

»Das ist sie, und sie ist seit gestern im Dauereinsatz. Denken Sie dran, ihr ein anständiges Trinkgeld dazulassen.«

»Auf jeden Fall«, sagte Danny.

»Also, wie gesagt, ich habe Ihr Gespräch mitgehört. Sie sind von der Presse?«

»Nein, Sir.«

»Okay, das kommt mir seltsam vor.«

»Ach ja?«

»Ja, doch. Darf ich mich setzen?«

Danny zeigte auf den Platz gegenüber. »Bitte.«

Whiteside schob sich neben ihn, bis er ihn mit der Schulter anstieß. »Wie gesagt, es kommt mir seltsam vor. Ich meine, mit Verlaub, Sie stammen ganz offensichtlich nicht aus der Gegend.«

»Wie kommen Sie darauf?« Danny klang unverändert ruhig.

»Weil, also ich will ganz offen sprechen, weil ich nicht an diesen Quatsch von politisch korrektem Verhalten glaube. Sehen Sie, Silver Water ist so blütenweiß, wie ein Ort nur sein kann. Seit Schließung der Mine wohnt hier kein einziger Hispano mehr. Es gibt zwei Mormonenfamilien, aber das ist es dann auch schon mit der Vielfalt.«

»Verstehe«, sagte Danny.

»Ja? Sie verstehen, worauf ich hinauswill? Also, wenn Sie nicht zur Presse gehören, was wollen Sie dann hier?«

»Ich bin nur auf der Durchreise«, sagte Danny. »Ich habe gehört, der Kaffee sei hier gut.«

»Das ist er, aber damit ist meine Frage noch nicht beantwortet. Sehen Sie, Silver Water liegt eher abgeschieden, an keiner wichtigen Straße. Wer hier nichts zu tun hat, kommt hier auch nicht durch. Schon gar nicht jemand wie Sie.«

Danny lächelte. »Wie ich?«

»Sie wissen, was ich meine.«

»Nein, weiß ich nicht.«

Whiteside kratzte sich am Kinn. »Ein Amerikaner asiatischer Herkunft. Ist das heutzutage die korrekte Bezeichnung?«

»Chinese geht auch«, sagte Danny.

»Chinese, Japaner, Koreaner, Mongole, ist für mich alles dasselbe.« Whiteside beugte sich vor. »Was ich meine: Sie kommen zufällig durch einen Ort, durch den sonst niemand kommt, und das ausgerechnet heute, wo so viel los ist. Wollen Sie mir erzählen, das sei Zufall?«

Danny hielt Whitesides Blick stand. »Ich weiß nicht, wie ich es sonst nennen sollte.«

»Okay, also Zufall. Einverstanden. Aber wenn Sie länger hier herumsitzen, als Sie für Ihr Sandwich brauchen, bin ich eher nicht mehr bereit, es so zu sehen. Haben wir uns verstanden?«

»Ich bin nicht sicher«, sagte Danny. »Also noch mal, damit es kein Missverständnis gibt. Sie sagen, wenn ich mein Sandwich gegessen und den Kaffee getrunken hätte, müsse ich den Ort verlassen. Weil ich meinem Aussehen nach nicht hierhergehöre. Richtig?«

Whiteside nickte. »Mehr oder weniger.«

»Weil ich nicht weiß bin.«

Whiteside sagte nichts, aber sein Blick wurde härter.

»Also, erstens sind Sie nicht befugt, mich von hier wegzuschicken. Zweitens glaube ich, dass die Presseleute es interessant finden würden, dass Sie mich wegen meiner Hautfarbe wegschicken wollen.«

Whiteside starrte ihn an, ohne eine Miene zu verziehen.

»Ich habe gesagt, was ich zu sagen habe«, sagte er schließlich und schob sich zum Ende der Bank. »Wenn Sie hier fertig sind, will ich Sie nicht mehr sehen. Belassen wir's dabei.«

Der Sheriff stand auf und nahm seinen Hut vom Tisch. Er wollte gerade gehen, da sprach Danny noch einmal.

»Ich weiß, was Sie getan haben«, sagte er.

Whiteside blieb stehen und drehte sich um. »Wie bitte?«

»Sie haben mich gehört.«

Whiteside packte Danny mit seinen dicken Fingern am Arm. »Ich denke, wir beide sollten nach draußen gehen und dort weitersprechen.«

Danny lächelte. »Nein, ich denke, ich sollte hierbleiben und mein Sandwich aufessen.«

»Provozieren Sie mich nicht, Sie.« Whiteside beugte sich zu ihm hinunter und senkte die Stimme. »Wenn Sie mich ärgern, ärgere ich Sie auch, verlassen Sie sich drauf. Und jetzt kommen Sie mit.«

»Sehen Sie sich um«, sagte Danny. »Es wimmelt hier von Reportern. Wie viele Kameras zählen Sie? Und erst draußen auf der Straße. Was, glauben Sie, können Sie sich vor all diesen Leuten erlauben? Und jetzt nehmen Sie verdammt noch mal Ihre Hand weg.«

Whitesides Kiefermuskeln arbeiteten. Er packte Dannys Arm noch fester, dann ließ er ihn los.

»Ich behalte Sie im Auge«, sagte er. Er richtete sich auf, setzte den Hut auf und sagte so laut, dass das ganze Restaurant es hören konnte: »Guten Appetit noch. Und wie gesagt, lassen Sie ein anständiges Trinkgeld liegen. Die arme Shelley kann sich kaum noch auf den Beinen halten.«

Shelley lächelte ihn vom Tresen aus strahlend an und der Sheriff legte den Finger an die Hutkrempe und ging zur Tür. Er behielt Danny fest im Blick, als er draußen am Fenster vorbeiging, auf dem Weg zum Revier.

Danny aß in aller Ruhe zu Ende und genoss jeden Bissen. Beim Essen beobachtete er die Pension auf der anderen Straßenseite und überlegte, was Audra in diesem Moment wohl tat. Wahrscheinlich war sie am Überschnappen. Ob sie etwas gegessen hatte?

Er schob den Teller weg und trank den Kaffee leer. Wie auf ein Stichwort erschien Shelley neben ihm.

»Noch einen Blick auf die Dessertkarte?«, fragte sie.

»Nein danke.« Er zog seinen Geldbeutel heraus. »Ich möchte zahlen.«

»Natürlich.« Sie wandte sich zum Gehen. »Ich bringe die Rechnung.«

»Moment«, sagte Danny, »haben Sie auch Essen zum Mitnehmen?«

24

In den Wochen nach dem Krankenhausaufenthalt lernte Audra ihre Kinder zum ersten Mal näher kennen. Sie schlief viel während dieser ersten Tage zu Hause, schwarze Stunden, durchsetzt von grellen Albträumen. Am dritten Tag hatte sie die Übersicht darüber verloren, wie oft sie schon nach Luft schnappend und in die Laken verwickelt aufgewacht war. Sie aß kaum etwas. Am Vormittag des vierten Tages, als Sean in der Schule war und Louise ein Schläfchen hielt, klopfte Jacinta an die Schlafzimmertür.

»Herein«, sagte Audra und zwinkerte sich den Schlaf aus den Augen.

Jacinta trat mit einem Tablett ein, auf dem mit Butter bestrichener Toast, ein Schokoriegel und ein Apfel lagen. Daneben standen zwei mit Kaffee gefüllte Becher. Wortlos stellte sie das Tablett neben Audra aufs Bett. Sie nahm einen Becher und drückte ihn Audra in die Hand, dann setzte sie sich mit dem anderen in den Sessel am Fenster.

»Wie geht es Ihnen?«, fragte sie.

»Als hätte ich den schlimmsten Kater in der Geschichte der Kater«, sagte Audra und legte die Hand an die Stirn.

»Ich habe Sie schreien gehört«, sagte Jacinta. »Mr Kinney wollte mich nicht zu Ihnen lassen. Aber ich habe mich hereingeschlichen, als er zur Arbeit fuhr.«

»Wirklich? Ich erinnere mich nicht daran.«

»Ich kenne das alles.« Jacinta blickte auf ihren Kaffee. »Mein Vater war Alkoholiker. Als er aufhören wollte, ging es ihm noch schlechter als Ihnen. Halluzinationen. Er sagte, der Teufel sei zu ihm gekommen. Hühner rannten über den Boden und der Teufel packte sie und drehte ihnen den Hals um. Wenn Sie nur schlecht träumen, ist es nicht so schlimm. Seit der Überdosis ist jetzt eine Woche vergangen. Das Schlimmste müssten Sie jetzt eigentlich überstanden haben.«

»Im Krankenhaus hieß es, Sie hätten mich gefunden. Sie haben mir das Leben gerettet.«

Jacinta zuckte mit den Schultern. »Ich habe nur den Krankenwagen gerufen.«

»Trotzdem danke.«

»Sie müssen etwas essen.«

Audra schüttelte den Kopf. »Ich habe keinen Hunger.«

»Sie sollten aber etwas essen. Danach fühlen Sie sich besser. Auch wenn es nur der Schokoriegel ist.«

Audra nahm ihn, ein Milky Way, und wickelte ihn aus. Schokolade und Karamell mischten sich auf ihrer Zunge und schmeckten zu ihrer Überraschung köstlich. In weniger als einer Minute war der Riegel verschwunden.

Jacinta lächelte. »Ich habe es doch gesagt.«

Audra nahm einen Schluck Kaffee, der heiß war und aromatisch, und spürte ihn in Hals und Magen und wie er sie von innen wärmte. Jacinta zeigte auf das Tablettenfläschchen auf dem Nachttisch, das halb leer war.

»Nehmen Sie die wieder?«, fragte sie.

»Mein Mann hat sie mir besorgt«, sagte Audra, ohne die Frage zu beantworten.

»Ich finde, Sie sollten sie nicht nehmen.« Jacinta senkte den Blick. »Wenn ich das sagen darf.«

Neben den Tabletten stand eine leere Weinflasche mit einem Glas, in dem noch ein letzter Schluck war. Jacinta sah traurig von den Tabletten zum Wein.

»Was ist?«, fragte Audra.

»Gestern hat jemand angerufen«, sagte Jacinta. »Sie haben geschlafen und Mr Kinney war bei der Arbeit. Es war eine Frau aus dem Krankenhaus.«

»Schwester Hannah«, sagte Audra.

»Stimmt.«

»Was hat sie gesagt?«

»Sie fragte, wie es Ihnen geht. Ob Sie irgendwelche Tabletten nehmen, ob Sie Alkohol trinken.«

»Und was haben Sie gesagt?«

»Dass ich so etwas nicht wüsste.«

»Habe ich nicht«, sagte Audra.

»Nicht was?«

»Ich habe keine Tabletten genommen. Und nichts getrunken.«

Jacinta zeigte auf den Nachttisch. »Aber ...«

»Ins Klo runtergespült«, sagte Audra. »Aber sagen Sie es nicht Mr Kinney.«

Jacinta lächelte. »Nein. Ich bin froh. Er sollte Ihnen diese Sachen nicht geben.«

»Er will mich abhängig machen«, sagte Audra. »Er misshandelt mich und bringt mich damit unter Kontrolle. Aber jetzt nicht mehr.«

»Darf ich Ihnen etwas sagen?«

Audra nickte. Ihr Magen knurrte und sie nahm eine Scheibe Toast vom Tablett und ließ die gesalzene Butter auf der Zunge zergehen.

»Ich mag Mr Kinney nicht. Ich hätte schon längst kündigen sollen, nur habe ich Ihre Kinder so lieb, ja wirklich. Und weil Sie in diesem Zustand waren und er nie zu Hause, da konnte ich einfach nicht gehen. Dann hätten sie niemanden mehr gehabt.«

Audra schluckte den Toast. »Danke. Ich werde nicht mehr so sein.«

»Das ist gut.« Jacintas Miene hellte sich auf. »Louise wacht bald aus ihrem Schläfchen auf. Wollen Sie sie gemeinsam mit mir holen?«

»Ja, das möchte ich gerne«, sagte Audra.

Also setzte Audra sich im Morgenmantel auf den Wohnzimmerboden und spielte mit einem kleinen Mädchen, das sie kaum kannte. Louise hatte zunächst protestiert, als Audra sie aus dem Bett genommen hatte statt Jacinta, aber nicht lange. Jetzt holte sie ein Spielzeug nach dem anderen aus einem großen Korb in der Ecke, brachte es ihrer Mutter, sagte ihr, wie es hieß, und zeigte ihr, wie man damit spielte.

Gogo war ihr Liebling, damals noch weitgehend heil und mit beiden Augen.

Sie saß mit einem geöffneten Bilderbuch auf Audras Schoß, als eine Dreiviertelstunde später die Wohnzimmertür aufging. In der Tür stand Sean, die Schultasche in der Hand, und sah seine Mutter ablehnend und misstrauisch an.

»Hallo«, sagte Audra.

Jacinta stupste ihn an die Schulter. »Na los, sag deiner Mutter guten Tag.«

Sean trat ein und stellte seine Tasche neben dem Spielzeugkorb auf den Boden. Dann zog er den Anorak aus und ließ ihn neben die Tasche fallen.

»Sean«, sagte Jacinta von der Tür. »Wir lassen unsere Sachen nicht auf dem Boden liegen, oder?«

»Nein«, sagte Sean.

»Gut. Dann bring sie ausnahmsweise mir und ich räume sie auf, wie es sich gehört.«

Sean sammelte Tasche und Anorak ein und brachte ihr beides. Jacinta ging und machte die Tür hinter sich zu und er blieb stehen und blickte zu Boden. Einige Momente vergingen, dann sah er wieder Audra an.

»War's schön in der Schule?«, fragte Audra.

Sean zuckte mit den Schultern und sah sie weiter unverwandt an.

»Willst du dich neben mich setzen und eine Geschichte hören?«

»Das sind doch Babygeschichten«, sagte er.

»Was für Geschichten gefallen dir denn?«

»Comics«, sagte er. »Superhelden.«

»Möchtest du sie mir zeigen?«

Sean ging zur Anrichte, öffnete die Tür und zog eine Plastikbox heraus. Er entnahm ihr ein halbes Dutzend Comichefte, die er auf dem Boden ausbreitete. »X-Men«, sagte er. »Das ist Wolverine und das Professor X. Und die beiden hier sind von *Star Wars,* die machen Filme und Comics. Und das ist mein Liebling.«

»Spider-Man«, sagte Audra.

»Du kennst ihn?«

»Aber sicher. Diese Comics habe ich als Kind gelesen. Ich habe sie meinem Bruder geklaut. Er tobte, wenn er sie nicht finden konnte, aber er erfuhr nie, dass sie unter meinem Bett lagen.«

Sean lächelte und sie blieben drei Stunden lang auf dem Wohnzimmerboden sitzen. Dann kam Jacinta herein und sagte, demnächst würde Patrick nach Hause kommen. Audra küsste die Kinder und legte sich wieder ins Bett.

So ging es ein halbes Jahr. Patrick kaufte unaufhörlich Alkohol und Tabletten und Audra schüttete beides Tag für Tag in den Abfluss. Vor dem Abendessen spülte sie sich den Mund mit Wodka oder Wein, nur damit sie danach roch. Dann trug die Köchin das Essen auf und sie aßen schweigend. Sean spürte instinktiv, dass es besser war, die gemeinsamen Spielenachmittage dem Vater gegenüber nicht zu erwähnen, und mit Louise kam das Gespräch sowieso nicht darauf.

Bis zu einem Abend im September.

An diesem Abend fragte Louise, inzwischen viereinhalb: »Kriegen wir ein Eis?«

Patrick blickte nicht von dem Artikel auf, den er auf seinem Handy las. Er hatte die Hemdsärmel aufgekrempelt und die Krawatte gelockert. »Nein«, sagte er. »Kein Eis unter der Woche. Ihr könnt Obst essen.«

Louise sah zum anderen Ende des Tischs. »Mommy, kriegen wir ein Eis?«

Audra setzte unwillkürlich zu einer vollkommen klaren Antwort an, dann brach sie ab, zwinkerte ein paarmal wie benommen und senkte die Augenlider. »Frag deinen Vater.«

Doch zu spät, Patrick hatte es gemerkt. Ohne den Blick von ihr abzuwenden, sagte er zu Louise: »Du brauchst deine Mutter nicht zu fragen. Du hast doch schon mich gefragt und ich habe nein gesagt.«

Audra griff nach dem Weinglas auf dem Tisch, führte es zum Mund, bis es klackend an ihre Zähne stieß, und nahm einen kleinen Schluck. Dann stellte sie es unsanft ab, sodass ein wenig über den Rand schwappte.

»Hör auf deinen Vater«, sagte sie undeutlich.

»Alles in Ordnung, Liebes?«, fragte Patrick.

»Bestens«, sagte Audra mit einem gezwungen sarkastischen Unterton. »Ich leg mich schlafen.«

Sie stand auf und ging, ohne sich noch einmal umzudrehen. Im Bett zog sie die Decke bis zum Kinn hoch und lauschte auf die Stimmen der Kinder. Jacinta half ihnen beim Zähneputzen und las ihnen ihre Geschichten vor. Dann kehrte eine Zeit lang Ruhe ein, möglicherweise war Audra auch eingeschlafen, sie hätte es nicht sagen können. Was sie als Nächstes wahrnahm, war Patrick, der an ihrem Nachttisch stand. Sie spürte seinen stechenden Blick im Rücken.

Sie hörte, wie er die Flasche hochhob und der restliche Wodka darin schwappte. Dann das Fläschchen mit Antidepressiva, dessen Inhalt klapperte, als er es untersuchte. Wieder kehrte Stille ein, in der er nur dastand und sie ansah. Audra atmete gleichmäßig und tief und wartete darauf, dass er ging.

»Ich weiß, dass du wach bist«, sagte er schließlich.

Audra rührte sich nicht und atmete weiter ein und aus, ein und aus.

»Überleg doch, was ich dir antun könnte«, sagte er mit einer schrecklichen Ruhe. »Ich könnte das Fenster öffnen und dich hinauswerfen. Alle würden es für Selbstmord halten. Oder du könntest den Safe im Wandschrank öffnen, die Pistole sehen und dir eine Kugel durch den Kopf schießen. Oder ein Bad einlaufen lassen und dir die Pulsadern aufschneiden.«

Er stützte sich über das Bett und bewirkte durch sein Gewicht, dass Audra auf den Rücken rollte und geradewegs zu ihm aufblickte. Jetzt konnte sie nicht mehr so tun, als schliefe sie.

»Ich will damit sagen, du bist süchtig, eine Alkoholikerin, tablettenabhängig. Das wissen alle. Alle würden glauben, du hättest dich selbst umgebracht. Morgen hole ich bei Dr. Steinberger ein neues Rezept für dich. Und anschließend kaufe ich Wein. Und dann machen wir alles weiter so wie immer.«

Er stand auf und ging aus dem Zimmer.

Am nächsten Morgen, kurz nachdem er zur Arbeit aufgebrochen war, bat Audra Jacinta, Sean die Schulkleider wieder auszuziehen. Dann tätigte sie einen Anruf. Schwester Hannah nahm ab, gab Audra die Adresse eines Frauenhauses in Queens und sagte, sie und die Kinder würden dort erwartet.

Jacinta half ihnen mit dem Gepäck die Treppe hinunter. Sie nahmen nur mit, was sie tragen konnten. Auf dem Gehweg umarmte Jacinta die Kinder mit Tränen in den Augen. Ein Taxifahrer lud die Taschen in den Kofferraum und Audra nahm Jacinta in die Arme.

»Sei vorsichtig«, sagte sie. »Er wird toben.«

»Ich weiß«, sagte Jacinta. »Ich werde aufpassen.«

Sean und Louise winkten ihr durch das Rückfenster des Taxis zu. Louise weinte, weil sie wusste, dass sie Jacinta nie mehr sehen würde. Sie drückte Gogo fest an sich und Audra wischte ihr die Tränen von den Wangen. Aneinandergedrängt saßen sie zu dritt auf dem Rücksitz des Taxis und der Gedanke an die Zukunft erfüllte Audra mit freudigem Schrecken.

Das war vor anderthalb Jahren gewesen und vor zwei Jahren hatte sie mit dem Alkohol und den Tabletten aufgehört. Sie hatte sich geschworen, sich nie mehr von ihren Kindern trennen zu lassen. Auch wenn Patrick, angestachelt von seiner Mutter, sie unablässig mit allen möglichen Schikanen verfolgte. Audra war fest entschlossen, sich bis ans Ende ihrer Kräfte an ihre Kinder zu klammern.

Doch jetzt hatte man sie ihr trotzdem weggenommen.

Sie duschte lange. In der Pension mangelte es nicht an warmem Wasser. Sie drehte die Temperatur so hoch, wie sie es gerade noch aushalten konnte, und schrubbte sich ab, bis die Haut sich rötete. Der Schmutz schien sich in jeder Falte und Vertiefung festgesetzt zu haben und sie wurde ihn auch in einer halben Stunde nicht los.

Dafür klärten sich ihre Gedanken. Obwohl sie erschöpft war, gelang es ihr, eine gewisse Ordnung in die Ereignisse der vergangenen achtundvierzig Stunden zu bringen. Einen Moment lang überkamen sie wieder Selbstzweifel. Wenn die anderen nun doch recht hatten? Wenn sie etwas Schreckliches getan hatte und es nur nicht vor sich selbst zugeben konnte? Dann fiel ihr Seans Gesicht ein, als er Sheriff Whiteside gesagt hatte, er dürfe ihr nicht wehtun. Sean, ihr kleiner Mann, der sie beschützen wollte. Sie musste fast lächeln, doch dann musste sie an Louises panisches Schluchzen auf dem Rücksitz ihres Autos denken.

Zwei Tage waren seitdem vergangen, die ihr vorkamen wie zwei Stunden. Aber ihre Kinder waren irgendwo da draußen, die ganze Zeit. Bestimmt hatten sie Angst und fragten sich, warum ihre Mutter noch nicht gekommen war und sie geholt hatte.

Nein, Audra wusste, dass Special Agent Mitchell falschlag. Sie hatte ihren Kindern nichts angetan. Und es gab noch etwas, worin Mitchell sich irrte: Sean und Louise lebten. Audra spürte es tief im Innern. Das hatte nichts mit mütterlicher Intuition oder so einem Quatsch zu tun, es war einfach nur logisch. Whiteside und Collins hatten ihr die Kinder nicht weggenommen, nur um sie zu töten. Sie wollten an ihnen verdienen, die Kinder waren etwas wert, aber nur, solange sie lebten.

Wer würde dafür bezahlen, dass man ihr die Kinder wegnahm? Nur eine Antwort ergab Sinn. Sie stellte sich vor, wie ihr Mann Whiteside einen Umschlag in die Hand drückte, einen Umschlag mit Geld von seiner Mutter.

Eine schreckliche Vorstellung, aber das bedeutete, dass

Sean und Louise lebten. Und wenn ihre Kinder lebten, konnte sie sie zurückholen. Die Frage war nur, wie.

Sie drehte das Wasser ab, trat aus der Dusche und nahm ein Handtuch von der Ablage. Wenige Minuten später hatte sie sich abgetrocknet und nur noch ihre Haare waren feucht. Sie zog die Kleider wieder an, die sie am Vortag von Mitchell bekommen hatte, die abgewetzten Jeans und das verschlissene Top. Das Top roch noch nach ihrem Schweiß, aber wenigstens war sie selbst sauber.

Sie setzte sich auf das Bett, neben den Nachttisch mit dem altertümlichen Telefon darauf. Ich muss etwas unternehmen, dachte sie. Egal was. Alles war besser, als hier herumzusitzen, während ihre Kinder irgendwo dort in der Wüste waren.

Ein Klopfen an der Tür ließ sie hochfahren. Sie stand auf, ging durch das Zimmer und legte die Türkette vor. Dann schloss sie die Tür auf und öffnete sie, nur ein paar Zentimeter. Draußen stand die Zimmerwirtin, Mrs Gerber, mit gerötetem Gesicht.

»Da ist ein Mann, der Sie unbedingt sprechen will«, sagte sie atemlos. »Ich sagte, das gehe nicht, aber er wollte nicht auf mich hören. Es sei dringend, er müsse sofort mit Ihnen sprechen. Fast hätte er mir die Tür ...«

»Ein Mann?«, fiel Audra ihr ins Wort. »Wie heißt er?«

»Wollte er nicht sagen. Ich fragte, wie heißen Sie denn und was wollen Sie, aber er drängelte einfach an mir vorbei. Ich hätte große Lust, die Polizei von gegenüber zu rufen und ihn vor die Tür setzen zu lassen.«

»Wie sieht er aus?«

Mrs Gerber überlegte und schien sich ein wenig zu beruhigen. Schließlich zuckte sie mit den Schultern. »Er scheint nicht von hier zu kommen. Er wartet unten im Esszimmer.«

Audra öffnete die Tür ganz, machte sie hinter sich wieder zu und folgte der Wirtin die Treppe hinunter in die Eingangshalle.

»Mir gefällt das nicht«, sagte Mrs Gerber über die Schulter. »Dass fremde Männer vor der Tür stehen und ins Haus drängen. So viel Aufregung kann ich in meinem Alter nicht gebrauchen. Er ist dort drinnen.«

Audra ging in die Richtung, in die Mrs Gerbers Finger zeigte, zu einer Doppeltür gegenüber der Treppe. Ein Türflügel stand offen, aber sie konnte durch die Öffnung niemanden sehen. An der Tür angekommen, überlegte sie kurz, ob sie klopfen sollte. Dumme Idee. Sie drückte die Tür auf und trat ein.

Der Mann saß an dem leeren Tisch. Sein Gesicht war im dämmrigen Licht nur undeutlich zu sehen, aber sie kannte ihn gut.

»Hallo, Audra«, sagte Patrick Kinney.

25

Audra hätte am liebsten kehrtgemacht und die Tür hinter sich zugeschlagen, wäre am liebsten weggelaufen. Aber sie konnte nicht. Stattdessen fragte sie: »Was willst du?«

Patrick blieb sitzen. Seine Jacke hing über der Stuhllehne, eine Hand lag auf dem Tisch, am Handgelenk eine klobige Uhr. Eine Rolex oder TAG Heuer, jedenfalls etwas Teures und Hässliches.

»Ich will reden«, sagte er mit einem Zittern in der Stimme. »Setz dich.«

Sie hätte sagen sollen, dass sie nicht mit ihm reden wollte, doch möglicherweise würde sie etwas über ihre Kinder erfahren. Sie ging zum Tisch und setzte sich zwei Stühle von ihrem Mann entfernt.

Das Zimmer war groß und hatte ein großes Erkerfenster mit einer Gardine, die den Innenraum vor Blicken abschirmte. An den Wänden hingen gerahmte Fotos, Wahrzeichen von Arizona in Sepiatönen und berühmte Landeskinder. Auf dem Sims des gewaltigen Kamins stand ein Hochzeitsfoto, eine junge Mrs Gerber am Arm ihres frisch angetrauten Mannes. Die Pensionswirtin sah glücklich aus. Sie selbst musste mit Patrick auch einmal glücklich gewesen sein, dachte Audra, obwohl sie sich nicht daran erinnern konnte.

»Über was?«, fragte sie.
»Was glaubst du denn?«

»Willst du mir helfen? Oder willst du mir wehtun?«

Patrick presste die Lippen zusammen und sein attraktives Gesicht lief dunkel an. »Ich will meine Kinder wieder.«

»Ich auch«, sagte sie.

Seine Augenlider zuckten. Ein verräterisches Zeichen. Er wurde wütend.

Vorsicht, dachte sie, nimm dich in Acht.

»Du bist die einzige Person, die weiß, wo sie sind«, sagte Patrick. »Ich will, dass du es mir sagst.«

»Lass das«, sagte sie.

»Was soll ich lassen?«

»Lüg mich nicht an. Tu nicht so. Wir zwei kennen die Wahrheit.«

Er sah sie einen Moment an, dann sagte er: »Wovon redest du?«

»Du willst, dass ich es laut ausspreche?«

Er hob die Hand vom Tisch und ballte sie unter den Lippen zur Faust. Der Ring seiner Studentenverbindung glänzte. »Ja, genau das will ich.«

Audra blickte in sein wütendes Gesicht.

»Du steckst hinter alldem«, sagte sie. »Du hast Whiteside und Collins dafür bezahlt, dass sie unsere Kinder entführen.«

Patrick ballte die Faust noch fester und schüttelte den Kopf. »Wen soll ich bezahlt haben?«

»Stopp«, sagte Audra, »ich gebe auf. Ich weiß nicht, wie du es gemacht hast, aber du warst es. Du hast gewonnen. Sag mir einfach, was du willst, und du kannst es haben. Solange ich weiß, dass Sean und Louise nichts passiert.«

Patrick rieb sich mit den Fingerspitzen die Schläfen. Dann beugte er sich vor, stützte die Ellbogen auf die Knie und holte mühsam Luft.

»Du bist verrückt«, sagte er.

»Um Gottes willen, sag doch einfach, was du willst.« Sie war lauter geworden und ihre Stimme zitterte.

Er schlug mit der Faust auf den Tisch. »Sag *du* mir, wo meine Kinder sind.«

»Hör auf, Patrick, du weißt doch genau, wo …«

»Nein, weiß ich nicht«, rief er und schlug wieder auf den Tisch. »Aber du hast den Verstand verloren. Hast du keine Nachrichten gesehen?«

»Nur kurz. Die lassen mich nur …«

»Die wollen dein Blut. Alle Fernsehanstalten, alle Nachrichtensender. Alle zeigen sie dein Gesicht und fragen, was du mit deinen Kindern gemacht hast. Sie kennen deine Vorgeschichte, das mit dem Alkohol, den Tabletten, den ganzen Wahnsinn. Wie du vor der Jugendbehörde geflohen bist. Sie zeigen das immer wieder. Dass du eine Gefahr für dich und unsere Kinder bist. Alle Menschen in diesem Land ohne Ausnahme halten dich für ein Monster. Sie glauben, dass du Sean und Louise etwas angetan hast. Sie rufen ständig bei mir an und wollen eine Stellungnahme. Mein Gott, sie rufen auch bei meiner Mutter an. Was glaubst du denn, was du ihr damit antust?«

Audra lachte freudlos. »Nein so was, dass Margaret sich aufregt, wollte ich auf keinen Fall.«

Patrick sprang auf und kam mit geballten Fäusten einen Schritt auf sie zu. Dann hatte er sich wieder unter Kontrolle. Er öffnete die Hände und schüttelte den Kopf.

»Ich will nur meinen Jungen und mein kleines Mädchen wieder«, sagte er. »Bitte sag mir, wo sie sind.«

Wo immer ihre Kinder waren, auch jetzt dachte er wieder nur an sich und seine Mutter. Er besaß nicht einmal das Taktgefühl, so zu tun, als lägen die Kinder ihm wirklich am Herzen.

Aber wenn er Sean und Louise bei sich hätte, hätte er genau das getan. Er war klug und berechnend genug, seine wahren Beweggründe zu verschleiern.

Da wurde Audra, die sitzen geblieben war, auf einmal klar, dass er tatsächlich nicht wusste, wo Sean und Louise waren. Er wusste es nicht, weil er sie nicht entführt hatte. Im Zimmer wurde es auf einmal kalt, als die einzige Hoffnung schwand, an die sie sich von Anfang an geklammert hatte.

»Oh Gott«, sagte sie und hob die Hand vor den Mund. »Wenn du sie nicht hast ...«

Er stand drohend vor ihr und dehnte die Finger. »Ich frage dich jetzt ein letztes Mal.«

»Wenn du sie nicht hast, wer hat sie dann?« Audra legte sich die Hände seitlich an den Kopf und begann sich vor und zurück zu wiegen. »Oh nein, nein, nein.«

»Hör auf mit dem unwürdigen Spiel«, sagte Patrick. »Du bist die Einzige, die es beenden kann. Sag mir, wo sie sind.«

Ein Gedanke kam ihr, derselbe, den sie schon während ihres Gesprächs mit Mel gehabt hatte.

»Ein Privatdetektiv«, sagte sie.

»Was?«

»Es muss doch in Phoenix einen Privatdetektiv geben, der uns helfen kann. Du hast Geld. Engagiere einen. Er soll Whiteside und Collins beschatten und herausfinden, was sie vorhaben. Das kannst du doch tun.«

Sie blickte zu ihm auf, die Hände vor der Brust aneinandergelegt.

Patrick schüttelte den Kopf. »Du bist doch gestört.«

Er nahm seine Jacke von der Stuhllehne und ging zur Tür. »Du willst es nicht tun?«, fragte Audra.

Er griff nach der Klinke. »Vollkommen durchgedreht.«

»Patrick«, sagte sie.

Er blieb stehen und drehte sich um und sie sah, wie alt

er geworden war. Tiefe Falten hatten sich in sein Gesicht gegraben.

Sie wischte sich eine Träne von der Wange. »Ich habe viel zu lange gebraucht, dich zu durchschauen. Was du von mir wolltest.«

»Das ist jetzt nicht der richtige Zeitpunkt«, sagte er.

»Er kommt mir so gut wie jeder andere vor. Erinnerst du dich an meine Frage? An dem Tag, an dem ich für Seans Geburtstag nüchtern geblieben bin? Ich habe dich gefragt, warum du dich mit mir abgibst, wo ich doch ständig betrunken und unter Drogen bin. Du hattest unseren Sohn, du hättest mich einfach aus dem Haus werfen können. Aber du hast es nicht getan, und ich wäre fast gestorben, bevor mir alles klar wurde.«

Patrick steckte die Hände in die Taschen und blickte an ihr vorbei. »Was klar wurde?«

»Dass du nie heiraten wolltest, dass du nie eine Familie wolltest. Du wolltest nur den Schein wahren, nach außen normal wirken, deine Mutter glücklich machen. Sobald ich ihr die Enkel gegeben hatte, war ich für dich zu nichts mehr nütze. Also hast du mich einfach mit Alkohol und Tabletten abgefüllt, damit ich aus dem Weg war. Zuletzt war ich nur noch überflüssiges Gepäck. Und hier stellt sich für mich eine weitere Frage. Ich erinnere mich nicht daran, diese Überdosis genommen zu haben. Gut, ich wusste die meiste Zeit kaum, wo ich war, aber ich erinnere mich nicht an eine solche Entscheidung. Hast du sie für mich getroffen, Patrick?«

Jetzt sah er sie an. Seine Augen waren voller Hass. »Was soll das heißen?«

»Hast du versucht, mich umzubringen?«

»Tu das nicht«, sagte Patrick.

»Was soll ich nicht tun?« Audra stand auf und ihre

Stimme wurde gleichzeitig lauter. »Ich soll dir nicht widersprechen? Dich nicht wütend machen?«

Patrick machte einen Schritt auf sie zu, ließ seine Jacke auf den Boden fallen und blieb stehen, das Gewicht auf beide Beine verteilt. »Jetzt ist keine Zeit für deine verdammten Spielchen, Audra. Du sagst mir jetzt sofort, wo meine Kinder sind, oder ...«

»Oder was?« Diesmal machte sie einen Schritt auf ihn zu. »Oder du schlägst mich zusammen? Bis ich Blutergüsse habe, aber an Stellen, wo man sie nicht sieht? Oder du zwingst mich ...«

Die dicken Finger seiner rechten Hand schlossen sich um ihren Hals und drückten zu und zugleich schob er sie so ungestüm zur Wand, dass sie auf dem Teppich fast ausrutschte. Die gerahmten Fotos klapperten, als sie mit dem Hinterkopf gegen den Putz prallte. Sie legte die rechte Hand flach auf seine Brust und bewegte die Finger nach oben, während er immer fester zudrückte, und tastete nach einer bestimmten Stelle über dem Hemdkragen. Sie spürte einen Druck in den Ohren, hinter den Augen.

Patrick hob die linke Faust und zeigte ihr die weiß hervortretenden Knöchel. »Du sagst mir jetzt, wo sie sind, oder ich werde dich bei Gott ...«

Audra legte die gestreckten Finger aneinander, bildete mit den Spitzen eine feste Kante und stach in die empfindliche Vertiefung über Patricks Brustbein und unter seinem Adamsapfel. Er wich zurück, aber sie legte sofort mit dem ganzen Arm nach und hielt den Druck auf seine Kehle aufrecht. Bevor er ihr entschlüpfen konnte, zog sie die Finger an, sodass die Knöchel nach außen zeigten, und stieß genau ein Mal mit aller Kraft auf dieselbe Stelle.

Patricks Augen quollen hervor und er hob die Hände an den Hals und taumelte rückwärts in Richtung Tisch. Sein

Gewicht trug ihn weiter, bis er mit den Schenkeln gegen die hölzerne Kante prallte. Er drehte sich um, fiel mit dem Oberkörper auf die Tischplatte, stützte sich mit einer Hand darauf ab und griff sich mit der anderen in Panik an den Hals.

»Atmen«, sagte Audra und trat von der Wand weg.

Patrick schnappte nach Luft und starrte sie an.

»Einfach atmen.« Sie machte mit den Händen kreisende Bewegungen, als leitete sie einen Sänger an. »Tief einatmen, ganz langsam und entspannt. Ich habe das im Selbstverteidigungskurs gelernt. Gebraucht habe ich es bisher nicht, aber es ist gut zu wissen, wie es geht.«

Patrick sank auf den Stuhl, von dem er vor nicht einmal einer Minute aufgesprungen war. Seine Wut war vergangen und er sah jetzt mehr aus wie der, der er in Wirklichkeit war: ein erbärmlich schwacher, seiner Mutter höriger Mann.

»Und jetzt hör mir gut zu«, sagte Audra. »Du wirst mich nie mehr anfassen, nie mehr. Ich gehöre dir nicht und meine Kinder auch nicht. Wir sind nicht dein Besitz. Du hast unsere Kinder nie geliebt, aber ich schon. Und ich werde Sean und Louise finden. Du kannst mir entweder dabei helfen oder du verschwindest. Was willst du?«

Er hustete und spuckte auf den Teppich. »Du spinnst doch.«

»Dachte ich mir«, sagte sie. »Raus hier und auf Nimmerwiedersehen.«

Er starrte sie böse an. »Du glaubst, ich gebe einfach so klein bei?«

Audra zeigte zur Tür. »Raus, sofort!«

Patrick stand auf, hustete und spuckte noch einmal aus. Er hob seine Jacke auf und ging zur Tür. Ohne sich noch einmal nach Audra umzudrehen, sagte er: »Dafür wirst du bezahlen.«

»Ich weiß«, sagte Audra.

26

Patrick verschwand und kurz darauf hörte Audra die Haustür auf- und zugehen. Draußen wurden Stimmen laut, als die Reporter sich auf ihn stürzten. Audra blickte zu dem Fenster, das zur Straße zeigte. Durch die Gardinen waren sie zu sehen, wie Krähen, die Aas umschwärmten. Sie wurden leiser, als Patrick etwas sagte, und hielten ihm Mikrofone und Aufnahmegeräte unter die Nase. Dann Aufruhr, als er fertig war und sich durch die Menge hindurchschob.

Monster allesamt, auf der Suche nach Opfern, die sie der Menge zum Fraß vorwerfen konnten. Doch in den Augen der Öffentlichkeit war Audra das Monster. Die Mörderin ihrer eigenen Kinder.

Sie sah zu, wie Patrick sich zu seinem Wagen durchkämpfte, der auf der anderen Straßenseite in zweiter Reihe geparkt war. Die Meute der Reporter folgte ihm. Er hupte zum Zeichen, dass sie Platz machen sollten, und fuhr mit quietschenden Reifen an. Die Reporter sprangen zur Seite.

Anschließend zerstreuten sie sich in kleinere Gruppen. Die Frauen frischten ihr Make-up auf, die Männer kämmten sich die Haare. Kameraleute und Tontechniker diskutierten über technische Probleme. Einige gingen zum Diner gegenüber.

»Bin ich ein Monster?«, fragte Audra das leere Zimmer. »Sind Sie das?«

Audra fuhr herum. In einer Tür, die sie bisher gar nicht bemerkt hatte, stand Mrs Gerber. Über die Schulter der Zimmerwirtin sah sie, dass diese Tür vom hinteren Teil des Zimmers in die Küche führte.

»Nein«, erwiderte sie.

Mrs Gerber blickte mit skeptisch vorgeschobenen Lippen auf den Teppich. »Hat dieser Mensch auf meinen Teppich gespuckt?«

Audra nickte. »Haben Sie es gehört?«

»Ja.« Mrs Gerber klopfte mit dem Finger auf das runde Fenster in der Tür. »Und gesehen auch.«

»Es tut mir leid.« Audra wandte sich zum Gehen.

»Es tut Ihnen leid? Seien Sie nicht albern. Frauen entschuldigen sich viel zu oft für das Benehmen ihrer Männer.«

Audra wusste nicht, was sie darauf sagen sollte. Sie ging zu der Tür, die zur Eingangshalle führte.

»Mein Mann hat mich auch geschlagen«, fuhr Mrs Gerber fort. »Es war wirklich seltsam. Alle hielten ihn für den nettesten Menschen der Welt. Leute, die ich beim Einkaufen traf, sagten, ach, gestern bin ich deinem Jimmy begegnet, der ist ja so ein Schatz. Aber sie kannten ihn nicht. Ich trug manchmal langärmelige Blusen, obwohl es dafür eigentlich zu heiß war, aber niemand fragte nach dem Grund. Sie hielten Jimmy einfach für den Größten.«

»Tut mir leid, das zu hören.«

»Ach, hören Sie doch auf, sich ständig zu entschuldigen. Dasselbe sagt man von Ronnie Whiteside. Er sei ein guter Mensch, ein Kriegsheld und so weiter. Aber ich weiß, was für ein Mensch er in Wirklichkeit ist. Ich habe es mit eigenen Augen gesehen.«

»Erzählen Sie«, sagte Audra.

Mrs Gerber atmete langsam aus, und ihre schmalen Schultern fielen unter ihrer Strickjacke nach unten. »Kurz nach Schließung der Mine stand ich eines Abends oben im ersten Stock und habe zur Straße hinausgesehen. Gegenüber war damals eine Bar, McGleenan's, nichts Besonderes, und ich sah, wie Lewis Bodie herausgetorkelt kam. Er konnte kaum noch geradeaus gehen. Die Mine hatte ihm eine Abfindung dafür gezahlt, dass er seine Arbeit verloren hatte, wie vielen Männern in dieser Gegend, nur dass er das Geld schneller vertrank als die meisten anderen. Er stolpert also aus der Bar und läuft in Sheriff Whiteside hinein. Die beiden wechseln ein paar Worte und ich sehe, wie Bodie sich aufregt. Ich weiß noch, wie ich gedacht habe, halt doch die Klappe und geh nach Hause, sonst endest du in einer Zelle. Als Nächstes schlägt ihm der Sheriff mit voller Wucht gegen das Kinn und Bodie geht wie ein Sandsack zu Boden. Ich dachte, na ja, vielleicht hat er ihn provoziert, aber es ging noch weiter.«

Mrs Gerbers Blick wanderte zum Fenster und auf die Straße.

»Ronnie Whiteside fiel über Lewis Bodie her, als wollte er ihn umbringen. Er schlug auf ihn ein und ich hörte es sogar hier oben, das Geräusch seiner Fäuste und Stiefel und wie Bodie jammerte und ihn anflehte. Und sogar als er sich nicht mehr bewegte, machte der Sheriff weiter. Irgendwann hörte er auf und stand nur noch schwer atmend da. Dann bückte er sich, zog Bodie den Geldbeutel aus der Hosentasche und nahm sich das Geld, das er darin fand. Und ich weiß noch, wie ich dachte, wenn jemand anders Bodie verprügelt hätte, hätte ich den Sheriff gerufen. Was sollte ich also tun?

Als ich am folgenden Morgen wieder durch das Fenster sehe, steht vor dem Revier ein Krankenwagen vom Gutteridge General. Wie sich herausstellte, war Lewis Bodie über Nacht in seiner Zelle gestorben. Und ich habe zu niemandem ein Sterbenswörtchen gesagt. Vorhin habe ich Sie sagen hören, Whiteside hätte Ihre Kinder. Ihm würde ich es zutrauen, aber Mary Collins? Die doch selbst ein krankes Kind hat?«

»Es ist wahr«, sagte Audra.

»Alle hier halten Ronnie Whiteside für einen guten Menschen, genauso wie sie damals meinen Mann für einen guten Menschen gehalten haben. Aber ich weiß, dass es nicht stimmt. Und jetzt sagen Sie mir eins.«

»Was möchten Sie wissen?«

Mrs Gerber blickte sie von der Küchentür unverwandt an. Ihre Augen waren hart und scharf wie Messer. Sie standen beide auf einer Schwelle, dachte Audra. Das hatte doch gewiss etwas zu bedeuten, aber sie hatte keine Idee, was es sein könnte.

»Haben Sie Ihren Kindern etwas getan?«

»Nein, Ma'am«, erwiderte Audra und hielt ihrem Blick stand.

Mrs Gerber nickte. »Gut. Gehen Sie jetzt in Ihr Zimmer rauf und versuchen Sie ein wenig zu schlafen. Ich bringe Ihnen später Kaffee, vielleicht auch Kuchen.«

»Danke«, sagte Audra. »Das wäre wirklich nett.«

Mrs Gerber nickte erneut und verschwand in der Küche. Audra ging in die Eingangshalle und stieg die beiden Treppenfluchten hinauf. Als sie sich ihrem Zimmer näherte, bemerkte sie, dass die Tür einen Spaltbreit offen stand. Sie hatte sie nicht abgeschlossen, wusste aber ganz sicher, dass sie sie hinter sich zugemacht hatte. Allerdings war das Haus alt, so ein Haus mit knarrenden Dielen, klappernden Fenstern und Türen, die manchmal nicht richtig schlossen.

Audra trat ins Zimmer und drückte die Tür mit der Schulter zu. Anschließend legte sie die Kette vor und ging zum Bett, setzte sich auf den Rand der Matratze und schlüpfte aus den Schuhen. Sie war auf einmal todmüde.

Erst als sie den Kopf hob, sah sie den Mann in der Ecke und die braune Papiertüte in seiner Hand.

27

Patrick Kinneys ebenmäßiges Gesicht verschwand hinter einem Wald von Mikrofonen.

»Fünfhunderttausend Dollar für die Rückkehr meiner Kinder«, sagte er. »Mir ist klar, dass die Chancen, sie lebend aufzufinden, immer mehr schwinden. Trotzdem bleibt es bei der Belohnung. Ich will meine Kinder zurück, entweder um sie in die Arme zu schließen oder um sie zu begraben.«

»Scheiße«, sagte Mitchell und klappte den Laptop zu, in dem der Nachrichtenclip gezeigt wurde.

»Kann man sagen«, stimmte Showalter zu, den Ellbogen auf den Tisch gestützt und das Kinn in die Hand. »Das war unnötig.«

Whiteside stand hinter ihnen und hatte sich den Film ebenfalls angesehen. »Macht aber doch keinen Unterschied, oder?«

Mitchell, die auf einem Stuhl saß, drehte sich zu ihm um und sah ihn an wie einen Idioten. »Es wird uns nicht helfen, die Kinder zu finden, nein, aber die Telefone werden ununterbrochen klingeln und alle möglichen Idioten, die nur auf das Geld aus sind, werden uns die Ohren mit Hinweisen vollquasseln, die nirgendwohin führen.«

»Dann rufen Sie doch bei Ihren Leuten in Phoenix an«, sagte Whiteside. »Lassen Sie sich von dort noch ein paar Topexperten schicken.«

Showalter grinste.

Mitchell stand auf. »Danke für die Anregung. Wenn Sie mich jetzt bitte entschuldigen, ich muss zwei vermisste Kinder finden.«

»Ach, hören Sie auf«, sagte Whiteside. »Sie wissen doch genau, dass die Kinder tot sind. Wann machen Sie endlich den Weg frei, dass Showalter und seine Leute diese Frau verhaften können? Sie hat ihre Kinder getötet, das wissen Sie genau, sie hat sie getötet und irgendwo in der Wüste liegen lassen.«

»Nein, Sheriff Whiteside, das weiß ich nicht«, erwiderte Mitchell. »Genauso wenig wie Sie es wissen. Was Sache ist, wissen wir erst, wenn wir Sean und Louise gefunden haben. Ich bin drüben im Rathaus, wenn Sie mich brauchen.«

Sie ging durch die Seitentür nach draußen und ließ die Tür hinter sich zuschwingen.

Whiteside blickte auf Showalter hinunter. »Wissen Sie, was die Frau braucht?«

Showalter grinste. »Ja, weiß ich.«

Sie lachten beide wiehernd.

In der Ecke ihnen gegenüber stand mit verschränkten Armen Special Agent Abrahms. Jetzt räusperte er sich.

»Still, Junior, das ist ein Gespräch unter Männern.« Whiteside nahm den Laptop vom Tisch und zeigte damit in die Richtung seines Gegenübers. »Da, brauchen wir nicht mehr.«

Abrahms kam und wollte den Laptop nehmen, aber Whiteside zog ihn weg.

»Lassen Sie den Quatsch«, sagte Abrahms. »Geben Sie ihn mir einfach.«

Whiteside gab ihm den Laptop. »Nicht heulen, Kleiner.«

Showalter prustete.

Abrahms kam noch einen Schritt näher. »Sie sind ein richtiges Arschloch, wissen Sie das?«

»Ganz andere Leute als Sie haben mich schon schlimmere Dinge genannt«, sagte Whiteside mit gesenkter Stimme. »Wenn Sie mehr darüber wissen wollen, geben Sie mir einfach Bescheid. Dann gehen wir nach draußen und ich zeige Ihnen, was für ein Arschloch ich wirklich bin.«

»Ach, lecken Sie mich doch«, sagte Abrahms und kehrte zu dem Schreibtisch zurück, den er bei seiner Ankunft in Beschlag genommen hatte. Er öffnete den Laptop und begann etwas zu tippen.

Whiteside klopfte Showalter auf die Schulter und nahm seinen Hut vom Tisch. »Behalten Sie den Jungen im Auge. Passen Sie auf, dass er sich an diesem Ding nicht verletzt.«

Er ging durch die Seitentür nach draußen, gefolgt von Showalters Kichern. Draußen schlug ihm die Sonne entgegen und er griff nach der Sonnenbrille, die an seinem Kragen hing. Um das Gebäude herum ging er zur Straße. Ein paar Presseleute näherten sich ihm mit fragenden Blicken und hoben Mikrofone und Aufnahmegeräte.

»Ich habe nichts für Sie«, sagte er und scheuchte sie weg.

Er betrat den Diner. Dort war es wieder ruhiger geworden, aber es saßen immer noch mehr Gäste an den Tischen, als er dort in Jahren gesehen hatte. Die meisten waren Reporter. Er beachtete sie nicht und ging zum Ende des Tresens. Shelley kam sofort auf ihn zu.

»Kaffee zum Mitnehmen bitte«, sagte er.

»Noch einen?«, fragte Shelley. »Der Wievielte ist das heute? Wollen Sie nicht lieber einen ohne Koffein?«

»Nein, normal ist gut.«

Eine Minute später kehrte sie mit einem großen Pappbecher mit Plastikdeckel zurück. Er ließ ein paar Scheine auf den Tresen fallen, zog eine Serviette aus dem Spender und wickelte sie um den Becher, um sich nicht die Finger zu verbrennen.

»Haben Sie eine Minute, Shelley?«

Die Kellnerin, die schon auf dem Weg zur Kasse war, machte noch einmal kehrt. »Klar doch«, sagte sie.

Whiteside winkte sie zu sich und senkte die Stimme. »Erinnern Sie sich noch an den Mann, mit dem Sie vorhin gesprochen haben? Drüben am Fenster?«

Shelley schnippte mit den Fingern. »Ach, Sie meinen den ...«

»Genau, den Herrn aus Asien.«

»Klar erinnere ich mich an den. Netter Kerl. Was soll mit ihm sein?«

»Worüber haben Sie gesprochen?«

»Darüber.« Sie zeigte mit den Händen auf ihre Umgebung. »Über das, was hier los ist. Er hatte keine Nachrichten gesehen, also habe ich ihn aufgeklärt.«

»Hat er nach etwas Bestimmtem gefragt? Zum Beispiel dieser Mrs Kinney? Oder nach mir?«

Shelley schüttelte den Kopf. »Nicht dass ich mich erinnern würde. Er schien sich einfach für den Fall zu interessieren. Gut, ich meine, der lässt ja niemanden kalt.«

»Ganz meine Meinung. Haben Sie zufällig gesehen, in welche Richtung er von hier gegangen ist?«

»Nein, tut mir leid, wir waren zu der Zeit total überfüllt. Ich war so beschäftigt damit, Bestellungen entgegenzunehmen, dass ich darauf nicht geachtet habe. Er hat noch ein Sandwich zum Mitnehmen bestellt und ein schönes Trinkgeld dagelassen. Seitdem habe ich ihn nicht mehr gesehen.«

Whiteside beugte sich noch näher zu ihr. »Er hat ein zweites Sandwich bestellt?«

»So ist es. Zum Mitnehmen. Muss einen Mordshunger gehabt haben.«

»Offenbar.«

»Sie glauben doch nicht, dass er irgendwie mit dem Fall zu tun hat?«

»Nein, überhaupt nicht. Ich war nur neugierig, mehr nicht.«

Er ließ noch einmal zwei Scheine auf den Tresen fallen. »Lassen Sie sich von Harvey nicht zu sehr ausbeuten.«

Er ging mit dem Kaffee nach draußen auf den Gehweg und setzte Sonnenbrille und Hut auf. Dann blickte er die Straße hinauf und hinunter, obwohl er wusste, dass er den Mann nicht sehen würde. Ein Sandwich zum Mitnehmen, dachte er. Vielleicht hatte er Hunger gehabt, wie Shelley meinte, aber Whiteside hatte eine ganz andere Vermutung. Er sah zum Gästehaus hinüber und überlegte, ob Audra Kinney in diesem Moment ein Sandwich aß.

Sorgen machte ihm weniger die Hautfarbe des Mannes, obwohl sie in dieser Gegend ein ungewöhnlicher Anblick war, als vielmehr seine ganze Art. Whiteside hatte über die Jahre genügend solcher Typen kennengelernt. Irgendwann spürte man es instinktiv, wenn man einen vor sich hatte. Manche Menschen waren imstande zu töten, andere nicht. Die meisten nicht. Aber dieser Mann hatte es ausgestrahlt, mit Augen, die weiter schauten, als sie sollten, und einem Blick, der vollkommen leer war, wenn man zu nahe kam.

Einem Blick wie diesem war Whiteside auch schon im Spiegel begegnet. Ein Schauer überlief ihn, als er sich daran erinnerte.

Warum sollte ein solcher Mensch ausgerechnet heute hier auftauchen? Es konnte Zufall sein, aber Whiteside glaubte an Zufälle ebenso wenig wie an den Weihnachtsmann. Der Fremde stellte eine Bedrohung dar, das wusste er. Genauso wie er davon überzeugt war, dass der Mann sich in diesem Augenblick im Gästehaus aufhielt und Audra Kinney etwas zu essen brachte. Und er selbst konnte nur zusehen und abwarten.

Er setzte sich auf die Bank vor dem Diner und nippte an dem heißen Kaffee. Von hier aus hatte er die Vorderseite des Gästehauses im Blick und ein paar Meter der Gasse, die nördlich daran vorbeiführte.

Er hatte den Kaffee noch nicht zu Ende getrunken, als alles aus dem Ruder lief.

28

Nach seiner Begegnung mit Whiteside im Diner hatte Danny einen Spaziergang gemacht. Zuerst entlang der Main Street, von einem Ende bis zum anderen. Jede Menge Geschäfte, die längst dichtgemacht hatten. Waffen und Sportartikel, Haustiere, eine Bar, Damenmoden, Heimtextilien, Herrenmoden mit Schwerpunkt auf Westernbekleidung und ein Ladenschild, das ein gesporntes Stiefelpaar und einen Cowboyhut zeigte. Alles schon ziemlich baufällig, mit Fenstern, die überstrichen oder mit Brettern zugenagelt waren.

Die wenigen einheimischen Passanten hatten ihn misstrauisch gemustert. Dabei hielten sie sich noch zurück, weil sie glaubten, er sei mit den Presseleuten gekommen. Er hatte lächelnd genickt und sie höflich gegrüßt. Einige hatten den Gruß erwidert, andere nicht.

Am Ende der Straße gelangte er zu der Brücke, über die er vor ein oder zwei Stunden gekommen war. Er ging auf dem schmalen Gehweg bis zur Mitte und blickte über das Geländer. Der Fluss war zu einem trägen roten Rinnsal geschrumpft, mitten in einem breiten Bett aus rissiger rötlich brauner Erde. Halb tot, wie der ganze Ort.

Danny kehrte in den Ort zurück. Sein Weg führte an einer Reihe meist leer stehender Häuser entlang, die einmal einen schönen Blick auf den Fluss gewährt haben mussten. Hinter diesen Gebäuden an der Main Street verlief eine Gasse, von der aus man über die Höfe zu den Hintereingängen der vernagelten Ladengeschäfte gelangte. Er konnte bis zum Ende der Gasse sehen, bis zu der Mauer, die den Parkplatz des Sheriff's Department umschloss. Auf halber Strecke flimmerte warme Luft aus den Lüftungsschlitzen des Diners. Dazwischen lagen ein Dutzend Anwesen, die meisten davon ebenfalls unbewohnt. Dort konnte er jederzeit einen Schlafplatz für die kommende Nacht finden. Zuerst würde er es mit den Heimtextilien versuchen. Da lag vielleicht noch etwas herum, auf dem man bequem liegen konnte. Zugang konnte man sich durch ein Fenster oder eine Tür auf der Rückseite verschaffen oder auch durch ein Dachfenster. Darin hatte Danny Erfahrung.

Er kehrte auf die Main Street zurück und blickte in beide Richtungen. Hatte man ihn auf seinem Erkundungsgang bemerkt? Dann überquerte er die Straße und lief in eine Gasse, die spiegelbildlich zu der Gasse verlief, aus der er kam. Sie endete an der südlichen Mauer des Rathauses, dessen Grundstück von einem Zaun umgeben war. Danny zählte im Kopf ab. Die Pension musste das achte Haus sein. Er setzte sich in Bewegung.

Der Lattenzaun der Pension unterschied sich von den anderen Zäunen. Irgendwann in den vergangenen Jahren hatte er als einziger einen neuen Anstrich erhalten. Neben einem Gartentor stand eine Reihe von Mülleimern. Danny trat zurück und blickte zum Haus hinauf. Es war ebenfalls in die Jahre gekommen, sah aber besser aus als seine Nachbarn. Die Fenster waren noch intakt, alle Latten sauber vernagelt.

Ein weiterer Blick nach rechts und links, dann versuchte Danny das Gartentor. Er fand ein Loch, durch das er die Hand hindurchschieben und das Vorhängeschloss auf der anderen Seite ertasten konnte. Egal. Er stieg auf eine Mülltonne. Auf ihrem Deckel waren die Abdrücke von Schuhen zu sehen. Jemand hatte hier gestanden, vielleicht, um das Haus besser sehen zu können. Danny stellte sich ebenfalls darauf und zog sich von dort am Zaun hinauf und hinüber. Lautlos wie eine Katze landete er auf der anderen Seite. Ein ziemlich großer Garten, aber knochentrocken. Wo einmal Rasen gewesen war, war nur noch verbrannte Erde. In einem Gemüsebeet am Rand wuchsen ein paar kümmerliche Pflanzen, die meisten aber so vertrocknet, dass sie niemand mehr essen würde.

Danny verharrte einen Moment lang lauschend, darauf gefasst, dass gleich jemand Alarm schlagen würde. Doch niemand hatte ihn gesehen. Er durchquerte den Garten und stieg die wenigen Stufen zur hinteren Veranda hinauf, die mit Korbstühlen und einem Hängesitz bestückt war. Eine geschlossene Fliegengittertür, dahinter eine offene Tür. Er drückte sich an die Wand zwischen Tür und Fenster, rückte langsam an die Fensterscheibe heran und spähte nach drinnen.

In einem kleinen Fernseher liefen die Lokalnachrichten, auf dem Bildschirm waren Aufnahmen der Straße zu sehen, durch die er eben erst gegangen war. Die atemlose Stimme des Nachrichtensprechers aus dem Off konnte er nicht verstehen. Am Tisch saß eine ältere Frau und schnitt Tomaten klein.

Mist, dachte Danny.

Er wollte sich gerade abwenden und auf demselben Weg zurückkehren, den er gekommen war, da hob die Frau ruckartig den Kopf. Danny erstarrte und die Frau ebenfalls. Dann hörte er das Läuten einer Klingel aus dem Innern des Hauses. Die Frau stand auf und verließ die Küche.

Danny zog die Nagelfeile aus der Tasche und schob sie zwischen Fliegengittertür und Rahmen, hob den Riegel an und betrat die Küche. Über seinem Kopf verrührte ein stetig summender Deckenventilator die schwüle Luft. Danny machte die Gittertür hinter sich zu und ging lautlos zu der offenen Tür, die zur Eingangshalle führte. Von dort kamen Stimmen, die aufgrund der hohen Decke hallten. Danny schob sich durch die Tür und duckte sich unter die Treppe und in den Schatten.

Er hörte die harte, fordernde Stimme eines Mannes und die der alten Frau, die protestierte. Schließlich brachte die Frau den Mann in ein Zimmer. Anschließend stieg sie die Treppe, unter der Danny saß, hinauf. Danny wartete im Dunkeln. Im ersten Stock wurde ein weiteres kurzes Gespräch geführt, dann kamen die Schritte von zwei Personen die Treppe herunter.

Die alte Frau kehrte an ihm vorbei in die Küche zurück und er drückte sich noch tiefer in den Schatten. Wieder lauschte er. Die Stimmen kamen aus dem Zimmer neben der Eingangshalle. Danny schlüpfte aus seinem Versteck, huschte zum Fuß der Treppe, stieg zwei Treppenfluchten zum Absatz im ersten Stock hinauf und überprüfte die Türen der Zimmer dort.

Sie waren alle abgesperrt bis auf die Nummer drei. Er ging hinein und wartete.

Über zwanzig Minuten vergingen. Dann hörte er Audra heraufkommen.

29

Audra sprang auf. »Wer sind Sie? Was machen Sie hier?«

Der Mann hob die Hände. In der linken Hand hielt er immer noch die braune Papiertüte. »Tut mir leid, wenn ich mich hier so hereinschleiche, aber es war die einzige Möglichkeit, wie ich ...«

Audra zeigte zur Tür und wich zugleich in die gegenüberliegende Ecke zurück. »Raus!«

»Ma'am ... Audra ... bitte hören Sie an, was ich zu sagen habe.«

»Raus«, wiederholte sie und zeigte weiter zur Tür. »Verschwinden Sie.«

»Bitte hören Sie mich an.«

»Raus!« Audra ging in Gedanken die wenigen Habseligkeiten durch, die ihr geblieben waren, und überlegte, was davon als Waffe dienen konnte.

»Ich heiße Danny Lee«, sagte der Mann.

»Das ist mir vollkommen egal, verschwinden Sie einfach.«

»Was Sie gerade durchmachen, habe ich vor fünf Jahren durchgemacht.«

Wut verdrängte Audras Angst. »Sie haben doch keinen blassen Schimmer davon, was ich durchmache.«

Der Mann machte einen Schritt auf sie zu und sie packte die leere Vase auf dem Fenstersims.

»Hören Sie mich an«, sagte er mit erhobenen Händen

und gesenktem Kopf. »Ich glaube, ich weiß, was die mit Ihren Kindern vorhaben. Es ist vielleicht noch nicht zu spät. Vielleicht kann ich Ihnen helfen, sie zurückzubekommen.«

Audra nahm die Vase von einer Hand in die andere. »Sie reden nur Mist.«

»Wollen Sie mich wenigstens zu Ende anhören?«

Audra zeigte auf seine Hand. »Was ist in der Tüte?«

»Das ist für Sie. Ein Sandwich vom Diner. Haben Sie Hunger?«

Audra fasste sich mit der freien Hand unwillkürlich an den Bauch.

»Nehmen Sie«, sagte er und warf die Tüte aufs Bett.

Audra kam aus ihrer Ecke, ließ die Vase auf die Bettdecke fallen und nahm die Tüte. Sie öffnete sie und der Duft von Speck und warmem Brot stieg ihr in die Nase. Ihr Magen knurrte.

»Es schmeckt wirklich gut«, sagte der Mann. »Ich hatte vorhin auch eins. Essen Sie.«

Audra wusste, dass sie es nicht tun sollte. Der Mann konnte alles Mögliche hineingetan haben. Aber der Duft. Und sie hatte einen solchen Hunger. Sie fasste in die Tüte, zog eine Sandwichhälfte heraus und nahm einen Bissen.

»Setzen Sie sich doch«, sagte der Mann. »Und geben Sie mir fünf Minuten, Ihnen alles zu erklären.«

Audra hockte sich auf die Bettkante, kaute und schluckte. »Sie haben Zeit, bis ich das Sandwich aufgegessen habe«, sagte sie. »Also los.«

30

Danny und Mya hatten sich gestritten, bevor Mya ging. Sara hatte gefragt, über was, und Danny hatte ihr über die Haare gestrichen und gesagt, nichts Ernsthaftes, Schatz. Aber Sara war klug und wusste, dass das nicht stimmte. Denn sie sah die Tränen, wenn sie im Rückspiegel das Gesicht ihrer Mutter sah.

Sie hatten beide nicht von Trennung gesprochen. Mya wollte zu ihrer Mutter fahren, die zwischen Redding und Palo Cedro wohnten, eine Fahrt von wenigen Stunden nach Norden, nur für ein paar Tage. Nach dem Wochenende wollte sie wieder zurück sein, hatte sie gesagt. Sie hatten es beide nicht geglaubt.

Nach zwei Stunden Fahrt war sie von der Autobahn heruntergefahren, um etwas zu essen. Außerhalb der kleinen Ortschaft Hamilton wurde sie von einem Polizisten, einem gewissen Sergeant Harley Granger, wegen eines kleinen Verkehrsdelikts angehalten, einer solchen Bagatelle, dass Danny schon vergessen hatte, um was es sich handelte. Laut dem Polizisten war Mya verstört und unkooperativ gewesen, er hatte deshalb zu seiner Unterstützung über Funk einen zweiten Wagen angefordert. Zwei der insgesamt sechs Streifenwagen der Polizei von Hamilton waren vor Ort gewesen. Laut Granger und seinem Kollegen Lloyd hatte Mya kein Kind bei sich im Auto gehabt. Es gab zwar einen Kindersitz und eine Tasche mit Kleidern, aber von Sara keine Spur.

Als Danny auf dem Revier von Hamilton eintraf, war Mya einer Hysterie nahe.

»Die haben mir Sara weggenommen«, sagte sie wieder und wieder.

Das FBI kam am darauffolgenden Morgen. Es verhörte Mya drei Tage lang. Am vierten Tag versuchte Mya, sich in ihrer Zelle zu erhängen. Danach kam sie frei und fuhr mit Danny nach San Francisco zurück. Der Vorfall erregte in der gesamten Region Aufmerksamkeit und Myas Foto erschien in sämtlichen Abendnachrichten. Bekannte und Freunde starrten sie auf der Straße an. Die Presse berichtete eine Woche lang, dann wandten die Reporter sich anderen Themen zu. Nicht so Dannys und Myas Freunde. Sie begegneten ihnen weiter mit Ablehnung und waren telefonisch nicht erreichbar. Unterdessen gingen Danny und Mya freiwillig zu Verhören in der Außenstelle des FBI, während die Polizei von Hamilton Beweismaterial zusammentrug.

Danny hatte nicht gewusst, dass der Polizeichef an jenem letzten Vormittag angerufen und Mya aufgefordert hatte, sich zwecks Festnahme im Zusammenhang mit dem Mord an ihrer Tochter binnen vierundzwanzig Stunden zu stellen. Andernfalls würde ein Haftbefehl gegen sie ausgestellt und von der Polizei von San Francisco vollstreckt werden.

Danny hatte sie am Abend desselben Tages noch umarmt, bevor er zu einer Besprechung der Jugendsozialarbeiter ging, und auf die Wange geküsst. Wenn er gewusst hätte, dass es das letzte Mal war, hätte er sie länger umarmt und inniger geküsst.

Fast auf den Tag genau fünf Jahre war das her. Danny war müde und abgespannt von der Besprechung nach Hause gekommen. Beim Betreten der dunklen Wohnung hatte er Myas Namen gerufen und an der Stille gemerkt, dass etwas nicht stimmte. In den Zimmern im Erdgeschoss keine Spur von ihr. Er stieg die Treppe hinauf und sah die geschlossene Badezimmertür und die Schnalle eines Gürtels von ihm, der zwischen der Oberkante der Tür und dem Rahmen eingeklemmt war.

Er musste sich mit der Schulter gegen die Tür werfen, bis die Schnalle sich löste und auf der anderen Seite etwas Schweres mit einem hässlichen Geräusch auf dem Boden auftraf. Eine Ewigkeit lang stand er nur da. Er wusste, was er sehen würde, wenn er den Mut aufbrachte, die Tür zu öffnen. Dann tat er es doch. Er löste den Gürtel von Myas Hals und wiegte sie schluchzend und tränenblind eine Stunde lang auf seinem Schoß, bevor er daran dachte, einen Krankenwagen zu rufen.

Zwei Monate nach Myas Selbstmord kehrte Danny nach Hamilton zurück. Über seine Kontakte bei der Polizei von San Francisco hatte er in Erfahrung gebracht, dass Sergeant Granger sich aufgrund der Belastung durch den Fall vom Dienst hatte freistellen lassen. Um sich zu erholen, war er in den Urlaub nach Mexiko gefahren. Wann er zurückkehren würde, wusste niemand.

Aber Lloyd war noch da und betrank sich allabendlich in der einzigen Kneipe der Stadt. Er verteilte seit einiger Zeit großzügige Trinkgelder und spendierte seinen Freunden immer wieder Drinks. Auch ein neues Auto hatte er sich gekauft, keine Luxuskarosse, einen Infiniti, aber immerhin einen Oberklassewagen, der unter seinen Zechkumpanen Aufmerksamkeit erregte.

Dabei wussten alle, dass Lloyd ein Dummkopf war.

Danny wartete vor der Kneipe. Lloyd wohnte nur zwanzig Minuten zu Fuß entfernt und ließ seinen neuen Wagen gewöhnlich vor der Kneipe stehen, um ihn am nächsten

Vormittag abzuholen. Er war gerade in einer Gasse beim Pinkeln, als Danny sich ihn schnappte.

Eine Stunde später hing er an den Handgelenken gefesselt am Dachbalken eines verlassenen Lagerschuppens, den Danny in der Woche davor ausfindig gemacht hatte. Im Umkreis von Meilen war niemand, der ihn schreien hören konnte. Danny ließ sich mit seinem Messer Zeit. Lloyd wusste nicht viel, nur was Granger ihm gesagt hatte. Als er Danny sagte, sie hätten weniger Geld bekommen, als sie gefordert hätten, weil das kleine Mädchen »gemischtrassig« gewesen sei, verlor Danny die wenige Beherrschung, die er noch hatte, und Lloyd starb für sein Gefühl zu schnell. Aber egal, er konnte es ja mit Granger wieder wettmachen und über ihn an den Auftraggeber herankommen.

Wenn er den Auftraggeber und seine Kumpane gefunden hatte, würde er sie exakt so lange leben lassen, bis er wusste, was sie mit Sara gemacht hatten. Ob sie sie am Leben gelassen hatten oder nicht. Im Grunde kannte er die Antwort auf diese Frage, aber er würde sie trotzdem stellen. Ganz direkt.

Zwei Tage später hatte er einen Flug nach Cabo San Lucas gebucht, doch als er in Mexiko eintraf und herumfragte, musste er feststellen, dass Granger in der Woche zuvor bei einer Kneipenschlägerei erstochen worden war. An einem Strand, dessen Sand heiß unter seinen Fußsohlen brannte, hatte Danny um seine Frau und seine Tochter getrauert. Er wusste jetzt, dass er die Männer, die sein Leben zerstört hatten, womöglich nie finden würden.

Er erzählte Audra nichts von den Stunden, die er mit Lloyd verbracht und wie er ihn gefoltert hatte. Aber er erzählte ihr von Granger. Audra hatte sich inzwischen beruhigt und das Sandwich gegessen. Sie blieb auf dem Bett sitzen und er auf dem dünn gepolsterten Stuhl.

»Es gibt da eine Gruppe von Männern«, sagte er, »steinreiche Männer. Sie zahlen für das richtige Kind sehr viel Geld. Siebenstellig, soviel ich gehört habe. Und sie haben einen Anführer. Er veranstaltet in einem großen Haus irgendwo an der Westküste Partys. Er und seine Freunde beschaffen sich die Kinder und ...«

Audra wandte den Blick ab und Danny räusperte sich.

»Sie können sich den Rest vermutlich denken«, fuhr er fort. »Diese Männer könnten ganz leicht irgendwelche Kinder bekommen, Flüchtlingskinder oder was immer, aber sie wollen amerikanische Kinder, möglichst weiße. Und sie beschaffen sie sich mithilfe des Darknets. Das ist die dunkle Seite des Internets, auf der sich Kriminelle und Perverse tummeln. Es gibt dort einen geschlossenen Kreis von korrupten Bullen aus dem ganzen Land, die miteinander in Kontakt stehen. Ich versuche seit Jahren reinzukommen, aber es gelingt mir nicht. Wie ich gehört habe, sprechen sie darüber, wie man zu Geld kommen kann. Mit Gelegenheitsjobs für die Mafia, Manipulation von Beweismaterial, manchmal sogar einem Auftragsmord. In diesem Kreis haben die reichen Männer eine Anfrage nach Kindern gestellt. Wenn einer von diesen Bullen einer Mutter begegnet, die allein mit ihren Kindern im Auto unterwegs ist und sichtlich in einer prekären Lage, lässt er sich einen Vorwand einfallen, sie zu verhaften und von ihren Kindern zu trennen. Anschließend behauptet er, es hätten nie Kinder im Auto gesessen. Wenn er es geschickt anstellt und das richtige Opfer findet, fällt der Verdacht auf die Mutter. So was kann man ein-, höchstens zweimal im Jahr machen.«

»Warum tötet man die Mutter nicht?«, fragte Audra.

»Warum hat Whiteside mich nicht getötet? Das wäre doch viel einfacher.«

Danny schüttelte den Kopf. »Einfacher für die Bullen vielleicht, aber nicht für die Leute, die das Geld zahlen. Also, ich denke mir das so: Wenn sie die Kinder entführen und die Mutter töten, dann weiß die Polizei ja, dass irgendwo ein Mörder frei herumläuft, und sucht ihn. Wenn die Mutter dagegen noch lebt, fällt der Verdacht zuerst auf die Familie. Es läuft bei vermissten Kindern doch immer ähnlich ab: Zuerst gibt es eine große Suchaktion, dann findet man die Leiche. Und wie oft stellt sich heraus, dass es der Vater oder Stiefvater war, der Onkel oder der Cousin. Natürlich konzentrieren die Behörden sich auf das Familienmitglied, das das Kind zuletzt gesehen hat. Und wenn das eine Mutter ist, die schließlich tut, was meine Frau getan hat …«

»Dann endet der Fall mit ihr«, sprach Audra den Gedanken zu Ende.

»Genau.«

Audra blickte schweigend zu Boden.

»Halten Sie mich für verrückt?«, fragte Danny. »Einen Spinner, der sich hier wichtigmachen will?«

Audra blickte nicht auf. »Ich weiß nicht, was Sie sind. Die Vernunft sagt mir, ich sollte Sie rauswerfen, aber …«

»Aber was?«

»Aber ich habe im Moment niemanden sonst auf meiner Seite.«

Danny beugte sich auf seinem Stuhl vor. »Lassen Sie uns eins klarstellen. Ich stehe auf meiner Seite, nicht auf Ihrer. Wenn ich Ihnen helfe, dann nur, weil ich damit an die Männer herankomme, die mir meine Tochter genommen haben. Und sie vielleicht sogar finde, wenn sie noch irgendwo lebt. Ich bin kein barmherziger Samariter.«

»Dann will ich auch etwas klarstellen«, sagte Audra. »Ich höre Sie nur an, weil ich keine andere Wahl habe.«

»In Ordnung. Aber da wäre noch eine Frage: Warum sollte ich Ihnen trauen? Was, wenn die Polizei doch recht hat?«

»Wenn Sie das glauben würden, wären Sie nicht hier.«

»Also hat keiner von uns einen Grund, dem anderen zu trauen. Trotzdem sind wir hier.«

Audra atmete tief aus. »So ist es. Wenn stimmt, was Sie vermuten, glauben Sie, dass die Polizisten Sean und Louise schon übergeben haben? Oder halten sie sie noch irgendwo versteckt?«

»Schwer zu sagen. Ich vermute, dass sie sie schnell loswerden wollen, wenn sie es noch nicht getan haben. Jedenfalls haben wir nicht viel Zeit.«

Jetzt sah Audra ihn an. Ihr Blick war hart. »Wie bekomme ich sie wieder?«

Danny begriff, dass diese Frau anders war als Mya. Sie besaß eine Kraft, die Mya gefehlt hatte. Was immer sie in der Vergangenheit erlebt hatte, hatte sie stark gemacht.

»Es gibt nur einen Weg«, sagte er. »Über die Bullen. Sie sagten, der Sheriff hätte Sie verhaftet und die Frau sei mit Ihren Kindern weggefahren.«

»Genau«, sagte Audra. »Sie heißt Collins.«

»Gut, dann versuchen wir es mit ihr. Wir schnappen sie uns, halten ihr eine Pistole an den Kopf und stellen sie vor eine einfache Wahl: Entweder sie sagt uns, wo die Kinder sind, oder sie ist tot.«

Audra stand auf, begann im Zimmer auf und ab zu gehen. »Nein, das kann ich nicht. Ich bin nicht so jemand.«

»Sie vielleicht nicht«, sagte Danny. »Aber ich schon.«

Sie blieb abrupt stehen und sah ihn an. »Haben Sie schon mal jemanden getötet?«

Er ließ die Frage unbeantwortet. »Wir müssen uns die Polizistin schnell holen. Möglichst noch heute Nacht.«

»Nein«, erwiderte Audra, »unmöglich. Wenn etwas schiefgeht, wenn sie verletzt wird, muss ich es büßen. In den Nachrichten kam noch kein Wort über Whiteside und Collins, wahrscheinlich weil niemand weiß, was ich gesagt habe. In den Augen der Öffentlichkeit ist Collins nur die Mitarbeiterin des Sheriffs, die ihre Arbeit macht. Wenn wir ihr etwas antun, macht das alles nur schlimmer. Es muss einen anderen Weg geben.«

»Wenn Sie einen besseren Plan haben«, sagte Danny, »bin ich ganz Ohr.«

»Wir könnten uns an die FBI-Agentin wenden, diese Mitchell. Sie erzählen ihr, was Sie mir erzählt haben. Dann wird sie Whiteside und Collins verhören.«

»Sie haben ihr doch schon von den beiden erzählt«, sagte Danny. »Hat sie sie bisher verhört?«

Audra wandte den Blick ab. »Nein, noch nicht. Aber sie kennt Ihre Geschichte noch nicht.«

»Auch an Saras Fall war ein FBI-Agent beteiligt. Vom Interventionsteam Kindsentführung, richtig?«

Audra nickte.

»Mein Agent hieß Reilly. Ich erzählte ihm alles, bevor ich … Also, ich weiß nicht, ob er mir nicht glaubte oder einfach vor den Konsequenzen zurückschreckte. Jedenfalls hat er nichts getan.«

»Mitchell wird etwas tun«, sagte Audra. »Das weiß ich. Sie ist ein guter Mensch.«

»Auch gute Menschen machen Fehler. Sogar ständig.«

»Aber einen Versuch ist es doch wert.« Sie ging vor ihm in die Hocke und legte die Hände bittend aneinander. »Wenn ich sie dazu bringe, zuzuhören, sprechen Sie dann mit ihr?«

»Es wäre riskant für mich«, sagte Danny.

»Inwiefern?«

»Vielleicht will ich ja nicht, dass sich das FBI oder die Bullen meinen Fall zu genau ansehen.«

»Warum nicht? Was haben Sie getan?«

Er hielt ihrem Blick nicht stand. »Ich werde nicht mit den Bullen oder dem FBI sprechen. Das bringt nichts. Nicht ohne Druckmittel.«

»Was meinen Sie damit?«

»Druck von außen«, erklärte Danny. »Wenn Mitchell nicht von selbst tätig wird, bringt vielleicht ein Anstoß von außen sie dazu.«

Audra stand auf, ging von einem Ende des Zimmers zum anderen und kaute auf einem Nagel, auf dem es nicht mehr viel zu kauen gab.

»Ich spreche mit den Reportern«, sagte sie schließlich. »Wenn Mitchell denen nicht sagt, was ich gesagt habe, dann tue ich das. Die Öffentlichkeit soll es ruhig erfahren. Dann muss Mitchell die beiden verhören.«

»Aber es ist riskant«, sagte Danny. »Wenn Sie den Sheriff bedrängen, schlägt er zurück.«

Audra blieb stehen. »Das Risiko gehe ich ein. Die Presseleute lieben doch solche Geschichten. Okay, von mir kriegen sie eine.«

31

»Hey, Sie da!«, rief Audra.

Nur ein paar Reporter drehten sich nach ihr um.

»Hey, Sie! Kommen Sie her!«

Diesmal hörten sie mehr und ein Medienrummel brach los, mit Mikrofonen, Kameras, Handys und allem, was ein Bild oder Geräusch aufzeichnen konnte.

Audra stand auf der obersten Treppenstufe vor dem Eingang zur Pension. Sie hatte versucht, sich ein wenig zurechtzumachen, aber es hatte nicht viel geholfen. Solange ich nicht wie eine Verrückte aussehe, hatte sie gedacht, als sie ihr Aussehen in einem Spiegel in der Eingangshalle überprüfte. Mrs Gerber hatte sie auf dem Weg zur Tür angesprochen und ihr geraten, nicht nach draußen zu gehen, aber sie hatte sie ignoriert. Jetzt stand sie wartend da und sah zu, wie die Reporter in ihre Richtung eilten wie Schweine zu einem Trog.

Die ersten trafen ein und hielten ihr mit ausgestreckten Armen Mikrofone unter die Nase. Sie riefen Fragen, aber Audra hörte sie nicht. Sie schwieg, bis alle versammelt waren und das Gedränge um den besten Platz in vollem Gang war. Der Lärm hielt unvermindert an, eine Stimme übertönte die andere.

»Ruhe, bitte«, sagte Audra.

Die Stimmen wurden nur noch lauter.

»Ruhe!« Sie schrie so laut, dass ihr der Hals davon wehtat. »Ich habe etwas zu sagen.«

Jetzt verstummte die Menge und der Straßenlärm in der Umgebung war auf einmal zu hören. Audra sah Sheriff Whiteside, der auf der gegenüberliegenden Straßenseite auf einer Bank vor dem Diner saß. Er starrte sie an und aus seinem Blick sprach tödlicher Hass. Audra überlegte kurz, ob sie umkehren und nach drinnen gehen sollte, aber sie verdrängte den Gedanken rasch. Sprich zu ihnen, dachte sie. Tu es für Sean und Louise.

»Ich habe meinen Kindern nichts getan«, begann sie.

Es wurde wieder lauter und sie hob die Hände, bis Ruhe einkehrte.

»Sean und Louise saßen bei mir im Auto, als ich vor zwei Tagen kurz vor Silver Water angehalten wurde. Sie waren verschwitzt und müde, aber ansonsten wohlauf.«

Sie zeigte über die Straße und Whiteside presste die Lippen zusammen.

»Dieser Mann, Sheriff Whiteside, hat mich angehalten. Er sagte, mein Auto sei überladen. Dann sah er in den Kofferraum und fand einen Beutel mit Marihuana. Der Beutel gehörte mir nicht. Er hat ihn in den Kofferraum geschmuggelt, damit er mich verhaften konnte. Meine Kinder saßen in meinem Auto, während er mich durchsuchte und mir Handschellen anlegte. Über Funk ließ er Deputy Collins kommen, um Sean und Louise zu holen. Auf meine Frage, wohin sie gebracht würden, sagte er nur: ›An einen sicheren Ort.‹ Deputy Collins fuhr mit ihnen auf dem Rücksitz ihres Wagens weg. Seitdem habe ich meine Kinder nicht mehr gesehen.«

Ein Wald von Mikrofonen drängte sich vor ihrem Mund. Ein Chor von Fragen. Audra ging nicht darauf ein.

»Sheriff Whiteside brachte mich zum Gefängnis. Als ich ihn nach meinen Kindern fragte, sagte er, ich hätte keine Kinder bei mir gehabt. Seitdem hat er nur gelogen, er genauso wie Deputy Collins. Ich habe das allen gesagt, der Polizei, dem FBI, allen, aber niemand glaubt mir. Nicht einmal Ihnen von der Presse hat man weitergegeben, was ich gesagt habe. Aber jetzt sage ich es Ihnen. Meine Kinder sind irgendwo da draußen, sie leben, und dieser Mann weiß, wo sie sind.«

Sie zeigte wieder auf Whiteside und er wandte sich ab und ging auf dem Gehweg in Richtung Revier.

»Fragen Sie ihn doch«, rief Audra. »Hören Sie sich an, was er zu sagen hat.«

Einige Reporter setzten sich in Bewegung und eilten Whiteside nach. Der Sheriff ging schneller und verfiel in Laufschritt, den Blick starr auf den Vordereingang des Reviers geheftet.

»Mehr habe ich nicht zu sagen.«

Sie drehte sich um und ging ins Haus. Ein Hagel von Fragen folgte ihr. Sie verriegelte die Tür hinter sich und beobachtete durch die Glasscheibe, wie die verbliebenen Reporter sich abwandten und Whiteside hinterhereilten. Dann ging sie in die dämmrige Eingangshalle hinein.

Mrs Gerber wartete an der Tür zur Küche, halb versteckt hinter der Treppe, und betrachtete sie aufmerksam.

»Da haben Sie sich gerade eine Menge Ärger eingehandelt«, sagte sie.

Audra gab keine Antwort und begann die Treppe hinaufzusteigen.

»Sie wissen, was ich von Ronnie Whiteside halte«, sagte Mrs Gerber und trat an die erste Stufe. »Aber Mary Collins ist eine nette Frau. Sind Sie sich bei ihr ganz sicher?«

Audra blieb auf dem Treppenabsatz stehen. »Ja, ganz sicher.«

»Da denkt man immer, man kennt jemanden. Wollen Sie noch den Kaffee und Kuchen?«

»Ja, gern«, sagte Audra. »Können Sie Kaffee für zwei machen? Ich habe einen Gast.«

»Einen Gast? Ich erlaube keinen Besuch auf den Zimmern. Wer ist es denn?«

Audra überlegte kurz, dann sagte sie: »Das weiß ich nicht genau.«

Sie stieg die Treppe ganz hinauf und kehrte in ihr Zimmer zurück. Danny wartete auf sie. Er saß noch genauso da, wie sie ihn verlassen hatte.

»Und?«, fragte er.

»Ich habe es ihnen gesagt. Wir werden sehen, ob es etwas bewirkt.«

Danny stand auf und schob die Hand in die Seitentasche seiner Cargohose. »Das Handy wurde Ihnen vermutlich abgenommen. Hier.«

Er warf ein billig aussehendes Handy auf das Bett.

»Mit Prepaidkarte«, sagte er. »Die Kontakte enthalten nur eine Nummer. Meine. Rufen Sie mich sofort an, wenn etwas passiert. Ich lasse mein Handy eingeschaltet. Tun Sie dasselbe.«

Audra nahm das Handy und klappte es auf. »Okay. Danke.«

»Keine Ursache. Ich muss jetzt verschwinden.«

»Warten Sie«, sagte Audra, überrascht, wie viel ihr daran gelegen war, dass der Fremde blieb. Dann fiel ihr ein, dass sie allein gewesen war, seit man ihr die Kinder weggenommen hatte, und dass sie nicht schon wieder allein sein wollte. Jedenfalls noch nicht. »Die Pensionswirtin Mrs Gerber bringt gleich Kaffee. Und Kuchen.«

Danny zuckte mit den Schultern und setzte sich. »Gut, wenn es Kuchen gibt ...«

32

Alle Augen richteten sich auf Whiteside, als er das Revier betrat. Polizisten und FBI-Agenten, alle starrten ihn an, auch Special Agent Mitchell, die aus dem hinteren Bereich nach vorn kam.

»Ihr habt es ja wohl alle gehört«, sagte er. »Ändert aber nichts. Die Frau spinnt, fertig aus.«

»Es ändert eine Menge«, sagte Mitchell.

»Aber Sie wissen doch, dass die Frau Unsinn redet. Vielleicht glaubt sie ja selbst dran, aber deshalb ist es trotzdem Quatsch. Das können Sie nicht ernst nehmen.«

»Ich nehme alles ernst.« Mitchell verschränkte die Arme vor der Brust. »Seit ich hier bin. Und im Moment schließe ich nichts aus.«

»Okay, bitte sehr.« Er trat vor sie. »Verhaften Sie mich. Verhören Sie mich, schließen Sie mich meinetwegen an einen Lügendetektor an, na los. Ich bin zu allem bereit. Ihre Leute haben doch Deputy Collins' Wagen durchsucht, richtig?«

»Richtig«, sagte Mitchell.

»Und haben sie irgendeinen Hinweis darauf gefunden, dass die Kinder je da drin waren? Nein? Der Wagen war sauber, stimmt's?«

»Sogar sehr sauber«, bestätigte Mitchell. »Wir haben nichts gefunden außer Spuren eines Bleichmittels, als hätte man alles gründlich abgeschrubbt.«

»Und mein Wagen?« Whiteside klang schroff. »Wollen

Sie den auch durchsuchen? Oder vielleicht mein Haus? Ich habe einen Keller. Wollen Sie dort nachsehen?«

»Das wird nicht nötig sein«, sagte Mitchell und wandte sich ab. »Zumindest vorerst nicht.«

»Geben Sie die Bilder an die Öffentlichkeit.«

Mitchell blieb stehen. »Wie bitte?«

»Von dem T-Shirt und den Jeans. Mit dem Blut drauf. Geben Sie sie der Presse und sagen Sie, dass wir beides im Wagen der Frau gefunden haben. Dann herrscht Ruhe.«

»Ich werde darüber nachdenken«, sagte Mitchell. »Noch was?«

»Nein, das ist alles.«

Mitchell ging und Whiteside sah sich trotzig um. Doch die anderen wichen seinem Blick aus und beschäftigten sich mit ihren Karten und Laptops.

»Will jemand was sagen?«, fragte er. Seine Stimme dröhnte.

Niemand blickte auf.

»Dachte ich mir«, sagte er.

Er ging zur Seitentür, drückte sie unwirsch auf und trat nach draußen auf die Rampe. Seine Kehle war wie ausgetrocknet. Aber was er brauchte, war kein Drink, sondern eine von Collins' Zigaretten. Er stellte sich vor, wie der heiße Rauch seine Lungen füllte.

Wie auf ein Stichwort bog sein eigener Streifenwagen auf den Parkplatz ein. Collins hatte das Fahrzeug benutzt, während die Polizei ihren Wagen durchsuchte. Sie musste bis ganz nach hinten fahren, um eine freie Parklücke zu finden. Die übrigen Plätze waren von den Fahrzeugen der Polizei und des FBI besetzt. Whiteside ging die flache Rampe hinunter und Collins entgegen. Sie trafen sich auf halbem Weg.

»Haben Sie schon das Neueste gehört?«, fragte er.

Collins vergewisserte sich mit einem Blick über seine Schulter, dass niemand ihnen zuhörte. »Mehr oder weniger. Was tun wir jetzt?«

»Nichts. Die Presseleute halten die Frau weiter für verrückt und wollen sie ans Kreuz nageln. Vielleicht kann ich sie darin noch ein wenig bestärken.«

»Wie?«

»Lassen Sie das meine Sorge sein.«

»Vielleicht ...«

Collins stand nur da und ihr Mund öffnete und schloss sich. Was sie sagen wollte, machte sie so nervös, dass sie es nicht herausbrachte.

»Was ist?«, fragte Whiteside. »Sagen Sie schon.«

»Vielleicht gibt es ja noch einen Ausweg. Vielleicht ist es noch nicht zu spät.«

»Wovon reden Sie?«

»Wir sagen der Frau einfach, sie kriegt ihre Kinder wieder, wenn sie schwört, dass sie uns nicht verrät. Dann finden wir die Kinder irgendwo in der Wüste und sind die großen Helden, solange die Kinder den Mund halten. Der Vater hat eine halbe Million als Belohnung ausgesetzt. Das ist nicht so viel, wie wir wollten, aber immerhin auch was.«

Whiteside packte sie grob am Arm. »Stopp. Wenn Sie das tun, sind wir beide erledigt. Sie dürfen jetzt nicht die Nerven verlieren. Morgen übergeben wir die Kinder und dann ist alles vorbei. Okay?«

Sie nickte mit Tränen in den Augen. »Okay.«

»Gut. Und jetzt reißen Sie sich zusammen. Nur noch ein Tag.«

Er wandte sich zum Gehen, doch da sprach Collins erneut.

»Das Mädchen ist krank«, sagte sie.

»Wie krank?«

»Sie hat Fieber und ein Rasseln in der Brust und sie schläft viel.«

»Und der Junge?«

»Dem geht's gut. Es betrifft nur sie.«

»Scheiße.« Whiteside stützte die Hände in die Hüften und starrte gedankenverloren zu den Bergen hinüber. »Sie haben doch Medikamente bei sich zu Hause, ja? Für Ihren Jungen.«

»Ein paar«, sagte Collins.

»Auch Antibiotika? Penizillin, Amoxicillin? Etwas in der Art?«

»Amoxicillin«, sagte Collins. »Ich habe einen Vorrat davon, falls Mikey einen Infekt bekommt.«

»Gut, dann geben Sie dem Mädchen das. Bringen Sie es ihr möglichst noch heute Abend. Geben Sie ihr am Anfang die doppelte Dosis.«

»Aber es ist für Mikey.«

»Dann besorgen Sie ihm eine neue Packung.« Whiteside sah sich um und senkte die Stimme. »Verdammt, Mary, nehmen Sie doch Vernunft an. Vermasseln Sie das nicht.«

Mühsam beherrscht kehrte er zum Revier zurück.

33

Privates Forum 447356/34
Admin: RR; Mitglieder: DG, AD, FC, MR, JS
Threadüberschrift: Dieses Wochenende, Ersteller: RR

Von: DG, Freitag, 18:02
RR – ziehen wir unser Projekt weiter durch? Ich weiß nicht, was die anderen denken, aber ich werde allmählich nervös. So viel Aufmerksamkeit von den Medien hatten wir noch nie.

Von: MR, Freitag, 18:11
Mich beschäftigt dieselbe Frage. Sollen wir den Schaden in diesem Stadium begrenzen?

Von: FC, Freitag, 18:14
Ich habe meine halbe Mille schon bezahlt, wie vermutlich wir alle. Und ich zahle nicht so viel Geld, nur damit der Abend wegen irgendwelcher Berichte in den Nachrichten abgesagt wird.

Von: MR, Freitag, 18:18
FC – es geht hier um viel mehr als Geld. Wenn Sie es sich nicht leisten können, eine halbe Million zu verlieren, sind Sie in dieser Gruppe falsch.

Von: FC, Freitag, 18:20
MR – Sie können mich mal! Ich kann mir leisten, mehr zu verlieren, als Sie im ganzen letzten Jahr verdient haben, und zwar ohne mit der Wimper zu zucken. Wenn Sie jetzt den Schwanz einziehen wollen, bitte sehr.

Von: MR, Freitag, 18:23
FC – Sie haben gut reden, Sie haben das Sicherheitsnetz Ihres Vaters, das Sie bei einem Absturz auffängt.

Von: DG, Freitag, 18:27
Meine Herren, mäßigen Sie bitte Ihren Ton. Das ist hier kein Thread bei Facebook und es besteht keine Notwendigkeit, sich zu streiten. Warten wir doch einfach ab, was RR sagt.

Von: JS, Freitag, 18:46
Hat jemand eine Meinung, meine Herren? Ich muss zugeben, ich bin auch nervös. Die Nachrichten sind voll davon.

Von: DG, Freitag, 18:50
So beruhigt euch doch. RR wird uns rechtzeitig Bescheid geben.

Von: RR, Freitag, 19:08
Meine Herren, wir machen weiter wie geplant. Der Verkäufer hat sich gemeldet und versichert, dass alles unter Kontrolle ist.

Außerdem habe ich noch Importware beschafft. Falls etwas schiefgehen sollte, werden wir also trotzdem genug Unterhaltung für den Abend haben. Natürlich bevorzugen wir alle einheimische Ware, aber es wird ausreichender Ersatz vorhanden sein, selbst wenn wir die eigentlich angestrebten Posten nicht erhalten – wovon ich aber keineswegs ausgehe.

FC & MR – noch einmal ein solches Gezanke und ihr seid raus.

Dann bis morgen.

34

Sean wartete in der Dunkelheit unter der Treppe. Eben hatte er noch neben Louise gelegen und sie an sich gedrückt. Sie fühlte sich ganz heiß an seiner Brust an, als hätte sie einen inneren Ofen. Die Vorderseite seines T-Shirts war von ihrem Schweiß noch ganz nass und jetzt entsprechend kühl. Ihr Atem ging keuchend und rasselnd.

Er war aufgestanden, als er gehört hatte, wie das Brummen des Motorrads näher kam. Dann die Schritte über ihm, die zur Falltür gingen. Das Klappern des Schlosses, das Klicken des Riegels und das Licht, das in den Keller fiel. Er trat zurück, bis der Schatten ihn ganz verschluckte.

Collins stieg die ersten Stufen hinunter. Auf der dritten von oben blieb sie stehen. Sean hob die Hände.

»Sean? Wo bist du?«

Er rührte sich nicht und hielt die Hände weiter in Bereitschaft.

»Ich bringe ein Medikament für deine Schwester«, sagte Collins. »Zeig dich, los, damit wir es ihr geben können.«

Stille.

»Sean, komm raus, damit ich dich sehen kann. Mach mich nicht wütend.«

Sie stieg noch eine Stufe hinunter. Und noch eine.

»Na los. Ich bin hundemüde und habe keine Zeit für solche Spielchen.«

Sie kam jetzt schneller und Sean sah durch die Lücken

zwischen den Stufen ihre Stiefel. Als die Absätze sich auf der Höhe seiner Augen befanden, streckte er die Hände aus und packte Collins an den Knöcheln. Die bloße Berührung reichte schon aus.

Was dann folgte, schien eine Ewigkeit zu dauern: Collins rutschte mit den Füßen von den Stufen ab und ruderte wie wild mit den Armen. Dann kippte sie nach vorn und stürzte so heftig, dass der Boden unter Seans Füßen erbebte. Collins rollte das letzte Stück der Treppe hinunter und prallte dabei mit Kopf und Schultern an den Stufen ab. Unten landete sie unsanft auf dem Rücken und Sean hörte, wie die Luft aus ihren Lungen wich.

Jetzt, dachte er, los!

Er sprang hervor, zum Fuß der Treppe, und rannte zwei Stufen auf einmal nehmend hinauf. Von unten ein Schrei der Wut und Angst. Er blickte nicht zurück, aber als er sich dem oberen Ende der Treppe näherte, spürte er Collins' Gewicht auf den Stufen unter sich.

Er stieg durch die Öffnung in das Zimmer. Schliddernd blieb er stehen und drehte sich zu der Falltür um. Collins kam die Treppe hoch auf ihn zu. Er packte die Falltür, holte aus und warf sie mit aller Kraft zu. Collins, die mit den Händen bereits den Holzfußboden ertastete, schrie erneut auf, als die Klappe ihren Kopf traf.

Sean rannte zum Ausgang der Hütte, sprang über die Veranda und auf den weichen, mit Kiefernnadeln bedeckten Waldboden. Tief atmete er die frische Luft ein und eilte an dem Motorrad vorbei in Richtung der Bäume.

»Halt!«

Er schlängelte sich zwischen den Kiefern hindurch, nach links und rechts, jederzeit darauf gefasst, dass ihn eine Kugel von den Beinen riss.

»Halt, du kleiner ...«

Die Stimme war nicht näher gekommen. Vielleicht konnte er Collins abhängen. Vielleicht.

Doch dann blieb er mit dem Zeh an einer Wurzel hängen. Oben war auf einmal unten, der Boden entfernte sich unter ihm und kam wieder näher, während er einen Moment lang schwerelos durch die Luft flog. Kopfüber rollte er den Hang hinunter und schlug zuerst mit der Schulter, dann mit der Hüfte auf dem weichen Boden auf und blieb liegen. Collins erschien in seinem Blickfeld. Obwohl er keine Luft bekam, versuchte er aufzustehen, aber Collins warf sich so heftig gegen ihn, dass er wieder stürzte.

Kämpfe, dachte er. Kämpfe oder du musst sterben.

Er ballte die Fäuste, schlug zu und spürte das weiche Fleisch ihrer Brüste. Collins warf sich mit ihrem ganzen Gewicht auf ihn und versuchte ihn an den Handgelenken zu packen. Er entwand sich ihrem Griff, bearbeitete ihre Seiten, langte hinter sie und bekam Stoff zu fassen. Sie schlug ihn mit der flachen Hand auf die Wange, er sah einen grellen Blitz, dann schwarze Pünktchen. Collins setzte ein Knie auf seine Brust und nagelte ihn am Boden fest.

»Mein Gott, willst du, dass ich dich umbringe?«, rief sie und ihre Stimme hallte durch die Bäume. »Und deine Schwester auch? Willst du das?«

Sean blickte einen kurzen Moment zum Himmel auf. Hoch über ihm zog ein Flugzeug eine weiße Spur durch das tiefe Blau. Bei aller Angst fragte er sich, ob von dort wohl jemand auf ihn hinunterblickte und sah, wie Collins ihn festhielt. Dann beugte Collins sich über ihn, bis sie mit der Nase fast seine Nase berührte und er das Flugzeug nicht mehr sehen konnte.

»Ich würde es tun«, sagte sie, »da kannst du sicher sein.«

Sie griff suchend nach hinten.

Für den Bruchteil einer Sekunde dachte Sean, mein Gott,

jetzt merkt sie es, sie merkt es und bringt mich um. Dann drückte sie ihm die Mündung ihrer Pistole an die Wange und Erleichterung durchströmte ihn. Er hätte fast gekichert, so erleichtert war er.

Sie drückte fester zu. »Ich schieße dir eine Kugel durch den Kopf, kapiert? Dir und deiner Schwester. Zuerst ihr und du musst zusehen.« Sie nahm das Knie von seiner Brust und stand auf. Dann richtete sie die Pistole auf seine Stirn. »Steh auf und geh.«

Sean blieb einen Moment lang bewegungslos liegen, blickte zum Himmel hinauf und suchte das Flugzeug. Er fand seine Spur und folgte ihr, bis er das Flugzeug zwischen den Ästen sah. Dann stand er auf und klopfte sich die braunen Kiefernnadeln von T-Shirt und Jeans.

Collins winkte mit der Pistole in Richtung der Blockhütte. »Los geht's«, sagte sie.

Sean gehorchte angespannt. Den Kopf hielt er beim Gehen gesenkt.

»Ich glaube nicht, dass Sie es tun würden«, sagte er, als sie die Lichtung erreichten.

»Klappe«, sagte Collins.

»Ich glaube, der Sheriff würde es tun.« Er riskierte einen Blick zu ihr zurück. Die Pistole war immer noch auf ihn gerichtet. »Aber Sie nicht. Weil Sie ein Kind in meinem Alter haben.«

»Halt die Klappe und geh rein.«

Er spürte einen Schubs zwischen den Schulterblättern und stolperte auf die Veranda und durch die Tür. Er ging zur Falltür und stand vor der Treppe. Louise lag immer noch so da, wie er sie verlassen hatte, und blickte mit ihrem verschwitzten Gesicht und aufgerissenen Augen zu ihm hinauf.

Collins folgte ihm die Treppe zur Hälfte nach unten,

dann blieb sie stehen. Er blickte vom Fuß der Treppe zu ihr hinauf. Sie zeigte auf die Papiertüten auf dem Boden.

»Das ist euer Essen«, sagte sie. »Und ein Fläschchen mit einem Antibiotikum. Gib deiner Schwester jetzt drei Tabletten und heute Abend noch mal drei. Wenn ihr hier rauskommen wollt, muss es ihr besser gehen.«

Sean kniete sich hin, durchsuchte die Tüten und legte die mit den belegten Broten und dem Obst zur Seite. Dann hob er ein kleines Fläschchen hoch, das klapperte. Amoxicillin, stand auf dem Etikett.

»Wenn du mir noch mal mit so einer Scheiße kommst«, sagte Collins, »wirst du schon sehen, was ich tue und was nicht.«

Sie stieg die Treppe hinauf, ließ die Falltür zufallen und schloss sie ab.

»Du hast mich alleingelassen«, sagte Louise.

Sean wandte sich ihr erschrocken zu. »Was?«

»Du bist weggelaufen und hast mich alleingelassen.« Louise sah ihn anklagend an.

»Nein, habe ich nicht.«

»Eben doch. Ich habe es gesehen.«

Sean kroch zu ihr und kniete sich neben die Matratze. »Ich bin nicht weggelaufen«, sagte er. »Ich musste nur was holen.«

»Was denn?« Louise hob den Kopf.

Er griff vorne in seine Jeans und stieß mit den Fingerspitzen gegen das Metall. »Das hier«, sagte er. »Sieh mal.«

»Was ist das?«

Er öffnete vor ihren Augen das Klappmesser, das er Deputy Collins aus der Tasche gezogen hatte, und zeigte ihr die blitzende Klinge.

35

Audra sah die Nachrichten an. Die Hand hatte sie vor den Mund gepresst.

Das Studio übergab an Rhonda Carlisle, hinter der in der Abenddämmerung die Hauptstraße von Silver Water zu sehen war.

»Auch heute Abend gab es dramatische Entwicklungen in Elder County, nachdem Audra Kinney zuvor eine schockierende Erklärung abgegeben hatte«, sagte Rhonda Carlisle. »Eine anonyme Quelle aus dem Umkreis der Ermittlungen zum Verbleib von Sean und Louise Kinney hat der Presse Bilder von Beweismaterial aus dem Auto der Mutter zugespielt, das vor zwei Tagen kurz vor Silver Water angehalten wurde.«

Fotos des fleckigen T-Shirts und der zerrissenen Jeans erschienen. Audra wollte wegsehen, aber sie konnte nicht.

»Unserer Quelle zufolge haben Ermittler der FBI-Außenstelle Phoenix diese Kleidungsstücke unter dem Beifahrersitz von Audra Kinneys Kombi versteckt aufgefunden. Laut derselben Quelle wurden im hinteren Bereich des Wagens außerdem Blutspuren gefunden, was die Sorge der Behörden um die Sicherheit der Kinder erhöht.«

Zurück ins Studio. Dort sprach der männliche Moderator mit der Reporterin vor Ort. »Rhonda, ist dieses Leck womöglich eine direkte Reaktion auf die Beschuldigungen gegen das Sheriff's Department von Elder County, die Audra Kinney heute erhoben hat?«

Darauf wieder die Reporterin, mit strenger Miene.

»Es ist gewiss ein bemerkenswertes Zusammentreffen, Derek. Ich spekuliere natürlich nur, aber die Vermutung liegt nahe, dass die Ermittler den durch Audra Kinneys Aussage angerichteten Schaden rückgängig machen wollten. Angesichts der blutigen Kinderkleider und angesichts dessen, was wir über die emotionalen und mentalen Probleme dieser Frau und ihre Suchtprobleme wissen, sieht es nicht allzu gut für sie aus und für ihre Kinder natürlich auch nicht.

Die Quelle hat uns außerdem zu verstehen gegeben, dass die Kriminalpolizei von Arizona mit diesen Sachbeweisen genug in der Hand hat, um Audra Kinney wegen des Verdachts auf Ermordung ihrer Kinder zu verhaften. Doch hält das Interventionsteam Kindsentführung des FBI, das die Suche leitet, die Polizei bisher zurück in der Hoffnung, dass Mrs Kinney den Aufenthaltsort ihrer Kinder doch noch preisgibt, ob sie nun tot sind oder noch leben. Laut unserer Quelle ist die Geduld der Behörden jedoch allmählich erschöpft, sodass mit der Ausstellung eines Haftbefehls innerhalb der nächsten vierundzwanzig Stunden gerechnet werden muss. Ist das erst erfolgt, handelt es sich offiziell nicht mehr um Ermittlungen zu vermissten Personen, sondern um Ermittlungen in einem Mordfall.«

Audra schaltete den Fernseher aus. »Die Fotos hat ihnen Whiteside zugespielt, ganz bestimmt.«

»Ich sagte ja, er würde zurückschlagen.« Neben Dannys Stuhl standen eine leere Tasse und ein Teller mit Kuchenkrümeln auf dem Boden. »Wenn man Sie heute hätte verhaften wollen, hätte man das längst getan. Ich vermute deshalb, dass sie morgen früh kommen. Wenn wir uns Collins holen wollen, müssen wir es heute Nacht tun.«

»Das geht nicht«, sagte Audra. »Ich kann das nicht. Ich bin nicht …«

Sie sah ihn an und wandte den Blick wieder ab.

»Wie ich, wollten Sie sagen?«

»Nein, das meine ich nicht. Ich kenne Sie ja gar nicht.«

Sie beugte sich über das Bett und betrachtete erneut die Landkarte, die sie von Mrs Gerber geliehen hatte.

Die Pensionswirtin war misstrauisch gewesen, als sie Danny in der Ecke gesehen hatte, und hatte wissen wollen, wer der neue Eindringling war und wie er überhaupt hereingekommen war. Audra hatte sie nur mit Mühe beruhigen und ihr versichern können, dass alles in bester Ordnung sei.

Nach einiger Überredung hatte Mrs Gerber schließlich die Karte gebracht und sie über die verschiedenen Landstriche in der Region aufgeklärt.

»Wenn ich zwei Kinder verstecken wollte«, hatte sie gesagt, »würde ich es nicht in der Wüste tun. Ich würde nach Norden gehen, wo es kühler ist, rauf in den Wald.« Sie hatte mit dem Finger auf die Karte geklopft.

»Das hier ist der Mogollon Rim, der steil zum Colorado Plateau hinaufführt. Im einen Moment ist alles noch voller Feigenkakteen, dann kommt Wacholder und ehe man sich versieht, befindet man sich schon auf über zweitausend Metern Höhe und sieht kilometerweit nur noch Kiefernwald. Nichts als Wald zwischen hier und Flagstaff. Wenn ich jemanden loswerden wollte, dann dort.«

Audra vertiefte sich in die Karte, die endlose Weite der Wälder, und schüttelte den Kopf.

Danny trat neben sie. »Selbst wenn ich Sie hier herausschmuggle, wo würden Sie mit Suchen anfangen? Wir müssen uns Collins holen, es geht nur so. Sie wissen, dass ich recht habe.«

»Es gibt noch eine Alternative«, sagte Audra. »Sie sprechen mit Mitchell.«

»Darüber diskutiere ich nicht mehr. Ich kann nicht ...«

Ein Klopfen an der Tür brachte ihn zum Schweigen. Er sah Audra an und sie ihn.

»Wer ist da?«, rief Audra.

»Special Agent Mitchell. Bei mir ist Detective Showalter. Audra, können wir mit Ihnen sprechen?«

Audra ging zur Tür, blickte durch den Spion und sah die verzerrten Gestalten von Mitchell und Showalter draußen im dämmrigen Flur.

»Jetzt gleich?«, fragte sie.

»Natürlich jetzt gleich«, sagte Mitchell ein wenig gereizt.

Audra sah Danny an und zeigte zum Badezimmer. Er schlüpfte hinein und zog lautlos die Tür hinter sich zu. Audra drehte den Schlüssel im Schloss, hakte die Kette aus und öffnete die Tür.

Mitchell und Showalter traten unaufgefordert ein.

»Ich habe eine Stimme gehört«, sagte Mitchell. »Ich dachte, Sie haben vielleicht Gesellschaft.«

»Der Fernseher«, sagte Audra. »Was wollen Sie?«

Mitchell blickte auf die Karte, die ausgebreitet auf dem Bett lag. »Sie wollen verreisen?«

»Ich habe überlegt, wo Whiteside und Collins meine Kinder hingebracht haben könnten.«

Showalter schüttelte den Kopf und verdrehte die Augen. Mitchell schenkte ihm keine Beachtung.

»Und zu welchen Schlüssen sind Sie gekommen?«

»Im Norden«, sagte Audra. »Oben in den Wäldern. Dort ist es kühler und es gibt jede Menge Verstecke.«

Mitchell legte den Kopf schräg. »Nicht im Osten? Dort, woher Sie gekommen sind?«

Audra ließ sich auf den Stuhl fallen. »Bitte, ich bin sehr müde. Was wollen Sie?«

»Ihnen sagen, dass Ihre Ansprache heute eine Riesendummheit war.«

»Ist mir egal«, sagte Audra. »Ich musste etwas tun.«

Mitchell setzte sich auf die Bettkante und beugte sich mit aneinandergelegten Händen vor. »Sie wollen etwas tun? Dann sagen Sie mir, wo Ihre Kinder sind.«

Audra schloss die Augen und lehnte den Kopf zurück. »Mein Gott, nicht schon wieder von vorn. Wenn Sie nichts anderes haben, wäre es mir recht, wenn Sie gehen.«

Mitchell stand auf, ging zu ihr und hockte sich vor sie. »Hören Sie, ich bin zu einem informellen Gespräch gekommen, ganz inoffiziell. Ohne Kameras, ohne Mitschrift. Ich gebe Ihnen noch eine Chance, bevor die Staatspolizei aktiv wird.«

»Aktiv wird?«

»Audra, die brauchen keine Leiche, um Sie des Mordes anzuklagen. Die Kleider, die wir in Ihrem Wagen gefunden haben, reichen vollkommen aus. Der einzige Grund, warum man Sie noch nicht wegen des Mordes an Ihren Kindern verhaftet hat, ist, dass ich Ihnen die Chance geben wollte, die Wahrheit zu sagen. Um Ihnen die Situation zu erleichtern. Noch bin ich für die Suche nach Ihren Kindern zuständig, aber wenn aus dem Fall eine Mordermittlung wird, übernimmt Showalter. Wann das passiert, entscheidet die Kriminalpolizei, nicht ich. Ich habe sie hingehalten, solange ich kann, aber mehr geht nicht. Dafür haben Sie mit Ihrer Nummer heute Nachmittag gesorgt. Also sagen Sie mir um Himmels willen endlich, wo Sean und Louise sind.«

»Mein Gott«, sagte Audra. »Wie können Sie so blind sein?«

»Morgen früh um zehn«, sagte Mitchell. »Vierzehn Stunden, mehr haben Sie nicht, Audra. Danach sind Sie in den

Händen der Kripo von Arizona. Dann bin ich nicht mehr für Sie da. Finden Sie meine Methoden hart? Die Polizei wird Sie noch ganz anders rannehmen.«

Audra straffte sich. »Haben Sie Whiteside verhört?«

»Ich habe mit ihm gesprochen, ja, aber ...«

»Haben Sie ihn verhört?« Audras Stimme war scharf geworden. »Als Verdächtigen.«

Mitchell schüttelte den Kopf. »Nein.«

»Und Collins?«

»Nein.«

Audra sah sie unverwandt an. »Was nützen Sie mir dann? Bitte gehen Sie.«

Sie sah nicht, dass Showalter neben sie getreten war, sondern spürte nur, wie er sie mit der Hand an den Haaren packte und ihren Kopf nach hinten riss. Sie erschrak, schrie vor Schmerzen auf und versuchte mit den Händen, die Finger seiner Faust aufzubiegen. Er beugte sich über sie und sie roch seinen Zigarettenatem und spürte seine Spucke auf der Haut, als er sprach.

»Jetzt hören Sie mir mal zu, Sie blöde Zicke. Wenn ich bestimmen könnte, würde ich es aus Ihnen herausprügeln. Das tue ich vielleicht auch noch. Sie haben bis morgen Zeit, uns zu sagen, was Sie mit Ihren Kindern gemacht haben. Danach gehören Sie mir. Und ich kann sehr unangenehm werden.«

Mitchell stand auf. »Lassen Sie Mrs Kinney los, Detective Showalter.«

Er beugte sich noch tiefer über Audra und riss wieder an ihren Haaren. »Morgen früh, haben Sie mich verstanden?«

»Verdammt noch mal, Showalter, lassen Sie das.«

Er packte Audra noch fester und sie schrie wieder.

»Nehmen Sie Ihre Hände weg«, sagte Danny Lee.

36

Danny hatte dem Gespräch zugehört, solange er konnte. Die Stimmen versetzten ihn zurück in die Zeit vor fünf Jahren. Dieselben Vorwürfe, dieselbe hartnäckige Weigerung, der Angeklagten zu glauben. Mit geballten Fäusten hatte er hinter der Badezimmertür gestanden, mit den Zähnen geknirscht und sich Mya in dem Zimmer vorgestellt und wie ihr dieselben Fragen gestellt wurden. Dann hörte er den Schrei und die hasserfüllten Worte des Bullen.

Er war mit der Absicht durch die Tür getreten, den Bullen niederzuschlagen. Doch er war zur Besinnung gekommen, als er sah, dass dort Audra saß, nicht seine Frau, die längst tot war.

Die drei starrten ihn an und er dachte: Was tue ich jetzt? Wenn ich sie nicht verprügeln kann, was tue ich dann?

»Wer zum Teufel sind Sie?«, fragte Special Agent Mitchell ein wenig verdattert.

»Ich bin Danny Lee«, sagte er und betrat das Zimmer. Er sprach zu dem Bullen, der Audra an den Haaren gepackt hielt, und seine Stimme zitterte vor Wut. »Sir, ich habe Sie gebeten, die Frau loszulassen.«

Showalter ließ los und stieß Audras Kopf von sich weg, als handelte es sich um Müll.

»Sie sagen uns jetzt am besten ganz schnell, was Sie hier zu suchen haben, Freundchen, sonst verpasse ich Ihnen einen Tritt, dass Sie nicht mehr wissen, wo Ihnen der Kopf steht.«

Was soll ich tun?, dachte Danny.

Dann fasste er einen Entschluss.

»Ma'am«, sagte er zu Mitchell, »kann ich mit Ihnen sprechen?«

Mitchell stützte die Hände in die Hüften. »Über was?«

»Das würde ich Ihnen gerne unter vier Augen sagen.« Danny nickte in Richtung Showalter.

»Moment mal«, knurrte Showalter.

Mitchell bedeutete ihm mit erhobener Hand, zu schweigen.

»Sagen Sie mir bitte noch mal Ihren Namen?«

»Danny Lee.«

»Mr Lee, ich habe keine Ahnung, wer Sie sind oder was Sie hier tun. Ihre Anwesenheit beunruhigt mich ehrlich gesagt und ich bin geneigt, Detective Showalter zu bitten, Sie wegen Behinderung der Ermittlungen festzunehmen. Warum sollte ich also mit Ihnen sprechen?«

»Weil Sie die Kinder finden wollen«, sagte Danny.

Special Agent Mitchell hörte Danny stumm zu. Ihr Notizbuch lag aufgeklappt auf dem alten Esstisch. Das Schlafzimmer war ihr zu voll gewesen, deshalb waren sie nach unten gegangen. Dort hatte Mitchell Showalter gebeten, in der Eingangshalle zu warten. Er hatte protestiert, aber Mitchell hatte ihn daran erinnert, dass zumindest an diesem Abend noch sie die Ermittlungen führte.

Audra lehnte mit dem Rücken an der Wand und sah zu, wie Mitchell sich Notizen machte, während Danny redete. Mitchell unterbrach ihn nicht und gab auch sonst keinerlei Kommentar zu dem ab, was er sagte. Er versuchte, ihre Mimik zu lesen, aber vergeblich.

Er saß Mitchell gegenüber am anderen Ende des Tisches und sprach so ruhig, wie er konnte, ohne jedes Gefühl, selbst als er beschrieb, wie er die Leiche seiner Frau gefunden hatte. Als hätte er seine Tränen schon längst verbraucht und als wäre nichts mehr übrig als die bloße Aufzählung von Fakten.

Als er fertig war, blieb Mitchell bewegungslos sitzen, den Blick auf ihr Notizbuch gerichtet. Sie hatte die Zähne fest zusammengebissen. Schließlich atmete sie tief ein und wieder aus und stand auf.

»Geben Sie mir einen Moment«, sagte sie. Sie nahm ihr Notizbuch, ging nach draußen und machte die Tür hinter sich zu.

Audra ging von ihrem Platz an der Wand zum Tisch und setzte sich. Danny sah sie an und schüttelte den Kopf.

»Sie wird nicht darauf eingehen«, sagte er.

»Vielleicht doch«, erwiderte Audra. »Versuchen mussten wir es.«

Danny stand auf und ging zum Fenster, das zur Straße ging. Er öffnete die Gardinen einen kleinen Spalt und spähte hinaus. Wie leer und verlassen die Straße auf einmal dalag.

»Die Reporter sind weg«, sagte er. »Oder jedenfalls die meisten.«

»Ich glaube, im Nachbarort gibt es ein Motel«, sagte Audra. »Keine Sorge, morgen früh sind sie wieder da. Den Wirbel werden sie sich nicht entgehen lassen. Aber das wissen Sie ja, Sie haben es selbst erlebt.«

»Für die sind Sie ein Monster«, sagte Danny, ohne den Blick von der Straße abzuwenden. »Mya hatte auch damit zu kämpfen, als es uns passiert ist, aber für Sie ist es noch schlimmer.«

»Warum?«, fragte Audra.

Er wandte sich vom Fenster ab und sah sie an. »Sie wissen es wirklich nicht?«

Audra schüttelte den Kopf.

»Weil Ihre Kinder weiß sind. Ein kleines halb chinesisches Mädchen war ihnen nicht so wichtig.«

»Mein Gott.« Audra schloss die Augen und bedeckte das Gesicht mit den Händen. »Ich weiß nicht, ob ich es überlebe, wenn ich sie nicht wiederkriege. Warum habe ich nicht längst getan, was Ihre Frau getan hat?«

»Ich glaube, Sie sind stärker als Mya«, sagte Danny. Er ging zum Tisch und setzte sich. »Sie haben schon so einiges durchgemacht, stimmt's?«

Audra nahm die Hände von den Augen. »Ja.«

»Sie schaffen das«, sagte er.

Sie brachte ein Nicken und ein schwaches Lächeln zustande. Er spürte die Zweifel in ihr, versuchte aber nicht weiter, sie zu trösten. Schweigend saßen sie da, bis Mitchell zurückkehrte.

Mitchell schloss die Tür hinter sich. Ihr Gesicht zeigte keine Regung. Sie kam zum Tisch, setzte sich aber nicht, sondern stützte sich mit den Händen auf eine Stuhllehne und umklammerte sie mit ihren kräftigen Fingern.

»Ich habe Special Agent Reilly erreicht, Mr Lee, und er hat bestätigt, dass Ihr Kind verschwunden ist und Ihre Frau sich das Leben genommen hat. Beides tut mir sehr leid, Mr Lee, aber Special Agent Reilly sagte, er habe die Version Ihrer Frau nie geglaubt. Er sagte auch, Sie hätten eine sehr bewegte Vergangenheit. Zwei Gefängnisstrafen wegen Gewaltverbrechen und eine lange Liste von Verhaftungen, unter anderem wegen Mordverdacht.«

»Das ist lange her«, sagte Danny.

»Sie haben sich also gebessert. Das ist schön, hilft mir aber in dieser Situation nicht weiter. Und es hilft auch Mrs Kinney nicht. Ich fordere Sie auf, Silver Water noch heute Abend zu verlassen. Andernfalls muss ich Detective

Showalter bitten, Sie wegen Behinderung der Ermittlungen zu verhaften.«

Audra starrte Mitchell an und ballte die Fäuste. Fast hätte sie Mitchells stechendem Blick nicht standgehalten, aber nur fast.

Jetzt sprach Mitchell zu ihr. »Morgen früh um zehn wird ein Haftbefehl eintreffen und Sie werden in Zusammenhang mit dem Mord an Ihren Kindern Sean und Louise Kinney festgenommen. Sie haben noch eine Nacht zum Nachdenken. Ich habe mich nach Kräften um Sie bemüht, aber wenn der Haftbefehl erst ausgestellt ist, kann ich Ihnen nicht mehr helfen. Glauben Sie mir, die werden kein Erbarmen kennen. Sie werden Sie fertigmachen.«

Audra stand auf und beugte sich über den Tisch zu Mitchell. »Tun Sie nur eins für mich, bitte.«

»Was?«

»Verhören Sie Whiteside, wie Sie mich verhört haben. Und Collins auch. Treiben Sie die beiden in die Enge, setzen Sie sie unter Druck, vielleicht tun sich in ihrer Darstellung Unstimmigkeiten auf. Machen Sie es noch heute Abend.«

»Nicht schon wieder, mein Gott«, sagte Mitchell und drückte die Fingerspitzen an die Stirn.

»Verhören Sie sie«, beharrte Audra. »Dann können Sie wenigstens sagen, Sie hätten alles versucht, Sie hätten Ihre Arbeit gemacht.«

»Halten Sie doch den Mund.« Mitchells Augen schossen Blitze. »Ich mache meine Arbeit und ich mache sie gut. Ich habe mehr Kinder zurückgeholt als jeder andere Agent des Interventionsteams. Nein wirklich, halten Sie den Mund. Was gibt Ihnen das Recht, meine Arbeit zu kritisieren?«

»Dass Sie selbst nicht glauben, dass ich meine Kinder misshandelt habe.«

Mitchell schwieg, den Blick unverwandt auf Audra gerichtet.

»Verhören Sie die beiden«, sagte Audra. »Bitte.«

Mitchell schüttelte den Kopf. »Ich werde sehen, was ich tun kann. Aber wenn die beiden mich nicht geradewegs zu Ihren Kindern führen, werden Sie morgen früh verhaftet. Und denken Sie bitte nicht mal daran, von hier zu fliehen. Die Straße wird durchgehend bewacht, um das zu verhindern.« Sie zeigte auf Danny. »Und Sie will ich nicht mehr sehen.«

Sie wandte sich ab, ging und schlug die Tür hinter sich zu.

»Ich glaube, Sie haben sie verärgert«, sagte Danny.

»Gut.«

Danny stand auf und ging um den Tisch zu Audra. »Halten Sie sich um fünf bereit. Ich erwarte Sie.«

»Warum?«

»Weil die Bullen Ihre Kinder nicht hergeben werden, egal was Mitchell ihnen sagt. Deshalb holen wir sie uns morgen früh.«

Er ging zur Tür und verschwand ohne ein weiteres Wort.

37

Whiteside verließ das Rathaus, in dem die Suche inzwischen koordiniert wurde, und ging über die Straße. Der Lärm der Telefone klang ihm noch in den Ohren. Sie kamen nicht mehr zur Ruhe, seit Patrick Kinney die Belohnung von einer halben Million ausgesetzt hatte. Draußen wirkte der Ort jetzt, wo die Reporter verschwunden waren, gespenstisch leer. Er stellte sich vor, wie sie jetzt alle in dem Motel drüben in Gutteridge saßen, so billig es auch war, und sich ausruhten. Auch ihm setzte die Müdigkeit zunehmend zu, und wenn er auch nur einen Moment geglaubt hätte, schlafen zu können, wäre er auf der Stelle nach Hause und ins Bett gegangen. Er hatte es eigentlich auch vorgehabt, doch dann hatte Michell ihn auf dem Handy angerufen und noch einmal aufs Revier bestellt.

Er hatte wiederholt versucht, Collins durch einen Anruf oder eine SMS zu erreichen, aber sie hatte nicht geantwortet, seit sie zu der Blockhütte aufgebrochen war. Die Vorstellung, es könnte etwas schiefgegangen sein, ließ ihn nicht los, aber er verdrängte sie nach Kräften. Sich Sorgen zu machen half ihm nicht weiter.

Auf dem Revier war alles ruhig, die älteren Polizisten waren nach Hause gegangen. Die ganze Aufregung hatte ein wenig nachgelassen, als hätte man sich damit abgefunden, dass die Kinder weg waren und man nichts dagegen tun konnte. Er sah es in den Gesichtern der Polizisten und FBI-Agenten.

Nur Mitchell sah aus, als würde sie nie etwas aufgeben.

Die Agentin stand mit diesem Arschloch Showalter drüben vor dem Verhörzimmer. Sie winkte ihn zu sich und er nickte. Ihr Lakai Abrahms saß an einem Schreibtisch, seinen Laptop aufgeklappt vor sich, und blickte Whiteside entgegen.

»Was brauchen Sie?«, fragte Whiteside. »Ich wollte eigentlich nach Hause und mich hinlegen.«

Mitchell öffnete die Tür zum Verhörzimmer und ließ sie aufschwingen, sodass er an ihr vorbei hineingehen konnte. Whiteside blickte von der Tür zu Mitchell und zu Showalter und wieder zu Mitchell.

»Was soll das?«

»Nur ein paar Minuten«, sagte Mitchell. »Es macht Ihnen doch nichts aus?«

»Sie wollen mich verhören?« Er zeigte auf die offene Tür. »Meinen Sie das ernst?«

»Nur ein paar Fragen.«

Whiteside sah Showalter an, der mit den Schultern zuckte, was soll man machen?

»Na gut«, sagte Whiteside und lächelte Mitchell an. »Aber bitte schnell. Mein Bett ruft.«

Er setzte sich an den Tisch, während Mitchell sich an der Videokamera zu schaffen machte. Erst jetzt begriff er, warum Abrahms am Laptop saß.

»Sie wollen das Verhör aufnehmen und die Aufnahme an den Verhaltensfuzzi in Phoenix schicken?«

»Richtig«, sagte Mitchell.

»Und was genau soll der herausfinden?«

Mitchell kam zum Tisch, setzte sich und legte Notizbuch und Stift zurecht. »Oh, nichts Bestimmtes. Es ist nur Routine, Sie verstehen.«

»Natürlich. Hatte Ihr Verhaltensfuzzi auch etwas zu Ihren Verhören von Mrs Kinney zu sagen?«

»Ja, sein Bericht kam heute Nachmittag.«

»Und?«

»Mrs Kinney glaubt das, was sie sagt.«

Whiteside wollte etwas einwenden, aber Mitchell hob die Hand.

»Bitte nennen Sie fürs Protokoll Namen und Stellung.«

Whiteside sah sie unverwandt an. »Ronald Whiteside, Sheriff von Elder County. Mrs Kinney mag den Unsinn glauben, den sie verzapft, aber selbst ohne die Beweisstücke aus ihrem Auto wissen wir doch beide, dass sie völlig bekloppt ist.«

»Über Mrs Kinneys geistige Verfassung kann man streiten, Sheriff, aber sie hält seit dem ersten Verhör konsequent an derselben Darstellung des Geschehens fest.«

Whiteside zwinkerte Showalter zu. »Also ist sie konsequent verrückt.«

Showalter grinste.

»Nehmen Sie das bitte ernst, Sheriff«, sagte Mitchell.

»Ich nehme es durchaus ernst, glauben Sie mir. Ich habe es schon ernst genommen, bevor Sie mit Ihrem schicken Kostüm und der Kamera aufgetaucht sind. Und jetzt fragen Sie mich bitte, was Sie fragen müssen, damit ich nach Hause komme.«

Mitchell schlug eine neue Seite in ihrem Notizbuch auf.

»Wo sind Sie Mrs Kinney zum ersten Mal begegnet?«

»Auf dem Parkplatz vor dem Laden draußen an der County Road, etwa acht Kilometer vor der Abzweigung nach Silver Water. Ich saß in meinem Wagen und trank Kaffee aus meiner Thermoskanne, als sie auf den Parkplatz fuhr. Sie stieg aus und sah sich um. Als sie mich sah, schien sie das irgendwie zu erschrecken.«

»Inwiefern?«

»Sie versuchte krampfhaft, unbekümmert auszusehen, wenn Sie verstehen, was ich meine. Aber das habe ich Ihnen alles doch schon vorgestern gesagt.«

»Nicht vor der Kamera. Sie hatten also das Gefühl, dass Ihre Anwesenheit Mrs Kinney nervös machte.«

»Richtig. Als wollte sie nichts mit der Polizei zu tun haben. Während sie im Laden war, fuhr ich hinter das Gebäude und wartete, bis sie herauskam und wegfuhr. So konnte ich ihr folgen und mir ansehen, ob mir etwas an ihrem Wagen oder ihrer Fahrweise auffiel. Wie sich herausstellte, war der Wagen überladen, ich hielt sie deshalb an.«

»Und wie war Mrs Kinney, als Sie sie angesprochen haben?«

»Unruhig«, sagte Whiteside. »Wie ein Reh, das spürt, dass man es ins Visier genommen hat.«

»Und wie waren Sie?«

»Höflich, ruhig, freundlich, wie immer.«

Er stellte sich das Gespräch vor, die Frau auf dem Fahrersitz, mit den Händen am Steuer.

»Ist Ihnen der Kindersitz hinten damals schon aufgefallen?«

Er stellte sich einen leeren Kindersitz vor.

»Ja.«

»Ist es Ihnen nicht seltsam vorgekommen, dass da ein Kindersitz war, aber kein Kind?«

»Nicht wirklich«, sagte Whiteside. »Eltern sind ja auch oft ohne ihre Kinder unterwegs und nehmen die Sitze dann nicht extra aus dem Wagen.«

»Mrs Kinneys Wagen hatte New Yorker Nummernschilder«, sagte Mitchell. »Sie fanden es also normal, dass jemand, der den ganzen Weg von New York hierher fährt, einen Kindersitz dabeihat, aber kein Kind.«

»Nur im ersten Moment, aber dann, doch, ich ...«

»Haben Sie Mrs Kinney nach dem Sitz gefragt? Dem Kind oder den Kindern, die nicht da waren?«

Er schüttelte den Kopf. »Nein. Von Kindern war erst die Rede, als ich sie hierher in die Untersuchungszelle gebracht hatte. Da fragte sie mich nämlich, wo sie seien.«

»Und was haben Sie geantwortet?«

Whiteside versuchte, ihre Gedanken zu lesen. Nichts. Er fragte sich, was für Karten sie in der Hand hielt.

»Ich sagte: ›Was für Kinder?‹ Sie regte sich mordsmäßig auf, also ließ ich sie eine Weile allein, in der Hoffnung, dass sie sich wieder beruhigt. Als ich später zurückkehrte, unterhielten wir uns und ich sagte, dass keine Kinder im Auto gewesen seien, als ich sie angehalten hätte. Da stürzte sie sich auf mich, Sie haben das ja auf der Überwachungskamera gesehen. Danach zog ich bei den Behörden Erkundigungen über diese Kinder ein. Und dann standen auch schon Sie vor der Tür.«

»Wo war Deputy Collins zu dem Zeitpunkt?«

»Auf Streife unterwegs. Sie fährt die Stadt ab und die Straßen der Umgebung. Verkehrskontrolle. Anschließend ging sie nach Hause, soweit ich weiß. Sie wohnt zusammen mit ihrer Mutter und ihrem kleinen Jungen in der Ridge Road. Wollen Sie Collins auch verhören?«

»Ich konnte sie nicht erreichen«, sagte Mitchell. »Irgendeine Idee, wo sie ist?«

Whiteside sah auf seine Armbanduhr. »Hm, Freitagabend. Sie hat jetzt keinen Dienst mehr. Wenn sie vernünftig ist, entspannt sie bei einem Bier oder Glas Wein. Das Handy hat sie womöglich ausgeschaltet.«

Mitchell blätterte eine Seite um. »Lassen Sie uns über Mrs Kinneys Darstellung der Ereignisse sprechen.«

»Du lieber Gott, sprechen wir doch gleich davon, dass

die Mondlandung nur gefakt war oder die CIA hinter 9/11 steckt.«

Mitchell verzog keine Miene. »Mrs Kinney behauptet steif und fest, ihre Kinder Sean und Louise hätten auf dem Rücksitz gesessen, als Sie sie angehalten haben. Sie sagt, Sie hätten mit den beiden gesprochen und unter anderem den Jungen ermahnt, wieder ins Auto einzusteigen. Sie behauptet auch, Sie hätten Deputy Collins über Funk geholt, damit sie sich um die Kinder kümmert, während Sie mit der Mutter beschäftigt waren. Sie hätten Deputy Collins geholfen, die Kinder in ihren Wagen zu bringen, und dann sei Collins weggefahren und sie habe die Kinder seitdem nicht mehr gesehen.«

Whiteside wartete darauf, dass Mitchell fortfuhr, doch sie musterte ihn nur scharf.

Als klar war, dass sie nicht weitersprechen würde, sagte er: »Ja, das behauptet sie. Aber auch wenn man es noch so oft wiederholt, wird es dadurch nicht wahr. Diese Frau ist laut ihrem Mann seit Jahren psychisch labil. Gott weiß, was für Fantasien sie sich in den Kopf gesetzt hat. Aber das ist alles Quatsch. Ich und Collins sollen ihr die Kinder weggenommen haben. Ich meine, was soll das denn? Hat man je so was gehört?«

Mitchell lächelte kalt. »Ich schon, erst heute Abend.«

Whiteside sah von Mitchell zu Showalter, der mit den Schultern zuckte, und wieder zu Mitchell.

»Was?«, sagte er. »Jetzt tun Sie doch nicht so, Mitchell.«

Ihr Lächeln wurde um noch einige Grade kälter. »Ich habe vorhin eine interessante Geschichte gehört. Von einem Mann, dessen Frau mit der gemeinsamen Tochter unterwegs war. Die Frau wurde in der Nähe eines kleinen Orts von einem Polizisten angehalten und unter einem Vorwand verhaftet. Als die Frau nach ihrer kleinen

Tochter fragte, sagte der Polizist: ›Welche Tochter? Als ich Sie angehalten habe, waren Sie allein.‹ Klingt das vertraut?«

Whiteside dachte an den Mann, der am Nachmittag im Diner gesessen hatte, den Mann, der ein zweites Sandwich zum Mitnehmen bestellt und gesagt hatte, er wisse, was Whiteside getan habe.

»Da hat sich also jemand dieselbe Geschichte ausgedacht. Und? Lassen Sie mich raten. Hat ein Chinese Ihnen das erzählt?«

»Ein Amerikaner asiatischer Herkunft, ja, stimmt. Ebenfalls vertraut dürfte klingen, dass man der Mutter die Schuld am Verschwinden des Kindes gegeben hat. Alle waren überzeugt, dass sie ihr Kind irgendwo zwischen ihrer Wohnung und der Stelle, wo der Polizist sie angehalten hat, verschwinden ließ.«

»Wir leben in einem großen Land«, sagte Whiteside. »Hier werden bestimmt Hunderttausende Autos täglich bei Verkehrskontrollen angehalten. Und wie viele Kinder werden vermisst? Und bei wie vielen von diesen vermissten Kindern – Sie müssten das doch wissen –, bei wie vielen stellt sich heraus, dass der Vater oder die Mutter dahintersteckt? Da gab es also einen ähnlichen Fall mit einer anderen Verrückten. Die Verrückten ziehen einander förmlich an. Sie haben bestimmt auch schon so was erlebt.«

Mitchell lächelte weiter ihr verdammtes Lächeln, als wären hinter ihren Zähnen alle Geheimnisse dieser Welt verborgen. Whiteside konzentrierte seine ganze Kraft darauf, keinerlei Gefühlsregung zu zeigen, höchstens eine leichte Verärgerung über die Zumutung, sonst nichts.

»Es gab allerdings noch einige interessante Einzelheiten«, sagte Mitchell.

Whiteside hätte ihr das Lächeln am liebsten aus dem Gesicht geschlagen. »Wie zum Beispiel?«

»Sie haben bestimmt schon vom Darknet gehört.«

»Ja, schon.« Er zuckte mit den Schultern. »Das ist die dunkle Seite des Internets. Dort wird Kinderpornografie vertrieben, zumindest habe ich das gehört.«

»Unter anderem«, sagte Mitchell. »Kinderpornografie, Snuff-Filme, illegale Software, Werkzeuge zum Hacken von Computersystemen, alles, worüber man sich mit Gleichgesinnten am liebsten im Geheimen austauscht. Im Grunde jede Art von illegalem Treiben. Leute handeln mit Drogen und Waffen und bestellen sogar Auftragsmorde. Und in einer schmutzigen kleinen Ecke beauftragt, wie ich gehört habe, eine Gruppe steinreicher Männer korrupte Polizisten damit, ihnen Kinder zu beschaffen.«

Whitesides Mund war auf einmal wie ausgetrocknet und seine Zunge klebte am Gaumen. Der kalte Schweiß brach ihm aus und eine Schweißperle lief ihm langsam den Rücken hinunter. Doch behielt er sein Gesicht eisern unter Kontrolle, kein Blinzeln und kein Zucken. Wenn er sich durch ein noch so kleines Anzeichen verriet, konnte er sich genauso gut gleich eine Pistole an die Schläfe halten. Er sammelte Spucke, befreite seine Zunge und sagte: »Davon habe ich keine Ahnung. Klingt ziemlich eklig.«

»Das ist es auch«, sagte Mitchell. »Sie rücken vermutlich nicht freiwillig alle Computer, Tablets und Handys heraus, damit mein Kollege Special Agent Abrahms sie untersuchen kann?«

Eine zweite Schweißperle. Und ein Zucken. Unter dem linken Auge, als hätte ihn dort etwas ganz leicht berührt. Mitchell hatte es auch gesehen. Ihr Blick wanderte für einen Moment zu seinem Auge und wieder weg.

»Sie vermuten richtig«, sagte er. »Wenn Sie etwas von

mir durchsuchen wollen, zeigen Sie mir zuerst einen Durchsuchungsbefehl. Und jetzt habe ich von diesem Gespräch genug. Ich muss schlafen und gehe nach Hause und lege mich hin. Wenn Sie mich weiter verhören wollen, verhaften Sie mich, aber sorgen Sie dafür, dass ein Anwalt anwesend ist.«

Er stand auf, schob seinen Stuhl unsanft zurück und ging zur Tür. Dort sagte er: »Gute Nacht allerseits.«

Draußen im Büro leuchtete Abrahms jungenhaftes Gesicht im Schein des Laptopbildschirms. Abrahms trug Ohrhörer und notierte etwas auf einem Block. Whiteside widerstand der Versuchung, ihm den Stift aus der Hand zu schlagen und die Notizen zu zerreißen. Stattdessen marschierte er zur Herrentoilette, kickte die Tür mit dem Fuß auf und schlug sie hinter sich zu.

Drinnen ging er am Urinal vorbei, betrat die einzige Kabine und schloss sich ein.

»Scheiße«, sagte er. »Verdammte Scheiße noch mal.«

Ein Zittern breitete sich in ihm aus, in seine Arme und Beine und bis zu seinen Händen. Er steckte einen Fingerknöchel zwischen die Zähne und biss fest zu, in der Hoffnung, dass sich dadurch seine Gedanken klärten, aber vergeblich. Seine Lungen weiteten sich und zogen sich zusammen, Luft wurde zischend eingesaugt und entwich, als pumpte die Hand eines Riesen ihn auf. Er sah schwarze Sterne und sein Kopf schien über seinen Schultern zu schweben. Seine Brust hob und senkte sich immer heftiger und sein Herz schlug immer schneller, um damit Schritt zu halten.

Eine Panikattacke.

Ich habe eine Panikattacke, dachte er.

Er ließ sich auf den Toilettensitz fallen und stützte sich mit den Händen an den seitlichen Kabinenwänden ab, um nicht umzukippen.

»Mein Gott«, sagte er. »Mein Gott.«

Er beugte sich vor und steckte den Kopf zwischen die Knie. Atme, befahl er sich. Atme. Durch die Nase einatmen, eins-zwei-drei-vier, Luft halten, eins-zwei-drei-vier-fünf-sechs-sieben, und durch den Mund wieder ausatmen, eins-zwei-drei-vier-fünf-sechs-sieben-acht. Und noch mal von vorn, einatmen, halten, ausatmen.

Endlich hatte er sich so weit beruhigt, dass er den Kopf heben konnte, weg von dem Gestank nach altem Urin und Scheiße. Noch ein, zwei Minuten und er konnte fast normal atmen. Noch eine Minute und er konnte wieder aufstehen.

Er suchte in der Hosentasche nach seinem Handy und zögerte. Eigentlich sollte er nicht sein offizielles Handy, sondern das Wegwerf-Handy verwenden, aber dafür war jetzt keine Zeit. Zum fünften Mal an diesem Abend rief er Collins an. Er lauschte auf den Wählton. Sie nahm bestimmt nicht ab.

»Hallo?«

Er unterdrückte einen erschrockenen Laut.

»Hallo? Ronnie?«

»Mary, hören Sie zu. Kommen Sie nicht zum Revier zurück. Gehen Sie nicht nach Hause. Treffen Sie mich in einer halben Stunde. Sie wissen, wo.«

»Ronnie, was …?«

Whiteside legte auf und steckte das Handy wieder ein. Dann spülte er, verließ die Kabine und wusch sich die Hände. Anschließend marschierte er durch das Revier, ohne Mitchell, Showalter oder Abrahms eines Blickes zu würdigen, und ging nach draußen zu seinem Auto.

38

Als Danny aufwachte, umfing ihn Dunkelheit. Er wusste nicht, wo er war, und hatte das Übelkeit erregende Gefühl, zu fallen. Einige Momente vergingen, dann erinnerte er sich: Er war im oberen Stock des Geschäfts für Heimtextilien, das er am Nachmittag ausgekundschaftet hatte.

Nachdem er Audras Pension verlassen hatte, war er geradewegs zu seinem Auto gegangen und aus Silver Water hinaus und in die Berge gefahren. Dort hatte er gewartet, bis der Himmel sich von Dunkelblau zu Schwarz verfärbt hatte.

Er hatte den orangefarbenen Streifen am Horizont betrachtet, der nach und nach hinter den Bergen verschwand, und gedacht, wie schön die Landschaft doch war. Er war in seinem Leben nicht oft aus San Francisco hinausgekommen. Mya hatte davon gesprochen, dass sie reisen wollte, wenn Sara älter war. Amerika kennenlernen, vielleicht sogar Europa. Aber dieser Traum war zu Asche geworden, zusammen mit seiner Frau.

Als sich die Nacht über das Land gesenkt hatte, kehrte er in den Ort zurück. Mit ausgeschalteten Scheinwerfern fuhr er zwischen den ärmlichen Häusern am Ortsrand hindurch und über die Brücke. Am oberen Ende der Main Street bog er in die Gasse ein. Dort ließ er den Wagen stehen, von der Straße aus nicht zu sehen, und ging hinter den Häusern zurück bis zu dem Textilgeschäft. In zwei Minuten war er drinnen. Der Laden war nicht mehr durch eine Alarmanlage gesichert. Im oberen Stockwerk fand er einen Karton mit unbezogenen Kissen. Er leerte ihn auf den Boden aus, legte die Kissen zu einem weichen Lager zusammen und stellte den Wecker seines Handys auf drei Uhr früh.

Jetzt war er hellwach. Er blickte auf sein Handy. 2:46 Uhr. Was hatte ihn geweckt?

Er lauschte.

Da, eine Bewegung, ein Schritt. Ein Rascheln. Leder auf Linoleum, Stoff an Stoff.

Danny griff nach dem kleinen Haufen seiner Sachen, die er neben sich gelegt hatte, Schuhe, Geldbeutel und Handy. Die Smith & Wesson Modell 60 hatte er zusammen mit der Munition im Kofferraum des Mietautos versteckt, unter dem Ersatzreifen. Dort befanden sich auch die Kabelbinder, die Drahtschere, das Klebeband, das Messer und einige andere Dinge, die er in dem Baumarkt in Phoenix gekauft hatte.

Ein Geräusch auf der Treppe. Zwei Paar Füße, eins davon besonders schwer.

Da wusste er, um wen es sich handelte, und war erleichtert, dass er die Pistole nicht mitgenommen hatte. Wenn er sie bei sich gehabt hätte, hätten die beiden eine vollkommen plausible Entschuldigung gehabt, ihn zu erschießen. Er stand auf, stopfte seine Sachen in die Hosentaschen, wich zur Wand zurück und hob die Hände hoch.

Hinter der Tür, die zur Treppe führte, hörte er Schlurfen und Flüstern. Durch den Spalt unter der Tür fiel Licht.

»Ich höre Sie«, sagte er. »Kommen Sie herein. Ich bin nicht bewaffnet.«

Einen kurzen Moment lang herrschte Stille, dann flog die Tür nach innen auf und der Strahl einer Taschenlampe blendete ihn. Er hielt sich die rechte Hand vor die Augen.

Ein Klicken, und die Neonröhre über seinem Kopf erwachte flackernd zum Leben.

Whiteside und Collins, beide in Zivil, sahen ihn an. Collins zielte mit einer Glock auf seine Brust, während Whiteside die Taschenlampe ausschaltete.

»Nur auf der Durchreise, ja?«, sagte Whiteside.

»Ich dachte, ich bleibe noch einen Tag.« Danny hatte die Hände immer noch erhoben. »Wie haben Sie mich gefunden?«

»War nicht schwer. Ich wusste, dass Sie den Ort nicht verlassen würden, wie man Ihnen gesagt hat, und hier stehen viele Häuser leer, ich brauchte also nur nach Hinweisen auf einen Einbruch Ausschau zu halten. Und da sind Sie.«

»Da bin ich«, sagte Danny.

»Sie hätten das Motel drüben in Gutteridge nehmen sollen«, sagte Whiteside. »Es bietet nicht viel, aber, mein Gott, mehr als das hier.«

»Ich habe keine großen Ansprüche.«

»Aber eine freche Klappe. Und ich habe jetzt ein Problem. Verhafte ich Sie wegen Landstreicherei, wegen Einbruchs oder wegen beidem?«

»Oder ich verschwinde einfach«, sagte Danny. »Ist ja niemand zu Schaden gekommen.«

»Niemand zu Schaden gekommen?« Whiteside lachte. »Junge, ich lach mich tot, wirklich. Sie haben jede Menge Schaden angerichtet. Sie sind nicht bewaffnet, sagen Sie.«

»Nein.« Danny lächelte. »Schade, was?«

Whiteside erwiderte das Lächeln. »Gut, es hätte die Sache vereinfacht. Sie haben hoffentlich nichts dagegen, wenn ich das überprüfe? Legen Sie einfach die Hände auf den Kopf und kommen Sie ein paar Schritte vor.«

Danny tat wie geheißen und stand bewegungslos da,

während Whiteside ihn abklopfte und seine Taschen durchsuchte. Der Sheriff betrachtete, was er gefunden hatte, blätterte den Inhalt der Geldbörse durch, studierte die Karten und zählte das Bargeld. Er zog den Führerschein heraus, las die Angaben und steckte ihn wieder hinein.

Dann gab er Danny Geldbeutel und Handy zurück. Danny nahm die Hände herunter, ergriff beides und steckte es ein.

Er sah Whitesides Faust noch kommen, konnte sie aber nicht mehr abwehren.

Der Schlag traf ihn von links gegen das Kinn und sein Kopf fuhr mit einem Ruck nach rechts hinten. Der Raum kippte und seine Beine waren auf einmal nicht mehr unter ihm. Mit der Schulter voraus schlug er auf dem Boden auf. Instinktiv wollte er aufspringen und sich wehren, aber er zwang sich, unten zu bleiben. Seine Orientierung kehrte zurück und er befühlte mit der Hand Wange und Kinn. Nichts gebrochen, vielleicht ein lockerer Zahn, mehr nicht. Er hatte schon Schlimmeres erlebt.

»Aufstehen«, sagte Whiteside.

Danny spuckte auf den Boden aus und sah Blut auf dem Linoleum. »Ich liege hier gut«, sagte er.

»Aufstehen, verdammt noch mal.«

Whiteside trat Danny mit dem Stiefel unterhalb der Rippen in die Seite. Dannys Zwerchfell krampfte sich zusammen und drückte ihm die Luft aus den Lungen. Er konnte nicht mehr atmen. Er richtete sich auf Hände und Knie auf und versuchte wegzukriechen, aber Whiteside trat wieder zu, diesmal gegen seinen Schenkel. Er fiel auf die Seite und hob die Hände. Genug.

»Stehen Sie auf«, sagte der Sheriff. »Sie haben zehn Sekunden, dann breche ich Ihnen sämtliche Rippen.«

Danny kniete sich hin und wurde von einem Hustenanfall geschüttelt, dass ihm Tränen in die Augen traten. Whiteside packte ihn unsanft unter dem Arm und zog ihn hoch.

»So«, sagte er und trat zurück. »Mr Lee, ich wäre Ihnen sehr verbunden, wenn Sie jetzt die Schuhe anziehen und Deputy Collins und mir nach draußen folgen würden.«

»Bin ich verhaftet?«

Whiteside zog einen Revolver aus dem hinteren Hosenbund, spannte ihn und richtete die Mündung auf Dannys Bauch.

»Nein«, sagte er. »Sind Sie nicht.«

39

Seans Hände bluteten und seine Schultern schmerzten. Die ganze Nacht hatte er das Holz mit der Messerklinge bearbeitet und darin herumgestochert und Späne und Splitter herausgelöst. Er hatte das Messer in den Spalt zwischen Falltür und Fassung eingeführt und war darin entlanggefahren, um festzustellen, wo der Riegel saß. Die Tür bestand aus neun Brettern, die von der anderen Seite mit einem Rahmen in Form eines Z verschraubt waren. Er hatte überlegt, ob er versuchen sollte, den Rahmen gewaltsam von den Brettern abzulösen. Aber er wusste, dass das Messer abbrechen würde, bevor er ihn auch nur gelockert hatte. Stattdessen konzentrierte er sich auf den Bereich um den Riegel. Das Brett, an dem er befestigt war, war höchstens einen bis anderthalb Zentimeter dick und das Holz war alt. Nicht faulig, aber auch nicht mehr so fest, wie es einmal gewesen war. Trotzdem kam er nur langsam und mühsam voran und Blut lief an seinen Unterarmen hinunter.

Vor einiger Zeit hatte er eine Pause gemacht und Louise die zweite Dosis des Antibiotikums gegeben. Die erste schien bereits zu wirken. Ihre Stirn fühlte sich kühler an und sie zitterte nicht mehr so stark. Jetzt saß sie aufrecht auf der Matratze und sah ihrem Bruder zu, der oben auf der Treppe stand.

»Bist du schon bald fertig?« Ihre Stimme klang heiser.
»Nein.«

Sie hustete rasselnd. »Und wann bist du fertig?«
»Keine Ahnung. Ich brauche hier noch eine Weile.«
»Aber wie lange?«
»Eben eine Weile«, sagte er etwas lauter.
»Wenn wir draußen sind, suchen wir dann Mommy?«
»Klar.«
»Wo sie wohl ist?«
»Keine Ahnung.«
»Wo sollen wir sie dann suchen?«
»Ich weiß nicht. Wir gehen einfach immer weiter.«
»Aber in welche Richtung?«
»Ich weiß nicht. Leg dich doch hin und schlaf noch mal. Ich geb dir Bescheid, wenn ich fertig bin.«

Sie gehorchte, legte sich auf die Matratze und schob anstelle eines Kopfkissens die Hände unter die Wange. Sean spürte einen Anflug von Reue, dass er so kurz angebunden gewesen war, doch er schob das Gefühl beiseite und machte sich wieder an die Arbeit.

Aus den Tiefen seines Gedächtnisses stieg die Erinnerung an einen Vortrag auf, den sein Vater ihm einmal gehalten hatte. Einer der wenigen Momente, in denen Patrick Kinney versucht hatte, mit seinem Sohn ins Gespräch zu kommen. Wie wichtig harte Arbeit war und dass man es ohne Anstrengung im Leben zu nichts brachte. Auch er hatte sein Vermögen durch harte Arbeit gemacht. Sean hatte allerdings den Verdacht, dass der Wohlstand seines Vaters mehr mit dem Geld seiner Großmutter zu tun hatte.

Mittlerweile hatte er schon zwei Schrauben freigelegt, mit denen der Riegel an der Tür befestigt war. Vermutlich gab es insgesamt vier. Also musste er nur noch das Holz um die restlichen Schrauben lockern und dann mit aller Kraft gegen die Tür drücken, dann würde der Riegel ausreißen. Er hatte mehrere Stunden gebraucht, um die erste

Schraube zu finden, doch von ihr hatte er auf die Lage der zweiten Schraube schließen können. Jetzt hatte er allerdings Schwierigkeiten, die dritte zu finden.

Er versuchte es an einer Stelle näher am Rand, bohrte das Messer hinein und versenkte die Klinge einen guten halben Zentimeter im Holz. Dann bewegte er sie zuerst mit der Maserung und dann quer dazu hin und her und verbreiterte die Einstichstelle. Dann ein neuer Stich und wieder das Hin und Her und das Drehen, bis ein daumennagelgroßes Stück herausfiel. Und wieder von vorn ...

Da. Etwas Hartes, das nicht nachgab. Die Schraube. Er musste sie jetzt umkreisen, auf allen Seiten das Holz entfernen, bis sie keinen Halt mehr hatte.

Im Vorgefühl seines Triumphs grinste er unwillkürlich.

Einige Minuten später hatte er sich zu etwa zwei Dritteln um die Schraube herumgearbeitet. Er konnte sich schon das Splittern und Knacken vorstellen, mit dem der Riegel herausbrechen, und wie sich die Luft anfühlen würde, wenn er und Louise erst draußen im Wald waren. Es würde herrlich sein. Er stieß mit neuer Kraft zu, noch tiefer und fester, und drehte das Messer.

Da brach die Klinge ab.

Er hatte mit seiner ganzen Kraft gegen das Messer gedrückt, dann war es plötzlich weg. Er spürte keinen Widerstand mehr und fiel nach vorn, den Griff noch in den blutigen Fingern. Er ließ ihn los, suchte nach dem Geländer, bekam es zu fassen und schrie auf, als ihm Holzsplitter in das bereits wunde Fleisch fuhren. Er drehte sich um sich selbst, seine Beine verloren den Halt und er renkte sich fast die Schulter aus.

Mit einer Hand am Geländer und den Rücken der Treppe zugewandt blieb er hängen und sah, wie der Messergriff über die Stufen zum Boden hinunterhüpfte. Er blickte nach oben. Die Klinge steckte noch im Holz. Er stellte die Füße auf eine Stufe, richtete sich auf und untersuchte seine Finger und die Splitter im Handballen.

»Scheiße«, sagte er und zog einen größeren Splitter heraus.

»Das sagt man nicht«, rief Louise.

»Doch, und ich sage noch ganz andere Sachen.«

Er blickte wieder zu der Klinge hinauf und zum Griff hinunter und wusste, dass damit ihre einzige Chance vertan war. Er stützte den Unterarm aufs Knie, senkte den Kopf und begann zu weinen. In seiner Erschöpfung war es ihm ganz egal, dass Louise ihn dabei sah.

40

Sie waren schon fast eine Stunde unterwegs, Danny am Steuer seines Mietwagens, Whiteside auf dem Rücksitz hinter ihm. Hin und wieder spürte Danny die Mündung des Revolvers durch die Lehne. Im Rückspiegel sah er den Scheinwerfer des Motorrads, mit dem Collins ihnen folgte.

Der Wagen hüpfte und schwankte auf dem unebenen Gelände. Sie hatten die Straße längst verlassen und folgten unbefestigten Wegen, die Rancher mit ihren Geländewagen benutzten. Danny musste daran denken, dass er nie weiter von der Zivilisation entfernt gewesen war als jetzt.

Es konnte nur einen Grund geben, warum sie hierherfuhren. Die beiden würden sich wahrscheinlich gar nicht die Mühe machen, ihn zu begraben, sondern ihn und den Wagen einfach in der Wüste zurücklassen. Aasfresser würden ihm das Fleisch von den Knochen nagen und irgendwann in Monaten oder vielleicht Jahren würde jemand zufällig vorbeikommen. Er dachte an Sara. Ob sie noch genauso aussehen würde, wenn er sie wiedersah, genauso alt wie zur Zeit ihrer Entführung? Oder war sie gewachsen? Wenn jemand ihn gefragt hätte, hätte er abgestritten, an so was zu glauben, aber er spürte tief im Innern ein Band, das ihn mit seiner Frau und seiner Tochter verband.

Er dachte an Audra Kinney und ihre Kinder. Sie lebten noch irgendwo, er wusste es. Aber bestand noch Hoffnung für sie? Oder waren sie schon verloren?

»Langsamer«, sagte Whiteside.

Danny nahm den Fuß vom Gas und setzte ihn auf die Bremse. Dreißig Stundenkilometer, dann zwanzig, dann Schrittgeschwindigkeit.

»Hier nach links abbiegen.«

Holpernd und ruckelnd steuerte Danny den Wagen zwischen Kakteen hindurch einen flachen Hang hinunter. Vor ihnen tauchten im Licht der Scheinwerfer Felsen auf.

»Da«, sagte Whiteside. »Zwischen denen. Anhalten. Lassen Sie den Motor laufen.«

Danny zog die Handbremse, legte die Hände aufs Steuer und sah zu, wie Collins neben sie fuhr. Collins stellte den Motor aus, trat den Ständer nach unten und stieg ab. Als sie den Helm an den Lenker hängte, sah Danny zum ersten Mal den zweiten Helm, der am Soziussitz befestigt war. Da wusste er, wie die beiden nach Silver Water zurückkommen wollten.

Collins zog ihre Glock aus dem Holster und zielte durch die Scheibe auf Dannys Kopf. Dann öffnete sie die Tür von außen.

»Aussteigen«, befahl sie.

Er tat wie geheißen, ließ sich dabei Zeit und bewegte sich langsam und gleichmäßig. Collins bedeutete ihm mit der Pistole, vor den Wagen zu gehen. Dabei konnte sie das Zittern ihrer Hand nicht unterdrücken. Die hintere Tür ging auf, Whiteside stieg aus und kam zu ihnen. Zu dritt standen sie im Licht der Scheinwerfer.

»Sie wissen vermutlich, was jetzt passiert«, sagte Whiteside.

»Ja«, sagte Danny.

»Dann knien Sie sich hin.«

»Nein«, sagte Danny.

Whiteside machte einen Schritt auf ihn zu. »Wie bitte?«

»Ich habe seit dem Tod meines Vaters vor keinem Menschen mehr gekniet«, sagte Danny. »Und das werde ich auch jetzt nicht vor Ihnen tun, Sie Arschloch.«

Er sah aus den Augenwinkeln, wie Collins sich bewegte, dann traf ihr Fuß ihn hinter dem linken Knie, sodass es einknickte. Grober Sand drückte sich schmerzhaft in seine Kniescheibe.

»Beantworten Sie mir nur eine Frage«, sagte Danny.

»Tut mir leid, Freundchen, Sie bekommen keine letzten Worte.«

»Warum tun Sie das? Sie wissen doch, was diese Kinder erleiden werden. Glauben Sie, das Geld wird Sie vor den Albträumen bewahren?«

»Ich habe im Golfkrieg gedient«, sagte Whiteside. »Ich habe mehr Gräuel mitangesehen, als Sie sich vorstellen können. Ich habe seit meinem Ausscheiden aus der Armee keine Nacht mehr durchgeschlafen, deshalb glaube ich nicht, dass meine Albträume davon schlimmer werden. Und das mit dem Warum ist doch ganz einfach. Ich habe es einfach satt, so arm zu sein. Ich bin fünfundfünfzig und habe nichts, gar nichts. Reicht Ihnen das als Grund?«

Danny kniff die Augen gegen das grelle Scheinwerferlicht zusammen und suchte nach Whitesides Blick.

»Meine Tochter hieß Sara«, sagte er. »Ihre Hobbys waren Tanzen und Lesen. Sie konnte sich nicht entscheiden, ob sie Turnerin oder Hundetrainerin werden wollte. Bei ihrer Entführung war sie sechs. Ich versuche nicht daran zu denken, was man ihr angetan hatte. Trotzdem passiert es mir immer wieder. Meine Frau ist daran zugrunde gegangen und ich auch. Dass ich noch lebe, hat nichts zu sagen.«

»Machen Sie schon, los«, sagte Whiteside zu Collins.

Collins hielt Danny die Glock an die Schläfe. Er drehte

den Kopf so, dass er die Angst in ihrem Gesicht sehen konnte, die Panik. Ihre Schultern hoben und senkten sich, ihr Blick flackerte.

»Die beiden Kinder heißen Sean und Louise. Der Junge ist zehn, das Mädchen sechs. Genauso alt, wie mein Mädchen war. Sie wissen, was die mit den Kindern machen.«

»Halten Sie den Mund«, sagte Collins.

»Drücken Sie ab«, sagte Whiteside.

»Haben Sie Kinder?«, fragte Danny. Er sah das Zucken in ihrem Gesicht. »Sie haben welche, stimmt's? Zwei? Drei?«

»Klappe.«

Whiteside kam noch einen Schritt näher. »Verdammt, Collins.«

»Vielleicht nur eins«, sagte Danny. »Eins, ja? Junge oder Mädchen?«

Collins schlug Danny die Glock auf den Hinterkopf. Hinter seinen Augen explodierten Sterne. Er fiel nach vorne, fing sich mit den Händen ab und richtete sich wieder auf.

»Tun Sie das für Ihr Kind? Es soll nicht leiden, ja? Aber Sean und Louise werden leiden. Für jeden Dollar, den Sie ausgeben, mussten diese Kinder ...«

Wieder ein Schlag und eine leuchtende Explosion. Diesmal fiel Danny auf den Boden und Sand und Schotter scheuerten ihm die Wange auf. Ihm war ein wenig übel und sein Kopf schmerzte wie ein Ballon, der sich ausdehnte. Nicht ohnmächtig werden, ermahnte er sich. Er schob die Hände unter die Brust und stützte sich vom Boden ab.

»Mein Gott, tun Sie es doch einfach«, sagte Whiteside. »Oder muss ich es tun?«

Danny beachtete ihn nicht und wandte sich erneut an

Collins. Sie hatte die Augen aufgerissen und die Zähne gebleckt und ihr Atem ging keuchend.

»Wollen Sie wirklich dazu beitragen, dass diese beiden Kinder Sean und Louise für Geld leiden und sterben müssen?« Danny wies mit einem Nicken auf Whiteside. »Er kann damit leben. Aber Sie sind nicht wie er. Oder? Könnten Sie ertragen ...«

Collins holte wieder aus, aber diesmal war Danny bereit. Er duckte sich zur Seite, packte sie mit der linken Hand am Handgelenk und ließ sie unter Ausnutzung ihres Schwungs auf sich fallen. Mit der rechten Hand umklammerte er ihre rechte, streckte ihren Arm, zog ihn nach oben, ertastete den Finger am Abzug und drückte einmal ab und dann noch einmal. Beide Schüsse gingen über Whitesides Schulter hinweg. Danny hatte keine Chance auf einen Treffer, aber es reichte, dass Whiteside sich auf den Boden warf.

Danny wand Collins die Pistole aus der Hand und drückte ihr die heiße Mündung an die Schläfe, während Whiteside der Länge nach auf der Erde lag. Collins wehrte sich, aber Danny drückte ihr die Glock stärker an die Schläfe.

»Aufhören«, befahl er. »Keine Bewegung.«

Sie gehorchte und Danny zog die Beine an und lehnte sich mit dem Rücken an den Autokühler. Dann drückte er sich nach oben. Collins zog er mit. Whiteside kniete sich hin, aber Danny schoss noch einmal über seinen Kopf.

»Unten bleiben«, befahl er. »Werfen Sie Ihre Waffe weg.«

Whiteside leckte sich die Lippen und bewegte die Finger.

»Nicht«, sagte Danny. »Ich puste Ihnen den Kopf weg. Werfen Sie sie weg.«

Whiteside verharrte einen Moment lang bewegungslos

und sah Danny hasserfüllt an. Dann warf er den Revolver weg. Er landete irgendwo im Dunkel jenseits des Scheinwerferkegels.

»Legen Sie die Hände auf den Kopf«, befahl Danny. Er wandte sich an Collins. »Holen Sie den Schlüssel für das Motorrad aus der Tasche und werfen Sie sie in diese Richtung.«

Er zeigte mit der Mündung der Glock in die Nacht. Collins tat wie geheißen. Aus der Dunkelheit kam ein leises Klirren.

»Gehen wir«, sagte er.

Er ging rückwärts um die Fahrerseite des Wagens, blieb stehen und öffnete die Fahrertür. Dann drückte er Collins die Glock an den Hinterkopf, damit sie stehen blieb, und öffnete die hintere Tür.

»Wenn ich es sage, steigen Sie ein und schließen die Tür«, sagte er. »Jetzt.«

Sie stiegen beide ein, Collins vorn und er hinten. Whiteside beobachtete sie mit vor Wut flackernden Augen. Genau gleichzeitig schlugen sie die Türen zu.

»Okay«, sagte Danny, während Whiteside ihn im Scheinwerferlicht unverwandt anstarrte. »Jetzt bringen Sie mich nach Silver Water zurück.«

Während Collins den Wagen zurücksetzte, hörte er über dem Lärm des Motors Whitesides Gebrüll.

41

Audra träumte vom Haus ihrer Kindheit, einem alten Haus am Rand einer Ortschaft unweit von Albany mit einem großen Garten, an dessen unterem Ende ein Apfelbaum stand. Das Haus hatte Zimmer, die zu betreten sie sich fürchtete, weil ihr Vater gesagt hatte, nein, da dürfe sie nicht hinein. Wenn sie da hineingehe, werde er wütend werden und sie werde seine Fäuste zu spüren bekommen und seinen Gürtel.

Sie träumte von ihrem Zimmer ganz oben, wie das Licht hereinfiel und wie sie, wenn sie auf dem Bett lag und zum Fenster blickte, nur Himmel sah. Als ob das Haus hoch über dem Erdboden schwebte. Sie stellte sich dann vor, sie sei das Mädchen Dorothy aus dem *Zauberer von Oz*, unterwegs zu einem Land voller Wunder.

Der Wecker an ihrem Bett riss sie aus ihrem Traum und sie fiel wie aus großer Höhe auf das Bett und blieb wippend auf der Matratze liegen. Sie kam zur Besinnung und überlegte, wann sie eingeschlafen war. Irgendwann nach Mitternacht. Sie hatte angezogen auf dem Bett gelegen, an die Decke gestarrt und überlegt, was Sean und Louise wohl gerade machten.

Hoffentlich schliefen sie.

Hoffentlich hatten sie keine Angst.

Hoffentlich waren sie in Sicherheit.

Als sie den Wecker auf halb fünf gestellt hatte, hatte sie nicht geglaubt, je einschlafen zu können. Trotzdem war sie eingeschlafen und sie war froh darüber. Sie setzte sich auf, stieg aus dem Bett und ging barfuß ins Bad. Dort benutzte sie die Toilette, anschließend wusch sie sich mit kaltem Wasser aus dem Waschbecken Gesicht und Körper. Sie betrachtete sich im Spiegel und sah neue Falten um Augen und Mund und neue graue Strähnen in ihrem Haar. Gedankenlos berührte sie ihr Spiegelbild und zog mit den Fingerspitzen die Konturen ihres Gesichts nach.

Da kam plötzlich ein neues Gefühl in ihr auf: Trauer. Trauer um sich, um das Mädchen, das sie gewesen war, um die verlorenen Jahre einer Ehe, die sie seelisch ausgelaugt und eine leere Hülle zurückgelassen hatte. Es war zu spät, diese Jahre zurückzuholen, aber nicht zu spät für die vor ihr liegende Zeit. Aber nur mit ihren Kindern. Ohne sie war es sinnlos, war überhaupt alles sinnlos.

Zurück im Schlafzimmer, zog sie eine saubere Bluse an und knöpfte sie zu, auch wenn sie schlecht saß. Saubere Socken und die Laufschuhe, die eine Nummer zu groß waren. Sie schlüpfte aus dem Zimmer und machte die Tür so leise hinter sich zu, wie sie konnte, um Mrs Gerber nicht zu wecken. Die Treppe knarrte unter ihren Füßen und sie zuckte bei jedem Schritt zusammen. Hinunter in die Eingangshalle und nach hinten zur Küche.

Sie öffnete die Tür, trat hindurch und sah Mrs Gerber am Tisch sitzen, einen Becher mit Kaffee vor sich und mit einer halb gerauchten Zigarette über einem sauberen Aschenbecher. Sie starrten einander einen Augenblick an, jeder bei einem Tun erwischt, das der andere nicht mitbekommen sollte.

»Ich rauche nur eine am Tag«, sagte Mrs Gerber. »Vielleicht zwei, wenn mich etwas beunruhigt.«

Audra nickte und ging durch die Küche.

»Sie wollen abhauen?«, fragte Mrs Gerber.

»Nein«, erwiderte Audra. »Ich will meine Kinder suchen.«

Mrs Gerber musterte sie mit zusammengekniffenen Augen.

»Ich habe ihnen nichts getan«, sagte Audra. »Denken Sie bitte daran, was immer passiert.«

Mrs Gerber langte in die Tasche ihres Morgenmantels, holte einen Schlüsselbund heraus und schob ihn Audra über den Tisch zu.

»Die brauchen Sie für die Tür und das Vorhängeschloss am Gartentor.« Sie wies mit einem Nicken auf den Mantel, der an einem Haken neben der Tür hing. »Sie haben mir die Schlüssel aus der Tasche genommen. Nachher werde ich sie in der Gasse finden.«

Audra griff nach den Schlüsseln und ging zur Tür. Sie blickte über die Schulter. »Danke.«

Als sie den Schlüssel im Schloss drehte, sprach Mrs Gerber wieder.

»Ich habe meinen Mann getötet«, sagte sie.

Audra hielt inne und drehte sich um.

»Vor fast fünfzehn Jahren«, sagte Mrs Gerber. »Er kam am Abend betrunken nach Hause und ich habe oben an der Treppe auf ihn gewartet. Ich musste ihn nicht einmal hinunterstoßen. Oder kaum. Ich habe nur die Hand ausgestreckt, dahin, wo sein Schwerpunkt hätte sein sollen. Ich erinnere mich noch an seinen Blick. Seinen Schreck. Und komisch, nicht wahr, eine Zigarette zu rauchen macht mir mehr Schuldgefühle, als zuzusehen, wie der Idiot sich den Hals bricht.« Sie nahm wieder einen tiefen Zug von der Zigarette. »Ich hoffe, Sie finden Ihre Kinder.«

Audra sah sie einen Moment lang an, dann nickte sie. Mrs Gerber nickte ebenfalls, dann schloss Audra auf und ging nach draußen.

Eine sanfte Brise wehte durch den Garten und strich angenehm kühl über ihre Haut. Sie ging zum Gartentor, schloss das Vorhängeschloss auf und trat in die Gasse hinaus. Dort öffnete sie die Hand und ließ die Schlüssel auf die festgebackene Erde fallen.

Sie blickte nach rechts und links, sah aber von Danny keine Spur. Also holte sie das Handy aus der Tasche, das er ihr am Vortag gegeben hatte. Als sie gerade die einzige Nummer in der Liste der Kontakte nachsehen wollte, begann es zu vibrieren. Sie drückte auf Abnehmen und hob es ans Ohr.

»Danny?«

»Ja.«

»Wo sind Sie?«

»Von der Pension aus zwei Straßen weiter. Ein Streifenwagen fährt die Main Street auf und ab. Das ist zwar wenig effektiv, aber wir dürfen trotzdem nicht riskieren, gesehen zu werden. Gehen Sie die Gasse nach Süden in Richtung Fluss. Nach etwa zwanzig Metern zweigt eine weitere Gasse nach links ab. Nehmen Sie die bis zur nächsten Straße, überqueren sie die Straße und folgen Sie der Gasse weiter. Ich bin auf der anderen Seite. Aber seien Sie vorsichtig. Lassen Sie sich von niemandem sehen.«

Audra legte auf, steckte das Handy ein und ging die Gasse entlang. Sie bog nach links ab, wie Danny gesagt hatte, und ging in Richtung Straße. Wenige Meter vor dem Ende der Gasse hielt eine Stimme sie an.

»Mach schon, verdammt noch mal«, sagte ein Mann. »Los.«

Audra drückte sich an eine Mauer und lauschte.

»Na gut, wie du willst, aber wenn du wieder auf den Teppich scheißt, steck ich dir einen Korken in den Arsch.«

Vor ihren Augen ging ein kleiner Mann mittleren Alters an der Gasse vorbei, er zog einen untersetzten Mischlingshund an der Leine hinter sich her. Der Mann verschwand, aber der Hund stemmte seine Füße auf den Gehweg und blieb stehen. Mit zitternden Hinterbacken starrte er in die Gasse und ließ ein hohes Winseln ertönen. Die Leine ruckte und der Mann befahl dem Hund unwirsch, weiterzugehen.

Audra zählte bis zehn, dann trat sie auf die Straße. Sie sah den Mann und den Hund, die sich auf dem Gehweg entfernten. Der Hund blickte zu ihr zurück, aber der Mann zerrte ihn weiter. Auf der anderen Straßenseite setzte sich die Gasse fort und dort stand ein Schatten, bei dem es sich um ein Auto handeln konnte. Audra eilte mit gesenktem Kopf und so leise, wie sie nur konnte, darauf zu.

Drüben angekommen, sah sie Danny im Schatten stehen. Er lehnte an einem staubbedeckten Chevrolet. Atemlos rannte sie auf ihn zu und blieb wenige Meter vor ihm stehen. Seine Haare waren blutverklebt, seine Lippe war geschwollen.

»Mein Gott, was ist passiert?«, fragte sie.

Danny lächelte, zuckte zusammen und hob die Fingerspitzen an die Lippe. »Ich hatte ein Gespräch mit Sheriff Whiteside. Hier, ich habe was für Sie.«

Er griff nach hinten in den Bund seiner Hose, zog eine Pistole heraus und hielt sie ihr mit dem Griff voraus hin. Sie wich einen Schritt zurück.

»Gott, nein, ich will die nicht«, sagte sie.

»Nehmen Sie schon. Wir müssen bewaffnet sein.«

»Aber ich weiß gar nicht, wie man damit umgeht.«

»Das ist eine Glock«, sagte er. »Sie ist nicht gesichert. Sie zielen einfach und drücken auf den Abzug. Ganz leicht. Nehmen Sie.«

Audra machte einen Schritt auf ihn zu, streckte den Arm nach der Pistole aus und spürte den kalten Griff in ihrer Hand. Danny drückte den Lauf mit den Fingerspitzen nach unten, sodass er auf den Boden zeigte.

»Legen Sie den Finger nicht an den Abzug«, sagte er. »Und halten Sie den Lauf nach unten. Zielen Sie erst damit, wenn Sie schießen wollen, okay?«

»Okay. Wollen wir das wirklich tun? Collins entführen?«

Danny warf ihr einen seitlichen Blick zu. »Ach, habe ich das nicht gesagt?«

Er langte nach dem hinteren Türgriff, zog die Tür weit auf und trat zurück.

»Oh, Scheiße«, sagte Audra.

Im Fußraum der Rückbank lag Deputy Collins. Ihre Knöchel waren mit Kabelbindern an den Metallrahmen des Beifahrersitzes gefesselt und ihre Handgelenke auf den Rücken gebunden. Auf ihrem Mund klebte ein Streifen Klebeband. Sie starrte Audra mit aufgerissenen Augen an.

»Es gibt da eine Blockhütte im Norden«, sagte Danny. »Im Wald oben auf dem Colorado Plateau, genau wie Ihre Wirtin gesagt hat. Eine Fahrt von zwei Stunden.«

Audra spürte, wie ihre Augen zu brennen begannen und sich ihr der Hals zuschnürte. Sie umarmte Danny und drückte die Lippen an seine Wange. Erst als er vor Schmerzen stöhnte, ließ sie ihn wieder los.

»Danke«, sagte sie.

»Noch haben wir sie nicht«, sagte er. »Wir müssen uns beeilen. Whiteside ist noch irgendwo unterwegs. Wir müssen weg sein, wenn er hier auftaucht.«

Danny fuhr, Audra saß auf dem Beifahrersitz. Sie verließen den Ort auf einem unbefestigten Weg, der zuerst in östlicher Richtung führte und dann nach Norden abbog. Hinter den Bergen vor ihnen ging die Sonne auf, es wurde warm und Danny schaltete die Klimaanlage ein. Collins hatte er aufrecht hingesetzt, eingeklemmt in die Ecke zwischen Sitzlehne und Tür, die Hände nach wie vor auf den Rücken gefesselt. Sie hatte leise gestöhnt, als er ihr das Klebeband vom Mund abgerissen hatte, und um ihre Lippen war jetzt ein rotes Viereck zu sehen. Anschließend hatte sie Danny zu der Piste dirigiert, auf der sie jetzt fuhren, einer ehemaligen Zufahrt zu der Mine, die schon seit Jahren geschlossen war. Die Räder der großen Maschinen hatten sich tief in die staubige Erde gegraben und ihre geisterhaften Spuren waren im frühen Morgenlicht immer noch zu sehen.

Nach zwanzig Minuten auf holprigen Wegen gelangten sie auf eine schmale, geteerte Straße, die sich zwischen den Bergen hindurchschlängelte und dann über längere Strecken geradeaus und immer höher führte, bis Audra den Druck in den Ohren spürte. Schon bald brannte die Sonne heiß auf sie nieder und Audra sehnte sich nach der Sonnenbrille, die sie auf dem Beifahrersitz ihres eigenen Wagens hatte liegen lassen. Sie klappte die Sonnenblende herunter und schirmte ihre Augen mit der Hand ab.

Sie musste an etwas denken, das vor vier Tagen passiert war. Eine zufällige Erinnerung, die ihr aber klar und deutlich vor Augen stand. Davon angeregt, legte sie die Finger mit dem Rücken an die Windschutzscheibe. Ein, zwei Sekunden später musste sie sie wegnehmen. Die Haut war bereits von der Hitze gerötet. Sie erinnerte sich, wie sie zu Sean gesagt hatte, er solle es versuchen. Er hatte es getan und die Hand mit einem »Aua« und einem Kichern weggezogen.

Sie drehte den Kopf zum Fenster, blickte hinaus und versuchte das Zittern in ihren Atemzügen zu verbergen, während sie mit den Tränen kämpfte.

»Auch wenn es Ihnen nichts bringt«, sagte Collins, »es tut mir leid.«

Audra wischte sich über die Augen. »Halten Sie den Mund.«

42

Es verging eine Stunde, in der niemand etwas sagte.

Die Straße führte stetig aufwärts und wand sich wie ein abgespultes Band zwischen den Bergen hindurch. Einmal überholten sie ein anderes Auto, einen Pick-up mit einem alten, grauhaarigen Fahrer. Er hob grüßend den Zeigefinger vom Steuer, als sie an ihm vorbeizogen. Lange, gerade Strecken wechselten sich mit Serpentinen ab, die zum Mogollon Rim hinaufführten, wie Audra sich erinnerte, und die Temperatur fiel, bis Danny die Klimaanlage ausschaltete.

Sie gelangten auf eine Ebene und die Straße begradigte sich wieder. Um sie herum waren nur noch Kiefern zu sehen. Manchmal senkte sich das Gelände zu einer Seite hin ab und der Wald erstreckte sich bis zum Horizont. Hunderte von Kilometern nichts als Bäume, es war schön und schrecklich zugleich, dachte sie. Und meine Kinder sind ganz allein irgendwo hier. Aber jetzt komme ich und hole sie.

Aus dem Nichts kam ihr eine Frage und sie wollte ganz dringend die Antwort wissen.

»Wie viel?«, fragte sie.

Danny sah sie an.

Audra drehte sich zu Collins um.

»Ich sagte, wie viel?«

Collins starrte weiter durch das Fenster. »Eine halbe Million. Ronnies Anteil war größer. Ich weiß nicht, wie viel insgesamt.«

»Eine halbe Million Dollar«, wiederholte Audra. »Was hätten Sie damit gemacht?«

»Meinem Jungen die Behandlung bezahlt, die er braucht.« Collins Augen schimmerten. »Er ist herzkrank. Die Medikamente sind teuer und meine Versicherung zahlt nicht einmal die Hälfte. Meine Mutter hat eine zweite Hypothek auf ihr Haus aufgenommen, aber das Geld ist auch schon fast weg. Wenn es ihm schlechter geht, muss er ins Krankenhaus, und die nehmen auch ihren Anteil. Ich habe nichts mehr übrig, nichts. Ich wollte doch nur, dass es meinem Jungen gut geht.«

Audra betrachtete sie, die Tränenspuren auf ihren Wangen. »Und Sie waren bereit, dafür zwei andere Kinder zu opfern.«

»Ja.« Collins wandte die Augen von der Scheibe ab und erwiderte Audras Blick. »Denn es sind nicht meine Kinder.«

Die Temperatur im Auto schien weiter zu sinken und Audra schlang die Arme um ihren Oberkörper.

»Da vorn, in etwa hundert Metern, geht eine unbefestigte Straße ab«, sagte Collins. »Nehmen Sie die.«

Danny wurde langsamer und bog ab. Sie ratterten über ein Viehgitter. Der Waldboden war weicher als der festgebackene Wüstenboden und eine Nadelschicht federte die schlimmsten Unebenheiten ab.

»Folgen Sie dem Weg eine gute Viertelstunde«, sagte Collins. »Den Rest müssen wir zu Fuß gehen.«

Sie fuhren schweigend weiter, bis Collins sagte, sie sollten anhalten.

Audra stieg aus, streckte sich und fröstelte in der kühlen Luft. Sie rief sich ins Gedächtnis, dass es noch früher Morgen war, laut Display im Auto noch nicht einmal halb acht. Danny ging nach hinten und öffnete die hintere Tür.

»Nehmen Sie die Glock«, sagte er.

Audra langte durch die Beifahrertür nach drinnen und holte die Pistole aus dem Handschuhfach. Sie lag kalt und schwer in ihrer Hand und wieder fröstelte sie.

»Richten Sie sie auf Collins«, sagte Danny. »Wenn sie etwas tut, schießen Sie sie ins Bein oder in den Arm. Töten Sie sie nicht.«

»Ich werde es versuchen«, sagte Audra und zielte an Danny vorbei auf Collins Schenkel, während er mit einer Drahtschere die Kabelbinder durchschnitt.

Er trat zurück und Collins stieg aus. Sie ging zwei Schritte, dann fiel sie hin. Sie landete unsanft auf der Schulter, weil sie sich nicht mit ihren Händen abfangen konnte, die noch auf den Rücken gefesselt waren.

»Scheiße«, sagte sie.

»Los«, sagte Danny und half ihr auf. »Gehen Sie ein wenig herum, damit Ihr Kreislauf in Schwung kommt.«

Sie ließen ihr kurz Zeit, sich zu erholen, dann fragte Audra: »In welche Richtung?«

Collins blickte über das Auto. »Dahin. Zu Fuß eine knappe Viertelstunde.«

»Dann los«, sagte Audra. »Sie voraus.«

Collins verließ den Weg und ging zwischen den Bäumen hindurch. Audra und Danny folgten ihr. Sie kamen nur langsam voran und Audra stieß Collins zwischen die Schultern, um sie anzutreiben. Collins stolperte, fiel aber nicht hin. Sie blickte zu Audra zurück.

»Wenn Sie mir die Handfesseln abnehmen würden, könnte ich schneller gehen«, sagte sie. »So kann ich schlecht das Gleichgewicht halten.«

Audra sah Danny an. Er zuckte mit den Schultern.

»Ich tu schon nichts«, sagte Collins. »Sie haben die Pistolen.«

Danny holte die Drahtschere aus der Tasche, schnitt die Kabelbinder durch und ließ sie auf den Boden fallen. Collins rieb sich die Handgelenke, streckte die Arme und ließ die Schultern kreisen.

»Weiter«, sagte Audra.

Beim Gehen wurde ihr ein wenig wärmer und sie begann am Rücken zu schwitzen. Oben in den Bäumen zwitscherten Vögel, auch am Boden regte sich Leben und es raschelte im Schatten. Audra blickte an Collins vorbei. Wo war die Hütte?

Da tauchte sie auch schon zwischen den Kiefern auf.

Audra erstarrte. In dieser Hütte waren ihre Kinder.

Sie begann zu laufen, rannte mit angewinkelten Armen über den Waldboden und an Danny und Collins vorbei. So war sie seit Jahren nicht mehr gerannt, nicht mehr seit der Schule, als sie es aus Lust am Laufen getan hatte. Danny rief ihr etwas nach, aber sie hörte ihn nicht.

»Sean!«, tönte ihre Stimme durch die Bäume. »Louise!«

Sie erreichte die Lichtung und rannte weiter, ohne langsamer zu werden. Sie sprang auf die Veranda und drückte die offene Tür auf. Als sie bremsen wollte, kam sie auf den Dielen ins Rutschen und verlor das Gleichgewicht. Sie landete auf der Hüfte, richtete sich aber sofort wieder auf Hände und Knie auf. Die Glock hielt sie noch in der Hand. Sie kroch zu der offenen Falltür und rief die Namen ihrer Kinder, rief ...

Offen?

Aufgeklappt hing die gesplitterte Falltür an den Ketten. Der aus dem Holz gerissene Riegel hing noch an seinem Gegenstück auf dem Boden. Audra blickte in den Keller hinunter. Er war leer.

Sie rief noch einmal die Namen ihrer Kinder, obwohl sie wusste, dass sie sie nicht hören konnten.

43

Sie waren jetzt schon seit einiger Zeit unterwegs. Louise war wieder zurückgefallen und Sean hatte es aufgegeben, sie zu einem schnelleren Tempo anzutreiben. Ihm war vor einiger Zeit klar geworden, dass sie sowieso nicht wussten, wo sie waren, von daher schien auch keine besondere Eile geboten. Aber weitergehen mussten sie auf jeden Fall.

»Ich will was trinken«, rief Louise drei Meter hinter ihm.

»Hast du schon«, antwortete Sean. »Ich hab doch gesagt, wir müssen uns unsere Vorräte einteilen. Ich weiß nicht, wie lange wir noch unterwegs sind. Vielleicht mehrere Tage. Wir müssen sparen.«

Er trug die Plastiktüte mit ihrem Proviant: zwei 0,33-Liter-Flaschen mit Wasser, vier Schokoriegel, zwei Äpfel und eine Banane. Die Griffe der Tasche hatte er sich um das Handgelenk geschlungen, weil der Handteller immer noch wehtat und blutete. Die Tasche kam ihm angesichts des Inhalts ungewöhnlich schwer vor und seine Schulter schmerzte vom Tragen. Seine Brust auch. Egal wie tief er einatmete, die Luft schien nie auszureichen. Das lag vermutlich an der Höhe. Louise schien es auch zu spüren.

Er wusste nicht, wie lange sie schon so gingen, es musste mindestens eine Stunde sein. Der Weg zur Straße war nicht so weit von der Hütte entfernt gewesen, deshalb mussten sie in die falsche Richtung gegangen sein. Er hätte sich dafür ohrfeigen können. Vor lauter Eile, von der Hütte wegzukommen, hatte er nicht darauf geachtet, in welche Richtung sie gingen. Wenn man beim Gehen wenigstens gespürt hätte, ob es bergauf oder bergab ging, dann hätte er womöglich einen Weg nach unten gefunden, aber es ging nur eben durch den Wald, schon seit einer Stunde. Wahrscheinlich sollten sie bald haltmachen und sich einen Schokoriegel und die Banane teilen. Aber noch nicht.

Mehr als alles auf der Welt wünschte er sich, abgesehen von einem Wiedersehen mit seiner Mutter, er hätte sich einfach auf das Nadelbett legen und schlafen können. In der Nacht davor hatte er nicht geschlafen und seine Hände bluteten noch von der anstrengenden Arbeit. Er hatte unendlich lange auf den Messergriff gestarrt, der auf der untersten Treppenstufe liegen geblieben war, wütend darüber, dass die Klinge abgebrochen war, und wütend auf sich selbst, weil er nicht damit gerechnet hatte. Schließlich war er die Treppe hinuntergestiegen, hatte den Griff aufgehoben und in der Hand hin und her gewendet.

Dabei war ihm aufgefallen, dass die Klinge gar nicht abgebrochen war. Vielmehr war der Griff auseinandergegangen. Die beiden Hälften hatten sich getrennt und von der Klinge abgelöst. Er drückte mit den Daumen an ihnen herum und stellte fest, dass sie sich biegen ließen. Dann setzte er sich auf die unterste Stufe und betrachtete den Griff weiter. Louise war inzwischen eingeschlafen. Schnarchend lag sie auf der Matratze. Diesmal schlief sie richtig, nicht vom Fieber betäubt wie am Vortag.

Sean blickte zur Falltür hinauf. Die Klinge hing noch neben der dritten Schraube. Im Grunde hatte er alles, was er brauchte, Klinge und Griff. Er brauchte nur eine Möglichkeit, beides wieder zu verbinden. Er stieg hinauf und betrachtete die Klinge von Nahem. Dann schlüpfte er aus seinem T-Shirt, wickelte es um die rechte Hand und zog an der Klinge. Er brauchte nur ein paar Mal daran zu ruckeln und schon löste sie sich aus dem Holz.

Der dicke Hals der Klinge passte genau in den Schlitz zwischen den beiden aneinandergelegten Griffhälften, er musste nur etwas finden, um die beiden Hälften zusammenzubinden. Sein Blick fiel auf seine Füße und die Schnürsenkel seiner Schuhe. Er zog sie heraus und wollte sich schon ans Werk machen, da hielt er inne. Gab es vielleicht noch eine bessere Möglichkeit?

Doch, auf jeden Fall.

Er drehte den Griff quer, sodass er mit der Klinge ein auf dem Kopf stehendes T bildete. Er hatte genau vor Augen, wie er die Hälften mit den Schnürsenkeln zusammenbinden musste und vielleicht auch noch einem Streifen Stoff von seinem T-Shirt zur Polsterung der Hand. Nachdem der Entschluss gefasst war, dauerte die Umsetzung nicht lange.

Mit dem neuen Werkzeug in der Hand machte er sich wieder an die Arbeit. Die Klinge ragte zwischen seinen Fingern hervor. Sie war überwiegend in Baumwolle verpackt, nur an der Spitze waren zwei, drei Zentimeter zu sehen. Damit konnte er mit weniger Kraftaufwand mehr Holz wegkratzen. Trotzdem brauchte er noch Stunden, aber das war ihm egal. Vor allem als er das wunderbare Knacken und Splittern hörte, als er die Tür nach oben drückte.

In diesem Augenblick hatte er gewusst, dass alles gut werden würde.

Jetzt war er sich nicht mehr so sicher.

Er blieb stehen, drehte sich im Kreis und hielt nach einer Lücke zwischen den Bäumen Ausschau, einer Lichtung, einem Gebäude, einer Straße. Irgendwas. Doch da war nichts. Sie konnten nur weitergehen und hoffen.

»Machen wir Pause?«, fragte Louise.

»Nein«, erwiderte er. Seine Stimme klang schroffer als beabsichtigt. »Wir müssen weiter.«

Er rief sich ins Gedächtnis, dass sie krank war. Das schlimmste Fieber war zwar weg, aber sie war immer noch geschwächt und müde. Bei ihrem nächsten Halt würde er ihr noch einmal das Antibiotikum geben.

»Ist das hier die Wildnis?«, fragte Louise.

»Ich glaube schon.«

»Kann man da nicht sterben?«

»Vielleicht«, sagte er. »Manchmal.«

»Werden wir sterben?«

»Nein, wir nicht.«

Sie gingen weiter.

44

Audra richtete die Glock auf Collins' Stirn. »Wo sind die Kinder?«

Collins stand mit erhobenen Händen auf der Lichtung vor der Hütte. »Ich habe sie gestern Abend hier zurückgelassen. Ich habe keine ...«

»Wo sind meine Kinder?«

Audra stieg von der Veranda herunter und ging auf sie zu. Ihre Hand mit der Pistole zitterte nicht.

»Ich schwöre bei Gott, ich habe die Tür gestern Abend abgeschlossen«, sagte Collins. »Die Kinder waren hier, ganz bestimmt, sie ...«

Audra schlug mit der linken Hand zu. Collins taumelte unter der Wucht des Schlags zurück und auf ihrer Wange breitete sich ein roter Fleck aus.

»Was sind Sie für ein Tier«, sagte Audra.

Collins hob die Hände wieder hoch und Audra schlug wieder zu. Diesmal traf sie die Nase, die zu bluten begann. Danny trat zurück und sah ihr mit unbewegter Miene zu.

»Auf die Knie«, befahl Audra.

Collins sah sie erschrocken an. »Was?«

»Auf die Knie.« Audra war auf einmal ganz ruhig. »Sofort.«

Collins kniete sich mit dem Gesicht zu Audra hin, die Hände weiter erhoben. »Was immer Sie vorhaben, bitte tun Sie es nicht.«

»Klappe«, sagte Audra. »Sehen Sie mich nicht an.«

»Bitte«, sagte Collins.

Audra legte den Finger um den Abzug der Glock und drückte Collins die Mündung an die Schläfe.

»Bitte nicht«, sagte Collins.

Audra sah Danny an.

»Sie tun, was Sie tun müssen«, sagte er.

»Oh mein Gott«, flüsterte Collins. Ihre Hände zitterten und sie legte sie aneinander. »Mein Gott, vergib mir meine Sünden.«

Ein dunkler Fleck breitete sich im Schritt ihrer Jeans aus.

»Bitte, Herr, vergib mir. Bitte kümmere dich um meinen Jungen, Herr, und um meine Mutter. Herr, erbarme dich meiner.«

Audra hörte sie beten und stellte sich vor, wie die Kugel ein Loch in ihren Kopf riss und sie auf den Waldboden niederstreckte.

»Verdammt«, sagte sie und nahm die Mündung der Glock von Collins' Schläfe weg. Dann schlug sie Collins den Griff auf den Kopf. Die Wucht des Aufpralls fuhr ihr durch Handgelenk und Arm schmerzhaft in die Schulter.

Collins fiel nach vorn. Ihre Augenlider zuckten und ein dunkelrotes Rinnsal lief an ihrem Ohr vorbei zum Kinn. Mit dem Mund auf den Nadeln murmelte sie etwas Unverständliches.

Danny sah Audra vom Rand der Lichtung an. »Und jetzt?«, fragte er.

Audra drehte sich um sich selbst und betrachtete die Nebelschwaden, die zwischen den Bäumen hingen. »Jetzt suchen wir meine Kinder.«

»Hier?« Danny trat neben sie. »Die können inzwischen überall sein.«

»Wie finden wir sie dann?«

Danny zeigte auf Collins, die halb bewusstlos auf dem

Boden lag. »Wir fahren mit ihr nach Silver Water zurück und übergeben sie Mitchell. Dann kann die Polizei eine Suche organisieren. Wir wissen ja jetzt, wo wir vor allem suchen müssen.«

»Dazu müssten wir zuerst zwei Stunden zurückfahren«, sagte Audra. »Und wer weiß, wie lange es dauert, bis wir Mitchell und die Polizei dazu bringen, mit der Suche anzufangen.«

Sie drehte sich noch einmal im Kreis und überlegte, in welche Richtung die Kinder gegangen sein mochten. Wenn sie wussten, wo die Hütte lag, waren sie doch sicher zum Weg zurückgekehrt und ihm zur Straße gefolgt? Sie kniff die Augen zusammen, auf der Suche nach irgendeiner Spur, irgendeinem Hinweis.

Abrupt hielt sie inne. War da nicht etwas gewesen? Etwas hatte ihre Aufmerksamkeit geweckt. Ganz langsam drehte sie sich zurück. Streng dich an, sieh genau hin.

Da.

Etwas Rosafarbenes auf dem braunen Nadelteppich. Sie verlor es aus den Augen, als der Wind die unteren Äste der Bäume bewegte und der farbige Punkt verschwand. Wortlos setzte sie sich in Bewegung und rannte in den Wald hinein. Sie duckte sich unter tief hängenden Ästen hindurch und sprang über Wurzeln.

War es möglich? Konnte es sein?

»Halt, Audra«, rief Danny.

Sie beachtete ihn nicht, sondern rannte weiter bis zu der Stelle. Und tatsächlich, da lag er: Gogo. Kiefernnadeln hingen an seinem abgenutzten Fell und deckten ihn fast ganz zu. Atemlos und schwindlig kniete Audra sich hin und griff nach dem Plüschkaninchen. Wie oft hatte sie das zerlumpte Tier schon in den Müll werfen wollen, aber Louise hatte es nie zugelassen.

Sie hielt das Kaninchen an Mund und Nase, atmete tief ein und ließ sich von Louises Geruch berauschen.

»Mein Gott«, sagte sie und ihre Augen brannten. »Schatz, ich komme dich holen.«

Sie drehte den Kopf und sah Danny durch die Bäume auf sich zukommen.

»Sie sind in diese Richtung gegangen«, sagte sie. »Wir können ihnen folgen.«

Von der Lichtung kam ein Geräusch wie das Stöhnen eines Tieres. Danny fuhr herum und Audra blickte an ihm vorbei. Collins eilte taumelnd auf die Bäume auf der anderen Seite zu. Sie hatte die Arme ausgestreckt, um das Gleichgewicht zu halten.

»Scheiße«, sagte Danny, zog seinen Revolver aus dem Hosenbund und rannte los.

»Lassen Sie sie«, sagte Audra.

Danny wurde langsamer, blieb aber nicht stehen. »Der Schlüssel steckt im Wagen. Wenn sie damit wegfährt, sitzen wir hier fest.«

»Egal«, sagte Audra. »Lassen Sie sie gehen.«

Danny blieb stehen und blickte zu Audra zurück.

»Sehen Sie«, sagte sie, »das ist Gogo. Louise hat ihn fallen lassen. Sie sind in diese Richtung gegangen.«

Er kehrte zu ihr zurück. »Aber wann?«

»Sehen Sie denn nicht?« Audra fuhr mit den Fingern über Gogos Fell und spürte wieder Tränen auf den Wangen. »Das Fell ist trocken. Alles andere ist vom Tau nass. Deshalb kann es nicht lange her sein. Wenn wir ihnen folgen, finden wir sie.«

Danny trat neben sie, ging in die Hocke und strich mit den Fingerspitzen über Gogos Fell.

»Dann sollten wir uns beeilen«, sagte er.

45

Sean hatte das Gefühl, als könnten seine Beine ihn nicht mehr tragen. Seine Füße schmerzten und er spürte in seinen Socken die feuchte Hitze der Blasen. Louise zum Weitergehen zu bewegen war zu einem ständigen Kampf geworden. Alle zwanzig Meter, so kam es ihm vor, wollte sie eine Pause und setzte sich auf den Boden, auch wenn er es gar nicht gesagt hatte. Zweimal hatte er sie angeschrien, ein anderes Mal am Arm hochgezogen, und jedes Mal war sie in bitteres, abgehacktes Schluchzen ausgebrochen.

»Ich will nicht gemein sein«, hatte er gesagt, »aber wir müssen weiter.«

Und so waren sie noch mindestens eine weitere Stunde unterwegs gewesen, vielleicht auch mehr. Manchmal war es aufwärts gegangen, dann wieder abwärts. Sean hatte keinerlei Orientierung, in welche Richtung sie marschierten, und konnte sich auch beim besten Willen nicht daran erinnern, ob die Sonne von Osten nach Westen wanderte oder andersherum. Er konnte nur darauf achten, dass die Sonne immer an seiner rechten Schulter stand. Dann wusste er wenigstens, dass sie weiter in dieselbe Richtung gingen.

»Jetzt kann ich nicht mehr«, rief Louise hinter ihm.

Sean drehte sich um und sah, dass sie sich wieder einmal auf den Boden fallen ließ. Er ging zu ihr zurück und setzte sich neben sie.

»Also gut«, sagte er. »Fünf Minuten, mehr nicht.«

Er holte eine Wasserflasche aus der Tüte, schraubte den Deckel ab und hielt sie ihr hin. Sie nahm sie und trank, dann gab sie sie zurück. Er nahm ebenfalls einen Schluck, spülte damit Zähne und Zunge und steckte sie wieder ein.

»Heute mache ich keinen Schritt mehr«, sagte Louise. Sie zog mit den Fingern Spuren durch die braun verfärbten Nadeln auf dem Boden.

»Wir müssen aber weiter«, sagte Sean.

»Müssen wir nicht. Wir können hier unser Lager aufschlagen und morgen weitergehen.«

»Wie sollen wir ein Lager aufschlagen?«, fragte er. »Wir haben doch gar kein Zelt.«

»Man kann sich einen Unterschlupf aus Zweigen bauen«, sagte Louise. »Das habe ich im Fernsehen gesehen.«

»Ich weiß nicht, wie das geht. Hier draußen ist es nachts kalt.«

»Dann machen wir Feuer.«

»Ich weiß auch nicht, wie das geht. Wir sind hier ziemlich hoch, wie im Gebirge. Vielleicht gibt es Bären. Und Pumas. Vielleicht auch Wölfe, keine Ahnung.«

»Sei doch still.« Louise zog eine Schnute.

»Aber es stimmt.«

»Nein, tut es nicht. Warum habe ich dann noch keine gesehen?«

»Weil sie meist nur nachts rauskommen. Deshalb müssen wir ja weitergehen, bis wir Hilfe finden. Wir dürfen nicht draußen sein, wenn die Bären und die Wölfe aufwachen.«

»Du lügst doch, und das sage ich Mom, wenn sie uns holt.«

Sean nahm ihre Hand, obwohl die Berührung auf seiner wunden Handfläche brannte. Sie hatten sich in den vergangenen Tagen oft an der Hand gehalten. Er wusste gar nicht, wann sie es davor das letzte Mal getan hatten. Wahrscheinlich als Louise noch ein Baby gewesen war.

»Hör mir mal gut zu«, sagte er. »Weißt du noch, wie du vorhin gefragt hast, ob wir hier in der Wildnis sterben müssen? Ich habe nein gesagt, richtig?«

Louise nickte, zog die Nase hoch und wischte sie am Arm ab.

»Aber das war gelogen«, sagte Sean. »In Wirklichkeit könnte es nämlich doch sein. Wenn wir nicht weitergehen und keine Hilfe finden, könnten wir in der Wildnis sterben. Vielleicht nicht heute Nacht, aber morgen oder übermorgen. Wir würden sterben und Mom nie wiedersehen.«

Louise begann zu weinen. Ihr Gesicht war gerötet, ihre Schultern zuckten.

»Ich sage das nicht aus Gemeinheit, sondern nur damit du verstehst, warum wir weiterlaufen müssen. Damit wir Hilfe finden, jemanden, der Mom verständigen kann oder uns zu ihr bringt. Du willst Mom doch auch wiedersehen.«

Louise schniefte. »Ja.«

»Dann müssen wir weiter. Bereit?«

Sie fuhr sich mit den Händen über die Augen. »Ja.«

»Okay, gut. Gehen wir.«

Sean stand auf und half Louise auf die Beine. Er wollte losgehen, aber Louise hielt ihn an der Hand fest. Als er sich zu ihr umdrehte, schlang sie die Arme um seinen Bauch und drückte das Gesicht an seine Brust.

»Ich hab dich lieb«, sagte sie.

Er erwiderte die Umarmung. »Ich dich auch.«

Sie brachen auf. Hand in Hand gingen sie zwischen den Bäumen hindurch, die Sonne immer schön an Seans rechter Schulter. Irgendwann begannen sie zu singen. Kinderlieder, die er seit dem Kindergarten nicht mehr gesungen hatte. Jetzt schmetterte er sie aus vollem Hals und hörte zu, wie seine Stimme durch den Wald schallte. »Old McDonald had a farm, hia-hia-ho«, »Bingo was his name oh« und andere mehr. Er hatte nicht genug Luft, um so hoch zu singen, und ihm wurde ganz schwindlig, aber es war ihm egal. Er sang trotzdem, so laut er konnte.

Beim Laufen verlor er jedes Zeitgefühl und wusste deshalb nicht, wie spät es war, als der Wald sich plötzlich lichtete und er über ihnen den Himmel sah.

»Was ist das?«, fragte Louise.

»Keine Ahnung.« Er ging schneller und zog seine Schwester hinter sich her. Am liebsten wäre er gerannt. Wenig später traten sie aus dem Wald. Sean hatte mit einer Lichtung gerechnet, aber das hier war etwas völlig anderes.

Sie standen am oberen Ende eines flachen, mit Unkraut und Gras überwachsenen Hangs, der zu einer endlos weiten Fläche hinunterführte. Das Ganze sah aus wie eine Pfanne mit gewölbtem Rand und einem flachen Boden, nur dass es nicht rund war, sondern mehr wie ein Oval. Das Becken erstreckte sich so weit nach rechts und links, wie sein Blick reichte. Vor sich sah er die andere Seite und wieder Wald. Dazwischen eine Fläche nackter, aufgesprungener Erde ähnlich einer außerirdischen Landschaft aus einem Science-Fiction-Film.

»Was ist das?«, fragte Louise.

»Ich glaube, das war früher mal ein See«, sagte Sean. »Aber jetzt ist er ausgetrocknet.«

»Wo ist das viele Wasser geblieben?«

»Keine Ahnung. Wahrscheinlich verdunstet.«

»Ich weiß, wie das geht«, rief Louise eifrig. »Wenn nämlich die Sonne das ganze Wasser aufsaugt und es sich woanders in Regen verwandelt.«

»Stimmt«, sagte er. »Vermutlich ist das passiert.«

Eine Bewegung über den Bäumen in einiger Entfernung

erregte seine Aufmerksamkeit. Dort kreiste ein großer Vogel. Sean schirmte die Augen mit der Hand ab und blickte zu den ausgebreiteten Schwingen hinauf, die sich kaum bewegten, während der Vogel in einem weiten Bogen über den Himmel glitt. Er schien so weit weg zu sein und war doch so groß. Rumpf und Flügel waren von einem tiefen Dunkelbraun, der Kopf und der dreieckige Schwanz reinweiß.

Sean zeigte auf ihn. »Weißt du, was das ist?«
»Was?«
»Ein Weißkopfseeadler. Ich bin mir ziemlich sicher.«
»Der ist ja groß.«
»Stimmt. Weißt du, was wir für ein Glück haben? Die sind nämlich sehr selten. Die meisten Menschen sehen nie einen in freier Wildbahn. Sieh mal, er will landen.«

Sie beobachteten, wie der Vogel sich einer hohen Kiefer näherte, die nach Seans Schätzung etwa anderthalb Kilometer entfernt war, vielleicht auch mehr. Der Adler bremste, stellte die Flügel hoch und streckte die Füße aus. Die Kiefer schwankte unter seinem Gewicht heftig.

Über dem Baum stand kaum sichtbar ein grauer Streifen in der Luft, wenig mehr als ein faseriges Etwas.

Sean legte wieder die Hand über die Augen und kniff sie zusammen, um etwas zu erkennen.

Das war doch ... ja, ganz bestimmt.

»Rauch«, sagte er und lachte ein wenig schwindlig.
»Was?«
»Da ist Rauch. Jemand hat ein Feuer gemacht. Da ist jemand.«

Er umklammerte Louises Hand und begann zu dem ausgetrockneten Boden des Sees hinunterzusteigen, den Blick unverwandt auf den geisterhaften Finger aus Rauch gerichtet.

46

Sie marschierten über die Straße, Showalter voraus, neben sich einen uniformierten Polizisten. In der Hand hielt er den Haftbefehl. Mitchell und Whiteside folgten ihm. Der Sheriff hatte das Gefühl, als könnte sein Kopf jederzeit platzen und als wären seine müden Augen voller Sand.

»Mein Gott, Sie sehen aus wie ein Stück Scheiße«, hatte Showalter gesagt, als Whiteside zwanzig Minuten zuvor auf dem Revier eingetroffen war. Er hatte kaum Zeit gehabt, seine Uniform anzuziehen, und war unrasiert. Ein paar Spritzer kaltes Wasser ins Gesicht hatten nichts gebracht.

Er war versucht, etwas zu erwidern. Am liebsten hätte er dem blöden Kriminaler eine gescheuert, aber er beherrschte sich. Er wusste, dass er nicht ganz bei Besinnung war und in dieser Verfassung zu vorschnellen Handlungen neigte. Fehler konnte er sich aber im Moment nicht leisten.

Er hatte Stunden gebraucht, den Schlüssel zu Collins' Motorrad zu finden. Er war in Kreisen gegangen, hatte ganz kleine Schritte gemacht und mit der Taschenlampe Kies und Gestrüpp abgesucht und aufgepasst, dass er nicht versehentlich nach einer Schlange griff. Eine Klapperschlange oder eine Korallenotter hätte die Situation noch drastisch verschlimmert. Erst als die Sonne endlich über den Bergen aufgegangen war, hatte er an einer Stelle, die er schon mindestens ein Dutzend Mal überprüft hatte, etwas metallisch glitzern sehen. Er hatte kichern müssen und sofort die Hand vor den Mund geschlagen, weil es sich anhörte wie das Kichern eines Wahnsinnigen.

Er musste sich unbedingt zusammenreißen.

Aber er spürte, dass er kurz davorstand, die Kontrolle über sich zu verlieren. Es brauchte nur jemand am richtigen Faden zu ziehen und er würde auseinanderfallen und sich auflösen.

Reiß dich zusammen, dachte er.

Das Geld war natürlich weg, das konnte er nicht ändern. Aber er war immer noch ein freier Mann und gedachte das auch zu bleiben. Dazu musste er sich noch um Verschiedenes kümmern. Zum einen um die Frau. Wenn Showalter sie erst verhaftet hatte und sie wieder in der Zelle saß, musste er nur noch eine Gelegenheit finden, mit ihr allein zu sein. Dann würde er ihr einen Streifen vom Bettlaken oder einen Gürtel, vielleicht auch ein Bein ihrer Hose um den Hals legen und sie daran aufknüpfen. Leute brachten sich ständig in ihren Zellen um, also konnte sie das auch.

Aber zuerst musste sie verhaftet werden.

Showalter klopfte an die Eingangstür der Pension. Die bleiche Gestalt von Mrs Gerber wartete bereits hinter der Glasscheibe wie ein in der Eingangshalle spukender Geist. Sie öffnete die Tür einen Spalt und spähte nach draußen.

»Ma'am«, sagte Showalter, »ich habe hier einen Haftbefehl für Audra Kinney. Er erlaubt mir, dieses Haus zu betreten und …«

»Sie ist nicht da«, sagte Mrs Gerber.

»Entschuldigung?«

»Als ich heute Morgen zum Frühstück runterkam, stand die Hintertür offen und das Gartentor auch. Ich ging nach draußen und sah, dass meine Schlüssel in der Gasse lagen. Anschließend ging ich wieder nach drinnen und sah im

Zimmer der Dame nach und sie war weg. Hat sich einfach aus dem Staub gemacht.«

Mitchell sah Whiteside mit mühsam unterdrückter Wut an.

Showalter hielt Mrs Gerber den Haftbefehl unter die Nase. »Bitte haben Sie dafür Verständnis, Ma'am, dass meine Kollegen und ich trotzdem hereinkommen und das Haus durchsuchen werden.«

Mrs Gerber öffnete die Tür ganz und trat zur Seite. »Tun Sie, was Sie tun müssen.«

Showalter und der Polizist verschwanden drinnen. Whiteside und Mitchell blieb auf der Veranda stehen. Mitchell hatte die Hände in die Hüften gestützt und schüttelte den Kopf. »Haben Sie eine Ahnung, wohin Mrs Kinney gegangen sein könnte?«, fragte sie.

»Also wenn Sie mich fragen«, sagte Mrs Gerber, »würde ich vermuten, dass sie wahrscheinlich ihre Kinder sucht. Ich vermute das, weil sich sonst ja niemand so richtig darum zu kümmern scheint.«

Mitchell presste die Lippen zusammen. »Wollen Sie mir sonst noch etwas mitteilen, Mrs Gerber?«

»Nicht dass ich wüsste.« Mrs Gerber schüttelte den Kopf. »Nur dass ich es merke, wenn jemand verrückt ist und wann jemand lügt. Und Sheriff Whiteside, Sie sind hier nicht willkommen. Bitte verlassen Sie meine Veranda.«

Die Tür ging zu und Whiteside wandte sich ab, stieg die Stufen hinunter und überquerte die Straße. Er hörte Mitchells Schritte im Laufschritt hinter sich herkommen.

»Lassen Sie mich in Ruhe«, sagte er.

»Sheriff, wir müssen ...«

Whiteside fuhr herum und zeigte mit dem Finger auf ihr Gesicht. »Entweder Sie verhaften mich oder Sie lassen mich verdammt noch mal in Ruhe.«

Er ließ sie stehen und ging zum Revier und zu dem Parkplatz dahinter. Alles war aus den Fugen geraten. Die ganze Welt ging vor die Hunde. Er schüttelte den Kopf, wie um eine lästige Fliege loszuwerden.

»Vor die Hunde«, sagte er laut, bevor er sich zusammenreißen konnte.

Auf halbem Weg zum Parkplatz vibrierte sein Handy in der Hosentasche. Ein Ausruf entfuhr ihm. Er zog es heraus und sah auf das Display: seine eigene Festnetznummer. Er blieb stehen. Kalter Schweiß trat ihm auf die Stirn. Er drückte mit dem Daumen auf die grüne Taste.

»Wer ist da?«

»Ich bin's«, sagte Collins.

Whiteside drehte sich im Kreis und hielt nach Mitchell Ausschau, doch sie war nirgends zu sehen.

»Was haben Sie bei mir zu Hause zu suchen?«

»Ich wusste nicht, wohin ich sonst gehen sollte. Zu mir nach Hause kann ich nicht und zum Revier auch nicht.«

»Also gut«, sagte er. »Warten Sie dort und passen Sie auf, dass niemand Sie sieht. Ich bin gleich da.«

Er rannte zu seinem Wagen, stieg ein und ließ den Motor an. Mit quietschenden Reifen fuhr er aus dem Parkplatz.

Durch das Tor steuerte er den Streifenwagen auf sein Grundstück. Unter dem Carport stand bereits ein Fahrzeug, zugedeckt mit einer alten Plane. Der Mietwagen vermutlich. Er fuhr hinter ihn, bis er ihn mit der Stoßstange berührte, schaltete den Motor ab und stieg aus. Dann ging er um sein Haus herum zum Hintereingang. Die Fliegengittertür war nur angelehnt. Er näherte sich ihr misstrauisch, stellte den Fuß auf die einzige Stufe und sah, dass jemand die Hintertür gewaltsam geöffnet hatte. Sie knarrte, als er sie aufdrückte. Er betrat die Küche.

»Wo sind Sie?«, rief er.

Collins trat vom Flur in die Tür zur Küche. Ihre Wange war aufgeschürft und zerschrammt, von einer Wunde auf ihrem Kopf führte eine halb getrocknete, noch glänzende Blutspur nach unten. Whiteside griff nach dem Handtuch am Spülbecken und warf es ihr zu. Collins stank nach altem Urin und Schweiß.

»Mein Gott, Sie bluten mir ja das ganze Haus voll«, sagte er.

Collins drückte das Handtuch auf die Wunde. »Tut mir leid, ich wusste nicht, was ich tun sollte.«

»Was ist passiert?«

Tränen sprangen ihr in die Augen. »Ich musste ihn in die Stadt fahren. Er fesselte mich auf dem Rücksitz und holte Audra Kinney. Dann musste ich ihnen den Weg zur Hütte zeigen.«

Whiteside spürte einen Druck hinter den Augen und seine Kiefergelenke schmerzten. Wenn er sich nicht mit der Hand auf den Küchentisch gestützt hätte, wäre er womöglich zu Boden gesackt. »Sie haben die beiden zur Hütte gebracht?«

»Ich hatte keine andere Wahl.«

»Sie haben sie zur Hütte gebracht?« Seine Stimme überschlug sich.

Collins ließ das Handtuch auf einen Stuhl fallen und machte einen Schritt in den Flur zurück. Whiteside folgte ihr mit geballten Fäusten.

»Warten Sie, hören Sie mir doch zu. Die Kinder waren weg. Als wir ankamen, stand die Falltür offen und sie waren weg. Ich weiß auch nicht, wohin sie verschwunden sind. Die beiden hätten mich umgebracht, wenn ich nicht hätte fliehen können. Hören Sie, ich habe noch einmal über alles nachgedacht. Wir haben keine Alternative mehr. Wir müssen uns stellen.«

»Nein«, sagte er.

»Was bleibt uns denn anderes übrig?« Sie wich noch weiter in den Flur zurück. Ihre Stimme klang schrill.

Er folgte ihr. »Sagen Sie das nicht, Mary.«

»Wir haben keine andere Wahl«, sagte sie.

»Halten Sie den Mund.«

»Wir sind erledigt, egal was passiert, man wird uns schnappen. Wenn ich mich stelle, könnte ich wenigstens ...«

Noch bevor ihm bewusst wurde, dass er zugeschlagen hatte, spürte er, wie ihre Nase unter seiner Faust brach. Schmerzen zogen durch seinen Arm.

Collins ging zu Boden und schlug mit dem Hinterkopf hart auf die Fliesen. Einen Moment lang blickte sie bewegungslos zur Decke, dann hustete sie, dass das Blut, das ihr von der Nase über Lippen und Wangen lief, in die Luft spritzte.

»Scheiße«, fluchte Whiteside. »Verdammte Scheiße.«

Er presste die Handflächen an die Schläfen, wie um sich zur Besinnung zu bringen, als müsste er verrückt werden, wenn er nicht fest genug drückte.

»Mein Gott.« Seine Stimme war ein schrilles Wimmern.

Collins wälzte sich auf die Seite und dann auf den Bauch. Sie versuchte die Knie anzuziehen, um wegzukriechen.

Whiteside kniete sich neben sie und griff nach ihr. Sie schlug seine Arme weg, aber er zog sie trotzdem an sich und hielt sie fest.

»Es tut mir leid«, sagte er, »mein Gott, es tut mir leid. Das wollte ich nicht.«

Sie hustete wieder und rote Spritzer landeten auf seinem

Ärmel. Zuckend und sich windend versuchte sie, sich von ihm loszumachen.

»Es tut mir so leid«, sagte er.

Er schlang den rechten Arm fest um ihren Hals. Ihr Kinn passte genau in die Beuge seines Ellbogens. Den linken Arm legte er um ihren Kopf. Dann drückte er zu.

»So leid«, sagte er.

Collins bäumte sich auf, strampelte mit den Beinen, griff mit den Händen nach seinen Armen und Schultern und wollte ihm mit den Fingernägeln das Gesicht zerkratzen.

»Tut mir leid.«

Dann bewegte sie sich nicht mehr und er küsste sie auf den Scheitel. Tränen liefen ihm über die Wangen und versickerten in ihren Haaren.

47

»Haben Sie ihn geliebt?«, fragte Danny.

»Ich habe es geglaubt«, sagte Audra. »Und ich dachte am Anfang, er würde mich lieben. Ich wollte es glauben. Ich redete mir ein, es würde besser werden. Dass er sich ändern würde. Aber das hat er nicht.«

Sie saßen mit dem Rücken an zwei Seiten desselben Baumstamms gelehnt. Nur eine kurze Pause auf ihrem ruhelosen Marsch durch den Wald. Laut Dannys Armbanduhr waren sie schon fast zwei Stunden unterwegs und Audra war schon ganz heiser, so oft hatte sie die Namen ihrer Kinder gerufen. Zurückgekommen war nur das Echo ihrer Stimme. Angesichts der dünnen Höhenluft hätte sie sich vielleicht nicht so sehr mit Rufen verausgaben sollen, aber sie konnte nicht anders.

Da sie hier draußen auch keinen Handyempfang hatten, mussten sie wohl oder übel weitergehen. Mithilfe der Kompass-App auf Dannys Handy konnten sie wenigstens die Richtung verfolgen, in die sie gingen. Trotzdem war das Risiko, sich zu verirren, hoch. Je weiter sie sich von der Blockhütte entfernten, in der Sean und Louise gefangen gehalten worden waren, desto größer wurde die Gefahr, nicht mehr zurückzufinden. Audra hatte zugestimmt, die weitere Suche auf eine Stunde zu begrenzen. Wenn sie die Kinder dann noch nicht gefunden hatten, wollten sie zur Straße zurückkehren, in der Hoffnung auf ein vorbeifahrendes Auto.

»Erzählen Sie mir von Ihrer Frau«, sagte Audra.

»Mya? Sie war ein Wunder, hat mir das Leben gerettet. Ohne sie wäre ich jetzt im Gefängnis oder tot. Sie und mein kleines Mädchen waren alles, was ich hatte. Und diese Hunde haben mir beides weggenommen. Wenn ich sie finde ...«

Er brauchte den Gedanken nicht zu Ende zu sprechen.

»Hoffentlich finden Sie sie«, sagte Audra.

»Seit fünf Jahren lässt es mir keine Ruhe«, sagte Danny. »Ich hätte Mya an diesem Morgen nicht wegfahren lassen dürfen. Ich hätte sie anflehen sollen, zu bleiben. Aber ich war zu stolz und so verdammt dickköpfig. Und jetzt sind beide weg und ich kann sie nicht mehr zurückholen.«

Sie verfielen in Schweigen, umgeben nur vom Rascheln der Bäume und gelegentlichem Vogelgezwitscher.

Dann hörte Audra, wie Danny die Nase hochzog. Sie drehte sich zu ihm um und sah, dass er den Kopf gesenkt hatte. Sie griff nach seiner Hand und nahm sie in ihre.

»Wir bringen das in Ordnung«, sagte sie. »Und wir tun, was wir dafür tun müssen.«

Er drückte ihre Finger.

48

Der ausgetrocknete See war größer, als Sean gedacht hatte. Es dauerte eine gefühlte Ewigkeit, ihn zu durchqueren, und der Boden unter ihren Füßen war steinhart. Über den Bäumen war die Sonne aufgegangen und seine Haut kribbelte unter der Wärme, die durch die kalte Bergluft drang.

Als sie auf der anderen Seite ankamen, war die Rauchfahne dicker und dunkler geworden. Mit Louise an der Hand stieg Sean den Hang hinauf.

Sie tauchten wieder in den Wald ein und im Schatten der Äste wurde es kalt.

Sean spähte zwischen den Wipfeln hindurch und verspürte einen Moment der Panik, als er den Rauch nicht mehr sah. Er blieb stehen, ließ Louises Hand los und drehte sich um sich selbst.

»Was ist?«, fragte Louise.

»Ich sehe ihn nicht mehr.«

»Wen?«

»Den Rauch. Wir müssen ihm folgen, aber ich sehe ihn nicht mehr.«

Er drehte sich im Kreis und blickte unverwandt zu den Flecken von Himmel zwischen den Wipfeln hinauf. Denk nach, befahl er sich. Wo ist der ausgetrocknete See? Er drehte sich in die entsprechende Richtung. Wo war der Adler? Er streckte den Arm aus wie eine Kompassnadel und drehte ihn, bis er das Gefühl hatte, dass seine Finger in die richtige Richtung zeigten. Dann blickte er wieder auf und kniff die Augen zusammen.

Da. Gott sei Dank, da war er, der graue Fleck am Himmel.

»Dann los«, sagte er und nahm wieder Louises Hand.

Sie gingen zwischen den Bäumen hindurch. Sean konzentrierte sich die ganze Zeit auf den Rauch aus Angst, ihn wieder zu verlieren. Doch egal wie schnell sie gingen und wie lange, der Rauch schien nicht näher zu kommen. Wie ein Phantom, eine Fata Morgana stand er am blauen Himmel und lockte sie immer tiefer in den Wald.

»Können wir Pause machen?«, sagte Louise nach einer Weile.

»Nein«, erwiderte Sean, »wir sind gleich da.«

»Das hast du vor einer Ewigkeit auch schon gesagt und wir sind trotzdem noch nicht da. Können wir nicht Pause machen und einen Schokoriegel essen?«

»Nein.« Sean ging schneller und nahm Louise fester an der Hand. »Jetzt ist es nicht mehr weit, versprochen.«

Er blickte erneut zum Himmel auf und blieb stehen, so plötzlich, dass Louise mit ihm zusammenstieß.

Kein Rauch. Er hatte ihn wieder verloren. Panik drohte ihn zu überwältigen. Inzwischen waren sie so weit von dem ausgetrockneten See entfernt, dass sie sich nicht mehr daran orientieren konnten. Sean war sich nicht einmal sicher, ob er ihn finden würde, wenn sie umkehrten.

»Scheiße«, sagte er.

»Das sagt man nicht«, rief Louise.

»Ich weiß. Sei mal kurz still.«

Er hob den Kopf und starrte zum Himmel hinauf, bis seine Augen schmerzten. Sich umzudrehen wagte er nicht, aus Angst, die Orientierung ganz zu verlieren. Immer wieder konzentrierte er sich und suchte nach leisesten grauen Schatten. Nichts. Er senkte den Blick und wollte schon aufgeben, da erregte etwas seine Aufmerksamkeit. Ein orangefarbenes Flackern. Er spähte durch die Bäume.

Da war es wieder. Wie ein in der Ferne blinzelndes, leuchtendes Auge. Ein Feuer, ganz bestimmt.

Sean ließ die Tüte mit den Vorräten fallen, nahm Louise an der Hand und begann zu rennen. Seine Schwester zog er hinter sich her. Sie protestierte laut, aber er rannte weiter so schnell, wie er mit ihr im Schlepptau rennen konnte. Schon bald sah er vor sich eine Lichtung, eine Stelle, an der Licht durch die Bäume fiel.

»Siehst du das?«, stieß er zwischen zwei Atemzügen hervor.

»Nein. Nicht so schnell!«

»Da vorn, ein Feuer.«

Er konnte jetzt Flammen sehen, die über den Rand eines Metallfasses schlugen. Die Lichtung kam näher und er rannte noch schneller. Vergessen waren die Blasen an seinen Füßen. In den Lücken zwischen den Bäumen tauchte eine kleine Hütte auf. Und ein Pick-up, mattrot gegen das Grün.

Sie liefen auf die Lichtung und Sean blieb stehen. Louise stolperte noch ein Stück weiter, bis seine Hand sie anhielt. Das Fass stand vor der Hütte. Auf ihm lag ein eisernes Gitter, durch das die Flammen züngelten. Ein Mensch war nicht zu sehen.

Lautes Gebell erschreckte sie und Louise drückte sich an Sean. Ein Hund lief um die Seite der Hütte, ein ungepflegter Mischling mit einem zottigen schwarzen Fell und bernsteingelb leuchtenden Augen. Mit gefletschten Zähnen kam er näher. Sean zog Louise hinter sich und hielt schützend die Arme vor sie.

»Was ist denn los, Constance?«

Ein alter Mann in verblichenen khakifarbenen Kleidern kam hinter der Hütte hervor, die Arme voller Karton und

Papier. Als er Sean und Louise am Rand der Lichtung stehen sah, hielt er an.

»Still, Constance.«

Der Hund bellte weiter.

»Ich sagte still, Constance, verdammt noch mal.«

Das Bellen wurde zu einem kehligen Knurren. Constance starrte die Besucher weiter an.

»Leg dich hin«, befahl der Alte. »Los, Constance, hinlegen, jetzt gleich. Das sind doch Kinder, die wollen uns nicht überfallen.«

Constance trottete zur Veranda der Hütte, sah sich noch einmal nach Sean und Louise um und legte sich auf eine alte Decke. Der Alte ging zu dem Fass, ließ den Armvoll Karton und Papier daneben auf den Boden fallen und entfernte mithilfe einer Zange das Gitter. Dann hob er den Abfall auf und warf ihn in das Fass. Wieder schlugen Flammen funkenstiebend hoch und Rauch stieg auf. Der Alte legte das Gitter auf das Fass zurück, dann wandte er sich an Sean und Louise.

»Was habt ihr Kinder denn hier in dieser gottverlassenen Gegend zu suchen?«

Sean machte einen Schritt nach vorn. Der Hund hob den Kopf und bellte. Der Mann befahl ihm, verdammt noch mal die Klappe zu halten, und sah wieder Sean an. »Na sag schon, Junge.«

»Wir haben uns verirrt, Sir. Wir brauchen Hilfe.«

Der Alte blickte von Sean zu Louise und wieder zurück. »Wirklich? Na, dann kommt mal besser rein.«

49

Whiteside stopfte die paar Hundert Dollar, die er noch hatte, in seine Reisetasche, stieg über Collins' Leiche und stellte die Tasche an die Hintertür. Ein paar Kleider und einige wenige Ersparnisse, nicht viel für ein ganzes Leben.

Dieser Gedanke hatte ihn in der vergangenen Stunde unablässig beschäftigt, als er durch das Haus gegangen war und eingesammelt hatte, was er mitnehmen musste. Dass er nach fünfundfünfzig Jahren praktisch nichts vorweisen konnte. Jedes Mal wenn er daran dachte, überwältigte ihn der Kummer aufs Neue und er ließ die Hände sinken und hatte Mühe, nicht loszuweinen wie ein Baby.

Er hatte keine Ahnung, wohin er fliehen sollte. Natürlich zur Grenze runter, das war naheliegend, aber wenn er erst in Mexiko war, was dann? Mit dreihundert Dollar und ein wenig Kleingeld kam er nicht weit. Aber was blieb ihm sonst übrig?

Als letzte Aufgabe musste er noch die Spuren seiner Unterhaltungen im Darknet löschen. Sein alter Laptop lag auf dem Küchentisch. Er verstand nicht viel von solchen Sachen, aber er wusste, wenn das FBI den Computer in die Hände bekam, hatte es alles über ihn, was es brauchte.

Wenn man von der Leiche in seinem Flur mal absah.

Ein hysterisches Lachen stieg in ihm auf und er schlug die Hand vor den Mund. Nicht daran denken. Sonst verschaffte sich der Wahnsinn Bahn und brach durch, bevor er ihn aufhalten konnte. Nicht daran denken. Jetzt war nicht die Zeit dazu.

Er nahm den Laptop, drehte ihn um und betrachtete die Unterseite. Eine viereckige Abdeckung mit einem Verschluss aus Kunststoff schützte die Festplatte. Er öffnete den Verschluss mit dem Daumen und die Abdeckung löste sich. Dann nahm er die Festplatte heraus, löste das Flachbandkabel ab und ließ die Platte auf den Boden fallen. Sein Werkzeugkasten stand im Regal. Er öffnete ihn, holte den Tischlerhammer heraus und beugte sich über die Festplatte. Ein halbes Dutzend Schläge und sie war so kaputt, wie sie nur sein konnte. Er ließ die einzelnen Teile auf dem Boden liegen, ging wieder in den Flur und stieg über Collins' Leiche.

Er blieb stehen und blickte auf sie hinunter.

Was tun? Er konnte sie einfach hier liegen lassen. Irgendwann würden Mitchell und ihre Leute auf der Suche nach ihm herkommen und dann stattdessen Collins finden. Er konnte sie natürlich auch verstecken. Vielleicht in den Kofferraum des Mietautos legen, das draußen parkte.

Und was brachte das? Vielleicht nichts, aber er hatte trotzdem das Gefühl, es tun zu sollen.

Er beugte sich gerade hinunter, um Collins an den Fußknöcheln zu packen, da vibrierte das Handy in seiner Hosentasche. Ein unterdrückter Schrei entfuhr ihm. Er zog es heraus und blickte auf das Display. Eine unbekannte Nummer. Mit dem Daumen drückte er die grüne Taste und hielt das Handy ans Ohr, ohne etwas zu sagen.

Nach einem kurzen Moment sagte die Stimme eines Mannes: »Hallo?«

»Wer ist da?«, fragte Whiteside.

»Spreche ich mit Ronnie?«

»Ja. Wer ist da?«

»Hey, Ronnie, wie geht's? Hier spricht Bobby McCall, aus Janus oben.«

Bobby McCall war an die siebzig und seit über vierzig Jahren Sheriff von Janus County. Er hatte zwei Mitarbeiter mehr als Whiteside und ein größeres Budget.

Whiteside räusperte sich und versuchte sich zu beruhigen.

»Hey, Bobby, was kann ich für Sie tun?«

»Ich bekam über Funk gerade einen Anruf von einem Typen, der noch älter ist als ich, John Tandy. Er wohnt mitten in der Wildnis, im Wald oben in der Nähe von Lake Modesty oder dem, was von Lake Modesty nach der Dürre übrig geblieben ist. Ein verschrobener Kauz und Überlebenskünstler, bevor es den Begriff überhaupt gab. Lebt da draußen mit seinen Waffen und Messern und fährt nur einmal im Monat zum Einkaufen weg. Jedenfalls hat er mich über Funk angerufen – er hat kein Telefon – und er sagt, bei ihm wären gerade zwei Kinder aufgetaucht.«

Whiteside schluckte und ein kurzer Schwindel erfasste ihn. »Zwei Kinder?«

»Jawohl, ein Junge und ein Mädchen. Er sagt, sie seien einfach aus dem Wald gekommen und hätten ihn um Hilfe gebeten. Natürlich musste ich an den Wirbel denken, den ihr da unten in Silver Water habt, und rief auf dem Revier an. Dort kam ich aber nicht durch, also habe ich es auf Ihrem Handy versucht. Sie haben hoffentlich nichts dagegen.«

Whiteside lehnte sich mit der Stirn an die Wand. »Überhaupt nicht. Der Vater der Kinder hat eine Belohnung ausgesetzt und seitdem sind alle Leitungen verstopft. Sie haben genau das Richtige getan, vielen Dank.«

»Bitte sehr. Die Sache ist nur, dieser John Tandy ist wie gesagt ein ziemlich verrückter Hund. Vor zwei Monaten hat er mich auch angerufen und gesagt, da seien irgendwelche

Leute von der NSA oder vom Geheimdienst, die ihn durch die Bäume ausspionieren wollten. Und noch einen Monat davor meldete er, es würden UFOs über den See fliegen, nur dass es sich nicht um UFOs handelte, sondern um Versuchsflugzeuge, die dort getestet wurden. Deshalb ist es leider durchaus möglich, dass der Alte irgendwie von dem Wirbel um die beiden vermissten Kinder gehört hat und sich nur einbildet, sie wären bei ihm aufgetaucht. Ich halte das sogar für wahrscheinlich. Er wollte sie zu mir bringen, aber ich dachte, ich halte zuerst Rücksprache mit Ihnen und frage, wie Sie damit umgehen wollen.«

»Er soll mit den Kindern bleiben, wo er ist«, sagte Whiteside ein wenig zu schnell und zu nachdrücklich. Er holte Luft. »Das FBI spielt sich hier mordsmäßig auf, vor allem diese Mitchell.«

»Ist das die Schwarze, die ich im Fernsehen gesehen habe?«

»Genau die. Ein echter Kotzbrocken, will alles bestimmen. Sie kennen den Typ. Bestimmt will sie selbst mit einem Team zu euch hochkommen. Wenn sie erfährt, dass ich sie in dieser Sache übergangen habe, reißt sie mir den Arsch auf. Am besten, wir lassen sie machen.«

»Ich weiß nicht«, sagte McCall. »Wie gesagt, John Tandy ist ein ziemlicher Eigenbrötler und seine Hütte ist vom Boden bis zur Decke mit Waffen vollgestopft. Wenn er das FBI vorfahren sieht, schießt er wahrscheinlich gleich los.«

»Ich mache Ihnen einen Vorschlag«, sagte Whiteside. »Ich sage Mitchell einfach, sie soll mit ihrem Team zuerst bei Ihnen vorbeifahren und Sie mitnehmen. Dann können Sie mit diesem Tandy sprechen und ihm alles erklären.«

McCall überlegte und einen Moment lang herrschte Schweigen.

»Okay, klingt gut«, sagte er schließlich. »Wie gesagt,

höchstwahrscheinlich ist es sowieso nur Zeitverschwendung. Wir fahren zu dem Alten raus und er wird sagen, die Kinder seien vor zehn Minuten gegangen. Aber wenn es Ihnen so recht ist. Haben Sie eine Nummer, unter der ich diese Mitchell erreichen kann?«

»Keine Sorge, ich leite das weiter«, sagte Whiteside. »Das erspart Ihnen die Mühe. Haben Sie GPS-Daten für die Hütte?«

»Ja, haben Sie was zum Schreiben?«

»Habe ich. Schießen Sie los.«

Whiteside schrieb sich die Zahlen auf den Handrücken, bedankte sich noch einmal bei McCall und legte auf. Dann begann er haltlos zu kichern und musste sich an der Wand abstützen. Er lachte so lange und heftig, bis er weiche Knie bekam und ihm schwindlig war. Als er glaubte, es nicht mehr aushalten zu können, schlug er sich mit aller Kraft auf die Wange und dann noch einmal und noch einmal. Nach und nach kam er zur Besinnung.

Er richtete sich auf. »Okay«, sagte er, »du weißt, was zu tun ist.«

Collins' Leiche war unwichtig geworden. Man würde sie sowieso früh genug finden, egal was er mit ihr anstellte. Für ihn gab es jetzt dringendere Dinge zu tun.

Er verließ das Haus durch die vordere Tür und ging zur Beifahrerseite des Streifenwagens. Drinnen klappte er das Handschuhfach auf, langte hinein und holte das Handy heraus. Er wartete, während es startete, dann öffnete er den Browser. Wenig später hatte er sich im Forum eingeloggt.

Er hatte eine neue Nachricht.

Von: RedHelper
Betreff: Re: Verkaufsangebot
Nachricht:

Hallo AZMan,
die Übergabe erfolgt heute um 16.00 Uhr am bereits erwähnten Ort. Anschließend wird das Geld auf das von Ihnen benannte Konto überwiesen. Bitte bestätigen.
Ich erinnere Sie noch einmal daran, wie wichtig Diskretion ist. Sicherheit hat für uns absolute Priorität.
Mit freundlichen Grüßen,
RedHelper

Whiteside drückte auf Antworten.

Von: AZMan
Betreff: Re: Verkaufsangebot
Nachricht:

Hallo RedHelper,
ich bestätige die Übergabe heute um 16.00 Uhr wie geplant.
Gruß,
AZMan

Whiteside schickte die Nachricht ab, schaltete das Handy aus und verstaute es wieder im Handschuhfach. Dann kehrte er noch einmal ins Haus zurück und holte seine Tasche. Wenige Minuten später hatte er die Koordinaten, die McCall ihm gegeben hatte, in das Navi seines offiziellen Handys eingegeben und fuhr den Streifenwagen von seiner Einfahrt herunter.

Eine Stunde und fünfundfünfzig Minuten, sagte der Routenplaner.

In nicht einmal zwei Stunden hatte er die Kinder wieder.

Und noch einmal ein paar Stunden später würde er nach Süden zur Grenze unterwegs sein, um drei Millionen Dollar reicher.

50

Privates Forum 447356/34
Admin: RR; Mitglieder: DG, AD, FC, MR, JS
Threadüberschrift: Dieses Wochenende, Ersteller: RR

Von: RR, Samstag, 10:57
Meine Herren, es geht los. Der Verkäufer hat die Übergabe heute Nachmittag bestätigt, mein Mitarbeiter wird die Ware in Empfang nehmen. Mein Fahrer wird Sie in zwei Gruppen am Flughafen abholen, einmal um 17.00 Uhr und einmal um 18.00 Uhr.

Und denken Sie dran, wir haben noch drei weitere, importierte Posten. Wir kommen also alle reichlich auf unsere Kosten.

Ich freue mich darauf, Sie zu sehen, meine Freunde, und auf einen schönen Abend.

Von: DG, Samstag, 11:05
Breche jetzt zum Flughafen auf und hoffe, dass ich auf dem Flug ein wenig schlafen kann. Ich freue mich auf euch alle, bin aber ganz besonders gespannt auf die Ware.

Von: FC, Samstag, 11:13
Gleiches gilt für mich. Bis bald.

Von: MR, Samstag, 11:14
Bin unterwegs. Es wird ein wunderbarer Abend werden.

Von: AD, Samstag, 11:20
Ich bin so froh, dass alles klappt. Bis nachher!

Von: JS, Samstag, 11:27
Hervorragend. Und nochmals danke an alle, dass ich dieser Gruppe beitreten durfte. Ich kann gar nicht ausdrücken, wie schön es ist, gleichgesinnte Menschen kennenzulernen. Ich habe mich mit diesem Bedürfnis von mir so oft allein gefühlt, aber jetzt nicht mehr.

Und RR – Dank Ihnen für die Beschaffung der Ware. Wir haben die Bilder alle in den Nachrichten gesehen und Sie haben recht, die beiden sind wirklich bildhübsch.

51

Danny blieb keuchend stehen und stützte sich mit der Hand an einen Baum. Dann holte er sein Handy aus der Tasche und sah nach dem Kompass. Soweit er es beurteilen konnte, waren sie mehr oder weniger in einer geraden Linie der Richtung gefolgt, in die die Kinder ihrer Meinung nach gegangen waren. Zwar war er kein Pfadfinder und hatte keine Ahnung davon, wie man einer Fährte folgte, doch sie hatten ihr Bestes gegeben. Sie hatten die Kinder nicht gefunden, aber sie hatten es immerhin versucht.

»Wir sollten umkehren«, sagte er, auf Audras Widerspruch gefasst.

»Nein«, erwiderte Audra. »Sie sind doch noch Kinder. So weit können sie nicht gekommen sein. Wir dürfen nicht aufgeben.«

»Aber es geht nicht darum, wie weit sie gekommen sind.« Er stieß sich von dem Baum ab und sah sie an. »Sie haben kein Navi, nach dem sie sich orientieren können, und können in alle möglichen Richtungen gegangen sein. Außerdem geben wir ja nicht auf. Wir gehen den Weg zurück, den wir gekommen sind, suchen die Straße und versuchen, die nächste Ortschaft zu erreichen. Von dort können wir Mitchell anrufen und ihr sagen, was passiert ist, und dann kann sie die Suche organisieren. Die Polizei hat dafür Flugzeuge, Hunde und alles. Die wissen, wie man in dieser Gegend jemanden sucht. Wir nicht.«

In Audras Augen glänzten Tränen und sie wischte mit dem Handrücken darüber. »Aber wir sind ihnen so nah. Sie sind hier, ich spüre es.«

Danny nahm sie in die Arme. »Je weiter wir gehen, desto mehr Zeit verlieren wir. Wir können nicht einfach draufloslaufen. Womöglich hat schon jemand die Kinder gefunden. Wir brauchen eine Ortschaft oder eine Stelle mit Handyempfang und müssen Mitchell anrufen.«

»Noch eine Stunde«, sagte Audra. »Eine halbe Stunde.«

»Nein, Audra, wir müssen …«

Sie sah ihn mit großen Augen an und hielt ihm mit der Hand den Mund zu.

»Hören Sie«, flüsterte sie.

Danny lauschte, hörte aber nichts. Er zog ihre Hand von seinem Mund weg, holte Luft und wollte protestieren. Doch sie legte ihm wieder die Hand auf den Mund.

»Hören Sie doch.«

Jetzt hörte er es auch. Ein Rumpeln ganz in der Nähe, ein metallisches Klappern. Das Brummen eines Motors, der lauter wurde und wieder leiser, als geschaltet wurde.

»In dieser Richtung«, rief Audra. »Los, schnell.«

Sie eilte durch die Bäume und Danny folgte ihr. Obwohl ihm Brust, Beine und Kreuz wehtaten, hielt er mit ihr Schritt, nur wenige Meter hinter ihr. Er sah, wie sich der Wald vor ihnen lichtete, wie das Licht sich änderte. Dort war eine Straße oder ein Weg. Der Motorlärm schwoll an.

Die Piste – denn mehr war es nicht, wie er jetzt sehen konnte – stieg von rechts nach links an und führte höher in den Wald hinauf. Hangabwärts sah er etwas Weißes aufleuchten. Dort näherte sich ein Auto, dessen Motor angestrengt röhrte.

»Los, schnell«, sagte Audra atemlos und lief auf die Piste zu.

Der Wagen kam näher und Danny sah das goldene Abzeichen und die blaue Schrift. Und die blauen und roten Lichter auf dem Dach.

»Nein«, rief er. »Runter!«

Audra hörte ihn nicht oder tat jedenfalls so. Mit angewinkelten Armen rannte sie weiter, so schnell sie konnte. Danny mobilisierte seine letzten Kräfte und beschleunigte noch einmal. Ächzend vor Anstrengung streckte er die Hand nach Audra aus und bekam ihre Bluse zu fassen. Audra fiel auf die Knie und er landete schmerzhaft neben ihr.

»Was soll das …«

»Moment«, keuchte er. »Sehen Sie doch.«

Das Auto tauchte vor ihnen auf und die Aufschrift war jetzt deutlich zu lesen. SHERIFF ELDER COUNTY. Der Fahrer hatte große Hände und massige Schultern.

»Whiteside«, sagte Audra.

»Richtig«, stieß Danny atemlos hervor.

»Was hat der hier zu suchen?«

»Keine Ahnung. Aber das ist kein Zufall.«

»Wir müssen hinter ihm her.«

»Ja, aber im Schutz der Bäume. Los.«

Sie folgten der Piste, gedeckt durch die Bäume. Das Motorengeräusch verklang in der Ferne, aber sie eilten im Laufschritt weiter, bis sie Schüsse hörten.

Da begannen sie zu rennen.

52

Sean saß dem alten Mann gegenüber, die Hände hatte er auf den Tisch gelegt. Seine Augenlider waren bleiern vor Müdigkeit, sein Kopf fühlte sich an wie mit Watte gefüllt. Louise lag mit Tierfellen zugedeckt auf einem Sofa und schlief tief und fest. Ab und zu hörte man von ihr ein leises Schnaufen oder Schnarchen und gelegentlich auch ein rasselndes Husten tief in ihrer Brust.

An den Wänden der Hütte hing an Haken ein ganzes Arsenal von Waffen. Gewehre, Schrotflinten, Pistolen, zwei Bögen, Köcher mit Pfeilen und sogar eine Armbrust. Sean hätte nicht sagen können, wie viele es waren. Der alte Mann hatte gesagt, er heiße John Tandy. Den Anruf hatte er mithilfe eines an eine Autobatterie angeschlossenen Funkgeräts gemacht. In der Hütte roch es muffig, als hätte man seit Jahren nicht mehr gelüftet.

»Alles in Ordnung, Junge?«, fragte Tandy und kratzte sich an seiner stoppeligen Wange. »Willst du was rauchen?«

»Nein danke, Sir«, sagte Sean.

»Was trinken?«

Erst jetzt merkte Sean, was für einen Durst er hatte. Bei der Vorstellung von Wasser oder vielleicht sogar Sprudel bewegte er unwillkürlich die Zunge an den Zähnen entlang. »Ja, bitte«, sagte er.

Tandy stand auf, ging zu einem Kasten neben dem Kamin und nahm zwei Flaschen heraus. Er kehrte damit zurück, öffnete die Kronkorken an der Tischkante und stellte eine vor Sean.

Bier, dachte Sean.

»Tut mir leid, dass es nicht kalt ist«, sagte Tandy. »Hab keinen Kühlschrank. Ich würde dir ja was zu essen machen, aber Sheriff McCall müsste jeden Moment hier sein. Tu mir einen Gefallen, wenn er kommt, ja?«

»Welchen denn?«, fragte Sean.

»Sag ihm nicht, dass ich Feuer gemacht habe. Darf ich nämlich nicht, weil es hier oben so trocken ist. Der ganze verdammte Wald könnte abbrennen.«

»Ich sage ihm nichts.«

Tandy zwinkerte ihm zu. »Braver Junge.«

Sean betrachtete die Flasche. Tandy holte einen Tabakbeutel aus der Tasche, entnahm ihm ein Päckchen mit Zigarettenpapier und drehte sich eine Zigarette.

»Trink«, sagte er. »Tut dir gut.«

Sean griff nach der Flasche, setzte sie an die Lippen und nahm einen kleinen Mundvoll. Er versuchte eine Grimasse zu unterdrücken, aber es gelang ihm nicht.

»Was ist?«, fragte Tandy und zündete die Zigarette an. »Gibt's kein Bier, wo du herkommst?«

»Nicht für Kinder«, sagte Sean.

Tandy lachte dröhnend und aus seinem Mund kam eine Rauchwolke. »Ich habe von meinem Daddy das erste Bier mit fünf bekommen und meine erste Zigarette mit sechs. Momma fand das wohlgemerkt nicht gut, aber ich habe mich nicht beschwert.«

Sean nahm noch einen Schluck. Es schmeckte schon nicht mehr so schlecht.

»Leben Sie allein?«, fragte er.

»Ja, schon seit Mommas Tod. Das ist jetzt, äh, zwanzig

Jahre her. Sie ist draußen im Garten neben meinem Daddy begraben. Leben deine Eltern noch?«

»Ja, aber sie sind geschieden. Wir wohnen bei unserer Mom.«

»Und kommst du mit deinem Daddy zurecht?«

Sean schüttelte den Kopf. »Er kümmert sich eigentlich gar nicht um uns.«

»Kenne ich.« Tandy zog wieder an seiner Zigarette. »Sieh mal, die meisten Männer – mit Ausnahme von dir und mir – sind Arschlöcher. Deshalb bin ich am liebsten allein.«

Sean sah sich in der Hütte um. »Sie mögen Waffen.«

»Das kann man sagen. Und ich habe auch vor, sie zu behalten, solange ich lebe. Wenn da jemand von der Behörde aufkreuzt und sie mir wegnehmen will, dann bekommt er es aber mit mir zu tun.«

Sean nahm wieder einen Schluck Bier. Der Geschmack machte ihm inzwischen überhaupt nichts mehr aus. »Von der Behörde?«

»Der Polizei.« Tandy beugte sich über den Tisch und fuhr mit einem aufgeregten Flüstern fort: »Die sind überall, die Hunde. Ständig beobachten sie mich. Sie glauben, ich merke das nicht, aber ich merke es doch. Sobald sich einer hier blicken lässt, kriegt er eine doppelte Ladung Schrot in den Hintern, das kann ich dir sagen.«

Sean kicherte, obwohl er nicht wusste, was er daran lustig fand.

»Sieh mal dort«, sagte Tandy und zeigte auf den Boden.

Sean sah die in den Boden eingelassene Falltür und ihm war auf einmal nicht mehr nach Lachen zumute.

»Mein Daddy hat den Keller mit bloßen Händen ausgehoben und anschließend mit Beton ausgegossen, damals, als man glaubte, es könnte jederzeit die Bombe fallen. Ich bewahre dort immer noch Vorräte auf. Mit den Konserven könnte ich mindestens zwei Jahre überleben. Wenn die Polizei hier auftaucht, kriegt sie eine Kugel in die Fresse und dann verkrieche ich mich nach unten. Den John Tandy kriegt sie nicht, auf keinen Fall.«

Draußen knurrte Constance.

Tandy blickte aus dem Fenster.

Das Knurren steigerte sich zu einem ununterbrochenen Bellen.

»Klingt, als hätte Sheriff McCall es endlich hierhergeschafft«, sagte Tandy.

Er stand auf, ging zur Tür und öffnete sie. Auch Sean hörte das Auto jetzt, das angestrengt brummend die Piste zur Lichtung heraufkam. Er trat neben Tandy. Aus dem Schatten der Bäume tauchte ein weißer Streifenwagen auf.

»Moment mal«, sagte Tandy. »Das ist gar nicht McCall.«

Sean erstarrte. Der Wagen hielt an, aber der Motor lief weiter. Sean versuchte durch die Windschutzscheibe zu sehen, konnte den Fahrer aber nicht erkennen.

»Junge«, sagte Tandy, ohne den Blick von dem Wagen abzuwenden, »bring mir doch bitte mal das Gewehr von da drüben, sei so gut.«

Sean ging hinüber und nahm das Gewehr vom Haken. Es war schwer. Ein Sturmgewehr, dachte er, wie man es in Filmen sah. Er kehrte damit zu Tandy zurück. Tandy nahm es und hielt es lose in der Armbeuge. Sean stellte sich wieder hinter ihn und spähte an ihm vorbei zu dem Streifenwagen hinaus.

»Steigen Sie aus«, rief Tandy. »Ich will sehen, wer Sie sind.«

Einen Moment blieb alles still, dann ging die Fahrertür auf. Constance sprang hysterisch bellend auf den Wagen zu.

»Constance, halt!«, rief Tandy.

Der Hund blieb stehen und knurrte.

Sheriff Whiteside stieg aus und Sean musste auf einmal dringend pinkeln.

»Nein«, sagte er.

Tandy sah ihn an. »Was ist?«

»Der darf uns nicht kriegen«, sagte Sean. »Bitte nicht.«

Tandy hob das Gewehr und zielte auf Whitesides Brust.

»Stehen bleiben, Freundchen«, sagte er. »Ich habe Sheriff McCall gerufen und der sind Sie nicht. Sagen Sie, was Sie wollen.«

»Ich bin Sheriff Ronald Whiteside aus Silver Water in Elder County. Sie wissen es vielleicht aus den Nachrichten: Die Kinder werden seit vier Tagen vermisst und ich bin hier, um sie wieder zu ihrer Mutter zu bringen. Vielleicht sind Sie so nett und rufen Ihren Hund zurück.«

»Ich habe keinen Fernseher, weiß also nicht, was in der Welt draußen passiert. Aber egal, der Junge hier sagt, er will nicht mit Ihnen mitkommen. Sie sind also umsonst rausgefahren. Am besten machen Sie kehrt und kehren dorthin zurück, woher Sie gekommen sind.«

Whiteside stand so, dass er die Fahrertür zwischen sich und Tandy hatte. »Das geht leider nicht. Die Kinder gehören zu ihrer Mutter und ich habe ihr versprochen, sie ihr gesund und wohlbehalten zu bringen. Also, machen Sie sich keinen Ärger.«

Tandy lächelte. »Nee, Freundchen, den Ärger haben offenbar Sie. Ich sehe doch, dass Sie sich seit Tagen nicht mehr rasiert haben und Ihr Hemd blutig ist, und würde sagen, Sie führen nichts Gutes im Schilde. Ich gebe Ihnen zehn Sekunden, um wieder einzusteigen und wegzufahren, dann hetze ich Constance auf Sie.«

Er warf Sean einen kurzen Blick zu. »Geh mit deiner

Schwester in den Keller«, sagte er leise, »und schließt die Tür hinter euch ab.«

Sean blickte auf die Falltür. »Nein«, sagte er.

»Los, Junge, schnell!«

Sean rannte zum Sofa. Louise war aufgewacht und rieb sich die Augen. »Was ist?«, fragte sie.

»Wir müssen uns verstecken.« Er nahm ihre Hand und zog sie vom Sofa und zur Falltür. Dort ließ er sie los und packte den Griff der Tür. Aber die Tür wollte nicht aufgehen, egal wie stark er daran zog. »Hilf mir«, sagte er.

Louise legte ihre Hände neben seine und sie zogen gemeinsam. Die Tür hob sich und Sean sah die Leiter.

»Steig runter«, sagte er.

Louise schüttelte den Kopf.

»Los, mach schon.«

Louise trat auf die oberste Sprosse. Ihre Arme und Beine zitterten. Sobald sie unten angekommen war, zwängte auch Sean sich durch die Öffnung. Beim Hinuntersteigen hielt er die Tür mit einiger Mühe mit der Schulter auf. Er hörte Tandy noch etwas sagen, eine letzte Warnung, dann fiel die Tür zu. Sean tastete nach dem Riegel, fand ihn und schob ihn vor.

Während er im Dunkeln die letzten Sprossen hinunterstieg, fielen oben die ersten Schüsse.

53

Whiteside zog seine Dienstpistole, eine Glock 19, aber so, dass der Alte sie hinter der Autotür nicht sehen konnte. Er hatte nicht den geringsten Zweifel, dass Tandy ihn mit seinem AR-15 durchlöchern würde, bevor er zielen, geschweige denn abdrücken konnte.

»Ich mache Ihnen einen Vorschlag«, rief er. »Nehmen Sie doch das Gewehr runter und funken Sie Sheriff McCall an. Er wird Ihnen bestätigen, dass er mich angerufen und aufgefordert hat, herzukommen.«

»Das werde ich nicht tun«, erwiderte Tandy. »Ich weiß nicht, ob Sie mitgezählt haben, aber die zehn Sekunden sind längst um. Ich gebe Ihnen noch eine letzte Chance, zu verschwinden. Also, was ist?«

Whiteside machte sich bereit. »Ich bleibe.«

»Na denn.« Tandy nickte und spuckte auf die Veranda. »Constance, hol ihn dir.«

Der Hund schnellte hoch wie von Sprungfedern angetrieben. Whiteside setzte sich hastig wieder in den Wagen und wollte die Tür zuziehen, blieb aber mit dem linken Fuß hängen. Der Hund packte die Ferse seines Stiefels. Er bekam vor allem die Gummisohle zu fassen, aber einige seiner Zähne drangen auch durch das Leder. Whiteside schrie auf und wollte den Fuß wegziehen, aber der Hund warf knurrend den Kopf hin und her und weigerte sich, seine Beute freizugeben.

Whiteside drückte die Tür weit auf, richtete seine Pistole auf den Rücken des Hundes und schoss ihm zweimal zwischen die Schultern. Durch das Dröhnen in seinen Ohren hörte er ihn jaulen, aber er hielt seine Ferse weiter fest, auch als die Beine unter ihm einknickten. Whiteside trat mit dem rechten Fuß nach seiner Schnauze. Die Augen des Hunds wurden trübe und er ließ ihn endlich los.

Whiteside stieg wieder aus, doch da knallte ein Schuss und eine Kugel flog pfeifend über seinen Kopf. Er duckte sich und hielt die Tür als Schild vor sich. Im selben Moment zerschmetterte ein weiterer Schuss das Fahrerfenster. Glasscherben regneten auf seinen Kopf und seine Schultern.

Er zählte bis drei und vergegenwärtigte sich, wo Tandy in der Tür stand und wie weit er entfernt war. Dann richtete er sich auf, schob die Pistole durch das zerbrochene Fenster, visierte über Kimme und Korn und drückte dreimal auf den Abzug.

Der dritte Schuss traf Tandy in die rechte Schulter und der Alte taumelte rückwärts ins Haus. Whiteside hörte, wie er polternd auf den Boden schlug, gefolgt von seinem Gewehr. Dann ein Schwall von Flüchen.

Der Sheriff stand auf, ging mit erhobener Pistole um die Autotür und zielte auf das dunkle Innere der Hütte. Die Flüche drinnen waren verstummt, stattdessen war leises Stöhnen zu hören. Ganz langsam und vorsichtig näherte er sich der Hütte. Er machte dabei einen Bogen nach links, um nicht durch die Tür gesehen zu werden.

Dann sah er eine Bewegung drinnen dicht über dem Boden und wich instinktiv zur Seite aus. Den Bruchteil einer Sekunde lang erleuchtete Mündungsfeuer das Innere der Hütte und aus dem Dunkel schienen Tandys aufgerissene Augen und gebleckte Zähne auf. Der Schuss ging daneben und die Kugel zerfetzte einige Kiefernzweige auf der anderen Seite der Lichtung.

Durch die Tür nicht zu sehen, rannte Whiteside geduckt zur Hütte. Auf der Veranda drückte er sich sofort neben dem Fenster an die Wand und lauschte.

»Fahr zur Hölle, du elender … elender …«

Er näherte sich vorsichtig dem Fenster, spähte hinein und sah gerade noch, wie Tandy das Gewehr mit dem linken Arm in Richtung der Fensterscheibe schwang. Hastig duckte er sich, während das Fenster nach außen explodierte. Er kroch zur Tür, ohne die Druckschmerzen in seinen Knien zu beachten.

Am Türrahmen angekommen, streckte er die Hand aus und feuerte blindlings dreimal in geringer Entfernung vom Boden in die Hütte. Es folgte ein kurzer Moment der Stille, in dem nur das Echo der Schüsse durch die Bäume zog, dann hörte er einen Schmerzensschrei. Er kroch noch ein Stück weiter und spähte hinein.

Tandy lag auf dem Rücken, das Gewehr neben ihm. Eine Kugel war durch die Sohle seines linken Schuhs eingedrungen, die zweite steckte in seiner Leiste und die dritte im Oberschenkel. Doch noch atmete er, jeder Atemzug begleitet von einem Wimmern.

Whiteside richtete sich auf, ohne den Blick von Tandy abzuwenden. Die Pistole auf ihn gerichtet, näherte er sich ihm und schob mit dem Fuß das Gewehr weg, sodass Tandy es nicht mehr erreichen konnte.

»Wo sind sie?«, fragte er und ging auf Tandys rechte Seite.

»Scher dich zum Teufel«, krächzte Tandy matt.

Whiteside stellte den Fuß auf die verwundete Schulter des Alten und belastete ihn mit seinem Gewicht. Tandy schrie.

»Wo sind sie?«

Tandy lachte röchelnd. »Immer noch da?«, fragte er. »Ich sagte doch, du sollst dich zum Teufel scheren.«

Whiteside sah sich in dem dämmrigen Raum um. Eine offen stehende Tür führte in ein Schlafzimmer, aber dort war niemand. Es gab auch keine Möbel, hinter denen sich jemand hätte verstecken können.

Da fiel sein Blick auf den in den Boden eingelassenen Griff.

»Lass gut sein«, sagte er. »Ich glaube, ich habe sie gefunden.«

Er hielt Tandy die Mündung der Glock an die Stirn und ließ ihm keine Zeit, ihn noch einmal zu beschimpfen.

54

So schnell, wie ihr erschöpfter Körper es zuließ, rannte Audra über den von Kiefernnadeln bedeckten Boden. Den Schutz der Bäume hatte sie zurückgelassen. Danny lief ein paar Schritte hinter ihr. Auch er atmete keuchend, aber noch nicht so abgehackt wie sie. Im Osten konnte sie eine große freie Fläche erkennen, das ausgetrocknete Bett eines Sees, den die Dürre hatte verschwinden lassen.

Sie wusste nicht, woher die Schüsse kamen, offenbar vom Ende der Piste. Wie viele waren es gewesen? Sie hätte es nicht sagen können. Es waren immer gleich mehrere aufeinandergefolgt, die einen hart und scharf, die anderen ein Donnern, das den ganzen Wald erfüllte. Der letzte Schuss war von einer schrecklichen Endgültigkeit gewesen, wie der Schlusspunkt der Auseinandersetzung.

Die Piste schien ewig weiter bergauf zu führen und Audras Lungen fühlten sich an, als müssten sie gleich platzen. Ihre Muskeln schrien nach Sauerstoff, ihre Beine waren bleiern schwer. Sie stolperte und begann mit den Armen zu rudern, aber ihr Schwung trug sie weiter, bis Danny sie am Oberarm packen und stützen konnte. Sie rannte weiter.

»Da«, stieß Danny zwischen zwei Atemzügen hervor.

Er zeigte auf einen Weg, der von der Piste abzweigte. Durch die Bäume konnten sie eine Lichtung mit einer Hütte und zwei Autos erkennen. Audra ließ sich von ihm in die entsprechende Richtung lenken. Von irgendwoher wuchs ihr neue Kraft zu, die sie vorwärtstrieb.

Sie erreichten die Lichtung. Audra wollte die Namen ihrer Kinder rufen, doch Danny verhinderte es, indem er ihr rasch die Hand auf den Mund legte. Dann zog er sie am Arm, sodass sie stehen bleiben musste.

Er zeigte auf seine Augen und Ohren. Beobachten, lauschen.

Geduckt schlichen sie zum Waldrand. Whitesides Streifenwagen stand mit dem Kühler zur Hütte, der Kofferraum war geöffnet. Neben der Fahrertür lag inmitten von Glasscherben und einer Blutlache ein Hund. Von den Überresten eines Feuers in einem Fass neben der Hütte stiegen einige träge Rauchfäden auf. Die Tür der Hütte stand halb offen, ein Fenster war zersplittert.

Gedeckt durch den zwischen ihm und der Hütte stehenden Streifenwagen huschte Danny über die Lichtung. Audra folgte ihm, ebenfalls geduckt, und griff im Laufen nach der Pistole, die sie in den Hosenbund gesteckt hatte. Hinter der offenen Fahrertür blieb Danny stehen und spähte durch das zerschossene Fenster. Audra schloss zu ihm auf. Unter ihren Füßen knirschte Glas.

»Sieh dort«, flüsterte er, »in der Tür.«

Audra blickte in das dunkle Innere der Hütte und sah die Füße eines Mannes. Sie wusste sofort, dass es sich um die Leiche des Bewohners der Hütte handeln musste. Dann hörte sie von weiter drinnen angestrengtes Ächzen, gefolgt von Flüchen. Sie sah Danny an und er nickte, ja, er hatte es auch gehört. Er zeigte auf die rechte Seite der Hütte, die mit dem intakten Fenster, und bedeutete ihr mit einer abwärts gerichteten Handbewegung, weiter geduckt zu laufen.

Er ging zum Heck des Wagens und auf der Beifahrerseite wieder nach vorn. Audra folgte dicht hinter ihm. Einen Moment lang betrachtete er die Tür, dann lief er geduckt zur Hütte. Vor der Veranda blieb er kurz stehen, dann stieg er sie ganz langsam hinauf, mit langen Pausen nach jedem Schritt.

Von drinnen wieder das Ächzen und weitere Flüche.

Danny winkte Audra zu sich. Sie holte tief Luft und rannte mit gesenktem Kopf los. An der Veranda angekommen, überlegte sie, wie sie sie überqueren konnte, ohne dass die Dielen laut knarrten. Danny winkte ihr wieder und sie sprang mit zwei leichten, kaum hörbaren Schritten hinüber.

»Na komm schon«, knurrte drinnen eine Stimme.

Audra hörte lautes Splittern, gefolgt von einem metallischen Klirren. Dann ein rhythmisches Knirschen, begleitet von angestrengtem Ächzen. Sie trat vorsichtig an das Fenster und blickte hindurch. Ein Schlafzimmer, in dessen Mitte als einziges Möbelstück ein einfaches Bett mit einem eisernen Gestell stand. Danny näherte sich Zentimeter für Zentimeter der Tür. Die leisen Geräusche seiner Bewegungen wurden von dem Lärm drinnen übertönt. Audra folgte ihm.

An der Tür angekommen, richtete Danny sich vorsichtig auf. Audra ging um ihn herum und nahm dieselbe Haltung ein, die Glock schussbereit in der erhobenen Hand.

Drinnen kniete in einem blutbespritzten Hemd Ronald Whiteside und hebelte mit einer Brechstange eine Falltür auf. Der Sheriff hatte die Zähne zusammengebissen und auf seiner Stirn stand der Schweiß. Er bemerkte die Ankömmlinge nicht, so sehr war er darauf konzentriert, die Tür zu öffnen. Fast hatte er es geschafft.

Ein letztes Knirschen, und was immer die Tür von der anderen Seite festhielt, gab nach. Mit einem triumphierenden Schrei nahm Whiteside die Brechstange in die linke Hand, packte mit der rechten den Griff der Falltür und zog sie auf.

»Whiteside«, sagte Danny.

Der Sheriff fuhr herum, als er seinen Namen hörte, und griff mit der rechten Hand nach der Pistole, die auf dem Boden lag. Danny schoss, aber da hatte Whiteside sich schon auf den Boden fallen lassen und die Kugel riss ein Loch in die Wand.

Mit der Pistole in der Hand rollte Whiteside seitlich in das Loch zum Keller und verschwand.

55

Der Sheriff fiel in das dunkle Loch. Instinktiv ließ er die Brechstange los und streckte die Hand aus. Er streifte mit den Fingern eine Sprosse, die nächste bekam er zu fassen. Die Brechstange landete klappernd auf dem Boden und als Nächstes hing er mit seinem ganzen Gewicht an seiner Schulter. Seine Finger rutschten ab und er schlug mit dem Rücken auf dem harten Boden auf. Ein Schmerzensschrei entfuhr ihm.

Über ihm eilten Schritte über den Boden, dann erschien das Gesicht des Asiaten, dieses Lee, am Rand der Öffnung. Whiteside hob seine Glock und feuerte zweimal zu dem hellen Viereck hinauf. Daraufhin war Lee verschwunden. Der Sheriff wälzte sich auf die Seite, in den Schatten, und richtete sich auf die Knie auf.

»Mein Gott«, keuchte er mit zusammengebissenen Zähnen.

Sengende Schmerzen fuhren ihm durch den Rücken und drohten ihn zu überwältigen, aber er zwang sich, sie zu ignorieren. Schmerzen konnte er jetzt nicht gebrauchen. Er unterdrückte ein Stöhnen und zwang sich, aufzustehen. Dann wich er noch weiter von dem dämmrigen Viereck zurück, das die offene Falltür auf den groben Zementboden warf.

Er stieß mit der Ferse gegen die Brechstange auf dem Boden und stolperte rückwärts. Mit dem Hinterkopf stieß er gegen einen lose schwingenden, schweren Gegenstand.

Er griff danach. An einem Deckenbalken hing eine Taschenlampe. Er hielt sich daran fest, drehte sich um sich selbst und versuchte mit den Augen das Dunkel um ihn zu durchdringen. Dann drückte er auf den Einschaltknopf. Ein scharfer Strahl schnitt durch die Nacht und die an einer Schnur baumelnde Taschenlampe warf tanzende Schatten an die Kellerwände.

Sein Blick wanderte über lange Reihen von Konserven, Stapel von Decken und Kleidern und eine chemische Toilette. Und dort, hinter einigen Kisten am hinteren Ende des Kellers, kauerten der Junge und das Mädchen. Whiteside ging schwankend auf sie zu und zielte mit der Glock auf die Brust des Mädchens.

Dann packte er sie. Der Junge wehrte sich, aber Whiteside schlug ihn hart an den Kopf. Am Kragen zerrte er ihn hinter den Kisten hervor, anschließend tat er mit dem Mädchen dasselbe. Mit seinem freien Arm zog er sie neben sich. Sie wimmerten beide. Whiteside zielte mit der Glock zur Falltür hinauf.

»Mom!«, rief der Junge.

»Still«, befahl Whiteside. »Sei still oder ich erschieße euch alle.«

Der Kopf der Frau erschien in der Öffnung und blickte zu ihnen herunter. Wieder rief der Junge nach ihr.

»Hören Sie mir zu«, sagte Whiteside. »Sie und Ihr Freund verschwinden jetzt von hier, sonst puste ich Ihren Kindern eine Kugel durch den Kopf.«

Das Gesicht verschwand und einen kurzen Moment glaubte Whiteside, die Frau würde seine Anweisung befolgen. Dann erschienen ihre Füße und suchten nach der ersten Sprosse der Leiter.

»Nicht, Audra«, sagte eine Stimme von oben.

Audra stieg unbewaffnet nach unten. Whiteside richtete

seine Pistole auf sie. Als sie auf dem Boden stand, drehte sie sich zu ihm um. Ihre Augen blitzten wie der Strahl der Taschenlampe, der zwischen ihnen auf und ab tanzte. In der Öffnung erschien wieder das Gesicht des Asiaten.

»Audra, was ...«

»Bleiben Sie da oben«, sagte sie. »Wenn er den Keller verlassen will, erschießen Sie ihn.«

»Audra, hören Sie mir zu ...«

»Tun Sie es einfach.« Audra ging einen Schritt auf Whiteside zu.

»Zurück«, sagte der Sheriff warnend. »Ich nehme die Kinder mit, das steht fest.«

»Nein.« Audra kam noch einen Schritt näher. »Ich lasse sie mir nicht mehr wegnehmen.«

Whiteside wich zurück und zog den Jungen und das Mädchen mit dem linken Arm, den er um sie geschlungen hatte, mit.

»Bleiben Sie stehen, verdammt noch mal.« Seine Stimme hallte durch den Keller.

»Sean, Louise«, sagte Audra, »euch wird nichts passieren.«

»Mund halten«, befahl Whiteside und richtete die Mündung der Pistole erneut auf Audra. »Ich nehme die Kinder mit. Zwingen Sie mich nicht, ihnen etwas anzutun. Ich habe Collins getötet und den alten Mann und glauben Sie mir, wenn Sie mich dazu zwingen, werde ich wieder töten.«

Audra kam noch näher. »Lassen Sie meine Kinder los.«

In Whiteside stieg ein hysterisches Lachen auf, aber er schluckte es hinunter.

»Hören Sie mir zu«, sagte er. »Es gibt da einen Mann, der mir eine Million Dollar pro Kind zahlt und drei Millionen für ein Paar. Sie können bitten und betteln und mir drohen, wie Sie wollen, aber kein Wort, das Sie sagen, ist mehr wert als drei Millionen, okay?«

Audra bückte sich nach der Brechstange und packte sie. Scharrend fuhr das Ende der Stange über den Boden. Audra richtete sich auf, die Stange in der Hand.

»Zum letzten Mal«, sagte sie. »Lassen Sie meine Kinder los.«

Whiteside blickte auf die Stange. »Was haben Sie damit vor?«

Audra sah ihn nur unverwandt an und ihr Blick war so kalt, dass er es auf einmal mit der Angst zu tun bekam.

Dann hob sie die Stange und schlug damit auf die Taschenlampe. Die Taschenlampe flog durch den Keller und ging flackernd aus.

56

Audra warf sich zu Boden, als der grelle Mündungsblitz aufzuckte und der Druck der Explosion sich ihr auf die Ohren legte. Durch den Lärm hindurch hörte sie kleine Füße hastig tiefer in das Dunkel des Kellers laufen. Dann ein heiserer Wutschrei.

Sie richtete sich auf die Knie auf und rutschte geduckt auf die Stelle zu, aus der der Schuss gekommen war.

Erneut ein Mündungsblitz, der in dieselbe Richtung zielte, in die die Schritte gelaufen waren. Audra hielt die Luft an und hörte pulverisierten Beton zu Boden rieseln und dann wieder die Schritte am hinteren Ende des Kellers.

Whiteside schoss zum dritten Mal und sie spürte, wie die Kugel an ihrem Kopf vorbeiflog. Sie warf sich auf den Bauch und blieb bewegungslos liegen, während Konserven klappernd aus den Regalen fielen und eine Flüssigkeit gluckernd aus einem Behälter lief. Der Sheriff schrie wieder, ein durchdringender, kaum noch artikulierter Schrei.

Auf dem Bauch robbte Audra weiter, den Blick unverwandt auf die Stelle des letzten Mündungsblitzes gerichtet, die Stange angehoben, um sich nicht durch ein Scharren zu verraten.

»Verdammt noch mal«, brüllte Whiteside. »Zur Hölle mit Ihnen.«

Die Stimme kam von oben und Audra merkte sich die

Stelle. Noch wenige Zentimeter. Der raue Beton schürfte ihr Ellbogen und Knie auf.

»Zur Hölle mit Ihnen«, wiederholte er mit einem ersterbenden Wimmern.

Audra richtete sich auf die Knie auf, holte aus und schlug mit aller Kraft zu. Eisen traf auf Knochen und Whiteside schrie. Sie hörte ihn zu Boden gehen, sprang auf und hob die Stange über den Kopf, um ihn damit erneut zu treffen, egal wo.

Wieder sah sie den Mündungsblitz, diesmal unter sich, und spürte einen Schlag gegen die Schulter. Noch bevor sie die Schmerzen spüren konnte, schlug sie zu. Die Stange traf und Audra hörte etwas zerbrechen. Dann ein Klappern, als die Pistole über den Boden schlidderte, ein Scheppern, als ihr die Stange aus der Hand glitt, und ein zweiter Schmerzensschrei.

Besinnungslose Wut überkam sie und sie stürzte sich brüllend auf den Sheriff, sprang auf ihn und schlug wie rasend mit den Fäusten auf ihn ein, dass sie es bis zu den Schultern hinauf in den Armen spürte. Die dumpfen Schläge waren wie Musik in ihren Ohren und sie begann zu lachen und lachte immer weiter, bis ihr die Luft wegblieb.

Jemand rief, halt, aufhören, bitte aufhören, aber die Stimme war weit weg, ein jämmerliches Winseln, das sie vollkommen kaltließ.

Gleißendes Licht erfüllte den Raum, das immer wieder ausging, und sie sah Whiteside unter sich, wie er mit erhobenen Armen sein Gesicht zu schützen versuchte. Dann ein Klatschen und Klappern und wieder das flackernde Licht, in dem der von roten Striemen übersäte Whiteside unter ihr mit ruckartigen Bewegungen zu tanzen schien.

»Mom«, sagte Sean.

Sie erstarrte, die blutigen Fäuste über den Kopf erhoben, und wandte sich in die Richtung, aus der die Stimme ihres Sohnes kam.

Und dort stand er, auf der anderen Seite des Kellerraums, die Taschenlampe in den Händen und seine Schwester neben sich. Er schüttelte die Lampe und schlug sie gegen seine Handfläche, um die Birne wieder zum Leuchten zu bringen.

»Nicht, Mom«, sagte er.

Hinter ihm tauchte Danny auf, den Revolver auf Whiteside gerichtet.

Da ließ Audra die Hände fallen. Sie kroch von Whiteside herunter, wandte sich ihren Kindern zu, richtete sich auf die Knie auf und breitete die Arme aus. Und die beiden kamen und sie spürte ihre heißen, feuchten Gesichter an ihrer Haut und schlang die Arme um sie und drückte sie fest an sich.

Umtanzt vom flackernden Schein der Taschenlampe, begann sie zu weinen.

57

Die Sonne stand bereits hoch über den Bäumen und erfüllte den Platz um die Hütte mit ihrem Licht. Audra genoss die Wärme auf der Haut. Von all den Dingen, die im Moment wichtig waren, hätte die Sonne eigentlich das unwichtigste sein sollen, aber trotzdem freute sie sich daran.

Whiteside saß auf der Veranda, den blutenden Kopf gesenkt und den geschwollenen rechten Arm im Schoß. Der linke Arm war mit seinen eigenen Handschellen an das Handgelenk des rechten gefesselt. Der Sheriff hatte vor Schmerzen gebrüllt, als Danny den gebrochenen Arm an den anderen gedrückt hatte. Jetzt zitterte er und sein Schweiß mischte sich mit dem von Nase und Lippen tropfenden Blut und lief ihm in blassroten Rinnsalen über das Kinn.

Sean ließ ihn nicht aus den Augen. Er hatte gefragt, ob er eine Pistole bekommen könnte, um ihn damit zu bewachen. Audra hatte zuerst nicht glauben wollen, dass ihr Junge ernsthaft imstande wäre, mit einer Waffe auf einen anderen Menschen zu zielen, doch dann sah sie den harten Blick in seinen Augen, der neu war, und musste sich korrigieren. Die Erkenntnis war wie ein Schock, den sie immer noch spürte. Trotzdem gab sie ihm die Waffe nicht. Whiteside war nicht mehr imstande, zu fliehen.

Danny hatte im Keller der Hütte einen alten Verbandskasten gefunden und versorgte die Wunde an Audras Schulter. Louise hatte sich auf Audras Schoß gekuschelt. Es sei nur ein Streifschuss, sagte Danny, aber es tat trotzdem höllisch weh, als er die Wunde desinfizierte. Anschließend verband er sie mit einer Kompresse und Klebeband.

»So müsste es gehen«, sagte er schließlich. »Die Wunde muss genäht werden, wenn wir wieder in der Zivilisation sind, aber bis dahin werden Sie überleben.«

Er wollte aufstehen, aber Audra sagte: »Hey.«

Er hockte sich wieder neben sie.

»Danke«, sagte sie. »Ich verdanke Ihnen ... alles.«

Er streckte die Hand aus und strich ihr mit den Fingern über die Wange. »Passen Sie gut auf die beiden auf, mehr braucht es nicht.«

Er stand auf und Audra winkte ihrem Sohn. Sean kam zu ihr und setzte sich neben sie. Audra hob den Arm. Es tat höllisch weh, aber sie legte ihn trotzdem um ihn. Er schmiegte sich an sie und sie küsste ihn auf den Scheitel.

Danny ging zu Whiteside, stellte einen Fuß neben ihm auf die Veranda und beugte sich über ihn.

»Wo und wann findet die Übergabe statt?«, fragte er.

»Verpiss dich«, sagte Whiteside.

Danny schlug ihn auf den gebrochenen Arm und Whiteside tat einen schrillen Schrei.

Louise vergrub das Gesicht an Audras Brust, doch Sean wandte den Blick nicht ab. Audra zog ihn an sich und drehte sein Gesicht mit der Hand in eine andere Richtung.

Danny zog ein Messer aus einer an seinem Gürtel befestigten Scheide, ein Messer, das er in der Hütte des Alten an der Wand hatte hängen sehen, und hielt es Whiteside vor die Augen. Die Klinge blitzte in der Sonne. Dann packte er das linke Ohr des Sheriffs und hielt das Messer daran.

»Sagen Sie es mir«, sagte er, »oder ich zeige Ihnen, warum man mich den Messerjungen nennt.«

»Um vier«, sagte Whiteside mit zusammengebissenen Zähnen. »Auf halber Strecke zwischen Las Vegas und hier. Bei einem aufgelassenen Einkaufszentrum an der I-40.«

Danny ließ Whitesides Ohr los. »Und das ist wie weit weg? Zwei Stunden?«

»So ungefähr.«

Danny sah auf die Uhr und schwieg einen Moment. Dann sagte er: »Nach Silver Water zurück sind es zwei oder vielleicht zweieinhalb Stunden. Wir sollten fahren und dieses Stück Scheiße Mitchell übergeben.«

»Nein«, sagte Audra.

Danny sah sie verwirrt an. »Was?«

»Die Übergabe findet zwei Stunden nordwestlich von hier um vier Uhr statt.«

»Behauptet er.«

»Und wie spät ist es jetzt?«, fragte sie.

Danny blickte wieder auf die Uhr. »Zwanzig vor zwei.«

»Ich komme mit Whiteside zurecht«, sagte Audra. Sie blickte zu dem verbeulten und rostigen Pick-up, der neben der Hütte parkte, und wieder zurück zu Danny. »Helfen Sie mir nur, ihn in den Streifenwagen zu setzen, dann bringe ich ihn nach Silver Water. Zwischen ihm und uns ist ein Gitter, er kann uns also nichts tun. Sie nehmen den Pick-up und fahren zur Übergabe. Finden Sie die Männer. Und dann fragen Sie sie das, was Sie auch die anderen gefragt haben, die Polizisten, die Ihnen Ihre Tochter weggenommen haben.«

Danny hielt ihren Blick einen Moment lang, dann wandte er sich ab. »Ich kenne die Antwort schon.«

»Nein«, widersprach Audra. »Oder jedenfalls sind Sie sich nicht sicher.«

Danny ließ mit einem zitternden Seufzen die Luft entweichen. »Vielleicht will ich die Antwort ja gar nicht wissen. Und vielleicht habe ich mich damit abgefunden, dass ich diese Männer nie finden werde.«

»Das glaube ich nicht«, sagte Audra. »Sie werden erst zur Ruhe kommen, wenn Sie es wissen.«

»Und wenn ich sie frage und sie geben die falsche Antwort ...«

Er sah Audra wieder an und sie merkte, dass er ihre Erlaubnis wollte, als ob sie berechtigt wäre, sie ihm zu geben.

»Dann tun Sie, was Sie tun müssen«, sagte sie.

58

Durch die schmutzige Windschutzscheibe des Pick-ups sah Danny den schwarzen Geländewagen auf den leeren Parkplatz einbiegen. Er blickte auf seine Armbanduhr: fünf Minuten vor vier. Er selbst war bereits vor einer Viertelstunde eingetroffen. Der alte Pick-up hatte unterwegs so sehr geklappert und gekeucht, dass Danny schon gefürchtet hatte, er würde die Fahrt nicht überstehen. Jetzt spielte das keine Rolle mehr. Wenn alles nach Plan verlief, brauchte er den Wagen nicht mehr.

Der Parkplatz erstreckte sich mehrere Hundert Meter in alle Richtungen, eine hellgraue, von der Sonne ausgebleichte Asphaltfläche, keinen Kilometer von der Interstate entfernt. Eigentlich hätte es hier von Autos wimmeln müssen und von ankommenden und abfahrenden Kunden mit ihren Einkäufen und Taschen. Stattdessen lagen die Gebäude des Einkaufszentrums verlassen da wie eine Gruppe verwaister Kinder. Eine Fehlinvestition, ein Opfer der Wirtschaftskrise zweifellos. Jemand hatte hier alles verloren, dachte Danny.

Der Geländewagen rollte über den Parkplatz langsam auf ihn zu. Die Insassen konnte Danny durch die getönten Scheiben nicht erkennen. Die anderen würden ihn trotz der dreckigen Scheibe des Pick-ups viel früher sehen als er sie. Auf dem Beifahrersitz hatte er einige Decken so arrangiert, dass man den Eindruck haben konnte, dort säße jemand. Das Sturmgewehr, das er aus der Hütte des toten Alten mitgenommen hatte, lag in Reichweite.

Würde er heute sterben?

Er hielt es durchaus für möglich. Aber es machte ihm nichts aus. Solange er tat, was getan werden musste. Solange er herausfand, was er wissen musste. Solange sie bezahlten.

Der Geländewagen blieb zehn Meter von ihm entfernt stehen. Danny beobachtete ihn und wartete ab. Die Insassen des Geländewagens taten dasselbe. Danny zog das Sturmgewehr vom Beifahrersitz auf seinen Schoß und legte die Hand an den Griff und den Finger an den Abzugbügel. Laut seiner Uhr verging eine volle Minute, ohne dass etwas passierte.

Dann endlich öffnete der Fahrer des Geländewagens die Tür. Wieder verstrichen ein paar Sekunden, dann stieg ein kahlköpfiger Hüne in einem schwarzen Anzug aus. Er ließ die Tür offen und ging langsam auf den Pick-up zu. Danny zählte seine Schritte mit und überlegte, wie lange der Mann brauchen würde, zum Geländewagen zurückzurennen, wenn er fliehen wollte. Auf halbem Weg zwischen den beiden Autos blieb der Mann stehen. Seine Hände waren geöffnet und hingen seitlich an ihm hinunter, sein Gewicht hatte er auf beide Füße verteilt.

Danny kurbelte das Fahrerfenster herunter. Der Mann legte den Kopf schräg und lauschte mit zusammengekniffenen Augen auf das Knarren der sich senkenden Scheibe. Wieder vergingen einige Sekunden mit Schweigen. Der Mann blickte über die Schulter zum Geländewagen zurück und dann wieder auf den Pick-up.

Jetzt, dachte Danny.

Er stieß die Tür auf, sprang aus dem Wagen, hob das Gewehr und zielte durch das offene Fenster. Der Hüne starrte ihn erschrocken an und griff in Panik nach dem Holster unter seinem Jackett.

»Nicht«, rief Danny.

Vielleicht hörte der Mann ihn nicht. Oder er glaubte, er könnte schnell genug ziehen und zielen. Es spielte keine Rolle, denn ein Feuerstoß des Sturmgewehrs streckte ihn nieder und seine Pistole flog klappernd über den Asphalt.

Danny verlor keine Zeit. Er ging um die offene Tür und auf den Geländewagen zu, ohne auf das verzweifelte Gurgeln und Stöhnen des Mannes zu achten, den er erschossen hatte. Als er sich dem Geländewagen näherte, hörte er die atemlose Stimme einer Frau.

»Um Gottes willen«, sagte sie, »bitte nicht, oh Gott, nein, nein, nein, oh Gott, nein, oh Gott ...«

Kurz vor der offenen Fahrertür wurde Danny langsamer. Er blickte in den Wagen hinein. Drinnen hing eine Frau über den Tassenhaltern und der Armlehne. Die Jackentasche ihres marineblauen Kostüms hatte sich bei dem Versuch, sich mit den Händen am Lenkrad auf den Fahrersitz zu ziehen, am Schalthebel verfangen. Sie war um die vierzig und hatte einen ungebärdigen Schopf rot gelockter Haare, den sie nach hinten gebunden hatte. In Panik starrte sie Danny an.

»Bitte, töten Sie mich nicht«, sagte sie.

Danny blickte in den hinteren Teil des Wagens, sah aber niemanden mehr. »Wohin wollten sie die Kinder bringen?«, fragte er.

»Nach Las Vegas«, sagte die Frau. »Zu einer Party, in ein Haus in Summerlin.«

Sie nannte ihm den Namen des Hausbesitzers und Anführers und Danny hatte ein Gesicht vor Augen. Ein Internetmilliardär, bekannt nicht nur für sein Geld, sondern auch für seine wohltätigen Spenden.

»Erinnern Sie sich an ein kleines Mädchen vor fünf Jahren?«, fragte Danny. »Sechs Jahre alt, schwarze Haare, dunkle Augen.«

Die Frau ließ das Steuer los und schüttelte den Kopf. »Ich weiß nicht«, sagte sie. »Da waren so viele.«

Danny drückte ihr die Mündung des Gewehrs an den Kopf. Sie machte die Augen fest zu.

»Ich erinnere mich nicht an das Mädchen, es tut mir leid, bitte nicht, bitte, bitte nicht …«

»Bringen Sie mich hin.«

Sie öffnete die Augen und brachte ihren Atem unter Kontrolle. »Lassen Sie mich dann am Leben?«

»Wir werden sehen«, sagte Danny.

59

Audra fuhr und der Wind, der durch das zertrümmerte Fenster wehte, blies ihr die schweißnassen Haare nach hinten und kühlte ihre Stirn. Auf dem Beifahrersitz saßen aneinandergelehnt Sean und Louise. Beide schliefen fest. Whiteside saß hinten, durch ein eisernes Gitter von ihnen getrennt. Im Spiegel sah sie, dass er gegen die Tür gesackt war. Seine Augen waren halb geschlossen, der Mund war halb geöffnet und von den Lippen tropfte blutiger Schleim.

Sie benutzte das Navi von Whitesides Handy, um nach Elder County zurückzufinden. Zwei Stunden war sie schon unterwegs, noch zwanzig Minuten musste sie fahren. Die Wunde an ihrer Schulter brannte und juckte bei jeder Bewegung, aber es war ihr egal. Sie wollte nur noch zusammen mit ihren Kindern ins Bett kriechen und mit ihnen in den Armen einschlafen.

Ein paar Minuten später tauchte das Hinweisschild nach Silver Water auf. Sie wurde langsamer, fuhr an den Rand und zog die Handbremse. Vor ihr, auf der anderen Seite der Ausfahrt, war die Stelle, an der Whiteside sie angehalten hatte. Erst drei Tage war das her.

»Collins hatte recht.«

Audra zuckte zusammen, als sie seine Stimme hörte. Sie blickte in den Rückspiegel und sah, dass er sie anstarrte. Seine Augen glänzten.

»Womit?«, fragte sie.

»Ich hätte Sie töten sollen«, sagte er.

»Aber Sie haben es nicht getan. Und selbst wenn Sie es getan hätten, wären Sie irgendwann wieder hier gelandet. Selbst wenn Sie das viele Geld bekommen hätten, es wäre Ihr Fluch gewesen. Das wissen Sie doch, oder?«

Er wandte den Blick vom Spiegel ab, dann sah er sie wieder an. »Tun Sie mir einen Gefallen?«

»Welchen?«

Whiteside ließ die Luft entweichen, ein tränenersticktes Seufzen. Eine Träne rollte über seine blutige Wange.

»Töten Sie mich«, sagte er. »Schießen Sie mir eine Kugel durch den Kopf und werfen Sie mich hier raus.«

Diesmal sah Audra weg und ließ den Blick über die endlose Wüste, die fernen Berge und das Meer von Blau über ihnen wandern.

»Ich weiß, dass Sie das wollen«, sagte Whiteside.

Sie blickte wieder in den Spiegel und erwiderte seinen Blick. »Stimmt, ich will es. Aber ich tue es nicht. Doch keine Sorge, Sie bekommen, was Sie verdient haben.«

Sie ließ den Motor wieder an, legte einen Gang ein und fuhr los. Sie nahm die Ausfahrt, folgte der gewundenen, bergauf führenden Straße und dachte daran, wie sie damals in demselben Wagen gesessen hatte, hinter demselben Gitter, ohne zu ahnen, was sie erwartete. Erfüllt von einer tiefen Trauer, erreichte sie die Kuppe und machte sich an die Abfahrt in das Becken auf der anderen Seite.

Dieselben Serpentinen, dieselben Häusergruppen und dieselbe verzweifelte Armut wie noch vor ein paar Tagen, aber trotzdem ganz anders. Sie wusste, dass nichts mehr so sein würde wie früher, weder für sie noch für ihre Kinder.

Sie näherte sich der Brücke, die über die kümmerlichen

Überreste des Flusses führte, überquerte sie und fuhr nach Silver Water hinein. Hinter sich hörte sie Whiteside schniefen und wimmern. Dann schlug er seinen Kopf einmal, zweimal, dreimal gegen die Scheibe und hinterließ dort einen blutigen Fleck.

Audra fuhr die Main Street langsam bis zum anderen Ende. Vor dem Revier des Sheriffs und dem Rathaus parkten Polizeiautos und entlang der Straße die Ü-Wagen der Medien. Überall standen Reporter mit gelangweilten Gesichtern herum. Audra hielt mitten auf der Straße und stellte den Motor ab. Sie legte die Hand auf die Mitte des Lenkrads, drückte die Hupe und hielt sie gedrückt, bis die Polizisten und Reporter die Köpfe hoben. Dann öffnete sie die Tür und ließ sie aufschwingen, so weit es ging.

Ein Polizist sah sie. »Mein Gott, da ist sie ja.«

Sie stemmte sich hinter dem Lenkrad hervor und musste gegen ihre eigene Müdigkeit ankämpfen. Der Polizist sah die Glock in ihrer Hand und zog seine Pistole.

»Lassen Sie die Waffe fallen!«

Die anderen Polizisten näherten sich im Laufschritt und zogen ebenfalls ihre Pistolen. Ein Dutzend, vielleicht noch mehr. Dazu wildes Geschrei. Legen Sie sich auf den Boden, lassen Sie die Waffe fallen. Audra hob die Hände über den Kopf, behielt die Glock aber in der rechten Hand, den Finger allerdings nicht am Abzug. Sie war noch nicht bereit, die Waffe herzugeben. Noch nicht.

Auch die Reporter versammelten sich eilends und richteten die Kameras auf sie. Die Polizisten kamen näher und umzingelten sie. Ihr Geschrei wurde noch lauter. Auf den Boden. Waffe fallen lassen. Wenn die Kameras nicht gewesen wären, hätten sie sie erschossen, davon war Audra überzeugt. Sie hätte eigentlich furchtbare Angst haben müssen, aber eine seltsame Ruhe war über sie gekommen, als sie aus dem Auto gestiegen war. Nicht einmal ein Dutzend schussbereit auf sie gerichtete Pistolen konnten diese Ruhe erschüttern.

Eine Stimme übertönte die anderen, Audra kannte sie: Special Agent Mitchell.

»Nicht schießen! Niemand schießt!«

Atemlos und mit aufgerissenen Augen drängte Mitchell sich zwischen den Polizisten hindurch.

»Geben Sie mir die Waffe, Audra.«

»Noch nicht«, erwiderte Audra und ging mit erhobenen Händen rückwärts zur hinteren Tür. Mit der linken Hand öffnete sie sie. Whiteside kippte mit der Schulter voran heraus, blieb aber auf halbem Weg hängen. Audra packte ihn am Kragen und zerrte ihn vollends ins Freie. Er fiel auf die Straße und schrie vor Schmerzen auf.

Mitchell schüttelte den Kopf. »Mein Gott, Audra, was haben Sie gemacht?«

»Dieser Mann hat meine Kinder entführt«, sagte Audra und hob die linke Hand wieder. Ganz ruhig und langsam ging sie nach vorn.

Die Polizisten zielten erneut auf sie und begannen zu rufen.

»Nicht schießen«, befahl Mitchell.

Audra ging um den Kühler zur Beifahrerseite und öffnete die Tür. Sean war am Aufwachen, Louise schlief noch.

Mitchell, die Audra gefolgt war, starrte durch die Tür. »Mein Gott.« Sie drehte sich um. »Waffen runter«, rief sie den Polizisten zu. »Sofort.«

Die Polizisten gehorchten und senkten einer nach dem anderen langsam die Waffe. Mitchell wandte sich wieder an Audra und streckte die Hand aus.

»Geben Sie mir die Pistole«, sagte sie. »Bitte.«

Diesmal zögerte Audra nicht. Sie nahm die Hände herunter und übergab die Pistole. Mitchell zog das Magazin heraus und leerte das Patronenlager.

Audra ging vor der Beifahrertür in die Hocke, streckte den Arm aus und strich Sean über die Haare und Louise über die Wange. Louises Augen gingen blinzelnd auf.

»Mommy«, sagte sie, »sind wir zu Hause?«

»Noch nicht, Schatz«, sagte Audra. »Aber bald. Komm.«

Sie fasste hinein, nahm Louise in die Arme und hob sie heraus. Sean folgte seiner Schwester. Mit Louises Armen um den Hals und ihren Beinen um die Hüften und Sean an der Hand ging Audra zwischen den Polizisten und Reportern hindurch. Sie schenkte den fragenden Blicken und offenen Mündern und den durcheinanderredenden Stimmen keine Beachtung.

Die Tür der Pension auf der anderen Straßenseite stand offen. In ihr wartete Mrs Gerber. Sie hatte die Hände vor den Mund geschlagen und in ihren Augen glänzten Tränen.

Mitchell rannte Audra nach. »Audra, was haben Sie vor?«

Audra blickte über die Schulter, ohne stehen zu bleiben.

»Meine Kinder ins Bett bringen«, sagte sie.

60

Bei ihrer Ankunft im Krankenhaus von Scottsdale hatten die Schwestern sie in verschiedenen Zimmern unterbringen wollen, doch Audra hatte abgelehnt und Sean und Louise nicht loslassen wollen. Mitchell hatte schließlich vermittelt und dafür gesorgt, dass sie ein gemeinsames Zimmer bekamen. Die einzige Lösung war ein Einzelzimmer mit zwei Betten gewesen.

Ein Bett war leer geblieben, in dem anderen lag Audra, die Kinder an sich gedrückt. Louise hatte noch eine Dosis des Antibiotikums bekommen und schlief jetzt mit dem Kopf auf Audras linker Brust, leise schnarchend. Sean lag auf der anderen Seite und blickte zu dem Fernseher an der Wand hinauf.

Audra hatte die Nachrichten, die sich ständig wiederholten, inzwischen gründlich satt. Immer wieder dieselben ruckelnden Aufnahmen von ihr, wie sie um das Auto herumging, von Whiteside, wie er aus der Tür kippte, und von den Kindern auf dem Beifahrersitz. Die Reporter hatten ihr dramatisches Vokabular verbraucht, die erste Aufregung hatte sich gelegt und der Fall war im Grunde abgeschlossen.

Neu waren in der vergangenen Stunde nur Bilder von Patrick gewesen, wie er seiner Mutter vor einem Hotel in eine schwarze Limousine half und die Reporter, die sie umlagerten, schroff beschied, dass er keinen Kommentar abgeben werde.

Aber Audra würde einen Kommentar abgeben, wenn alles vorbei war. Wenn die Presse dann ankam, um ihre Version zu hören, würde sie ihnen in aller Ausführlichkeit erzählen, wie niederträchtig sie von ihrem Mann und dessen Mutter behandelt worden war. Sollten deren reiche und mächtige Freunde ruhig erfahren, wer die beiden in Wirklichkeit waren. Audra würde ihnen mit Vergnügen auf die Sprünge helfen, aber nicht jetzt, sondern später.

Sie griff nach der Fernbedienung und wollte den Fernseher gerade ausschalten, als der Ton des Nachrichtensprechers sich änderte. Der Sprecher beugte sich über ein Blatt Papier, das jemand vor ihn hingelegt hatte.

»Wir unterbrechen den Bericht über Silver Water für einen Moment«, sagte er ein wenig stockend. »Soeben ist eine Eilmeldung über eine Massenschießerei in einem luxuriösen Anwesen in Summerlin hereingekommen, einem Vorort von Las Vegas. Es gab mehrere Tote. Der Name des Hausbesitzers wurde noch nicht bekannt gegeben, doch es soll sich um einen prominenten und sehr reichen Mann aus der Hightechindustrie handeln. Noch gibt es keine genaueren Angaben. Ein oder mehrere Schützen sollen irgendwann zwischen sechs und sieben am Abend in das abgeschirmte Anwesen eingedrungen sein und das Feuer auf seine Bewohner eröffnet haben. Die Zahl der Opfer ist im Moment noch unklar, dasselbe gilt für das Schicksal des oder der Schützen. Wir wissen jedoch, dass es sich bei den Opfern ausschließlich um Erwachsene handelt. Die Leben dreier Kinder wurden verschont. Wir melden uns dazu wieder, sobald uns neue Informationen vorliegen.«

Der Sprecher kam zum nächsten Thema, einer politischen Kundgebung in Washington, D.C., und man sah Demonstranten mit Plakaten im Sprechchor eine Straße entlangmarschieren. Audra schaltete den Fernseher aus.

»War das Danny?«, fragte Sean.

»Keine Ahnung«, sagte Audra.

»Ich hoffe, er ...« Von seinem Gedanken überwältigt, konnte Sean den Satz nicht zu Ende sprechen.

»Ich auch«, sagte Audra.

Sie küsste Sean auf den Kopf und sog seinen Geruch ein, der trotz der warmen Dusche, die er genommen hatte, unverwechselbar war.

Mitchell hatte Audra in die Pension begleitet. Audra hatte ihre Kinder für eine Weile schlafen gelegt und sie hatten sich draußen auf dem Gang unterhalten. Whiteside war sofort verhaftet worden. Er wurde schon gesucht, seit man am Nachmittag in seinem Haus Collins' Leiche gefunden hatte. Jetzt lag er irgendwo im selben Krankenhaus, wo sein Arm und seine anderen Verletzungen versorgt wurden. Mitchell hatte Audra hoch und heilig versprechen müssen, dass man besonders darauf achten würde, dass er sich nicht das Leben nahm. Er sollte sich für seine Taten vor Gericht verantworten müssen. Man würde ihn wegen Selbstmordgefährdung unter Beobachtung stellen, hatte Mitchell versichert.

Sie hatte Audra vor der schwierigen Zeit gewarnt, die ihr bevorstand. Man würde sie endlos verhören, Behörden und Presse würden Schlange stehen, um jede noch so kleine Information aus ihr herauszuholen. Doch noch herrschte Ruhe und Audra genoss sie, solange sie konnte.

»Fahren wir noch nach San Diego?«, fragte Sean.

»Ich glaube nicht«, sagte sie.

»Fahren wir nach New York zurück?«

»Willst du das? Dort lebt dein Vater.«

Sean überlegte kurz, dann sagte er: »Nein, ich will nicht dorthin zurück.«

»Ich auch nicht.«

»Wohin fahren wir dann?«

Sean sah sie fragend an und sie sah den Erwachsenen in seinem Blick.

»Ich weiß es nicht«, sagte sie. »Aber uns fällt schon was ein. Gemeinsam.«

Danksagung

Viele Menschen haben zum Entstehen dieses Romans beigetragen. Ihnen allen schulde ich Dank.

Ich danke meinen Agenten Nat Sobel, Judith Weber und allen Mitarbeitern von Sobel Weber Associates, die viel für mich getan und mich über die Maßen unterstützt haben. Gleiches gilt für den wie immer hervorragenden Caspian Dennis von Abner Stein.

Des Weiteren danke ich Nathan Roberson, Molly Stern und allen Mitarbeitern von Crown, ferner Geoff Mulligan, Faye Brewster, Liz Foley und allen Mitarbeitern von Harvill Secker und Vintage Books. Danke, dass ihr meinem Roman eine Chance gegeben habt.

Drei Personen haben mir bei den Recherchen zu diesem Buch unschätzbare Hilfe geleistet und ich bin jedem von ihnen mehrere Glas Bier schuldig: mein alter Freund Henry Chang, der selbst ein ausgezeichneter Autor ist und mir geholfen hat, Danny Lee ins Leben zu rufen, John Doherty von der Northern Arizona University, der mich mit dem Auto auf eine Reise durch den Bundesstaat mitgenommen hat, deren Eindrücke auf diesen Seiten allgegenwärtig sind, und Detective Jim McSorley von der Polizei Los Angeles, der mich bei juristischen Fragen beraten hat. Alle Irrtümer und Freiheiten im Umgang mit der Wirklichkeit gehen ausschließlich auf mein Konto.

Ganz besonders danke ich meinen zahlreichen Freunden aus der Krimigemeinde, deren Freundschaft und Unterstützung mich tragen.

Und meiner Familie, ohne die es dieses Buch nicht geben würde.